인간의 조건

인간의 조건

초판 1쇄 발행 2017년 5월 16일

지은이 이상영
펴낸이 장길수
펴낸곳 지식과감성#
출판등록 제2012-000081호

디자인 최예슬
편집 평소라
교정 나은비
마케팅 고은빛, 윤석영

주소 서울시 금천구 가산동 60-5 갑을그레이트밸리 B동 507호
전화 070-4651-3730~4
팩스 070-4325-7006
이메일 ksbookup@naver.com
홈페이지 www.knsbookup.com

ISBN 979-11-5961-644-0(03810)
값 15,000원

ⓒ 이상영 2017 Printed in Korea

잘못된 책은 구입하신 곳에서 바꾸어 드립니다.
이 책의 전부 또는 일부 내용을 재사용하려면 사전에 저작권자와 펴낸곳의 동의를 받아야 합니다.

이 도서의 국립중앙도서관 출판예정도서목록(CIP)은 서지정보유통지원시스템
홈페이지(http://seoji.nl.go.kr)와 국가자료공동목록시스템(http://www.nl.go.kr/kolisnet)에서
이용하실 수 있습니다. (CIP제어번호 : CIP2017011742)

이 책은 영산대학교 연구비를 지원 받아 제작하였습니다.

인간의 조건

이미지와 함께 읽는 교양서

이상영 지음

들어가는 말

　세상에 걱정 없이 사는 사람이 있을까? 과연 근심 없는 삶이 최선일까? 소설의 내용은 사실과 거짓, 경험과 상상이 뒤섞였지만, 살고 사랑하고 죽는 인간사 이면엔 다행스럽게도 예술이 존재하고 있고 그것으로 인해 각자 마음 깊은 곳에 남아 있는 상처와 근심, 걱정도 상당 부분 치유될 수 있다는 오래된 진실을 담고 있다. 결점 투성이의 나약한 인간들이 예술을 접하면서 조금씩 위안 받고 숨겨진 의미에 눈을 떠간다는 통속적인 줄거리지만, 보이지 않는 가치를 위해서 매력적인 어른이 되기 위해서 외롭지 않은 노인이 되기 위해서, 외모나 재력보다 예술과 문학에 관심을 가지는 일을 게을리 하지 말자는 쉽고도 지켜지기 어려운 메시지 또한 전하고 싶었다.

　본문의 내용처럼 이미지를 접할 때, 무심코 보는 see의 영역에서부터 관심을 가지고 둘러보는 look, 세심하고 주의 깊게 관찰하는 watch, 마지막으로 감동 받기위해 음미하고 감상하는 appreciation까지의 단계를 잊지 말고 생활화 한다면, 머지않아 전문가 못지않은 심미안을 가지게 될 것이다. 4차원의 세계는 미지의 영역에 있는 것이 아니고, 교양의 문이 열리는 그 순간 존재한다. 이 책을 통하여 문자로는 전할 수 없는 이미지의 새로운 세상을 경험하길 바란다.

contents

들어가는 말 / 4

1 구스타프 클림트   7
2 에두아르 마네   31
3 에드바르드 뭉크   43
4 아! 르네상스 - 레오나드로 다빈치   55
5 아! 르네상스 - 미켈란젤로, 보티첼리   77
6 아! 르네상스 - 티치아노   93
7 아! 르네상스 - 틴토레토, 미켈란젤로   111
8 아! 르네상스 - 라파엘로   121
9 피렌체 이외의 르네상스 화가들   133
10 매너리즘 시대 - 파르미자니노   147
11 매너리즘 - 브론치노   159
12 매너리즘 - 엘 그레코   181
13 바로크 시대 - 카라바조   191
14 바로크 시대 - 루벤스, 벨라스케스   203
15 바로크 시대 - 렘브란트   213
16 바로크 시대 - 요하네스 베르메르   225
17 로코코 시대 - 와토, 부셰, 프라고나르   237
18 신고전주의 - 다비드, 앵그르   253
19 낭만주의 - 제리코, 드라크루아   265
20 프란시스 고야   277
21 윌리엄 터너 / 사실주의, 구스타프 쿠르베   289
22 사실주의 - 밀레 / 인상파 - 고흐, 마네   301
23 인상파 - 르누아르, 모네   313
24 후기 인상파 - 고갱, 세잔   331
25 현대미술의 시작   343

맺음말 / 351

1
구스타프 클림트

"날은 덥고, 속은 더부룩하고, 머리는 어지럽고, 항문은 아리고 쓰리고. 이게 웬 고생이냐."

상엽은 투덜거리면서도 아직까지 위와 대장이 깨끗하다는 의사의 말에 확실히 안도하고 있었다. 불같은 어머니의 성화에 못 이기는 척 내시경 검사를 예약할 때만 하더라도 내심 혹시나 하는 불안감이 있었던 것이 사실이었다. 대학 1년 후배 원식의 아내 현경씨도 삼십 중반의 나이에 대장암이 덜컥 찾아오지 않았는가. 그 착하고 건강해 보이던 사람이 그런 몹쓸 병에 걸릴 줄은 아무도 몰랐다. 왜 착할수록 속기는 그렇게 잘 속고 병을 얻어도 그런 중병만 얻는지. 상엽은 그 소식을 접한 후 왠지 술 마신 다음 가끔씩 보이는 혈변에 마음이 계속 쓰였다. 더구나 상엽의 아버지는 위암으로, 큰누나는 대장암으로 죽었을 뿐만 아니라, 일찍 발견하여 용케 완쾌하긴 했지만 어머니도 갑상선암이었다. 이렇게 화려한 내력의 집안 외아들인데 어머니의 건강검진 성화는 어쩌면 당연한 것인지도 몰랐다.

"애, 어떻게 됐냐?"

아들의 몸에 도청장치라도 해놓은 것처럼 어머니 한 씨에게서 정확한 시간에 전화가 왔다.

"응, 깨끗하대요. 위하고 대장도 아직은 아무 이상 없다고 하던데."

상엽은 큰소리로 신나게 말하려고 했지만 좋은 일일수록 잔칫집에 생선 굽듯이 조심하고 또 조심하라는 어머니의 말씀을 새기며, 마치 검사할 때마다 늘 정상 판정을 받은 사람처럼 일상적인 투로 말했다. 그러면서도 아직이라는 단어는 빼놓지 않았다. 그것은 순전히 현재의 기쁨이 미래에는 불행의 씨앗이 될 수 있다는 어머니의 가르침에서 오는 습관적 표현이었다. 기뻐도 호들갑 떨지 말고, 슬프고 힘들다고 한없이 처지지 말라는 말은 생각할수록 그리고 나이가 들수록 어떤 족쇄처럼 마음을 불편하고 짜증나게 했지만, 살면 살수록 마냥 내 칠 수만은 없는 묘한 이치가 그 속에 들어 있었다. 한민족은 이런 DNA를 어 쩔 수 없이 가지고 살아야 하는지도 몰랐다.

"하이고. 다행이다. 이제 뱃살 쫌 빼! 딸까닥."

어머니 한 씨는 늘 그렇듯이 간단, 명료하게 전화를 끊었다. 일단 한시름 놓 은 목소리였다. 상엽은 무슨 시험에 합격이라도 한 것 같이 뿌듯했고, 큰일을 치른 후 허전함을 달래기라도 해야 하는 것처럼 의기양양하게 핸드폰을 꺼내 전화번호부를 검색하기 시작했다.

「오늘은 어떤 놈을 꼬드겨서 한잔할까나.」

하는 생각을 하면서도 하루 종일 굶었는데 술을 마셔도 되나 싶었지만, 그 건 단지 내장기관에 대한 최소한의 예의 차원에서 잠깐 생각해 본 것일 뿐, 이 미 눈동자는 제일 만만한 고등학교 동창 김준기의 이름에 머물러 있었고 손가 락은 벌써 발신 버튼을 꾹 누르고 있었다.

"여보세요. 아. 준기냐. 응 나야. 저녁때 뭐하냐. 그래. 오랜만에 한잔할까. 뭐, 분당으로 오라고?"

당당하게 자기 있는 쪽으로 오라는 준기의 목소리에서 최소 1, 2차 정도는 사줄 준비가 되어 있다는 어감이 술술 배어 나왔다. 이런 분위기에 거부 의사 를 내세워서는 하나도 이로울 것이 없었다. 초장부터 장소 가지고 실랑이 벌이 는 것만큼 궁색한 것도 없지 않은가. 상엽은 이동하기에 다소 먼 거리임에도 불 구하고 흔쾌히 가겠노라는 대답을 던져주었다.

"뭐가 오랜만이야. 저번 주에도 봤는데. 7시까지 사무실로 와."

"오케이. 알았어."

1 구스타프 클림트 9

홀가분한 마음으로 지하철 출구를 내려갔지만 몸은 역시 더웠다. 상엽은 이른 여름이 이 정도인데, 한여름은 얼마나 더울까 하는 생각을 하면서 자신의 직장이 있는 해운대 달맞이의 상큼하고 낭만적인 산들바람과 바다 냄새를 잠깐 떠올렸다. 그 생각은 곧 그림같이 펼쳐진 영국하늘의 구름과 이어졌고, 그 구름들은 제각각 아내와 아이들의 모습으로 뭉게뭉게 피어나기 시작했다. 안식년으로 가족들과 영국에 갔다가 자신만 귀국해서 얼떨결에 시작된 기러기 생활도 거의 막바지였다. 적적하게 지냈던 지난 시간을 생각하면 아직도 가슴이 얼얼한 것 같았다. 그러나 이런 마음도 순간에 지나지 않았다. 지하철 안에 들어서자마자 상엽은 마치 마약을 하는 사람처럼 눈을 감고 온몸에 찬 기운을 받아들이며 어깨를 부르르 떨었다. 피부로부터 습한 기운이 증발하는 미세한 감각이 짜릿할 만큼 너무나 통쾌했기 때문이었다.

「어휴 시원해. 역시 한국 참 좋아졌단 말이야.」

상엽은 몸이 익숙해지기 전에 낯선 기운을 최대한 만끽했다. 더불어 기분 좋은 일을 마구 생각해내서 모처럼의 술자리 약속을 더욱 즐겁게 만들고 싶었다.

「음, 이제 종강도 했겠다. 홀가분하고. 다음 주까지 입시 홍보도 없고. 논문도 마무리만 하면 되고…」

그때 핸드폰 음성이 울렸다.

"메시지가 도착했습니다."

[지헌이형 회사 부도났대. 알고 있었냐. -진성-]

상엽은 아차 싶으면서 자기 일처럼 머릿속이 잠깐 아득해지는 것을 느꼈고, 몇 정거장을 지나친 후에야 핸드폰에 저장되어 있는 임지헌의 번호를 찾아 눌렀다. 한참 후에 임지헌의 음성이 들렸다.

"응. 상엽아. 너도 소식 들었구나. 그렇게 됐어. 지금 직원들하고 물류창고 지키고 있거든. 그 사장새끼가 사채까지 썼나 봐. 그것도 이중 삼중으로 계약

하고… 참… 내, 니미… 씨팔, 개애새끼이."
평소 욕하는 것을 혐오스럽게 생각했던 지헌이었지만 자기도 모르게 대화 끝에 욕이 실리고 말았다. 하도 오랜만에 써서 그런지 듣는 상엽도 어색하기는 마찬가지였다.
"어떡해?"
해줄 수 있는 첫마디치고는 너무나 옹색하고 흔한 말이었다.
"그러게 말이다. 무슨 수가 있겠지. 너 서울 왔니?"
"응. 지금 준기 만나러 가는 길이야. 형, 올래?"
"알았어. 일단 상황 좀 보고 이따 전화할게."
8호선으로 갈아타기 위해 밖으로 나오는 순간 또다시 훗훗한 습기와 더위가 온몸을 뒤덮었다. 상엽은 짜증을 뒤집어 쓴 한숨이 저절로 나오면서도 걱정의 끈을 놓을 수가 없었다. 지헌이형이 누군가. 30년을 한결같이 서로 자극받고 위로하고 격려하면서 지내온 대학 동기 아닌가. 오십이 다 된 나이에 회사 부도, 패션디자이너로서 이제 갈 곳도 마땅치 않을 텐데. 어머니하고 여동생은 어쩌나. 모아둔 돈도 없을 텐데… 아니 있나? 생각의 타래는 끝이 보이지가 않았다. 사실 이미 망한 그 회사도 아무리 업계에서는 내로라하는 입지라고는 하지만 임지헌의 능력에 비하면 막바지의 선택이었다. 애초 몇 년 전 S기업에 있을 때 고등학교 선배인 전무가 퇴사 직전 자기가 해줄 수 있는 마지막 선물이라며 관리직을 제의했었다. 하지만 옷 만드는 일이 천직이라며 그 호의를 거절했고 결국 전무 라인이던 임지헌도 얼마 후 직장을 그만 두어야 했다. 상엽은 임지헌이 그때 MD직을 수락하고 브랜드 매니저의 길을 갔었어야 했다고 누구와 얘기라도 하는 것처럼 중얼거리면서 바닥의 분홍색 라인을 따라 걸었다.
"띠리링… 지금 열차가 들어오고 있습니다. 모두 안전선… "
유난히 시원한 분당선으로 갈아탄 후에야 정신이 다소 돌아오면서 상엽은 자신이 무슨 역에서 내려야 하는지 모르는 사실을 깨닫고 다시 전화를 했다.

"준기야. 무슨 역 몇 번 출구지?"

"넌 몇 번이나 와 봤으면서도 올 때마다 물어보냐, 정자역 4번 출구! 어휴!"

역시 분당은 서울에 비하면 탁월하리만치 쾌적한 맛이 있었다. 녹지가 많은 탓에 풀냄새 섞인 햇볕은 더욱 매력적이었다. 왠지 상엽은 분당에 점수를 후하게 주고 싶었는데 그것은 전혀 근거 없는 느낌이 아니었다. 기억도 가물가물한 옛날 여자 친구도 분당에 살았었고 지금의 아내도 분당이 집이었으며, 친여동생이 현재 죽전에 있었다. 지금도 가장 친한 친구를 위해 서울에서부터 오지 않았는가. 상엽은 얽혀있는 과거와 현재의 사연들이 생각나자 잠깐이나마 이른 더위를 잊고 슬며시 웃기까지 했다. 바닥의 열기와 겹겹이 펼쳐진 간판들 너머로 〈사슴표 페인트〉 상호가 보였다. 고등학교 동창인 김준기는 상엽의 가장 친한 친구였다. 친구 좋아하고 술 좋아하는 상엽과 준기를 중심으로 중, 고등학교, 대학교 동창들이 서로 얽히고 섞여서 열 몇 명이 모였는데 결국 그중 추진력 있고 뒷수습에 약한 동창 한 명이 〈패밀리 펀드〉라는 카페를 만들고, 회비를 추렴하고, 모임을 정례화시키고, 회장과 총무를 뽑는 등 한동안 난리를 떨었었다. 그 모임의 초대 회장은 카페를 만든 상엽의 중학교 동창 김일근이었고 두 번째 회장은 대학교 동창 임지헌, 세 번째 회장은 고등학교 동창 김준기였다. 김준기는 일찌감치 삼십 중반에 회사를 접고 그 회사와 관련 있는 물품과 업무를 지원받고 물건을 파는 대리점을 차렸다.

"왔냐! 더운데 고생했다. 야. 조금만 앉아 있어. 진성이도 오기로 했다."

집에서 만들어 온 냉커피를 냉장고에서 꺼내 따르며 준기가 먼저 말을 건넸다.

"휴, 되게 덥다. 야, 사업은 잘 되냐, 애들하고 와이프도 잘 있고?"

뻔한 대답이 나올 줄 알면서도 준기는 형식적인 인사말을 잊지 않았다. 오래될수록 그리고 친할수록 다소의 형식과 존중이 필요하다는 것을 오십이 다

돼서야 깨달아 가는 것 같았다. 그래서 준기는 친구들에게 당신이라는 호칭도 심심치 않게 사용했다. 왠지 약간의 거리 두기가 재미도 있어 보일 뿐만 아니라 실제로 상대에 대한 존중의 효과도 있었다.

"응, 덕분에 잘 있어. 우리 뭐 먹을까?"
"일단 더운데 시원한 생맥주나 할까!"
"오케이! 가자!"

역시 맥주는 더울 때 시원하게 먹는 생맥주 중에서도 첫 잔의 처음 한 모금이 으뜸이었다. 술 좋아하는 주당들이 자주 하는 말 중에는 군대에서 여름에 행군할 때 목이 마르면 제일 먼저 생각나는 것이 맥주였고, 그다음은 수박, 그리고 세 번째가 시원한 물이라는 소리도 있었다. 더운 날씨 탓인지 오랜만에 예전 기억을 되살리며 두 사람은 배고픈 맹수처럼 500cc 잔을 순식간에 비운 후에야 다소 만족스러운 표정을 지었다.

"와, 이제 살 것 같네. 여기요! 두 잔 더요!"

성질 급하고 먹성 좋은 상엽이 안주가 나오기도 전에 술 주문부터 해댔다. 말없이 스마트 폰을 만지작거리는 준기에게 상엽이 말했다.

"너 뭐하냐? 사람 앞에 앉혀두고."
"응… 초등학교 여자 동창인데, 자꾸 카톡을 보내오네…"
"그래. 너한테 관심 있나 보네. 요즘 카톡이나 밴드로 동창들 만나는 일 많다며?"
"그렇다더라. 그런 모임에 나오는 동창들은 그나마 살만하니까 나온다던데, 난 관심 없다. 다들 팍삭 늙은 아줌마들일 텐데, 뭘"

말은 그렇게 했지만 사실 전혀 관심이 없는 것은 아니었다. 상대의 외모가 미끈할 정도는 아니더라도 식은 풀빵처럼 퍼지지만 않고 대화가 통하기만 한다면 연애라도 할 각오를 하고 있었는데, 작년에 처음으로 모인 초등학교 동창

모임에서 그런 상대를 찾았던 것이다. 하지만 마음처럼 선뜻 행동으로 옮겨지지가 않았다. 집사람과 정식으로 이혼을 하지는 않았지만 별거 상태로 지낸 지 몇 년이 흘렀다. 하지만 왠지 준기는 만남의 용기를 안으로만 삭힌 채 생각에만 머물렀다.

"사진 있냐? 내가 보면 알아. 전화기 이리 줘봐."

"없어, 정말이야."

상엽의 장난기 있는 물음에 속마음을 들킨 것처럼 화들짝 거리며 준기가 말했다. 별다른 내용도 아니건만 왠지 이번만큼은 솔직해지고 싶지 않았다. 그 왠지가 문제였다. 사실 아무것도 아닌 일일 수 있었지만 생각하기에 따라 관점은 전혀 다른 양상을 갖게 될 수 있었다. 어차피 인생이란 다양한 시점들의 모임 아닌가. 준기는 상엽 앞에서 난생처음으로 창피한 마음이 생겼는데, 그 생각의 원인은 사진 속 초등학교 동창 외모가 상엽에게 상당히 볼품없게 보일 수 있다는 것이었다. 매일 대학생만 상대하는 그에게 이런 아줌마가 예쁘게 보일 리가 없었다. 그런 자신이 한마디로 쪽팔렸던 것이다. 결국 그 정도 여자를 만나려고 별거까지 하게 됐냐는 소리가 상엽의 입에서 나올까 두려웠고, 자신에게 좀 특별한 호감을 표현한다는 이유로 그저 그런 여자에게 마음이 끌리는 것 같은 생각이 서글펐다. 이런 슬픔은 뭔지 콕 꼬집어 말할 수는 없지만 부족하고 아쉬운 감정이 깊은 내면에 납작 엎드려 있는 느낌과 비슷했고, 그것은 내 마음 속에 있으면서도 내 것 같지 않게 낯선데다가 거대한 투명 벽이 앞에 있는 것처럼 불편했다. 그 벽은 자세히 보면 산을 닮아 있었는데 가까이 갈수록 그 산은 연애바람 따위가 타고 넘을 수 있는 그런 종류의 동네 산이 아니라, 그런 산들을 수도 없이 거느린 거대한 산맥처럼 느껴지는 것이었다. 나이 마흔과 오십 사이에는 자신도 정확히 알 수 없는 봉우리들이 많은 것 같았다. 이 허전한 마음은 무엇일까?

"뭐하냐. 너 진짜 애인 생긴 거야? 무슨 생각을 그렇게 멍하게 하냐."
"아니라니까. 잠깐 다른 생각 했어."
"무슨 다른 생각? 골프? 낚시? 아님 오늘 2차는 어디로 갈까?"
"어이구. 너는 교수라는 게 맨날 노는 생각만 하냐."
"참, 내, 생각도 못 하냐! 생각이라도 해야 존재를 느끼지. 넌 데카르트가 한 말도 모르냐. I think, therefore I am."
"설마 그 사람이 노는 생각을 말한 거겠니? 뭔가 심오하고 거룩한 그런 것이 있겠지."

중년의 대화 같지 않다는 것을 알면서도 둘은 장난하듯 말을 이어갔다.

"야. 너 노는 일이 얼마나 힘든 줄 아냐. 노는 법도 배워야 하는 거야"

상엽은 평소처럼 실실 웃으면서 맥주를 한 모금 더 들이켰다.

"그래서 배우잖아. 골프 레슨도 꾸준히 받고, 잘 놀기 위해선 돈도 필요하니까. 열심히 벌고, 운동도 하고, 놀 친구도 사귀고, 뭘 더하랴?"

준기는 갓 나온 치킨을 덥석 집어 들며 말했다.

"물론 그렇지만 그런 일반적인 것 말고 또 다른 뭔가가 있지 않을까?"

상엽의 말에 준기는 연애하는 것이 있지 않느냐는 말이 목구멍까지 나왔지만 입에 한가득 닭다리를 물고 있는 데다 말도 안 되는 질문으로 초등학교 여자 동창 일을 추궁 당할까 봐 맥주만 한 모금 더 들이켰다.

"school의 어원은 그리스어 skhole에서 유래됐는데, 그 원래 뜻은 leisure, 즉 여가라는 뜻이래. 그러니까 학교는 시간을 잘 보내는 법, 즉 놀이를 배우는 곳이라고 할 수 있지."

상엽이 묻지도 않은 말을 이어갔다.

"네덜란드의 문화사학자 요한 하이징하도 인간을 호모 루덴스 즉, 놀이하는 인간으로 정의했거든. 그는 인간이 이룩한 모든 문화와 문명들, 철학, 예술 축제, 법률, 종교와 전쟁까지도 모두 놀이 범주 안에서 해석했어. 어린아이들이 놀이에 집중하는 것처럼 우리도 그렇게 살면 얼마나 좋을까? 그게 가능할까? 놀이가 수단이 아니라 목적이 되는 삶. 멋지지 않냐!"

연거푸 이어진 말을 끝내며 급하게 맥주를 들이켠 상엽이 빈 잔을 치켜들면서 술집 종업원에게 한 잔 더 달라는 시늉을 했다.

"소설 같은 얘기 하고 있네. 노는 게 즐거운 걸 누가 모르냐고요. 아저씨! 먹고 살기 바쁜데 갑자기 놀이가 무슨 목적이 되냐. 난 술 마실 때가 제일 재밌더라. 그 하이징거민가 뭔가 하는 사람은 술 좋아하나?"

준기는 슬슬 잘난 척을 시작하는 상엽에게 제동을 걸면서 맥주 한 잔과 소주 한 병을 더 시켰다.

"이것들이 형님도 오기 전에 벌써 몇 잔 해부렀네! 아자씨! 여기 한 잔 더요!"

눈썹 굵은 진성이 껄껄거리며 갑자기 나타나자 술자리는 더욱 활기차졌다. 역시 술자리는 둘보다는 셋이 더욱 적합했다. 소소한 일상들이 대화의 주제가 되어 각자의 견해를 밝히면서 적당한 결론이 만들어지기도 하고, 때론 풀리지 않는 숙제로 다음을 기약하기도 하는 것이 술자리였다. 특히 타인과의 관계를 중요시하는 집단 문화의 대표주자, 한국인에게 대화를 통해 감정을 나누는 행위처럼 중요한 것은 없는데, 술과 친구가 그런 매개체의 역할에 많은 부분을 담당하는 것 같았다. 우정이 반드시 사귄 기간에 비례하는 것은 아니지만, 어찌됐든 오래된 친구는 같은 추억을 공유할 수 있다는 것이 큰 장점이었다. 상엽과 준기, 진성을 비롯한 주위 친한 친구들은 때론 고등학생처럼 말하기도 하고, 가끔 중학생처럼 행동하기도 했다. 심지어 초등학생같이 장난을 치고 논 적도 많았다. 시간은 돌릴 수 없다는 것을 서로가 잘 알기 때문인지 이런 모습으로 세월을 잊기도 했고, 기억을 되새기기도 했는데, 실제로 이러한 행동들로 인해 쌓였던 스트레스가 상당히 해소되는 효과를 누릴 수 있었다.

친구와 술이 만나서 추억의 꽃을 피우면 시간이 왜 그렇게 빨리 가는지, 진정한 놀이의 순간은 만남에 있는 것 같았다.

"어… 와… 저기 금발의 미녀가 날 보고 웃네… 흐흐"

금세 거나해진 진성이 웃으며 말했다.

"어, 어디에 서양 여자들이 앉았냐?

상엽과 준기는 놀라서 주위를 두리번거렸다.

"아니. 거기 말고 너 뒤에 저 여자."

"야. 인마. 저게 금발이냐. 흑발이지"

실망한 준기가 강냉이를 진성의 얼굴에 던지며 말했다.

"아 그런가. 온통 금색이라서 금발인 줄 알았네… 뭐 머리색이 중요하냐. 저 눈빛 봐라. 엄청 섹시하지 않냐. 죽인다! 야."

진성은 준기가 던진 강냉이를 먹으며 킬킬거렸다.

"그러게, 분위기 참 묘하네. 근데 오른쪽 아래 저 시커먼 덩어리는 뭐냐."

"사람 얼굴 같기도 하고……."

"머리라고! 암튼 저 여자하고 어울리는 것 같지는 않아"

"야. 자세히 보니까 물감 색도 보통 노란색이 아니라 황금색인 거 같아. 엄청 화려한데"

"야. 진성아. 스마트폰으로 찾아봐. 저게 뭔지"

"야 니가 찾아. 눈도 잘 안 보이는데. 그리고 뭘 알아야 찾지. 아무것도 모르는데…"

"야. 이 교수. 저거 시커먼 게 뭐냐? 머리에 손을 얹고 있는 거냐? 아님 머리를 들고 있는 거냐?"

답답한 준기가 상엽을 쳐다보며 물었다. 상엽은 굳이 뒤돌아보지 않고도 준기 뒤에 걸려있는 그림이 〈구스타프 클림트의 유디트 연작〉이라는 것을 알 수

1 구스타프 클림트 17

있었다.

친구는 추억만을 공유해도 전혀 부족함이 없는 존재지만, 그래도 예술적인 것들에 대해 서로의 의견을 나눌 수 있으면 더욱 좋지 않을까라는 생각을 하던 참이어서 마침 잘됐다 싶었다. 조금 전 뜬금없는 호모루덴스 얘기도 그런 맥락에서 한번 던져본 주제였던 것이다.

"응. 왼쪽 아래 시커먼 거, 남자 머리 맞아, 앗시리아의 장군 홀로페르네스의 목을 들고 있는 거야"

"잉. 저게 진짜 죽은 사람 얼굴이란 말이야, 뭐야. 완전 여자 변태 아냐. 저 남자를 저 여자가 죽인 거야?"

준기와 진성은 거의 동시에 같은 질문을 하듯 말했다.

"저 여자의 이름은 유디트야. 구약성서에 나오는 인물인데 이스라엘을 구한 애국여걸이지. 이스라엘을 침략한 적군의 대장에게 환심을 산 후 그의 목을 잘라 성벽에 걸어놓았대. 적군은 놀라서 도망가고 그녀는 국민들의 존경을 받으며 105살까지 잘 살았다고 전해져. 한마디로 우리나라의 논개처럼 나라를 위해 몸을 던진 훌륭한 여성이야."

"그렇게 훌륭한 분을 왜 저렇게 요상스럽게 그려놨데. 그린 화가가 정신이 이상한 것 아냐?"

"야, 준기야. 여기 인터넷 보니까 다 나오네, 이 교수가 얘기한 것이 그대로 있어. 이 화가 말고도 이전에 유디트에 대해서 그린 그림이 여러 장 있구먼. 이름이 뭐라고 했냐? 이 교수!"

"구스타프 클림트, 오스트리아 사람이야"

"아 맞다. 그래. 여기 있네. 클림트."

"왜 클림트는 이런 영웅을 이렇게 관능적이면서 잔혹하게 그렸을까?"

준기와 진성은 진심으로 호기심을 가지고 있는 것 같았다. 순간 상엽은 이런 상황이 재미있다고 느꼈고, 어쩌면 이런 계기를 통하여 서로가 예술에 대한 얘기를 좀 더 할 수 있을지도 모른다는 생각에 이르렀다.

"야! 이 사람 유명한 사람이냐? 우리나라로 치면 유관순 열사 같은 분한테 비키니 입히고 피 묻은 칼 쥐여 놓은 그림인 꼴 아냐! 이 인간 도대체 뭐 하자는 거냐."

진성은 짙은 눈썹을 실룩거리며 말했는데 작품에 대한 호기심이 어느새 작가에 대한 분노로 변해 있었다. 술기운과 남다른 애국심이 합쳐진 당연한 반응일 수 있었기에 충분히 이해가 가고도 남았다. 상엽은 호흡을 가다듬고 작품 설명을 할 준비를 했다.

"하하. 진정하고 일단 구스타프 클림트에 관한 정보는 인터넷에 다 나와 있잖아. 지금 보고 있는 대로 유디트Ⅰ은 1901년쯤에 제작되었을 거야. 몇 년 후에 유디트Ⅱ가 그려지고, 그 외에도 〈키스〉, 임산부의 배 위에 해골이 얹혀 있는 〈희망〉, 죽음과 삶 등 많은 작품이 있지. 뭐 사실 그런 정보들은 인터넷에 다 나와. 해설도 친절하게 잘 되어있어. 읽어봐라."

"뭐야. 그게 다야, 너 미대 교수 맞아! 우리는 눈도 침침해서 스마트폰 글씨도 오래 보면 가물거린단 말이야. 오랜만에 궁금한 게 생겼는데 니가 알기 쉽게 얘기로 풀어봐!"

이번에 준기가 한마디를 거들면서 말했다.

"흠, 어떤 것부터 얘기해야 하나. 그림뿐 아니라 어떤 이미지를 이해하거나 감상하기 위해선 그것의 배경에 대해 알아 두는 것이 좋아"

"그러면 선입견 때문에 작품 감상에 방해되는 것 아냐? 그냥 봐서 좋으면 좋은 거 아니냐고?"

상엽의 학생들 대하는 듯한 말투가 듣기 싫어 준기가 따지듯 대답했다. 언젠가 준기가 친구나 가족에게 가르치듯 말하는 버릇을 고치라고 충고도 했건만 상엽의 말투는 쉽게 고쳐지지 않는 것 같았다.

"하하, 그렇지, 그것도 맞는 말이야. 어차피 느낌은 정답이 없으니까"

"하지만 우리가 사랑할 때도 상대의 외모에만 치우쳐서 좋아하게 된다면 여러 가지 면에서 실망할 확률이 높잖아. 살면서 중요한 것은 외면보다야 내면이겠지. 내면이 충만한 반려자가 오랫동안 곁을 지켜주듯이 어떤 메시지를 가지고 있는 이미지는 시대를 넘어 지속적으로 호소력을 갖게 되는 것 같아"

"아, 또 어려운 쪽으로 슬슬 빠지려고 하네, 저 그림이 뭔 메시지를 가지고 있는 거야. 꼭 그렇게 어렵게 봐야 되냐?"

아예 맥주잔을 전부 치워 버리고 술을 소주로 바꿔 버린 진성이 소주잔을 든 채로 물었다.

"야. 당장 눈앞에 보이는 것도 어떤 시각으로 감상해야 할지 헷갈리는데, 공부하면서 본다고 생각하니까 보고 싶지 않다. 에이 귀찮다. 술이나 마시자."

준기도 진성의 생각을 거든다는 표시로 소주잔을 들었다. 상엽도 같이 잔을 부딪치면서 말했다

"아니. 뭐 어렵다기보다 우리가 사랑하는 사람을 더욱 잘 이해하기 위해서, 그 사람의 이름과 나이, 살아온 배경 정도는 당연히 알아야 한다는 소리지."

상엽이 조금 미안한 마음이 들어서 아이들 달래듯 말을 이어나갔다.

"그리고 가장 중요한 것은 사랑하는 사람이 만약 타임머신을 타고 과거로부터 왔다면 그 사람을 진정으로 사랑하기 위해서는 그 사람이 살았던 시대를 이해하는 것이 올바르게 사랑하는 방법이겠지? 영화에도 그런 상황 자주 나오지 않냐."

"그림 하나 보는데 뭐가 그렇게 거창하니. 그냥 보고 아님 말구. 뭐 그런 거지."

말은 그렇게 했으면서도 준기는 갑자기 저 그림에 대해 궁금해졌다. 학생한테 말하는 듯한 말투에 빈정이 좀 상했을 뿐이지 그림에 전혀 흥미가 없는 것

은 아니기 때문이었다. 나이가 들수록 음악이나 미술 쪽에 관심을 두고 싶었지만 마음과 행동이 일치하지 않는 경우가 많았다. 음악은 그저 들을 뿐이었고 미술은 그냥 볼 뿐이었다. 도대체 감흥이 오지 않았다. 게다가 어떤 사람들이 그림을 보면서 온몸에 전율이 흘렀다느니 아니면 그 자리에서 움직이질 못했다느니 하면서 호들갑을 떠는 것을 보면 왠지 예술의 세계는 다른 세계의 일 같았다. 공연은 그나마 노래도 부르고 춤도 추었기 때문에 덜 지루했지만 그림을 보는 일은 아무래도 적성에 맞지 않았다.

"그래, 네 말이 맞아, 오히려 생각이 많으면 더 복잡해질 수 있지. 굳이 의미를 찾는 것보다는 무심히 쳐다보는 것도 하나의 방법일 수 있어."

상엽 또한 대답은 이렇게 했지만 준기의 말에 100퍼센트 동의하는 것은 아니었다. 준기의 미술 감상 방법은 영어에서 말하는 See의 영역이었다. 의지와 상관없이 그냥 보는 태도는 초보자에게는 맞지 않았다. 최소한 유심히 보고 관찰하는 영역인 look이나 watch 정도는 되어야 했다. 그 경계를 넘어서면 자연스럽게 appreciation(감상-감동)의 경지로 넘어가게 되어 있었다. 시공을 초월해서 새로운 세계로 입문하는 단계에는 누가 뭐라 하지 않아도 의문과 해결을 위해 스스로 탐구하는 자세가 필요하지만 섣부른 말로 괜한 오해만 줄 것 같아 대충 얼버무리고 싶었다. 그림보다 친구의 감정이 더 중요하지 않은가.

"야! 이 교수, 저 그림을 어떻게 봐야 하는 거냐? 이 형님이 좀 지루해도 들어 줄 테니까. 한번 얘기해봐라. 섹시하니까 자꾸 쳐다보게 되네."

진성이의 장난기 있는 말에 준기도 동의하듯이 빙긋이 웃었다.

"오케이, 조금 길더라도 양해해라. 지금부터 말하는 것은 순전히 내 생각이야. 따라서 정답은 아니야. 이미지를 보는 일뿐만 아니라 세상 모든 일이 답이 있겠냐. 자기 생각이 중요한 거지. 우리 모두 해답을 향해 가는 여행자에 불과한 거라고 생각하자."

"알았어. 뭔 서론이 그렇게 길다냐. 여기가 학교냐. 빨리 핵심만 말해."

술기운이 다분히 담긴 진성의 말에 상엽도 기분이 다소 상하기 시작했다. 여든의 노인도 세 살 먹은 아이에게 배울 점이 있다 하지 않는가. 하물며 이미지를 이해하는 방법을 묻는 태도가 이래선 안 되는 것이었다. 20세기는 문자를 모르는 사람이 문맹이었지만 21세기에는 이미지를 읽지 못하는 자가 문맹이란 말도 있었다. 점점 모든 정보들이 이미지화 되어가는 세상이기에 충분히 설득력 있는 말이었다. 하지만 상엽은 학교에서나 교수였지, 밖에 나와서도 선생은 아니었기에 자신도 그 점을 늘 상기하면서 조심했지만 말투에서 나름대로의 직업병이 묻어난 모양이었다. 언젠가 아내까지 자기에게 학생한테 말하듯 한다는 소리를 했을 때, 수긍하기 싫었지만 받아들일 수밖에 없었다. 효율적인 이해를 돕기 위해서 자세한 설명을 했던 것뿐인데 받아들이는 자와 말하는 자 사이는 언제나 입장차이가 존재했다. 지금도 얘기가 길어질 수 있다고 양해를 구했지만 서두에서부터 핵심만 말하라는 재촉을 받고는 맥이 탁 풀려버렸고, 인터넷이나 찾아보라고 한마디 하려다가 꾹 참고 다시 시작하기로 했다. 친구란 서로 어깨를 두드리며 끝까지 같이 가는 것이니까.

"하하. 그래, 그림을 감상하려면 첫 번째는 조형적 측면, 즉 구도든지, 색감이랄지, 형태는 어떤지 등등의 외형적 모습을 고려해야 하고, 두 번째는 작품의 시대적 상황이나 작가의 성향 같은 정보적 측면을 알아 두는 것이 이해하는 데 큰 도움이 되지, 마지막 세 번째로 의미론적 측면을 반드시 염두에 두어야 해. 내 생각엔 제일 중요한 부분이거든. 의미론적이란 말은 말 그대로 작가가 전달하고자 하는 메시지야. 시대를 향한 외침 같은 거지. 작가가 작품을 통해서 말하고자 하는 것을 잘 알아듣기 위해서 관객은 작품을 제대로 읽어야 할 필요가 있는 거지. see에서 look으로 그리고 watch의 단계까지 관객의 시선과 생각도 서서히 발전되어야겠지. 가령 저 작품의 조형적 측면을 보면 특별한 것은 없어. 게슴츠레한 눈을 하고 관람자를 바라보는 고혹적인 자태의 여인, 색은 황금색과 블랙을 대비시켜 강렬한 명시성을 확보하고 있어. 새로운 예술을 의미하는 아르누보 양식의 영향을 받아서 배경에 식물의 잎을 연상하게 하는 장식적이고 탐미적인 요소들을 집어넣었어. 그 시대에 유행했던 패턴이거든. 전면을 거의 차지한 여인의 볼과 입술, 젖가슴과 배꼽으로 이어지는 낮은 채도의 핑크빛은 관능미의 절정이라고도 할 수 있겠지. 1901년에 가슴을 드러내고 있는 여자가 남자의 머리를 들고 요염한 눈과 살짝 벌린 입 모양을 하고 관객들을 아래로 내려다보는 작품을 감상하는 일은 관람자들에게 너무나도 낯설고 충격적인 일이었을 거야. 자극에 익숙한 현대인들에게는 별일이 아니겠지만 말이야. 사실 미의 관점도 시대에 따라 다소 차이가 있고, 더구나 조형이란 상대적인 면이 많거든. 아무튼 영어의 see처럼 무심히 보는 단계라고 할 수 있어. 저 그림을 섹시하게 보든 천박하게 보든 무섭게 보든, 보는 것은 개인의 경험과 관계있기 때문에 너무 신경 쓰지 않아도 된다고 난 생각해."

상엽은 남은 맥주에 소주 한 잔을 타서 단숨에 들이켰다. 준기와 진성이가 지루해할지 몰라 말을 빨리한 탓이었다.

"두 번째는 작품에 대한 학문적 정보 측면이야. 작가의 이름은 구스타프 클림트라는 사람이고 오스트리아 태생이지. 저 시대와 저런 그림의 스타일을 흔히 상징주의 그림이라고 해. 상징주의는 물질주의에서 벗어나 인간내면의 세계, 상상과 감각의 세계를 표현하는 유파라고 할 수 있어. 1800년대 중반 사실주의와 반대에 섰던 낭만주의와 비슷하게 비가시적이고 비물질적인 세계를 탐구한 거지. 후기 인상파의 고갱도 표현주의나 상징주의의 원류라고 말할 수 있고, 클림트는 전통적이고 낡은 권위주의에 반발하고 실험정신을 강조한 빈 분리파를 결성한 후 초대 회장까지 하지만, 몇 년 후에 클림트의 자유로운 사상은 빈 분리파와도 결별하게 만들지. 낭만파, 상징주의, 분리파 이런 얘기가 나오니까 또 지루하지? 이런 것들은 작품 감상의 참고 사항이야. 인터넷 보면 모두 나와 있는 내용이고. 정작 중요한 것은 세 번째야."

상엽은 예상외로 준기와 진성이 별 말 없이 듣고 있는 듯해서 다행이라고 생각했다. 준기와 진성의 입장에서는 조금만 참으면 상엽의 말이 끝날 것도 같았고, 자기들이 먼저 그림에 대해 말해 달라고 요청했기 때문에 그만하자고 얘기할 엄두가 나질 않았다. 조금만 더 버텨보는 수밖에 도리가 없었다.

"마지막에 고려할 것은 의미론적 측면이야. 작가가 말하고자 하는 것이 무엇인가에 관한 것이지. 이 문제를 이해하기 위해서 우린 타임머신을 타고 그 시대로 돌아가야 해. 철저하게 그 시대의 사람이 되는 거지. 산업혁명이 한창이고, 지그문트 프로이트의 혁명적 심리체계가 유럽 전역에 퍼져 가던 혼란스럽고 매력적인 유럽의 중심부로 말이야. 유럽행 타임머신을 탄 이상 우린 기독교 정신을 짚고 넘어가지 않으면 안 돼. 그러려면 중세를 알아야 하고 그 중세를 규정짓게 하는 르네상스를 알아야하지, 이렇게 고리들이 순차적으로 엮어지면 하나의 맥이 생기는데, 그 흐름을 알면 이때부터는 이미지의 이해가 쉬워지고, 심지어 좋은 이미지와 나쁜 이미지를 구별하는 능력도 생겨. 조금만 주의를 기울이면 어렵지 않은 문제인데 미대생들마저도 이런 공부들이 제대로 안 돼 있기 때문에 자신만의 이미지를 만들지 못하고 다른 사람의 이미지를 차용하고 도용하고, 위장하는 소비적 이미지만 제작하는 거지. 안타까운 일이야. 아직까지 대한민국은 이미지 도용국가에서 벗어나질 못하고 있지."

"알았어. 술 식는다. 옆길로 새지 말고 마무리해 줄래. 이 교수님."

"아. 미안, 미안, 내가 이렇다니까. 클림트가 유디트를 통해서 전달하고자 하는 것은 한마디로 개인이야. 과거가 만들어놓은 틀과 편견을 깨고 무의식 속에 감춰져 있는 진정한 자아(自我)를 발견하라는 뜻이지. 유디트는 숭고한 성녀(聖女)이기 이전에 하나의 인간이고 여자야. 어떻게 보면 이 그림은 구약성서가 만들어낸 가상의 이미지를 벗어나고 있는 거야. 사상과 이념이 만들어낸 위장된 모습을 추종하는 것 보다, 나약한 인간의 내면을 솔직하게 드러내는 것이 더 중요하다는 것이지. 이런 것은 인터넷에 안 나와. 정보를 수집해서 하나의 흐름을 만들면 지식이 되고, 이것은 사유를 통해 지혜로 이어진다고 생각하거든. 물론 증명되지 않은 내 생각이야. 쏘오리."

마지막에 미안하다는 소리를 하지 않았다면 준기와 진성은 상엽의 잘난 체하는 말투에 또다시 거부감이 일어났을 수도 있었다. 잘나지도 않은 인간이 잘난 체하는 것만큼 보기 싫은 일이 세상에 또 있을까. 상엽도 그런 사실을 모르진 않았다.

"그런데 왜 저렇게 야하게 그렸냐. 여자라면 유디트가 어머니나 딸, 부인의 역할도 있을 수 있었을 텐데 말야."

"아까 얘기했던 것처럼 저 시대는 프로이트의 심층심리학이 사회 모든 분야에 영향을 끼치고 있었어. 아마도 자유로운 사상의 소유자였던 클림트도 그의 영향을 많이 받았을 거야. 동시대에 같은 곳에 살았으니까 더 이상 설명이 필요 없겠지. 나도 자세히는 모르지만 프로이트는 인간의 본능과 삶을 성적충동에 비유해서 설명하고 있잖아. 만사를 거의 성(性)으로 얘기를 해서 문제가 있기도 하지만 그가 주장한 무의식이나 탄생과 죽음에 관한 논의는 그 당시 기준으로 혁명적이라고까지 말할 수 있어. 덕분에 인간은 자신의 내면을 솔직하게 들여다볼 수 있는 계기를 얻게 되었고 그 결과 인식의 폭은 엄청나게 확장되었다고 봐야겠지."

상엽이 술을 한 잔 급하게 들이켜고 계속 말을 이어갔다.

"황금색 장식의 화려함 속에 드리워진 죽음의 공포와 잔인함 그리고 어울릴 것 같지 않은 관능과 쾌락이 섞여 있는 클림트의 그림을 보고 있으면 왠지 불편한 진실을 마주하고 있는 것처럼 기분이 상쾌하지 않아. 하지만 그 어색함이 오히려 존재를 자각하게 하는 측면이 있거든. 태어나는 순간 죽어가고 있다는 사실을 알고 있는 인간이기 때문에 우리는 필연적으로 끊임없이 번식행위를 갈망하고 있는지도 몰라. 아름다우면서도 슬픈 이미지인 셈이지. 결론적으로 저 작품의 배경에는 프로이트의 정신분석학에서 '에로스(쾌락 원칙)와 타나토스(죽음 충동)는 동전의 양면'이라고 주장한 논제와 깊은 관련이 있어."

준기와 진성은 상엽의 얘기를 한동안 말없이 듣고 있었다. 아닌 게 아니라 상엽의 설명을 듣고 보니 조금 전과는 약간 다른 생각으로 클림트의 그림을 보게 되는 것 같은 기분이 들었다. 준기는 관능적이고 아름다운 여자의 몸과 오른쪽 아래 남자의 죽음 사이에서 묘한 감정이 일어나면서 문득 영화의 한 장면이 생각났다. 예전엔 인지하지 못했던 의식의 확장이 싹트는 순간이었다.

"사실 클림트가 섹스 중독자였다는 설도 있지만…"

상엽의 말이 끝나기도 전에 준기가 뜬금없이 영화 이야기를 꺼냈다.

"야. 그 왜 있잖냐. 소련하고 독일하고 싸우는 전쟁영화. 저격수 나오는…"

"아. 쥬드로 하고 레이첼 와이즈 주연한 거! 에너미 앳 더 게이트(Enemy at the Gates)라는 영화 아니냐. 그거 2차 세계 대전 때 소련의 스탈린그라드 전투를 배경으로 한 거잖아. 거기 주인공이 바실리 자이체프라고 실제로 242명의 독일군을 죽였대, 대단하지 않냐!"

영화에 관심이 많은 진성이 모처럼 눈을 크게 뜨고 말했다. 재빠르게 스마트폰을 두드린 결과였다.

"그런데 그 영화가 왜?"

"거기 남녀 주연배우들이 동굴 안에서 사랑을 나누는 장면이 있거든. 그런데 엄청 섹시하고 관능적이어야 할 장면인데 왠지 처절하고 슬픈 감정이 드는 거야. 아군 병사들이 새우잠을 자는 좁은 틈 사이에서, 당장 날이 밝으면 죽을지도 모르는 절박한 상황을 앞두고 처음이자 마지막인 심정으로 그들은 한 몸이 되는데. 그때 정말 뭉클했어. 관능과 슬픔, 순수와 죽음 이런 어울리지 않는 감정들이 막 뒤섞여서 느껴지는데… 정말 미치겠더라고."

진성은 그런 장면이 있었는지 기억이 나지 않는 듯 억지로 장면을 떠올리려고 양쪽 미간을 찡그린 반면, 준기는 자신의 말에 스스로 만족해하고 있었다. 영화를 보고 느꼈던 자신의 감정을 꽤 적절하게 표현한 것 같았기 때문이었다. 오랜만에 느낀 묘한 대견함이었다. 상엽 역시 이렇게 빨리 학습효과가 나타날 줄 몰라서 놀랐고 그동안 몰랐던 준기의 감성적 능력에 또 놀랐다.

"와… 역시 김 사장 대단한데. 그런 감정을 잊지 않고 간직하고 있었네. 사람들은 자신이 듣고 싶고 기억하고 싶은 것에만 관심이 있는 경향이 있잖아. 진성이 쟤는 몇 명을 어떻게 죽였냐에만 관심이 있었겠지만, 준기 너는 피 튀기는 전투영화 안에서 처절한 사랑이 기억에 남나 보네. 멋있다."

상엽은 진심으로 준기를 추켜세웠다. 작은 동기들이 하천의 지류처럼 모이고 합쳐져서 인생이라는 큰 물줄기를 만들어 가는 것이 사람살이 아니던가. 상엽은 진정성 있는 칭찬의 힘은 생각보다 엄청난 것이라고 확신하고 있었다.

"어쭈, 그래, 나만 똥 되고 니들은 봉돼라, 봉! 순식간에 무식한 놈 만드네, 술이나 드십시다. 이 양반들아."

"어! 그러고 보니까. 〈라스베가스를 떠나며, Leaving Las Vegas〉라는 영화 있잖니, 그것도 남녀주인공이 마지막으로 사랑을 나누고 남자주인공이 곧 죽잖아. 약간 쓸쓸하더라."

호탕하던 진성도 20년 가까이 된 옛 영화와 함께 슬픈 정사를 기억해내면서 제법 진지하게 말했다.

"맞아. 오! 멋진데, 알콜 중독자인 벤과 거리의 여자 세라가 만나서, 결국 벤이 죽기 전에 둘은 마지막으로 관계를 하고 남자는 깊은 한숨을 쉬고 죽어버리지. 절망과도 같은 죽음을 앞둔 처절하고 슬픈 정사는 아름다운 면도 있지만 솔직히 불편해."

"사실 〈러브 액츄얼리, Love Actually〉 같은 사랑이 얼마나 있겠어. 아니 존재나 하겠어. 사람들은 비현실적인 것에는 열광하면서 정작 현실적인 것은 외면하는 경향이 있단 말이야."

상엽의 대답이 끝나자 셋은 자연스럽게 건배를 외치고 자리를 옮겼다. 밖에는 어느새 장맛비가 쏟아지고 있었다.

〈구스타프 클림트의 유디트 연작〉〈그림1〉

〈키스〉〈그림2〉

1 구스타프 클림트   29

〈희망〉〈그림3〉

2
에두아르 마네

미숙은 오늘도 잠을 이루지 못했다. 평소에도 허전함을 모르고 산 것은 아니었지만 오늘 밤은 특히 심했다. 창밖에서 여름비가 뜨거운 낮의 열기를 잠재우기 위해 대지를 다독이는 것처럼, 자신도 누구로부터 위로받고 싶었다. 미숙은 처음 느껴보는 이런 감정을 어떻게 정의해야 할지 몰라서 당황스러웠다. 혹시 병이 아닐까? 잠을 자지 못하는 걸 보면 불면증 같기도 하고, 몸에 약간의 열이 있는 것으로 보아 감기의 초기증상 같기도 했다. 이른 저녁에 초등 동창과 카톡을 주고받은 후에 이런 증상은 더욱 심해져서 얼굴이 화끈거릴 지경이었는데, 수면을 위해 침대에 누웠지만 정작 잠은 오지 않고 밤이 깊어 갈수록 정신은 더욱 맑아지는 것이었다. 자신이 왜 이러는지 모르겠으면서도 그 원인이 무엇인지는 짐작이 가는 감정 모순의 상태가 온 것일까. 이래선 안 된다는 이성과 그게 무슨 상관이냐는 본능이 대립되고, 너 자신만을 생각하라는 무의식과 아이들과 남편을 잊지 말라는 의식이 팽팽하게 서로를 노려보고 있는 것 같았다. 자신이 왜 이런 생각들에 휘말려야 하는지 난감했지만 그것은 지금까지 가정만을 위해 살아온 자신에 대한 대견함에 비하면 매우 하찮은 의문에 지나지 않았다. 지금의 감정이 사랑이라는 것을 깨달았기 때문에 더욱 그랬다. 이것을 사랑이라고 스스로 결론 내린 후부터 미숙의 무의식은, 가족에 대한 미안함 따위는 불필요한 감정일 뿐이라고 스스로를 매몰차게 몰아갔고, 자신 또한 무의식이 원하는 대로 모든 것을 맡겨 버렸다. 어쩐지 미숙은 요즘 들어서 예전 앨범을 들추어보며 젊었을 때 자신의 모습을 보기도 하고, 자꾸만 핸드폰을 만지작거리며 카톡 방을 두리번거리기도 했는데 이런 행동의 원인은 모두 한 사람 때문이었다.

「내게도 이런 감정이 남아 있었다니…」

생각할수록 신기하고, 그만큼 남편에게 미안했지만 미숙은 시간이 갈수록 그런 감정은 그리 신경 쓸 일은 아니라고 느낄 만큼 대범해지면서, 자신이 활력을 찾는 것이 가족을 위하는 일이라는 주관적 당위성을 확신할 만큼 결심도 확고해졌다. 침대 위에서 뒤척이며 미숙의 생각은 생각에 생각이 꼬리를 물고 상상의 나래를 편 채 허공을 맴돌았다. 함박눈이 내리는 벌판을 그 사람과 함께 걷기도 하고, 아무도 없는 열대의 해변을 알몸이 되어 뛰어다니기도 했다. 결국은 그와 뜨겁게 한 몸이 된 채로 시간마저 정지된 듯한 우주 공간을 떠돌았지만, 정작 달콤하고 격렬하고 나른한 절정의 순간이 왔을 때, 번쩍거리는 소리에 놀라 눈이 떠져서 그것이 꿈이었다는 것을 어쩔 수 없이 깨달아야만 했다. 베란다로 걸어간 미숙은 창문을 활짝 열어젖혔다. 깊은 아쉬움을 떨쳐버리고 싶어 장맛비 속으로 큰 한숨을 내뱉었다.

「에이, 저놈의 천둥소리. 아쉬워라.」

열린 창문사이로 제법 굵은 빗방울들이 순식간에 미숙의 얼굴과 하얀 맨몸을 적시면서 여기저기 수줍은 닭살 피부를 만들어냈다. 낯설어 보였지만 그것도 엄연히 자기 것이었다. 평소에는 가려지고 통제되어 존재를 드러내지 않지만, 어떤 계기와 자극으로 인해 어쩔 수 없이 도드라져야 하는 소름은 피부의 숙명이었다. 미숙은 불현듯 생겨난 사랑의 감정과 갑자기 솟아오른 닭살이 자신의 처지와 비슷하다는 생각이 들었는지 오른쪽 팔뚝의 오돌한 피부를 혀로 감싸 정성스럽게 핥았다. 빗물과 피부의 소금기와 화장품, 침의 진액이 섞여 묘한 맛이 났다. 그 맛은 혀의 끈적거리는 소리와 만나서 더욱 야릇하고 감각적인 분위기를 만들었고, 곧 멈추기 아쉬운 관성으로 이어져 왼쪽 팔에 돋은 소름도 오른쪽처럼 입술로 감싸 주었다. 온기를 받은 낯선 피부는 다시 매끈하게 변했다. 새벽 세시, 사랑은 속옷 차림으로 발코니에서 들이치는 비를 맞으며 자신의 팔뚝을 정신없이 애무하도록 만들 수도 있는 것인가. 코미디를 하고 있는 것 같은 자신의 모습이 불쌍하기도 하고 화가 나기도 해서 웃어버릴 수밖에 없었다. 하지만 그 소리는 듣는 사람에 따라 울음처럼 들릴 수도 있는 괴상한 울림과도 같았다. 미숙은 제법 서늘한 밤바람을 한껏 들이마신 다음 천천히 내뿜었다. 몇 분이 지났을까. 겨우 교감신경과 부교감신경이 균형을 찾은 듯했다. 거실 장식장 위의 앤틱 탁상시계가 세시 십오 분을 가리켰다. 몇 년 전 유럽여행길에 남편이 사온 모조 골동품 시곗바늘의 배경이 눈에 들어왔다. 물웅덩이를 아래로 하고 자신의 모습을 처량하고 사랑스럽게 쳐다보는 젊은이였는데, 왠지 명화처럼 생각되어 자세히 보니 맨 아래 작품의 제목으로 보이는 글씨가 보였다.

〈나르키소스. 카라바조〉

자신을 사랑하여 물속에 뛰어들었다는 그리스 신화의 주인공이었다. 그 옆의 이름은 아마도 그 그림을 그린 화가의 이름인 듯싶었다. 갑자기 저 이미지가 왜 눈에 들어왔을까. 미숙은 그동안 의식하지 않았던 것들이 조금씩 의식의 세계로 들어오는 것처럼 주위 모든 것이 새롭게 느껴졌다. 그 시간까지 아직도 남편은 귀가하지 않았고, 밝은 날을 맞이하려면 잠들려고 발버둥 쳤던 시간만큼 기다려야 했다. 습관처럼 냉장고 문을 열었다. 맥주가 보였지만 이제 술기운으로 밤을 보내고 아침을 맞이하는 일은 하지 않기로 했다. 열린 냉장고와 희미한 열대어 수족관 불빛이 합쳐져 거실 중앙에 걸린 그림이 제법 선명하게 드러났다. 처음으로 그림 속에 벌거벗은 여인이 자신을 많이 닮았다고 생각되었다. 아니 저 여인을 닮고 싶은 것이 솔직한 마음일지도 모를 일이었다. 그보다 더 확실하게 표현하자면 작품 속 여인의 상황이 되고 싶은 것일 수도 있었다. 작품은 인상파에 영향을 준 작가, 에두아르 마네(Edouad Manet, 1832~1883)가 그린 〈풀밭 위에 점심식사, 1863〉였다.

문득 의식 밖의 남편이 의식 안으로 들어왔다. 이미지 너머 추억들이 보이는 듯했다. 남편과 미숙은 많은 사람들이 그랬던 것처럼 인상파 화가들의 작품을 매우 좋아했다. 그러나 정확히 말하면 마네는 인상파 화가는 아니었다. 인상파 전시에 참여한 적도 없고 단지 인상파 화가들에게 정신적으로 많은 영향을 주었을 뿐이지만, 남편은 특히 마네를 좋아했다. 미대생이었던 남편은 그림 밖에 몰랐고 미숙 자신도 그런 모습이 너무 멋있고 자랑스러웠다. 두 번째 만난 날 남편은 술에 취한 채 마네에 대해 많은 얘기를 했었다.

"저는 화가 중에 마네를 좋아합니다. 혹시 그 사람에 대해 아십니까?"

"아니요."

"인상파가 탄생하게 된 원인제공자라고 할 수 있지만 그 유파에 소속되기를 거부해서 끝까지 일정한 거리를 두죠. 자기를 존경하는 인상파 화가들과 전시도 함께 하지 않았어요. 마네야말로 기존의 고전적 회화전통과 결별하고 인류와 민중들에게 새로운 세계를 열어주었다고 할 수 있어요. 마네는 근대미술의 아버지입니다."

민중이라는 단어까지 들먹이며 단숨에 막걸리를 비우는 남편의 모습이 얼마나 멋있던지 그와 얘기할 때는 연신 울려대는 삐삐 호출음도 귀에 들어오지 않았다. 미숙은 식탁에 앉아 맥주 대신 얼음물을 마시면서 작품 속의 연인을 물끄러미 쳐다보았다. 작품 속에서 머리에 터번을 쓰고 양복을 입은 남자는 남편을 닮아 있었고, 자신을 향해 말하고 있는 것 같았다. 마치 아직도 귀가하지 않은 남편이 그림 속에 있는 듯했다. 하지만 이상하게도 남편의 얼굴이 기억나지 않았다.

"인상파라는 말이 좀 웃겨요. 왜 그런 이름이 지어졌어요?"

연애 시절 남편에게 했던 질문이 생각나서 미숙은 터번을 두른 사내에게 농담을 던졌다.

"인상파라는 말은 사실 좋은 뜻이 아닙니다. 인상주의 화가들이 개최한 전시에서 그들의 그림, 특히 그중 모네라는 사람의 〈해돋이, 1872년〉를 본 프랑스의 신문기자가 작품의 느낌을 비꼬아서 한 말입니다. 그 시대 사람들에게는 완성되지 않은 것 같은 그림 같았거든요. 몇 년 후에 그들은 그 용어를 정식 호칭으로 사용했지요."

미숙은 깜짝 놀랐다. 혼잣말처럼 장난치듯 한 말에 그림 속의 사내가 답변을 하다니, 무섭기도 하고 재미있기도 해서 어정쩡한 표정으로 그림을 쳐다볼 수밖에 없었다. 또다시 환영이 시작된 듯싶었다. 사내는 젊은 시절의 남편처럼 부드럽게 말해주었고, 더욱 자세한 설명이 이어졌다.

"인상주의 화가들은 마네, 모네, 드가, 로트렉, 르누아르 등등 잘 알려진 많은 사람들이 있습니다. 물론 신인상주의 화가인 피사로, 쇠라, 시냑 같은 화가들과 후기인상주의 화가인 고흐, 세잔, 고갱 등도 모두 인상주의 범주 안에 들어가는 사람들이죠."

낯설지는 않았지만 여러 명의 작가 이름들이 한꺼번에 나열되자 미숙은 무섭다는 생각보다 약간 짜증이 났다. 하지만 신비로운 분위기가 깨질 것 같아서 내색은 하지 않았다. 터번의 사내는 미숙의 마음을 읽은 것처럼 말을 이어갔다.

"화가들의 이름은 그다지 중요하지 않습니다. 관심이 생기면 자연스럽게 기억하게 되지요. 중요한 것은 인상주의가 출발한 19세기 중반부터 20세기 초까지의 시대상황입니다. 현대인의 눈으로 인상주의 작품을 바라본다면 별다른 감흥이 없을 겁니다. 마네와 그의 작품, 인상주의를 이해하기 위해선 그 당시의 파리로 돌아가야 합니다. 그 시대를 충분히 느끼는 것이 작품을 감상하는 매너인 것이죠. 그것이 기본입니다."

"그 당시 파리는 어땠나요?"

긴 대답이 필요한 질문인 줄 알면서도 미숙은 넙죽 물어보았다. 어차피 잠은 포기한 상태였으므로 꿈같은 상황이 계속 이어지기를 바라는 마음도 있었다.

"한마디로 그 당시 파리는 신천지였습니다. 산업의 발전과 함께 모든 것에 변화가 시작됩니다. 지금의 파리와 같은 형태가 그때 생겨난 것입니다. 1852년 나폴레옹 3세가 즉위하면서 대대적으로 파리를 재정비합니다. 근대적인 새로운 도시로 탈바꿈한 거죠. 상, 하수 시설과 휘황찬란하게 빛나는 대로의 전기조명, 현대적 건물, 지금까지 유지되는 20개의 행정구역이 모두 그때 만들어진 겁니다. 지금 우리의 관점으로 생각할 수 있는 도시재개발 정도가 아닌 거죠. 그 당시 사람들은 신천지의 개막식을 본 것과도 같은 느낌이었을 것입니다. 가난하게 살던 네덜란드의 촌사람 빈센트 반 고흐도 활기차고 현대적인 파리의 모습에 매료된 나머지 예전의 우중충한 색채에서 벗어나 채도가 높고 화려한 화풍으로 그림을 그리게 되지요."

"세련된 파리의 거리를 두리번거리면서 감탄하는 촌사람 고흐의 모습을 상상하니까 참 재미있네요. 호호"

미숙은 오랜만에 웃어 보는 것 같았다.

"하하, 바로 그겁니다. 상상하는 힘은 작품 감상에 꼭 필요한 부분이지요. 동력이 발달하여 증기기관차가 다니고, 돼지방광에 담았던 안료들은 튜브가 발명되면서 물감 터질 염려 없이 안전하게 밖으로 가지고 나갈 수 있게 되었습니다. 접이식 이젤까지 생산되어 그림을 그리기 위해 기차를 타고 먼 곳까지 갈 수 있게 되었구요. 자연히 어두운 실내에서 벗어나 야외에서 그림을 그릴 수 있게 된 겁니다. 또한 사진까지 발명되어 구체적으로 묘사하는 화풍은 점점 입지가 좁아지게 됩니다. 바뀐 세상에 맞는 새로운 시각이 필요한 시대가 도래한 겁니다."

"마네가 그런 역할을 했나요?"

"물론이죠. 그가 시작점이라고 볼 수 있지요. 아마도 그 시절 마네는 자신이 그린 이 작품이 후대에 이렇게 많은 영향을 끼치리라고 생각하지 못했을지도 모릅니다. 마네는 전통적인 회화의 기법과 구성에서 탈피하려고 했습니다. 지금까지의 관습과 전통을 부수고 싶었던 것이죠. 몇 년 후에 나타나는 인상주의 화가들은 마네의 화풍보다는 그가 세상에 얘기하고자 하는 이상(理想)을 존경하고 따랐습니다."

"작품 설명 좀 해주시겠어요. 점점 흥미로워지네요. 당신이 속한 작품이 그렇게 중요한 줄 몰랐어요."

미숙은 실제로 궁금해졌다.

"가장 혁신적인 것은 등장인물입니다. 그동안 화폭 속의 여인 누드는 신들의 영역에서만 허용되어 왔습니다. 신화 속 여신들을 우아하고 신비롭게 표현해야 했던 것이죠. 반면 마네의 그림 속에 나오는 여인은 신이 아닙니다. 게다가 공원 같은 대중적인 장소에서 벌거벗은 채로 화면 밖을 응시하고 있습니다. 뻔뻔하게 관객들을 보고 있는 거예요. 그동안 등장했던 숱한 여신들도 감히 화면 밖으로 시선을 보내지 않았는데, 매춘부처럼 보이는 불손한 여자가 감상자를 쳐다보고 있다는 것은 도발에 가까운 사건이었던 겁니다. 대부분의 관객이 남성이었던 시절이었으므로 이 작품이 황당하고 불쾌하게 여겨진 것은 당연한 일이었습니다. 어떤 사람은 이 그림을 보고 있는 관객을 물기도 해서 신문 기사에 나기도 하고, 우산으로 훼손하려고 하는 이들도 있어서 다른 그림보다 높이 전시를 해야 했죠."

"그런 수모를 받을 줄 알면서 왜 그런 작품을 발표했을까요?"

"비록 비웃음의 대상이었지만 마네 자신도 그 정도까지 사람들의 관심을 끌지 몰랐을 겁니다. 사실 마네의 〈풀밭 위의 점심식사〉는 르네상스 시대의 고전적 작품을 현대적으로 재해석한 것입니다. 우아한 여신들과 잘 차려입은 귀족들을 현재에 존재하는 일상의 사람들로 바꿔놓은 것이죠. 본적도 없는 상상의 소재보다 역동적으로 변모하고 있는 사회적 일상들을 표현하고 싶었던 겁니다. 중요한 것은 현재 아니겠습니까. 고전적 장식과 형식을 벗어난 누드화를 허용하지 않는 낡은 관념에 대한 도전이었던 것이죠. 마네는 이 작품을 통해 현실 앞에서 좀 더 솔직해지자고 말하고 싶었던 겁니다."

"어쩜 150년이 지난 지금도 충분히 통할 수 있는 메시지 같네요."

"맞습니다. 세월이 지나도 한결같은 가치를 가지고 있는 것이 명작입니다. 모네, 르느와르, 세잔 등 몇 년 후에 인상파를 이끌어갈 젊은 화실 동기들은 파리국전에 출품했다가 낙선된 작품들만 모아놓은 낙선자 전시회에서 모네의 〈풀밭 위에 점심식사〉를 보고 큰 감명을 받습니다. 그동안 세뇌된 관념의 틀이 한순간에 깨졌던 거죠. 일반인에게는 비난의 대상이었던 그림이 이들에게는 인식의 폭을 넓혀주는 영양제이자 구원자로 보였던 겁니다. 이렇게 이미지는 보는 자의 입장에 따라 전혀 다른 양상을 가지게 됩니다. 이미지의 운명이지요. 이것이 문자와 다른 점입니다. 하하"

'까톡까톡까톡…'

미숙은 머리카락이 바짝 서는 것같이 놀라면서 스마트 폰을 쳐다보았다. 그 순간 꿈에서 깬 것처럼 작품 속의 남자도 재빠르게 낯설어졌다. 카톡 화면을 보니 초등학교 동창 준기였다.

'머하냥자냐… 걍했서… 아무 때나… 보나도 되다고 해자나… 나 한잔파고 드러강는주…'

술에 취한 티가 팍팍 풍기는 카톡 문자였다. 그래도 좋았다. 당장에라도 답신을 보내고 싶었지만 망설였다. 마치 그의 연락을 밤새 기다리고 있었던 것처럼 보이고 싶지 않았기 때문이었다. 사실 그랬으면서. 손가락은 마음처럼 휴대폰의 키패드를 쉽게 두드릴 수가 없었는데, 몸과 마음 사이에 존재하는 머리 때문이었다. 이성(理性)은 미숙이 여자인 것을 지속적으로 상기시켰다. 게다가 한 사람의 아내와 엄마, 천주교 신자라는 사실 또한 은근히 추가시켰기 때문에 미숙은 핸드폰을 바라만 볼 수밖에 없었다.

'자늉가보네 잘자고 나꿈궈바이'

미숙은 안타까웠다. 가슴과 머리는 한 몸이었지만, 자신의 마음대로 움직여지지 않았다. 맞춤법도 형편없는 문자마저 어느새 감미로운 목소리가 되어 미숙의 귀에 속삭이는 듯했다. 심지어 그의 술 냄새도 느껴지는 것 같았다. 당장이라도 만나자는 문자를 보내고 싶은 충동이 강하게 일었다. 하지만 역시나 마음뿐이었다. 오랫동안 자신에게 길들여져 온 결과였다. 미숙은 카톡 음을 끈 핸드폰을 그 자리에 두고 방으로 향했다. 침대에 누운 미숙은 문득 자신을 가꾸어야겠다는 생각을 했다. 동창과 함께했던 꿈속에서 본 여인의 몸은 적어도 현재 자신의 것은 아니었기 때문이었다. 장맛비가 더욱 세차게 내리는 와중에도, 아침은 새벽을 훔친 도둑처럼 은밀하게 스며들고 있었다.

〈풀밭 위에 점심식사, 1863〉〈그림4〉

3
에드바르드 뭉크

공방 내부는 양쪽 창문 때문에 바람은 잘 통했지만, 쏟아지는 햇빛이 만들어내는 후덥지근한 온기를 견뎌내기에는 한계가 있었다. 경량철골조 구조물과 켜켜이 쌓여있는 흙더미들도 그런 상태를 만들어낸 원인 중의 하나였다. 게다가 여름만 되면 흙먼지를 뒤집어쓴 선풍기마저 요란한 소음을 내며 사방을 두리번거렸는데, 용백은 억지로 만들어낸 바람과 기계음이 싫었다. 삐걱거리는 마찰음이 이런 공간에 어울린다는 사람도 있었지만 그것은 방문자의 섣부른 낭만일 뿐, 이 공간을 삶의 터전으로 삼고 지내는 사람에게는 불편한 소음이었던 것이다. 용백은 오늘처럼 수강생도 없는 날은 공방 밖 처마 밑에 놓인 평상에 누워 있는 것을 즐겼고, 지금은 눈을 감은 채 지난겨울을 생각하고 있었다. 오늘처럼 무더운 날은 가장 추웠던 과거의 어느 날을 상상하면 다소 위안이 되는 것 같았기 때문이다. 제법 산들바람이 불면서 우렁찬 매미 소리가 잦아드는 것 같아 오디오 볼륨을 최대한 올렸다. 알비노니의 '현과 오르간을 위한 아다지오 G단조'가 장중하면서도 슬프게 공방의 모든 틈사이로 퍼져 흘렀다. 용백은 그 와중에도, 음악 소리에 놀랐는지 아니면 감동을 받았는지 처절하게 번식을 갈망하던 수컷 매미들이 일시에 울음을 그쳐 기특하다는 생각을 잠깐 했다. 그 순간, 취기 때문이었는지 용백은 상상 속 겨울과 몸 밖의 여름이 섞이는 묘한 느낌을 받았다. 곧이어 과거와 현재가 오버랩 되면서 시공간을 느낄 수 없는 무중력의 상태가 된 것처럼, 몸은 매미가 울고 있는 벚나무를 지나 공방의 지붕 위를 둥둥 떠다니는 것 같았다. 용백은 낮술과 음악, 낮잠과 추억, 새로운 경험, 이 모든 것이 선물이라는 엉뚱한 생각이 들었다.

　「이런 귀한 선물을 누가 주었을까?」

용백은 만약 자신이 예전에 다니던 바닥재 패턴디자이너를 그만두지 않았더라면, 수요일 정오에 막걸리 몇 사발에 마음을 달래고, 매미 소리를 들으며 낮잠을 즐기는 생활은 꿈에서만 가능한 일이었을 것이라고 생각했다.

「아. 난 행복한 사람!」

용백은 자기도 모르게 웃으며 큰소리도 말했고 그 소리에 놀라 저절로 눈이 번쩍 떠졌다. 깊이 잠들지 않은 가수면 상태에서 꾼 꿈이었다. 용백은 순식간에 허탈해졌다.

「에이… 차라리 꿈이 좋았는데… 다시 자면 꿈이 이어질까?」

용백은 꿈에서 함박눈 내리는 시골 오솔길을 머리가 긴 어떤 여자와 손을 잡고 걷고 있었는데, 전혀 춥지 않고 오히려 온기까지 느낄 수 있었다. 따뜻한 겨울이 실제로 존재하는 것처럼 생생했던 것이다. 얼굴을 자세히 볼 수 없었지만 손의 감촉과 머릿결의 느낌으로 보아 예전부터 잘 아는 여인 같았다. 하지만 도대체 누군지 전혀 기억해 낼 수가 없었다. 꿈속의 이름 모를 여인을 기억해 내려는 자신이 우스워 용백은 픽 웃고 말았지만, 제법 머리가 무거워 한참을 벽에 기대고 있어야 했다. 점심 대신 먹은 막걸리가 적은 양이 아니었기 때문이었다.

「제기랄, 이제 현실로 돌아왔네, 꿈속이 좋았는데.」

용백은 몸에서 받지도 않는 담배를 습관처럼 물었다. 예전엔 술 마신 다음 날 머리가 아프면 전혀 담배 생각이 나지 않았건만, 지금은 사정이 많이 달라졌다. 이미 과거의 용백은 없어진 지 오래고 지금은 세상에 길들여진 짐승 한 마리가 그 자리를 대신하고 있는 듯했다. 용백은 문득 언젠가 지방의 어떤 동물원에서 본 적 있는 고릴라를 떠올렸다. 힘없이 늙어가는 수컷 고릴라는 하루 종일 누웠다 앉기를 반복하면서 좀처럼 움직임이 없었는데, 중앙에 만들어 놓은 둥근 모양의 굵은 밧줄 밑에 고개를 숙이고 있는 고릴라가 곧 목을 매달고 자살을 할 것처럼 보였던 기억이 났다. 고릴라는 유리창을 두드리며 이쪽을 봐달라고 아우성치는 사람들을 가련하게 쳐다보고 있을 뿐이었다. 용백은 주객이 전도된 동물원의 풍경을 유심히 보고 있다가 갑자기 깜짝 놀랐다. 수컷 고릴라가 갑자기 빠른 걸음으로 구석과 중심을 뛰어다니면서 괴성을 지르더니 뭐든 손에 잡히는 것들을 사정없이 내팽개치는 것이었다. 창문 앞의 관객들은 놀랐지만 우리 안의 암컷들은 익숙한 듯이 모두 벽을 보고 자리를 고쳐 앉았다. 마치 상대하지 않는 최상의 방법을 오래전부터 터득한 듯이 말이다. 고릴라는 누가 보아도 우울증을 앓고 있는 것처럼 보였다. 만약 사람보다 단계가 높은 상위포식자가 인간을 저 고릴라처럼 유린한다면 우린 무엇을 할 수 있을까? 라는 생각을 하면서 안타까워하면서도 자신과 비슷하다는 생각은 하지 않았었는데, 오늘따라 고릴라와 동질감을 느끼는 자신이 또 우스워지기도 하고 처량해지기도 해서 픽하고 웃을 수밖에 없었다. 진짜 고릴라처럼 괴성을 지르며 공방 안, 밖을 돌아다닐 수야 없지 않은가. 벌써 다 태워진 담배를 틈도 주지 않고 또 이어서 붙였다. 이제 몸 생각도 귀찮아졌다. 점점 몸이 고체화되어 가고 있는 것 같았다.

「자각증상이 없고 점점 수분이 증발해서 굳어지면 나중엔 어떻게 될까? 나중엔 돌이 되려나?」

용백은 또 픽 웃었다. 용백의 아내 수지가 핸드폰에 자신을 '돌'이라고 저장해 놓은 것이 생각났다. 언제가 왜 하필 자신을 돌이라고 입력시켰냐고 물었더니 돌처럼 변함없어서라는 답이 돌아왔었다. 듣기에 따라 페르소나의 의미를 함축한 말처럼 들리는 뉘앙스였다.

「돌처럼 변함없이 좋다고? 아님 싫다고? 돌처럼 바보라고?」

확실한 답을 묻고 싶었지만 또 싸움의 불씨를 만들고 싶지 않아서 바보처럼 웃기만 했다. 남자의 웃음과 갇힌 고릴라의 괴성은 닮은 점이 많다는 생각을 하면서 말이다. 아내 수지와 싸늘하게 지낸 기간이 벌써 몇 달이 다 되어갔다. 시간이 갈수록 닮아가는 것이 부부인 줄 알고 살았던 용백은 후회스럽고 안타까웠다. 자신은 정말 가족을 위해 열심히 산 죄밖에 없었다. 변변한 외출복 한 벌 없이 살아온 세월이 얼마나 될까. 몇 년 전 친구 상엽의 사진전 오픈식에 갔다가, 주변 사람들에게 아무리 예술가라도 너무 심하지 않느냐는 소리까지 들을 정도로 자신을 가꾸는 일에 소홀했었다. 화려했던 대기업 생활을 접고 시골생활을 선택할 때부터 용백은 비장한 각오를 늘 달고 살아야만 했다. 아직 오지도 않는 미래를 미리 걱정해야했기에 현재는 늘 조심스러웠고 불안했지만, 대한민국에 많은 수컷들도 모두 같은 입장이라고 위안하면서 열심히 산 기억밖에 없는데 남은 것은 허탈과 우울증 걸린 짐승의 잔상뿐이라니…

"에이, 모르겠다."

용백은 공방 안의 냉장고를 열고 다시 막걸리를 꺼냈다. 달콤하고 쌉싸름한데다 시원하기까지 해서 사발 크기의 잔으로 두 잔을 연거푸 마셨다. 남아있던 취기와 합쳐져 순식간에 알콜이 몸속 구석구석으로 퍼져 나갔다. 한잔을 또 마셨다. 바이올린 소리가 고릴라의 울음소리로 변하는 듯하더니, 수지와 싸우는 자신의 목소리가 되어 있었다. 연거푸 한잔을 또 따라 마셨다. 순식간에 한 병이 비워지고 남은 한 병도 자신을 빨리 비워달라는 듯 땀을 뻘뻘 흘리고 있었다. 정신이 몽롱한 가운데도 술 때문에 속을 버리면 안 된다는 기특한 생각까지 한 용백은 남아있는 삶은 계란과 김치를 우적이면서 먹었다. 순식간에 막걸리 두 병이 비워지고 용백은 평상에 쓰러지듯 누워서 잠에 빠졌다. 현실인지 꿈인지 가늠할 수 없는 상황에서, 용백은 가뜩이나 숱이 없는 머리를 쥐어뜯고 있었는데, 막걸리 병 밑에 깔아놓은 신문에 이런 기사와 함께 익숙한 이미지가 눈에 들어왔다.

〔에드바르드 뭉크의 절규 〈The Scream, 1895년 파스텔〉 뉴욕 소더비 경매에서 1354억 낙찰〕

평소 때는 관심도 없었던 작품이 갑자기 의식 속에 들어왔다. 하지만 공포 영화에 나올듯한 가면 같은 얼굴에 손을 대고 비명을 지르는 그림이 1천 몇 백 억이라니. 더구나 유화도 아니고 파스텔이라는 일종의 색연필로 그린 그림이 그런 엄청난 값에 팔렸다는 것을 믿을 수 없었다. 용백은 취중에도 〈절규〉의 어떤 점이 수천억의 가치를 가지게 했는지 알아보고 싶은 호기심이 생겨서 마음을 가라앉히고 눈을 감았다. 술기운인 듯 꿈속인 듯 뭉크가 살았던 1800년대 후반 노르웨이 오슬로를 향해 날갯짓을 시작한 것이다. 이왕 떠나는 김에 여행하는 기분으로 꿈속 여인과 동행하고 싶은 마음이 간절했다. 낯설면서도 익숙한 면을 가진 이 여인은 아직도 완전한 실체를 파악하지 못했지만, 어디든지 손을 잡고 걷고 싶은 기분이 드는 사람이었다. 간절한 마음이 통했을까. 용백의 바람대로 절박한 상상력은 꿈속의 여인도 현실 같은 환상 속으로 불러냈을 뿐만 아니라, 백 년 전의 노르웨이까지 데려다주었다.

"아. 너무 아름다워요. 여기가 뭉크 작품 〈절규〉의 배경이 되는 피요르드 해안인 것 같군요. 저기 다리도 보이고… 저기 언덕도 있고…"

꿈속의 여인은 꿈속처럼 몽롱하고 신비롭게 말문을 열었다.

"아. 그런가요. 그림에 대해서 잘 아시나 봐요."

용백은 여인의 얼굴을 똑바로 쳐다볼 수 없어서 질문에 어색함이 묻어 있었다. 왠지 수줍었던 것이다.

"하하. 아니에요. 뭉크에 관심이 많아요. 그래서 오슬로에 있는 뭉크미술관에도 갔었죠. 여기저기서 관련서적도 읽고, 그러다 보니까 더욱 빠져들게 되더라고요."

여인의 목소리가 점점 또렷하고 밝아지고 있었으므로 용백도 힘을 내어 여인을 똑바로 쳐다보며 말하고 싶다는 생각을 했다.

"아. 마침 석양이 지네요. 너무 아름다워요. 뭉크는 이렇게 드라마 같은 풍경을 〈구름이 핏빛으로 물들고 있다〉고 표현했더군요. 비명소리도 들렸다고 하고요. 신경쇠약이 극도에 달했던 것 같아요."

덤덤하게 말했지만 용백은 뭉크의 마음을 이해할 수 있을 것 같았다.

"예, 맞아요. 사실 뭉크를 이해하기 위해서는 그의 가족사부터 알아가는 것이 순서겠지요. 뭉크뿐만 아니라 다른 사람도 마찬가지라고 생각해요. 특히 사랑하는 사람은 더욱…"

꿈속의 여인은 말끝을 흐렸지만 재빨리 말을 이어갔다.

"많은 사람들이 죽음을 실감하지 못하고 살지만 뭉크는 달랐어요. 병과 죽음은 그의 가족에게는 흔한 일이었죠. 뭉크의 나이 5살에 어머니는 폐결핵으로 죽죠. 누이도 동생도 같은 병으로 모두 세상을 떠났어요. 의사인 아버지도 속수무책이었죠. 엄격하고 폭력적인 아버지 밑에서 병약한 뭉크는 늘 불안과 고독, 공포와 두려움에 떨면서 살았어요. 결국 그런 감정을 평생 다스리지 못했죠."

꿈속의 여인은 진심으로 어린 시절의 뭉크를 이해하는 것 같았다.

"정말 큰 충격이었겠네요. 아버지를 특히 무서워했다죠? 작품 〈사춘기〉에 나오는 누드여인의 그림을 보고 아버지가 화를 낼까 봐 전시장에 오는 아버지를 피해 다닐 정도로요."

"예. 맞아요. 뭉크의 아버지는 가장으로서는 책임감이 없었고, 칭얼거리는 아이에게는 폭력을 쓰는 모순된 행동의 소유자라고 알려져 있어요. 특히 병으로 죽어가는 가족 앞에서 오직 기도만 하는 아버지의 행동은 뭉크에게 모순된 인간의 전형으로 비쳤고, 급기야 신앙심마저 사라지게 만든 원인이 되었죠. 그런저런 이유 때문인지 뭉크의 그림들은 모두 어둡잖아요. 인상파 화가들처럼 화사하고 낭만적이지도 않고, 같은 시대의 클림트처럼 화려하면서도 신비로운 분위기도 아니고요. 솔직히 〈절규〉 같은 그림을 어떤 사람이 집안에 걸어놓고 싶겠어요. 그냥 줘도 안 갖는다고 할 거예요."
"당연히 그 시대, 즉 우리가 지금 와있는 1895년 이야기겠죠. 하하"
"맞죠. 지금은 천 억이 넘잖아요. 천 억!"
모처럼 두 사람은 같이 웃었다. 그 때문인지 용백은 웃는 여인에게서 막연한 느낌이 사라지고 익숙한 감정이 솟아나는 것 같았다.
"저는 뭉크의 위대함이 그 점에 있다고 생각해요. 뭉크 이전에 화가들은 내면의 감정을 그린다는 생각은 못 했어요. 실체가 없는 대상을 표현한다는 생각 자체를 할 수 없었던 것이죠. 시시각각 변하는 대기의 흐름, 즉 빛을 그린 인상파도 눈에 보이는 대상을 염두 한 것이거든요. 후기 인상파였던 고갱 정도가 마음의 눈으로 대상을 보라. 저 대상이 노란색이라도 당신은 파란색으로 표현할 수 있다는 말을 하지요. 하지만 그도 대상을 그렇게 왜곡하지는 않았어요."
꿈속의 여인은 마치 자신이 뭉크 미술관의 큐레이터가 된 것처럼 작품 이야기를 쏟아냈다.
"〈절규〉가 보이지도 않고, 감추고 싶은 자신의 내면적인 갈등과 불안, 공포 등의 부정적 요인들을 굳이 드러냈으나, 그 시대의 사람들에게는 역시 비난만 받았어요. 너무 부담스러운 이미지였기 때문에 며칠 만에 전시장 문을 닫아야 했어요. 당연한 결과겠지요. 하지만 시간이 지나면서 내면적 갈등이 뭉크의 문제가 아니라 많은 사람들에게도 공통적으로 나타나는 현상이라는 것을 세상이 인정하기 시작했죠. 아이러니하게도 아름다운 이미지가 아닌, 실체도 없고 흉측하기까지 한 이미지를 보면서 많은 화가들이 그 전에는 느끼지 못했던 의식의 확장을 경험하게 돼요."
용백은 묵묵히 고개를 끄덕이면서 말을 받았다.

"저는 개인적으로 뭉크의 〈마돈나〉라는 작품을 더 좋아해요. 〈절규〉 못지않게 많은 의미를 가지고 있는 작품이라고 생각이 들어요."

"어머. 어쩜… 저하고 똑같은 생각을 가지고 계시네요."

"마돈나라는 말은 성모마리아를 뜻하잖아요. 그 누구도 예수의 어머니를 그렇게 퇴폐적이고 요염하게 그리지 않았어요. 아니 못했겠지요. 당연히 여성의 이중성을 표현한 겁니다. 어머니이기 이전에 한 사람의 여인으로서 말이죠. 누구나 가질 법한 다중적 인격성을 성모마리아라는 숭고미의 대명사에 결부시켰다는 것은, 더 이상 예술이 표현하지 못할 것은 이 세상에 없다는 선언을 한 것이나 마찬가지겠죠? 이런 이유 때문인지 오히려 1900년대 초 이 작품이 베를린에서 발표되었을 때 평론가들부터 호평을 받지요."

꿈속의 여인이 처음으로 용백을 똑바로 쳐다보았다. 여인은 용백과 예전부터 알고 지낸 느낌의 눈빛이었다.

"뭉크는 사랑 또한 원만하지 않았어요. 유부녀를 사랑했지만 결국 이루어지지 못했죠. 자신을 좋아했던 다른 여인한테는 총기 오발 사고로 손가락을 잃기도 하구요. 그런 일들 때문에 아마도 여자를 혐오의 대상으로 생각했을 수도 있어요. 〈흡혈귀〉라는 작품에서도 그런 느낌을 받거든요. 결국 결벽증 때문에 친구들로부터도 버림받고, 죽을 때까지 편집증, 공황장애 때문에 정신병원에서 약물치료를 받아요. 하지만 오히려 약물 때문에 정신이 안정되었을 시기의 그림은 그다지 주목받지 못했어요."

용백은 씁쓸히 웃으면서 아직도 불타고 있는 석양을 바라보았다. 불안과 죽음의 공포를 감추거나 미화할 용기가 없었던 인간, 뭉크의 내면세계가 조금은 이해되는 느낌이었다.

"뭉크 때문에 미술이 현대로 도약하는 계기가 되었다고 할 수도 있겠네요?"

꿈속의 여인은 도리어 용백에게 묻고 있었다.

"하하. 잘 아시겠지만 이미지에 정답이 어디 있겠어요. 답이 있기도 하고 없기도 하겠지요. 다만 미술이란 의식을 시각적으로 표현하는 것이기 때문에 현상 이면의 세계를 이해하는 것이 더욱 중요하겠지요."

말이 끝나자마자 꿈속의 여인과 용백은 서로를 마주 보면서, 영화 속 장면처럼 키스를 할 수밖에 없다는 생각이 동시에 들었다. 지금 하지 않으면 후회할 것 같은 엉뚱한 생각도 우스웠지만, 와락 껴안는 용기는 어디서 생겨났는지 신기할 정도였다. 눈을 감고 입술이 포개지는 순간 용백은 클림트의 〈키스〉를 떠올렸고, 꿈속의 여인은 머릿속에서 뭉크의 〈키스〉가 오버랩 되었다. 오랜만에 느끼는 달콤함과 황홀함이었다. 그녀의 촉촉한 입술과 부드러운 뺨이 용백과 포개지면서 만들어내는 전율은 서로의 몸속 깊은 곳까지 퍼져나갔다. 둘 다 시간이 멈추었으면 좋겠다는 생각을 하면서 용백은 이 여인이 누군지 드디어 알 것 같았다. 사랑하는 아내, 수지였다.

〈에드바르드 뭉크의 절규
(The Scream, 1895년 파스텔)〉〈그림5〉

〈사춘기〉〈그림6〉

〈마돈나〉〈그림7〉

〈흡혈귀〉〈그림8〉

4
아! 르네상스
- 레오나르도 다빈치

"아이고… 머리야"

전날 마신 술 때문에 겨우 눈을 뜬 준기는 아침도 거른 채 사무실로 향하면서, 습관처럼 담배를 물었다가 무슨 생각이 들었는지 담배와 담뱃갑을 아예 차 뒷좌석으로 휙 던져버렸다.

「우리 운동이든, 요리든, 아님 그림이든 음악이든 일을 제외하고 흠뻑 빠져서 열중할 수 있는 취미를 가져 보는 것이 어때? 생각만 하지 말고 시작해 보는 거야!」

준기는 어젯밤 상엽이 헤어지면서 한 말이 잊히지 않고 머릿속에서 빙빙 도는 것 같았다. 새삼스러운 말도 아닌데 공감이 가는 것은 이제야 시간의 무게를 가늠할 수 있는 나이가 되어서일까. 사실 준기는 현재에 어느 정도 만족하고 있었다. 고생스러운 젊은 시절로 굳이 돌아가고 싶지 않았다. 조금 아쉬운 점이 있다면 아내와 별거 상태라는 것과 특별한 취미가 없다는 것이었다. 가끔 등산을 하기도 하지만 매번 정기적으로 하는 것은 아니었고, 친구들 성화와 업무상 이유로 배운지 몇 년 되는 골프도 무섭게 빠져들 만큼 매진할 처지도 되지 못했다. 한번 라운딩을 할 때마다 최소 몇 십만 원씩 들어가는 운동에 미쳐서는 안 된다는 무의식이 팽배하다가도, '짝'하는 소리와 함께 초록잔디를 가로질러 파란 하늘 속으로 날아가는 골프공을 상상하면 역시 그만한 운동이 없다 싶었다. 그러나 가뜩이나 일거리도 줄어드는 판국에 골프라는 운동은 끌리면서도 왠지 마뜩찮은 스포츠였다. 그러나 얼마 전부터 혈압약을 복용하기 시작한 준기에게 운동은 선택의 조건이 아니라 의무의 범주에 들어왔다는 것을 누구보다 잘 알고 있었다. 자신의 능력과 한계를 잘 알고 그것을 존중하고 지켜가는 것이 준기의 장점이었다. 가끔 그 점이 단점으로 비춰질 때도 있지만. 운동도 사정이 그렇고 책은 더욱 그랬다. 돌이켜 보면 신문 이외에 최근에 읽은 책 제목은 가물가물했다. 가끔 예전에 아내가 구입해 두었던 베스트셀러라는 책을 몇 번 들춰 보긴 했지만 끝까지 본 적은 한 번도 없었다. 그렇다고 딱히 좋아하는 분야도 없고 게다가 필요성도 크게 느끼지 못하는 마당에 책에 대한 미련은 애당초 없었다. 책도 사정이 그렇고, 영화도 상황이 크게 다르지 않았다. 점점 극장에 가는 횟수는 줄어들고 케이블 TV에서 제공하는 영화만으로도 충분했다. 오래전 상영했던 아바타라는 영화는 아이들과 함께 시간을 내서 같이 보았는데 영화도 좋았지만 3D 영상이 예전과는 비교도 안 될 만큼 달라진 것에 놀랐고, 모처럼 아빠 역할을 한 것 같아서 더욱 흡족했다. 딱 거기까지였다. 일반적인 취미생활의 상태가 이러하니 일기를 쓴다거나, 예술 쪽에 흥미를 갖는다는 것은 전혀 다른 세계의 생활처럼 여겨졌다. 더욱 솔직한 심정을 말하자면 준기는 자신에게 아직 취미생활이란 자체가 어울리지 않는다는 생각을 하고 있었다. 바쁜 와중에도 건축도장 기능사 자격증을 취득했고, 얼마 후에는 건설안전 산업기사 자격증까지 합격했다. 아무에게도 말하지는 않았지만 10cm 이상 두께의 전문서적 3권을 독파해야 하는 부담감보다 1차 합격률이 20%대라는 것이 준기를 더욱 짜증나게 했다. 이것에 사업의 흥망이 걸려있는 건 아니지만 더 안정적인 사업수주와 더 나은 미래를 위해서 피할 수 없는 길이었다. 갖춰야 할 것이 많은 만큼 공사 대금의 수금도 원활하면 좋으련만 현실은 그렇지 않았다. 바랄 것을 바라야지 하면서도 매달 말일이면 난처할 때가 한두 번이 아니었던 것이다. 수금은 안 되고 줄 돈은 많고. 전쟁이 어디 엄한 곳에 있는 것이 아니라 문밖이 곧 전쟁터였다. 타들어가는 현실 속에선 책과 예술보다는 술이 더욱 효과를 발휘했다. 일시적인 것을 알면서도 일과가 끝나면 어쩔 수 없이 술 생각이 간절했는데 자기만 바라보고 사는 노모와 아이들이 아니었다면 매일같이 마셨을지도 몰랐다. 역시 준기의 유일한 취미는 술이었다. 술은 생각할수록 묘한 음식이라는 생각이 들었다. 나이가 들수록 술을 왜 약주라고 했고, 술을 담글 때 왜 빚는다는 표현을 썼는지 알 것 같았지만 그것을 구체적으로 얘기하라거나 글로 쓰라고 하면 말문이 막히고 무슨 단어부터 떠올려야 할지 막막하기만 했다. 그러나 술이 몇 잔 들어가면 그렇게 막연했던 생각들이 차츰 명확해지면서 사람들과의 술자리가 왜 필요하고 좋은지를 조목조목 설명할 수 있는 용기와 실마리까지 제공해 주는 것 같았다. 그만큼 준기에게 술의 효과는 컸다. 그러나 돈독해지는 관계 속에 서로에게 희망을 주는 듯한 술기운도 약주의 범위를 벗어나면 순식간에 독주로 돌변하면서 적지 않은 후유증을 남겼다. 어리석게도 술을 즐겨 마시는 많은 사람들은 술이 가지는 이러한 양면성을 잘 알고 있으면서도 번번이 알콜의 후유증에 시달리게 되지만, 준기는 술이 유일한 취미라는 선입견과는 다르게 기억이 나지 않을 정도로 만취하는 법이 별로 없었다. 특별한 주사도 없이 어쩌다 만취라도 했다 치면 그냥 히죽히죽 웃을 뿐이었다. 그나마 준기의 상대방은 필름이 끊겼다는 사실도 모른 채 자기 얘기를 마냥 하는 경우가 태반이었다. 그것은 평소에 술자리 매너의 단면을 보여주는 것이기도 했다. 준기는 천성적으로 자신의 말을 하는 것보다 듣는 것을 더 좋아했다. 건성으로 듣는 것이 아니고 진심으로 상대의 입장이 되어 경청하는 것이다. 이런 습성은 술자리에서 최고의 진가를 발휘했다. 자리를 막론하고 멋있게 말하는 자는 달게 듣는 자를 당하지 못한다는 생각은 어느새 준기의 술자리 원칙이 되어 버렸다. 그것은 상대에게 호감을 사기 위한 위장이 아니라 준기 자신의 본성이었다. 듣다 보면 상대의 입장이 이해되었고 충분히 그럴 수 있다는 생각이 들곤 하여 적당히 맞장구도 쳐주고, 상대의 말 리듬이 끊길 즈음에 자신의 얘기를 꺼내면 상대는 조금 전 자신이 했던 것처럼 준기의 입장을 동조해 주었다. 그러나 들으면서도 객관적 입장은 잃지 않았다 그래서 상대의 입장이 과하다 싶으면 우회하여 자신의 생각을 밝히기도 하고, 심각해질 뿐 해답이 없는 넋두리라고 판단이 되면 지난 추억을 끄집어내거나 상대가 좋아할 만한 주제로 화제를 돌릴 줄도 알았다. 그는 말을 유머스럽게 할 줄도, 적당한 말 인심을 쓸 줄도 몰랐고, 세련된 치장으로 주위의 시선을 한 몸에 받지는 못했으나 술자리 모임이 있을 때는 모두가 그의 참석유무를 빼놓지 않고 확인했다. 그것은 상대를 진심으로 배려할 줄 아는 진정성의 승리였다. 하지만 이제는 그것도 차츰 지겨워졌다. 나이가 들어간다는 것은 서글프거나, 아쉽다거나, 황홀하다는 것 따위의 수식어로는 결코 정의할 수 없는 복합적 진행형 동사라는 사실만이 남아있을 뿐이었다. 어느 순간부터 준기는 지금까지 자신이 가장 좋아하고 즐겨 사용했던 변함없다는 말을 최소한 자기 자신에게는 하고 싶지 않았다. 한결같다는 고정된 의미 속에서 끊임없이 변화하는 준기가 되고 싶었다. 그것은 사업을 위한 변신이 아니었다. 결국 준기는 집어넣었던 담배를 꺼내 물고는 사무실 의자에 등을 기대고 불을 붙였다. 어제 술자리에서 상엽이 인용한 소설의 한 구절이 떠올랐다.

「새는 알을 깨고 나온다. 알은 곧 세계다. 태어나려는 자는 한 세계를 파괴하지 않으면 안 된다. 새는 신을 향해 날아간다. 그 신의 이름은 아프락사스.」

 어제 상엽에게 차마 아프락사스라는 신이 있냐고 물어보기 싫었던 순간이 생각나자 준기는 빠르게 담배를 끄고 인터넷을 검색했다.

 (praxis 프락시스: '예술, 과학, 기술 등의 습득을 위해 훈련하고 실행에 옮기다'라는 단어에 a라는 접두어를 붙여 새로운 차원이나 존재로 변화하는 과정에 따르는 고통을 신격화한 것.)이라는 설명이 모니터에 떴다. 결국 그 신은 소설가 헤르만 헤세가 만든 신이었다고 생각하니 슬며시 웃음이 나왔다. 알아간다는 것이 이런 것인가. 불현듯 준기는 어제 상엽의 이야기처럼 예술작품을 통해서 자신이 느끼는 이름 모를 갈증을 해소시킬 수도 있을 것 같은 생각이

들었다. 그때 카톡음이 울렸다.

초딩미숙: 어제 잘 들어갔어?
뭔 술을 그렇게 늦게까지 먹냐 작작드삼~~'
초딩준기: 아… 쏘리쏘리… 너무 밤늦게 했지.
초딩미숙: 아냐. 자고 있었쓰… 아침에 보니까 문자가 와있길래… 카톡음 꺼놔서 상관없음 ㅋ
초딩준기: 점심 먹었니?
초딩미숙: 아직, 넌?
초딩준기: 나두… 아직… 너 어디냐?
초딩미숙: 예술의 전당.
초딩준기: 거긴 왜?
초딩미숙: 전시 보러왔어. 혼자…
초딩준기: 혼자? ㅋ… 같이 보까 전시~
초딩미숙: 무슨 전신지도 모르고?
초딩준기: 하하… 니가 보는 거니까 좋은 거겠쥐…
초딩미숙: 피~~… 그러던지…
초딩준기: 금방가께… 기다려… 근데… 전시제목이 뭐냐?
초딩미숙: 르네상스의 화가들.

주중 이른 오후 예술의 전당 한가람 미술관은 한산했고, 전시관 앞에 있는 파라솔 밑에 앉아 준기를 기다리는 미숙은 기분이 묘했다. 그 아리송한 감정을 정확히 집어서 표현하자면 일종의 설렘인 것 같았다. 30년 전 대학미팅 때 처음 만나서 결혼까지 하게 된 미숙은 결혼 전후를 통틀어 남편 말고 다른 사람과 연애를 해본 적이 없었다. 남편과 첫 잠자리를 한 후 당연히 결혼을 해야 하는 줄 알았던 시절이 있었다. 남자를 기다리면서 초조한 감정을 느껴본 지가 얼마 만이던가. 파란 하늘에 떠 있는 뭉게구름과 감미롭게 불어오는 산들바람에도 자신만의 의미를 실을 수 있을 만큼 신경은 예민해지고 들떠있었지만 오히려 기분은 좋아지는 것 같았다. 사랑에 눈뜬 사람의 전형적인 증상이 미숙에게도 예외 없이 찾아온 듯했다. 이제는 좀 더 자신을 위해 살고 싶었기 때문에 미숙은 굳이 그런 감정을 외면하고 싶지 않았고 오히려 즐기리라고 마음먹었다.

"미숙아! 무슨 생각을 그렇게 하냐."

어느새 준기는 파라솔 맞은편에 서서 미숙을 바라보고 있었다.

"어… 빨리 왔네… 더운데 안으로 들어가자."

미숙은 막상 눈앞에 준기를 보자 어떤 말부터 해야 할지 몰라서 서둘러 자리를 옮겼다. 잠깐의 어색한 시간이 빨리 지나가기를 바라면서.

"표는 먼저 끊었어. 일단 들어가자"

"그래. 고맙다. 설명 좀 해줄거지! 하하"

"내가 뭘 알아야지. 그러지 말고 저걸 이용하는 것이 어떨까."

미숙은 〈전시 음성안내 헤드셋 대여〉라고 쓰여 있는 안내 데스크의 알림표지판을 가리키며 말했다.

"그래. 그럴까. 재미있겠다. 미숙이 네가 직접 설명해주는 것보다는 못하겠지만 말야… 하하"

전시장에 들어서자마자 거대한 크기의 익숙한 이미지가 천장에 매달려 무대 위의 주인공처럼 그로테스크한 조명을 받고 있었다. 그 그림은 누드의 남자가 원안에 다리와 팔을 벌리고 있는 레오나르도 다빈치의 〈신체도 드로잉 (Viturvian Man)〉을 크게 확대하여 조형물처럼 만든 것이었다. 이상적인 신체 비례, 황금비율에 대한 고민과 결과를 원과 사각형의 면적을 통해 보여준 이 그림은 르네상스에서 과학과 합리성의 중요성을 일깨워주는 다빈치의 대표적 아이콘으로 자리를 잡았다. 중세와 근대를 구분하는 기준이 되는 르네상스에서 다빈치의 역할이 차지하는 비중을 그대로 드러내고 있는 듯 보였다.

"와, 이거 많이 보던 건데 다빈치의 그림이었구나."

"그러게, 멋있네."

"어. 헤드폰 썼는데 너 목소리가 다 들리네."

"진짜. 대화가 되네. 헤드셋에 마이크가 달려있어서 이상하다했는데…"

"삐… 안녕하십니까. 저는 여러분에게 전시설명을 해드릴 '프락시모' 입니다. 저는 2011년 인간을 이긴 IBM 슈퍼컴퓨터 '왓슨'의 개량형으로, 얼마 전 이세돌을 꺾은 알파고의 완결판입니다. 초당 1000기가바이트의 연산속도와 인간과 대화가 가능한 인공지능을 가지고 있습니다. 스스로 학습하는 알고리즘을 가지고 있어서 여러분들의 질문과 대답이 저에게는 소중한 데이터가 됩니다. 전시 설명을 들으시고 궁금한 점을 질문하시면 답변 드리겠습니다."

"와. 대단한데… 관객과 개별 대화가 가능한 음성안내 시스템이라…"

준기와 미숙은 전시보다도 기계의 반응에 더욱 흥미로워했다.

"기존의 왓슨이 수리와 연산적인 면에 치중했다면 프락시모는 예술이나 과학 쪽의 기술, 탐구, 실험 영역이 추가된 모양이군."

오전에 아프락사스의 어원을 기억한 준기가 혼잣말처럼 미숙에게 말했다.

"맞습니다. 전시 기간 중에 방문한 105482번째 손님 중 가장 정확하게 저의 신상을 파악하셨습니다. 추리와 논리력이 대단한 분이라고 생각됩니다.'

"허… 진짜 대화가 되네. 난 옆 사람에게 말한 건데…"

"컴퓨터한테 칭찬받으니까, 색다른 맛인데… 하하"

준기가 웃으면서 말했고 미숙은 준기의 다른 면에 내심 놀라고 있었다.

"먼저 전시의 이해를 위해 르네상스에 대해 말씀드리겠습니다. 르네상스의 의미는 이탈리어로 "재탄생", "부활"을 뜻합니다."

"잠깐. 이왕 대화가 된다니까… 왜 르네상스라는 전시를 기획한 거지? 그 시대에 대해 간단히 설명해 줄 수 있어?"

"네, 물론입니다. 좋은 질문이십니다. 역사가들에 의한 일반적 시대구분은 고대, 중세, 근대, 현대 순입니다. 르네상스 이전의 시기를 흔히 중세라고 부르고 있습니다. 중세는 대략 서로마가 멸망하는 5세기부터 동로마가 사라지는 15세기까지 약 천 년의 시기를 말합니다. 특히 회화에 있어서 그 시대를 천 년의 암흑시대라고 하기도 합니다. 왜냐하면 4세기 로마의 콘스탄티누스 대제가 기독교를 로마의 국교로 공인한 이래, 미술은 사실상 하느님의 말씀을 전하는 도구에 불과했기 때문입니다. 그 시대의 모든 이미지는 문맹이었던 서민들에게 그림 성경책의 역할을 했던 것이죠. 중세미술은 오로지 하느님을 위한 교회와 기독교 미술이었기 때문에, 당연히 인간의 성찰을 위한 이미지는 상상할 수도 없었습니다. 인간은 죄인이기 때문에 늘 심판의 대상이었습니다. 심지어 웃는 것도 죄가 되던 시대였으니까요. 그래서 이 시대의 이미지는 사람들이 모두 정면만을 보고 있다거나, 가운데 있는 사람을 지나치게 크게 그리는 등 내세의 구원에만 치중했기 때문에 고대 이집트의 미술처럼 사실적인 묘사는 자연히 사라지게 되었습니다. 그래서 중세를 암흑의 시대라고 말하는 것이죠."

"그럼 르네상스는 어떻게 생겨나게 된 거지?"

"네. 많은 것이 복합적으로 작용하여 르네상스 시대가 열리게 되는데요. 제지(製紙)술과 인쇄술의 발달로 라틴어로만 되어있던 성경책을 독일의 마틴 루터가 종교개혁을 주장하면서 독일어로 번역해서 퍼트리게 되지요. 이를 계기로 많은 사람들이 기존의 종교관에서 벗어나 나름대로의 판단력을 가지고 기독교를 바라보게 됩니다. 서서히 개인의식이 생겨나면서 신보다 인간에 대해 생각하게 됩니다. 또한 도시의 발달에 따라 상인들이 새로운 지배계급으로 등장하게 되면서 봉건왕조의 몰락을 가져오고, 이러한 시민계급은 자신들의 생각이나 관점을 정당화하고 차별화하기 위해 비종교적인 영역인 예술과 문화, 학문에 관심을 갖고 후원하기 시작합니다."

"신흥 자본 세력들은 그들이 세운 부(富)에 정당성이 필요했겠지. 내세보다는 현실이 중요했을 테고 말이야."

프락시모의 배경설명을 바탕으로 준기는 자신의 의견을 표현할 수 있었고, 스스로 생각해도 꽤 그럴듯한 주장 같아서 만족스러웠다.

"맞습니다. 종교적인 것을 벗어나서 인간중심의 새로운 인식이 성행하게 됩니다. 그래서 르네상스는 고대 그리스 로마시대의 이상적인 아름다움을 추구하는 양식과 정신을 재생, 부활시키고자 하는 뜻과 신보다 인간을 우선시하는 휴머니즘 사상을 함축하고 있습니다."

"그럼 르네상스는 어디서부터 시작되었나요?"

컴퓨터에게 존댓말을 쓰는 것이 어색했지만 미숙은 누구에게도 함부로 말을 낮추지 못했다.

"경제적으로 풍요로운 상업도시들을 무대로 시작되었습니다. 이탈리아의 피렌체와 모직공업이 발달한 네덜란드, 광산업이 발달한 독일의 여러 도시들이 중심지 역할을 했습니다. 유럽 전역에 지점망을 둔 은행의 소유자인 피렌체의 코시모 데 메디치(Cosimo de Medici, 1389~1464)가 르네상스를 주도합니다."

"가축들의 삶처럼 고단한 일생을 살았던 서민들이 자신들도 존중받을 권리가 있는 인간이라는 것을 느끼게 된 시기였군. 알을 깨고 날아가는 새처럼, 인간들이 신의 세계를 박차고 나와서 객관적으로 바라보기 시작한 때가 르네상스라고 생각하면 되겠네."

준기가 거칠지만 자신의 방식으로 르네상스를 정의해버렸다.

"예술과 종교가 한 몸이었던 시대에서 드디어 벗어나게 된 거네."

미숙도 한마디 거들었다.

"그렇게 생각하셔도 틀리지 않습니다. 어차피 정답은 없으니까요."

"이곳의 전시는 어떻게 구성되어있지?"

"르네상스시대에 활약한 많은 화가들이 있지만, 그중에서도 르네상스 전성기 3대 화가라고 부르는 레오나르도 다빈치, 라파엘로, 미켈란젤로의 대표적인 회화작품들을 전시하고 있습니다. 올바른 미술작품 감상을 위해서 반드시 알아야 할 화가들과 그 작품들입니다."

"자. 그럼 둘러볼까"

"준기야. 저거 〈모나리자〉 같은데?"

"아. 그러네. 설마 진짜는 아니겠지."

"당연합니다. 모나리자는 1911년 루브르에 근무하던 이탈리아 태생 직원에 의해 도난을 당하게 됩니다. 그 이탈리아인은 모나리자가 원래 자기네 것이었다면서 피렌체의 우피치 박물관에 되팔려고 했지요. 우여곡절 끝에 2년 만에 루브르로 돌아온 〈모나리자〉에게 프랑스 정부는 국외반출금지령을 내립니다. 1974년 도쿄전시를 마지막으로 모나리자의 해외 전시는 이루어진 적이 없습니다. 지금은 모나리자가 해외로 반출될 때에는 국가공인 복제품이 대신 나가게 됩니다."

"가짜도 공인이 있다니, 우습군."

준기가 씁쓸한 웃음을 지으며 말했다.

"저 모나리자의 복제품은 완벽하게 재현된 것입니다. 기술적으로 아무런 하자가 없습니다. 진짜와 100% 동일합니다."

프락시모가 기다렸다는 듯이 대답했다. 자신의 태생도 복제에서 출발했기 때문인지, 가짜와 진짜의 구분이 의미 없다는 것처럼 말하는 듯했다.

"진품은 어떤 아우라를 가지고 있거든, 우리가 같은 풍경을 본다고 느끼더라도 어제와 오늘은 분명히 다른 것이지. 공기의 흐름과 햇빛의 상태, 구름의 위치 등이 비슷할 뿐, 그 당시 그 풍경이 가졌던 느낌은 앞으로 다시는 오지 않을 거야. 결코 복제할 수 없고 말로도 표현할 수 없는 그때 그 상황 말이야."

미숙은 어느새 말을 편하게 하고 있었다. 게다가 기술적 한계를 드러내는 컴퓨터에게 말과 글로는 표현할 수 없는 인간의 감정까지 설명하고 있었다. 굳이 진품을 감상하기 위해 파리의 루브르까지 찾아가는 이유를 아무리 뛰어난 슈퍼컴퓨터라도 이해하지 못할 것 같았기 때문이었다.

"아우라의 사전적 정의는 어떤 독특한 분위기를 말합니다. 솔직히 저는 이해가 되질 않습니다."

"그래, 그만하고 작품 감상이나 해볼까?"

미숙은 괜한 일로 시간을 낭비하고 싶지 않았다. 굳이 발터 벤야민의 〈기술복제 시대의 예술작품〉이라는 논문을 떠올리지 않더라도 복제품 세상 속에 오리지널의 가치는 다양한 관점을 가지게 되지 않는가. 복제기술이 발달하지 않았던들 우리가 모나리자의 티셔츠를 어떻게 입고 다닐 것이며, 오늘처럼 한국에서 모나리자를 무슨 수로 감상할 것인가. 하지만 미숙은 전시를 기획하는 기관이나 갤러리가 이미지에 대한, 이미지를 감상하는 관객에 대한 최소한의 무례는 범하지 말아야 한다고 생각했다. 얼마 전 한국의 제일 큰 박물관에서 빈센트 반 고흐 전시가 열렸는데, 공인 복제품이 걸리기는커녕, 영상으로 촬영한 이미지가 흐르고 있는 것을 보고 기절하는 줄 알았다. 도대체 이런 전시를 기획한 사람들은 이미지의 오리지널리티에 대해 무엇을 알고 있을까. 비록 유리관에서 미이라처럼 안치되어 있기는 하지만, 진품의 아우라를 느끼기 위해 먼 길을 마다않고 찾아가는 수많은 미술애호가들의 마음을 상상이나 해보았을까. 붓 터치의 두께감과 나무의 나이테처럼 갈라진 유화의 틈에서 배어 나오는 세월의 무게, 색상과 채도의 미묘한 차이, 그림의 크기가 주는 현장감, 진품과 대면할 때 느껴지는 감흥을 이야기하라면 시간이 모자랄 지경인데, 요즘 들어 너무나 기본을 무시한 전시들이 많아서 화가 날 지경이었다.

"미숙아. 무슨 생각을 그렇게 하냐."

"어. 아무것도 아냐. 그 유명한 모나리자나 천천히 보자구."

"와. 크기가 생각보다 작네. 왜 난 크다고 생각했을까"

"실제로 경험하거나 보지 못했던 것에 대한 막연함이 대상을 부풀려 생각하게 한 것이겠지. 상상의 힘이라고나 할까? 공포나 두려움도 같은 종류일 것 같은데."

"어휴, 심리학자가 여기 계셨구만."

"뭐야. 비꼬는 거야."

미숙이 준기의 손등을 꼬집었지만, 사실 시늉에 가까웠기 때문에 아프기보다 따뜻한 감촉만 전해질 뿐이었다. 잠깐이었지만 준기의 피부가 느껴지자 애인 사이처럼 팔짱을 끼고 전시장을 둘러보고 싶다는 생각도 했지만 역시나 마음뿐이었다.

"흠. 정말 잘 그렸네. 어쩌면 이렇게 붓 자국도 안보일까. 그런데 난 사실 이 그림이 왜 그렇게 유명한 줄 잘 모르겠어."

"모나리자에서 모나는 이태리어로 귀부인을 부르는 호칭입니다. 조콘다 가문에 시집을 갔으므로 이름은 리자 조콘다 부인 정도가 되겠습니다. 이 그림은 피렌체의 상인인 조콘다의 부인일 뿐 그다지 중요한 인물은 아닙니다."

"그러게. 모나리자는 일개 상인의 부인일 뿐인데 왜 그렇게 유명하냐고?"

"첫 번째 이유는 레오나드로 다빈치가 그렸기 때문입니다."

"하하, 기계가 농담도 할 줄 아네."

모처럼 준기와 미숙, 심지어 프락시모까지 함께 웃었다.

"레오나드로 다빈치. 즉 빈치 마을에서 태어난 레오나드로는 르네상스형 인간의 대표적인 인물로서, 역사상 가장 다재다능한 인물로 꼽히고 있습니다. 수학, 과학, 철학, 예술 등 거의 모든 방면에 걸쳐 그가 이룩해 놓은 업적은 헤아릴 수가 없습니다."

"그거야 대충 아는 얘기고 모나리자에 대해서 말 좀 해봐."

"그럼. 미술 감상의 기본으로 돌아가시죠. 지금의 눈과 지식으로 그림을 보지 마시고, 15세기의 수준으로 돌아가시는 겁니다. 시대적 배경과 역사적 의의부터 되새기는 것이 지금까지 연구된 최적의 작품 감상 방법입니다"

"허… 내 친구 녀석하고 똑같은 말을 하네. 그 시대로 돌아가라. 흠"

"르네상스 작품의 특징은 원근법을 사용하여 2차원의 평면에 3차원의 공간을 표현하려 했다는 점입니다. 공간이나 대상을 실제적으로 나타내려고 한 것이죠. 보지도 못한 신이 살고 있는 가상의 세계에서 벗어나기 위해서는 우리가 보고 느끼는 리얼 세계의 재현이 필요했습니다."

"아. 진짜 모나리자 뒤편에 풍경이 보이네. 야외에서 그린 것 같아"

프락시모의 설명을 듣자 모나리자의 배경 풍경을 처음 본 것처럼 미숙이 말했다.

"실내에서 그렸으면서도 인물의 뒷배경에 가상의 풍경을 집어넣어 원근법을 표현한 것은 모나리자가 처음입니다. 모나리자 이후의 화가들은 이런 식으로 표현할 수 있다는 시각적 충격을 받게 되지요. 요즘 수준으로 보면 전혀 새로울 것이 없는 방법이지만, 그 시대에는 이토록 리얼한 인물화를 본 적도 없거니와 자연과 인물이 한 화면 안에 있을 수 있다는 것은 센세이셔널 한 일이었습니다."

"정말 그렇겠네. 중세시대에 균형이 맞지도 않는 예수의 이미지만 보다가 이런 그림을 보았으니, 사진이 처음 발명되었을 때 같은 충격이었겠구먼."

준기와 미숙이 이제야 조금씩 이해되는 것처럼 고개를 끄덕였다.

"또한 상체를 살짝 틀고 오른손을 올리는 자세, 즉 콘트라포스트 구도는 그

전에 딱딱한 측면 초상화에 비하면 획기적일 정도로 자연스럽게 보이는 삼각형 구도였습니다. 위압이나 압도감은 사라지고 보는 사람과 소통을 중요시하는 눈빛과 시점, 그래서 그 이후에 그린 초상화는 거의 모두 이런 식으로 그리게 되지요."

"저렇게 간단하게 보이는 것조차 그 시대 이전엔 없었던 개념이었네."

"뿐만 아니라 모나리자는 실내에 걸어두기 위해 액자를 염두에 두고 그린 초창기의 그림으로, 유화물감의 새로운 가능성을 보여준 작품입니다. 게다가 인물의 윤곽선이나 경계선을 흐리게 하여 신비로운 공간감을 느끼게 하는 스푸마토 기법이 최초로 사용 되었습니다."

"허. 무슨 최초가 이렇게 많아. 모나리자가 많은 면에서 이후의 회화에 영향을 상당히 미쳤네. 이거 다시 보이는데."

준기는 늘상 보아왔던 그림에서 새로운 아우라를 느끼는 것 같았다. 흡사 매일 같은 모습을 보아왔던 아내에게 전혀 다른 면을 보았을 때와 같은 느낌이었다.

"와. 이제 미술에 푹 빠지게 생겼네."

미숙이 웃으며 말했고 실제로 그러기를 바랐다. 준기와 전시도 같이 보러 다니면서 데이트도 즐기고 싶었기 때문이었다.

"중요한 것이 한 가지 더 있습니다."

"이만하면 됐지. 뭐가 더 있단 말이야?"

준기가 농담처럼 프락시 모에게 말했다.

"레오나르도 다빈치는 인물의 표정을 통해 내면의 세계를 표현하려고 했습니다. 보이지 않는 감정을 표현한다는 생각 자체가 획기적인 발상이었던 것이죠. 이러한 시도들 때문에 결국 장인에 머무르던 화가들의 위치가 사회적으로 격상되게 됩니다."

"그 유명한 모나리자의 미소가 그렇게 탄생한 거군."
"공식적이고 어색한 표정을 탈피하려고 악사와 광대까지 고용해서 미소를 만들게 했다잖아."
"와. 미숙이 너도 많이 알고 있는데?"
"이 정도야. 상식이지. 호호"
레오나르도 다빈치가 숨을 거둘 때 그의 곁에 남아있는 것은 노트 몇 권과 모나리자뿐이었다. 돈을 위해 주문받은 일개 상인의 아내 초상화를 로마, 밀라노, 결국 프랑스를 떠돌며 프랑스와 1세의 품에서 죽을 때까지 평생 가지고 있었던 이유는 무엇일까? 아직까지 그 누구도 그 까닭을 밝혀내지 못했다. 모나리자의 미소보다 모나리자를 더욱 신비하게 만드는 이유였다.
"다음에 보실 〈최후의 만찬〉에서는 인물들의 심리묘사가 더욱 탁월합니다. 그 당시에 어떻게 각 인물들의 캐릭터를 표현하려는 시도를 했는지 대단한 일입니다. 어휴…"
"어. 컴퓨터가 감정표현도 할 줄 아네. 그것도 프로그래밍 되어있는 거겠지?"
"이제 알았어? 아까는 웃기도 했는걸."
미숙이 조금 전의 일을 기억하고 예리하게 말했다.
"99%는 그렇습니다."
"그럼 1%는?"
"저는 자체적으로 진단하고 발전시키는 학습 알고리즘을 가지고 있습니다. 소통하는 대상들의 반응을 분석하여 감정 프로그램을 확대 시키는 것이죠. 인간처럼 실수를 통해 자가발전을 하는 시스템입니다."
"와. 대단한데. 슈퍼컴퓨터에 1%는 엄청난 수치인데…"
"소통하는 대상에 따라 변수의 폭이 다르기 때문에 단정 지을 수 없습니다."
"그럼. 나중엔 울거나 웃고, 사랑의 감정까지 생길 수 있겠네."

"뭐해. 준기야. 다음 작품이나 보자."

"아. 그래. 프락시모도 재미있는 면이 있어서. 나한텐 작품보다 흥미로운데."

"이 작품이 레오나르도 작품 중에 종교화로 가장 유명한 〈최후의 만찬〉입니다. 원래 밀라노의 한 수도원 식당의 벽화로 그려졌으며 시간이 지나면서 훼손이 심해졌지만 최근 복원되었습니다."

"정말 이 작품이야말로 원근법의 법칙이 잘 드러나고 있는 것 같아. 예수를 중심으로 좌우에 여섯 명씩, 세 그룹으로 나뉘고 예수는 가운데 있는 문의 후광을 받으면서 보는 사람의 시선이 중앙에 고정되는데, 자연스럽게 예수를 먼저 쳐다보게 돼."

미숙은 정말로 그 시대로 돌아간 것처럼 그동안 습득한 배경지식을 바탕으로 감상평을 말하고 있었다.

"정확하게 표현하셨습니다. 정말 훌륭하십니다…"

프락시모는 이제 칭찬의 말투까지 구사했고, 심지어 억양조절까지 하는 것 같았다.

"가장 중요한 사실은 각 인물들의 성격과 심리묘사를 탁월하게 표현했다는 것입니다. 전통적인 최후의 만찬은 제자들이 식탁에 일렬로 앉아있고, 유다만이 외롭게 떨어져 있으면서 예수가 성찬을 나누어 주는 데 반해, 레오나르도 다빈치의 작품은 '너희들 중에서 한 명이 나를 배반할 것'이라는 예수의 말씀에 놀라서 '그게 누구입니까'라고 반문하는 장면으로 묘사되어 있습니다. 각 사도들의 동작이나 표정을 이용해서 캐릭터와 내면의 세계를 생생하게 묘사하고 있는 것이죠. 그 누구도 생각하지 못한 획기적인 발상이었습니다."

프락시모의 열정적인 설명이 이어졌다.

"정말 그렇게 보이네. 당황해서 그릇을 엎는 자는 유다 같고, 오른편에 있는 사람은 요한이겠고, 요한에게 귓속말을 하면서 칼을 잡고 있는 사람은 성미가

급한 베드로 같고, 저 사람은 의심 많은 도마… 저렇게 소란스러운 가운데도 예수는 체념한 듯 침착하게 계시네. 어쩜"

천주교 신자인 미숙은 마치 눈앞의 이미지가 실제인 것처럼 생각하는 듯했다. 준기 또한 그 당시 사람들도 미숙이 지금 느끼는 감동을 똑같이 느꼈을 것이라고 생각했다.

"정말 그 당시의 시대적 배경을 생각하면서 작품을 보니까. 훨씬 이해가 잘 되는 것 같아"

미숙이 말하자 준기는 전적으로 동감한다는 뜻으로 고개를 끄덕였다. 아마도 그 당시의 수도사들에게는 이 작품이 지금의 VR처럼 리얼한 현실처럼 느껴졌을지도 모를 일이었다.

"다음은 미켈란젤로에 대해서 알아보도록 하겠습니다. 미켈란젤로 역시 레오나르도 다빈치와 동시대 사람으로서 조각가, 건축가, 화가, 공학자로 활약할 정도로 다방면에 재능이 뛰어난 사람이었습니다. 게다가 레오나르도 다빈치와는 다르게 일찌감치 메디치 가문의 로렌초에게 후원을 받게 됩니다."

"아, 그럼 레오나르도 다빈치는 태생이 어때?"

미숙이 궁금한 물었다

"다빈치는 일종의 서자 출신으로 아버지 없는 어린 시절을 보냅니다. 이는 메디치 가문의 후원을 받지 못하고 국외로 떠돌게 되는 계기가 되지요. 그나마 피렌체는 다른 도시에 비해 개방적이었지만 출신의 영향을 벗어날 수는 없었습니다. 모나리자도 죽을 때까지 가지고 다니다가 그가 죽기 전 자기를 아꼈던 프랑스의 왕, 프랑스와 1세에게 기증을 합니다. 물론 거액에 팔았다는 사람도 있지만 확인된 바는 없습니다. 그래서 모나리자가 프랑스 루브르에 걸려있는 것입니다."

"다빈치의 태생을 물었더니 모나리자의 여정을 이야기하네. 슈퍼컴퓨터도

옆길로 새나 봐. 하하"

"죄송합니다. 부연설명이 길었습니다."

"아니야. 그런 면이 더 인간적이어서 좋아. 완벽하면 재미없잖아"

컴퓨터의 설명이 이어질수록 준기는 스스로 학습할 수 있는 능력을 가지고 있는 프락시모에게 더욱 관심을 가지게 되었다. 그래서 그를 위해 인간들의 감정을 솔직하게 말해주고 싶었던 것이다. 프락시모 또한 인간의 감정에 대해 연구 하면 할수록 재미있는 결과가 많아 인간에 대한 흥미는 끊임없이 증폭되어 갔다.

"미켈란젤로는 예술에서 조각가가 신과 가장 가깝다고 믿었습니다. 신이 진흙에서 인간을 창조했듯이 조각가도 마찬가지 역할을 한다고 믿었던 것이죠. 그래서 조각을 회화보다 우선시했습니다. 죽은 예수를 안고 있는 마리아상 피에타는 그가 23살에 조각한 최고의 작품입니다. 이곳에서는 시스티나 성당 천장화와 제단벽화를 감상하시게 됩니다."

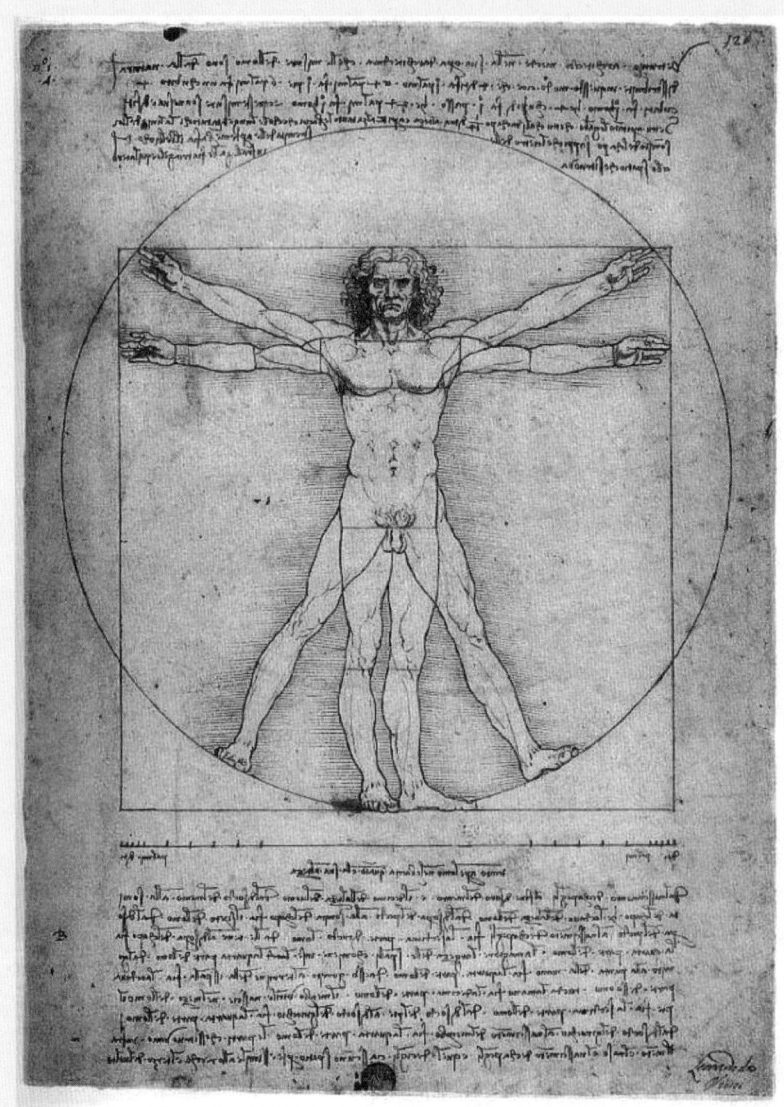

〈신체도 드로잉(Viturvian Man)〉〈그림9〉

〈모나리자〉〈그림10〉

〈최후의 만찬〉〈그림11〉

5
아! 르네상스
- 미켈란젤로,
보티첼리

"아이구. 형님. 오야붕입니다. 그동안 잘 지내셨습니까. 왜 이렇게 오랜만이십니까. 형님"

"오늘 애들 괜찮아?"

"아휴. 당연하죠. 형님. 그런데 몇 분이십니까. 형님"

"네 명. 여기 사당동인데. 지금 가도 되나?"

"네. 형님. 그런데 오늘 금요일이라서 조금 기다리셔야 됩니다. 형님. 오셔서 맥주 한잔하시면서 룸에 계시면 쌈빡한 애들로 대령하겠습니다. 형님"

준기는 자신과 통화하면서 연신 형님이란 단어를 남발하는 룸살롱 새끼사장 오상무의 말투 때문에 웃음이 나오는 것을 겨우 참았다. 오늘의 술자리모임 주제는 지헌이 형 회사 부도 위로주였다. 초저녁부터 준기, 상엽, 진성, 지헌이 만나 얘기꽃을 피웠으나 분위기는 어쩔 수 없이 부도 때문에 생겨난 불안감을 벗어날 수 없었다.

"참내. 이럴 수가 있냐. 어떻게 나만 모르고 있을 수가 있니, 사장 놈하고 몇몇 간부들은 일찌감치 대비들을 해 놓았더구만. 안에서 일만 했던 내가 바보지."

룸살롱으로 가는 택시 안에서도 지헌의 울분은 가라앉을 줄 몰랐다.

"형. 내가 부도 맞은 선배로서 말하는데. 형 바보 맞아."

"뭐, 너 그걸 말이라고 하냐?"

"나도 우리 회사 부도나기 전날까지도 몰랐다니까. 맨날 밖에서 영업만 했지. 안에 돌아가는 사정을 전혀 모르고 그저 열심히 일만 가져오면 된다고 생각했다가 결국 이 꼴이 되고… 일만 한 놈들은 바보라니까."

"휴. 그러게 말이다."

지헌은 그새 흥분을 가라앉혔는지 한숨을 쉬면서 비좁은 택시의 창문을 살짝 내렸다.

"내근직에 있는 인간들은 돌아가는 사정을 웬만큼 알고 있었더라고, 부도나기 전에 이직한 놈도 있고, 사장하고 밑구멍으로 거래한 놈도 있고…"

주방가구 중소업체에 다니다 먼저 부도를 경험한 진성이 같은 처지의 지헌에게 말했다.

"난 고의 부도라는 것도 처음 들어봤어. 그 사장 놈은 벌써 재산 다 빼돌리고 잠적했어. 기가 막혀서!"

소주를 열 몇 병 이상 마셨는데도 취기가 보이는 사람은 하나도 없었다. 준기는 여느 때와 다르게 우울했던 술자리 때문에 유흥으로 분위기를 바꿔보자고 생각했다. 웃고 떠들면서 노래도 부르면 기분이 다소 나아질 듯싶었기 때문이다. 내일 아침이면 후회할 일을 만드는 것이 마음에 걸렸지만, 술 속에는 내일 일은 잊게 하는 마법의 약물이 포함되어 있는 것 같았다. 지금 이 순간만큼은 지헌이형의 마음을 조금이나마 달래주고 싶은 것이 준기의 진심이었다. 어느덧 택시는 강남역 사거리에서 신호를 기다리고 있었다.

"저기 르네상스라는 간판 보이시죠. 거기 세워주세요."

앞자리에 앉은 상엽이 지갑을 꺼내며 택시기사에게 말했다. 대리석으로 치장한 정문 안에는 이어폰과 무전기를 든 사내들이 무리를 지어 있었다. 그중 한 명이 빠르게 준기일행 앞으로 다가와 물었다.

"어서 오십시오. 누구를 찾아오셨습니까?"

"오야붕"

"아. 네 알겠습니다. 오야붕 상무님. 손님 오셨습니다."

무전기에 말을 전하자마자 맞은편 지하 계단에서 말끔하게 양복을 차려입고 콧수염을 기른 젊은 사내가 뛰어 올라왔다.

"아이구. 형님. 빨리 오셨네요. 요즘 바쁘셨나 봐요. 형님들 안 오시는 사이에 애들 물갈이가 많이 됐습니다. 이쪽으로 오시죠. 헤헤"

오야붕은 손님 앞에서 항상 허리를 굽히고 언제나 맞잡은 두 손을 기도하듯 가슴 앞에 고정시킨 채 살살 비비기까지 했다. 아부의 전형적인 포즈가 습관화되고 몸에 배인 것 같았다. 지하로 두 개 층을 내려가는 양쪽 벽면과 천장에는 온통 그림들로 꽉 차 있었는데, 준기일행이 오지 않았던 몇 달 동안 가게의 인테리어를 바꾼 흔적이 역력했다. 지하 2층 입구에는 각각의 룸으로 들어가기 전에 작은 로비가 있었고 현란한 그림들이 전체 벽면을 차지하고 있었다. 제법 정교한 것으로 보아 필름지에 인쇄하여 도배지처럼 붙인 모양이었다.

"어. 저거 보티젤리가 그린 〈비너스의 탄생〉 아니야? 맞지. 상엽아."

"와. 준기가 그림 보는 눈이 제법인데, 어떻게 알았냐."

"얼마 전에 전시회에 가서 보고 난 다음에 공부 좀 했지. 하하"

"전시를 보러 갔었다구? 혼자는 절대 안 갔을 테구. 누구하고 갔냐?"

"몰라."

"야… 뭣들 해. 빨리 들어와."

술을 제일 많이 마신 진성이가 이쪽으로 오라는 손짓을 하며 소리쳤다. 자리 잡은 방은 지나치게 넓은 데다 벽면과 천장까지 그림들로 꽉 차 있었다.

"와. 이렇게까지 클 필요는 없는데."

"모처럼 오셨는데 룸이 이 정도는 돼야지요. 형님들. 맥주 한 잔 하시면서 말씀 나누시는 동안 아가씨들 준비하도록 하겠습니다. 그럼"

"형. 이거 공짜니까. 마시자. 오늘 죽는 거야. 꿀꿀한 거. 다 잊고 마시자!"

진성이 지헌에게 맥주를 따르면서 말했다.

"야. 이거 어디서 많이 본 그림인데. 맞다. 미켈란젤로의 〈천지창조〉 아니야. 상엽아. 맞냐?"

"야. 완전히 도사가 됐네. 맞아. 여기 이름이 괜히 르네상스겠냐?"
"아. 그렇지. 여기 이름이 르네상스였지. 하하"
교황의 명령으로 미켈란젤로가 조수도 없이 4년에 걸쳐 완성한 세계 최대의 종교벽화가 우습게도 강남역 유흥업소 벽과 천장에 그대로 재현되어 있었다. 교황은 주문 당시 금을 포함한 값비싼 물감을 쓰도록 했지만, 독실한 신자였던 미켈란젤로는 이런 명령을 단호하게 거절했다. 그리스도는 물질적 부를 중요하게 여기지 않는다는 이유였다. 천장의 그림들은 연대기 순으로 펼쳐져 있었고, 중앙 천장에는 창세기에 나오는 9장면, 즉 밤과 낮의 분리, 해와 달의 창조, 아담과 이브의 창조, 노아의 술 취함과 희생, 원죄의 나락 등이 이어졌다. 이 그림들은 다시 세 점씩 세 그룹으로 나뉘는데, 총 393명의 인물이 등장하는 이 종교화의 첫 번째 그룹은 천지창조, 두 번째는 아담과 이브가 창조된 뒤 그들이 타락하여 낙원에서 추방되는 장면, 마지막 세 번째는 노아의 이야기가 펼쳐지는 형식이었다. 준기는 로마 바티칸에 있는 시스티나 대성당의 천장화 아래서 엄숙하게 기도하는 신자들과 아가씨들을 옆에 앉히고 노래를 부르는 자신들의 모습이 오버랩 되는 것을 느꼈다. 준기는 취중에도 이것은 뭔가 잘못된 것이라는 생각에 이르렀다. 예전에는 느낄 수 없었던 꺼림칙함이 느껴졌던 것이다. 자신이 기독교 신자는 아니지만 구약성서 창세기에 나오는 천지창조의 엄숙함 아래서 퇴폐란 있을 수 없는 일이었다.
"에이. 차라리 밖에 있는 보티첼리의 〈비너스의 탄생〉을 이방에 그려 넣지. 아니면 아무것도 그리지를 말던가. 인테리어도 아무 생각 없이 했구만."
어린 시절, 엄마에게 연애편지를 들킨 것처럼 머쓱하고 창피한 느낌이 들었던 것일까. 준기는 혼잣말로 중얼거리며 맥주를 단숨에 마셔버리고 슬쩍 천장을 쳐다보았다. 정중앙에 제우스신을 닮은 하느님이 최초의 인간 아담에게 생명의 힘을 불어넣은 순간의 이미지가 눈에 들어왔다. 창세기의 9장면 중에 광고에도 몇 번 인용된 적이 있어서 일반인에게도 가장 익숙한 장면이었다. 더욱 주눅이 들어 술맛이 나질 않았다. 인테리어 업자는 누드로 이루어진 이미지만 보고 그것을 선택했을 수도 있었다. 그 업자가 비슷한 누드로 그려져 있는 〈최후의 심판〉을 고르지 않은 것이 다행이었다는 생각을 하면서 준기는 맥주를 또 한잔 들이켰다. 예전 같으면 모르고 지나쳤을 일이 의식 안으로 들어온 결과였다. 급하게 맥주를 몇 잔 마신 덕분에 갑자기 취기가 올라왔다.

"형님들. 아가씨 들어갑니다아!"

문이 열리면서 열 명이 좀 넘는 아가씨들이 줄줄이 들어와서 문과 테이블 사이에 가로로 길게 섰다.

"자. 오른쪽부터 1번 아가씨. 2번, 3번… 찬찬히 보시고 저에게 말씀 해주시면 되겠습니다."

평소 활달하던 준기가 왠지 아가씨들의 얼굴을 똑바로 쳐다보지 못하고 주춤거렸고, 나머지는 익숙한 듯 얼굴이며 몸매를 훑어보느라고 바빴다.

"다 보셨습니까. 형님들. 자. 너희들은 잠깐 나가 있어."

오야붕이 아가씨들을 위해 문을 열어주었다.

"마음에 드는 애들 있으십니까. 형님들?"

잽싸게 문을 닫고는 양손을 가슴 앞에 대고 비비면서 오야붕이 말했다. 서로 눈치만 살피며 진성이 지헌에게 먼저 고르라는 턱짓을 했지만, 지헌은 마음에 드는 여자가 없다는 듯이 고개를 양쪽으로 흔들었다. 준기는 아예 오야붕을 쳐다보지도 않았다.

"네. 잘 알겠습니다. 이번 테이블은 없는 것으로 하겠습니다. 그리고 참고로 오늘은 금요일이라서 아가씨들 대기 시간이 좀 길어질 수 있습니다. 형님. 천천히 고르시고 즐거운 시간 되십시오."

오야붕이 정중하게 인사하고 문을 나서는 순간.

"난 3번, 파란색 옷 입은 애."

말없이 앉아있던 상엽이 손가락을 셋으로 만들면서 말했다.

"역시 보는 눈이 대단하십니다. 형님. 여기 출근한 지 며칠 안 되는 신삥입니다. 헤헤"

"참. 그리고 술은 어떤 것으로 할까요. 형님"

한 사람이라도 파트너가 정해지면 테이블 세팅이 시작된다는 뜻이었다.

"머. 그냥 먹던 걸로, 가짜만 아니면 돼."

평소 때는 준기가 나섰지만, 이번에는 상엽이 오야붕의 말을 받았다.

"넵. 알겠습니다. 스카치 블루로 올리겠습니다."

굳이 술 종류를 말하지 않아도 되지만, 혹시나 있을 작은 시비를 사전에 차단하려는 의도였다. 오야붕이 나가자마자 파란색 자켓 아가씨가 들어왔고, 상엽은 손을 들어 자신의 옆자리에 앉으라는 신호를 보냈다. 정장 차림이었으나 윗옷은 안에 아무것도 입지 않은 것처럼 가슴선이 드러났고, 하의는 제복에서 느낄 수 있는 섹시함을 최대한 살리기 위해 미니스커트를 입고 있었다.

"안녕하세요. 민지예요."

"아. 그래, 가까이에서 보니까 더 미인인데?"

"감사합니다. 한잔하고 오셨어요? 여기가 1차? 2차?"

"응. 간단하게, 술을 잘 못 해서."

"어머, 그러세요. 저도 술 많이 먹는 사람은 싫어요. 꼭 술주정이 있더라구요."

민지가 상엽 앞에 있는 술잔과 맥주를 정리하면서 말했다.

"야. 그 말을 믿냐. 저 인간 술고래야. 소주만 3병 이상 마시고 왔어!"

맞은편에 있는 진성이 낄낄거리면서 소리쳤다.

"뭐야. 여기 신경 꺼, 니 파트너나 신경 써라."

"파트너가 없으니까 그렇지."

5 아! 르네상스 – 미켈란젤로, 보티첼리

"너도 빨리 간택을 하지 그랬냐. 넌 나처럼 미인 보는 눈이 없어서 어떻게 사냐. 이렇게 힘든 세상을…"
"시끄러, 개소리하지 말고, 야 파란 옷. 오빠들한테 술 한 잔 따라봐라."
"네, 한 잔씩 말아서 드릴까요?"
"야. 양주도 안 왔는데 뭘 말아! 맥주나 줘."
"아 참. 내 정신 좀 봐. 죄송합니다. 호호"

이때 기다렸다는 듯이 문이 열리면서 술과 안주가 들어왔다. 민지는 익숙한 동작으로 테이블 가운데 네 개의 맥주잔을 가지런히 놓고, 맥주를 3분의 2가량 채운 다음, 차례로 양주를 따른 작은 잔을 빠뜨리고 맥주잔 입구를 막은 오른손을 왼쪽으로 한 바퀴 세차게 돌리기 시작했다. 네 개의 맥주잔 안에서 순차적으로 회오리가 요동치면서 멋진 술 물결이 만들어졌다.

"자. 건배! 완샷!"

상엽의 건배 제의가 끝나자마자 순식간에 술잔들이 비워졌다. 맥주와 폭탄주가 들어가자 비로소 술기운이 올라오는 듯했다.

"애들은 왜 이렇게 안 들어오는 거야. 에이, 노래나 해야겠다."

진성이 안경을 머리에 쓰고 노래책을 뒤적이고 입력하더니 마이크를 뽑아들었다.

"해 저문 어느 오후 집으로 향한 걸음 뒤엔, 서툴게 살아왔던 후회로 가득한 지난날, 그리 좋지는 않지만 그리 나쁜 것만도 아니었어…"

오늘따라 진성은 봄여름가을겨울의 브라보 마이라이프를 더욱 구성지게 부르기 시작했다.

"너 정말 이쁘게 생겼구나…"

상엽은 이런 곳에 오면 형식적으로 예쁘다는 말을 자주 했지만, 오늘은 왠지 진심이 어느 정도 담겨져 있었다. 왠지라는 말에는 특별한 이유가 없었다.

요즘 들어 상엽은 '그냥'과 '왠지'라는 단어에 집착하는 일이 잦아졌다. 인생살이에 언제나 합리와 논리가 있어야 하는 것은 아니지 않은가. 삶을 효율성만으로 살 수만은 없는 것이었다. 표현할 수도 없고 측량 불가능한 어떤 맛이라는 것이 인생에는 분명히 존재했다. 이런 맛 때문에 준기를 비롯한 친구들도 나이가 들수록 이상형에 변화가 생겼는데, 그 첫 번째는 젊음이었다. 생긴 것을 떠나 젊다는 것 자체가 아름다움이라는 것을 서서히 느끼기 시작한 것이다. 상엽은 갑자기 고교 동창 밴드에 올라온 똑똑한 여자는 예쁜 여자 못 당하고, 예쁜 여자는 젊은 여자 못 당한다는 우스갯소리가 생각나서 슬며시 웃었다.

"오빠, 왜 웃으세요?"

"니가 마음에 들어서."

"와. 나 그런 말 참 좋아하는데."

"뭐가?"

"사실, 쓰기 힘든 말인데 사람들은 너무 자주 사용하는 것 같아요"

"무슨…"

"자기 마음에 들인다는 뜻이잖아요. 상대를 자기의 마음속에 들여앉힌다. 이성으로 따지면 진짜로 좋아한다는 뜻, 동성끼리는 무한한 신뢰를 보낸다는 뜻이겠죠."

이제야 상엽은 민지를 처음 볼 때 와 닿았던 왠지 괜찮다는 감정이 그냥 생긴 것이 아니라는 것을 느꼈다. 중년의 나이는 외모를 판단하는 기준부터 달라지게 했고, 이성이나 동성에게 매력을 느끼는 부분에도 변화가 생겼다. 결론은 역시 남자나 여자나 대화가 통해야 한다는 것이었다. 소통을 통해 작은 것이라도 얻고 느끼는 것이 있어야 상대는 나에게 의미가 되는 것이 아닐까. 그것은 학벌과 재력과는 거의 무관했다. 오히려 물질과 외형적인 것으로 치장한 사람들의 생각이나 대화 속에는 전혀 매력을 느끼지 못하는 내용들이 가득 찬 경우가 많았다. 상엽은 만난 지 몇 분 되지도 않은 술집 여자에게서 이런 감정이 드는 것이 신선했지만, 기러기 아빠라는 자신의 처지 때문에 더욱더 이런 감정이 드는 것일 수도 있다는 생각 또한 잊지 않았다. 중년이라는 세월은 늘 자신의 좌표를 확인해야 하는 노련함도 같이 가져다준 것 같았다.

"너, 밖에 있는 그림의 주인공 닮았다. 파도를 타고 조개껍질에 실려서 육지로 오는 여자."

"아. 비너스요. 에이 무슨 말씀을 그렇게 기분 좋게 하시나요. 빈말이라도 감사합니당. 크크"

"진짜야. 저 그림에서 비너스가 사랑과 미의 상징이지만, 사실 자유의 의미도 있어. 금욕적인 중세를 벗어나서 인간의 욕망을 자유롭게 표현하기 시작한 신호탄이 되는 그림이야. 그전의 누드는 전부 남성이었거든."

"호. 비너스가 욕망의 자유로운 표현을 의미한다고 하니까. 왠지 야해지는데 이거"

"야. 우리끼리 좀 야해지면 어떠냐. 그리고 그런 의미 때문인지는 몰라도 그 이후에도 여러 화가들에 의해서 관능과 매혹의 대상으로 많이 그려지기도 해."

"헐. 강의 듣는 이런 기분은 뭐지. 오빠는 이런 분야에 대해 많이 알고 있나 봐요. 좀 더 얘기 좀 해줘요. 저 이런 거 너무 좋아해요."

"좋아. 다른 아가씨들 올 때까지 해볼까. 밖의 저 그림은 피렌체의 화가 산드로 보티첼리가 메디치가의 주문을 받고 1482년에 그린 〈비너스의 탄생〉이라는 작품이야. 〈프리마베라〉이라는 작품과 함께 보티첼리의 걸작으로 꼽히지."

"옛날부터 미술책에서 많이 봤던 그림이라서 그런지 별 감흥은 없어요. 직접 보지도 못했지만."

"맞아. 당연해. 하지만 이 그림 이전 시대에는 엄숙하고 성스러운 성경 이야기만 나오는 그림들만 보았지. 그러다가 드디어 15세기 후반에 신을 가장한 여인의 누드를 보게 되는 거야. 사람들이 얼마나 놀랐겠어. 하지만 이 그림들은 고대 로마신화를 재현한 것이기 때문에 비난을 할 수도 없었겠지. 사람들은 더욱 대담하게 신화를 빙자해서 자신들의 욕망을 표현하기 시작한 거야. 사실 신들을 만들어낸 것도 인간들이잖아. 신들의 삶이라고 해야 별거 없거든."

"아. 최초로 신을 가장한 여성의 누드가 등장하면서 인간의 욕망을 담기 시작했다. 비너스의 탄생이 아니라 욕망의 탄생이네요."

"호. 얼굴만 예쁜 줄 알았더니 이해력도 빠르네. 한잔하자."

상엽은 잔을 든 팔을 자연스럽게 민지의 어깨 위로 걸쳐서 러브 샷 동작을 만들었다.

"그런데 저 밖에 있는 〈비너스의 탄생〉이나, 여기 이 방에 있는 〈천지창조〉 같은 르네상스의 그림들을 이해하려면 그리스, 로마 신화를 좀 알아야 해. 그러면 훨씬 재밌어지거든. 르네상스란 말 자체가 기독교가 국교로 지정되기 이전의 고대 그리스, 로마시대를 부활하자는 의미거든."

"어휴. 난 그런 책 읽는 건 싫어. 만화책이나 연애소설이 좋아요. 오빠가 대신 말로 해주면 되잖아. 얘기 듣는 건 너무 재미있어요. 빨리 계속해 봐요."

"비너스의 탄생에 대해서는 여러 가지 말들이 있는데 중요한 것은 아니야. 비너스는 로마시대 이름이고, 그리스식 표현은 아프로디테야. 거품이란 뜻으로 아프로스(aphros)에 여성접미사 디테(dite)가 합쳐져서 '거품에서 태어난 여자'라는 뜻이야. 거품이라는 태생부터 여성성을 상징하고 있는 것 같지 않니?"

"질문하지 말고 빨리 다음 얘기나 해 봐요. 공부하다 물어보는 것 같잖아. 무슨 과외 선생도 아니고."

정말로 흥미 있는 옛날이야기에 푹 빠진 아이처럼, 민지는 눈을 크게 뜨고 상엽을 쳐다보고 있었다.

"옛날에 하늘의 신 우라노스와 대지의 신 가이아에서 태어난 자식들을 아버지인 우라노스가 죽이자 부인인 가이아가 막내아들인 크로노스에게 복수를 명하고, 크로노스는 아버지의 생식기를 잘라서 바다에 버리는데 그 주위에서 생긴 물거품에서 탄생한 것이 바로 사랑과 미의 여신 비너스야. 이렇게 미의 탄생 배경에는 죽고 죽이는 숙명적 아픔이 존재한다고 할 수 있지. 비너스가 육지에 상륙하기 전에는 미의 개념이 없었던 거야. 암튼 이 작품은 비운의 소용돌이 속에서 탄생한 미(美)라는 존재가 거품, 즉 파도를 타고 뭍으로 상륙하는 장면을 그린 것이지. 앞으로 육지에 펼쳐질 사랑과 미의 대서사시가 함축되어 있다고 볼 수 있어."

"해석이 좋은 건지, 말주변이 좋은 건지. 진짜인지 가짜인지 모르겠어요. 하지만 재미는 있어. 이쯤에서 또 한잔."

이번엔 민지가 먼저 러브 샷 포즈를 취했다. 상엽의 한 손은 술잔을 들고 민지의 머리 뒤로 행했고, 다른 한손은 민지의 손을 잡았다.

"저 그림의 월계수나 오렌지 나무는 메디치 가문의 상징이고, 화면 왼쪽에는 바람의 신 제피로스가 꽃의 요정인 클로리스를 안은 채, 비너스를 해변으로 보내고 있어. 오른쪽에는 계절의 여신인 호라이, 또는 봄의 여신 플로라, 또는 열매의 여신 포모나 등등 많은 해석이 존재하지만, 암튼 이들이 비너스의 수행원 역할을 하면서 비너스에게 봄꽃들로 치장한 옷을 던지고 있지."

"지랄한다. 뭐 하냐. 강의하러 왔냐."

노래를 마친 진성이 빈정대면서 한마디 했고 지헌은 웃고만 있었다.

"재밌네. 뭐. 보티첼리의 〈프리마베라〉 얘기 좀 해 봐라."

어느 틈에 상엽 옆에 앉아 있던 준기가 양주잔을 내려놓으며 상엽에게 말했다.

"어. 너도 듣고 있었냐. 우리끼리 비밀 좀 얘기하려고 하는데 왜 껴들고 그래."

"자. 우리 거국적으로 한잔해요. 건배! 저기 오빠도 같이해요."

민지가 상엽 너머에 있는 준기를 보며 잔을 들었다. 아가씨들의 입장이 늦어지는 것이 미안한지 분위기를 바꾸려고 애쓰는 표정이 느껴졌다. 상엽의 눈엔 민지의 그런 면도 마음에 들었다.

"〈프리마베라〉는 봄이라는 뜻이거든. 피렌체에 사는 메디치가 결혼선물로 보티첼리에게 주문한 거야. 화면 전체가 봄의 이미지로 충만하지. 비너스가 가운데 있고, 오른쪽에는 바람의 신 제피로스가 봄 서풍을 만들어내고 그것을 받은 꽃의 요정 클로리스의 입에서 꽃봉오리가 돋아나고 꽃의 여신 플로라가 꽃잎들을 뿌리기 시작하지. 유럽에서 서풍은 봄바람을 의미하거든. 맨 왼쪽엔 신들의 메시지를 전하고, 죽은 자를 저승까지 안내한다는 머큐리가 지팡이를 들고 이슬을 떨어뜨리고 있어. 액운을 막는다는 의미가 있는 듯해. 하지만 가운데 비너스 옆에 있는 삼미신중 하나를 향해 비너스의 아들, 에로스가 사랑의 화살을 겨누고 있어. 그 화살을 맞는 즉시 봄의 동산에는 사랑의 광풍이 들이닥치겠지."

"설명을 들으니까. 빨리 작품을 보고 싶어요."

"그래? 그럼 작품 보러 나하고 같이 이태리 피렌체에 있는 우피치 미술관에 갈까?"

민지와 상엽은 이 자리에서만큼은 진심으로 대화를 하는 것 같았다. 술이 감정을 극대화시켜서 감각을 예민하게 하는 면도 있지만, 되지도 않는 만용을 만들어내서 결국은 후회의 나락으로 빠지게 하는 양면성을 가지고 있다는 것을 잊기라도 한 것처럼.

"사실 나는 이 그림에서 비너스 왼쪽에 있는 삼미신이 흥미롭게 느껴져. 이 여신들은 원래 제우스하고 요정 에우리노메 사이에서 태어난 딸들인데, 르네상스 이후 삼미신은 여신 비너스와 동행하거나 시중을 들면서 사랑 또는 여자의 일생을 표현하는 심벌로 쓰이게 돼. 이들은 각각 순결, 사랑, 아름다움을 상징하는데 마치 순결한 여자가 사랑에 눈뜨게 되면 아름다워진다는 사랑의 공식이 삼미신을 통해서 표현된다는 뜻인 것 같기도 해. 순전히 남자의 관점이지만 전혀 근거가 없는 얘기는 아니잖아. 그래서 이들은 다른 작품에서도 반드시 같이 나타나고 자세도 늘 비슷하게 저런 식으로 취하고 있어. 하나라도 빠지면 사랑의 공식이 성립되지 않는 거지. 이건 관점의 문제인데, 어떤 사람은 사랑하는 여자와 유혹하는 여자, 질투하는 여자가 비로소 한 남자를 만나게 된다는 여자의 일생을 표현하고 있다고 주장하기도 하지. 암튼 남자로 인해 사랑이 완성된다는 함축적 의미를 나타내고 있다고 할 수 있어. 작품의 전체 분위기는 실제로 보면 오페라의 한 장면처럼 이야기의 한 장면 같아. 무대를 연출하듯이 봄의 아름다움을 표현하기 위해 190여 종의 꽃을 그려 넣었대.”

 “오래 기다렸습니다. 형님들. 아가씨들 들어갑니다. 최고로 괜찮은 애들만 선별해서 대령했습니다. 오늘이 불금이라서 힘들었습니다. 헤헤”

 갑자기 홀의 문이 열리면서 오야붕이 아가씨들을 데리고 들이닥쳤다.

〈비너스의 탄생〉〈그림12〉

〈천지창조〉〈그림13〉

5 아! 르네상스 – 미켈란젤로, 보티첼리

〈프리마베라〉〈그림14〉

6
아! 르네상스
- 티치아노

"야. 너는 이리 앉아라. 네 번째 빨간 옷."

진성이 손과 눈짓으로 자신의 옆자리를 가리키며 빨간색 원피스를 입은 아가씨를 쳐다보았다.

"역시. 형님 보는 눈이 있으십니다. 육감적인 스타일을 좋아하시네요. 우리 가게에서 최고로 잘 노는 아가씨입니다."

"난 맨 끝에 고개 숙이고 있는 하얀 옷에 긴 머리."

까다로운 지헌도 아가씨를 골랐다.

"형님은 마음에 드시는 아가씨가 없으십니까?"

오야붕이 준기에게 물었다. 늘 술값을 치르는 사람이었기 때문에 오야붕은 준기에게 각별히 신경을 쓰고 있었다.

"응, 난 아직 없는데…"

"넵 알겠습니다. 더욱 열심히 하겠습니다. 조금만 기다려주십시오. 형님"

오야붕은 마치 국기에 대한 맹세라도 하는 것처럼 입을 굳게 다물고 90도 각도로 허리를 굽혀서 더욱 공손하게 절을 했는데, 그의 표정에서는 반드시 준기 마음에 드는 아가씨를 대령해서 옆자리에 보란 듯이 앉히고야 말겠다는 의지가 담겨있는 듯했다. 하지만 대부분 미안해서라도 3번째 들어온 아가씨까지 퇴짜를 놓지 못한다는 사실을 오야붕도 알고, 손님도 알고 있었다.

"이름들이 뭐냐? 인사나 해 봐라."

"난희예요. 즐거운 시간 되세요."

"미연이에요."

아가씨들은 파트너 앞에 있는 잔들을 각각의 용도에 따라 정리하면서 지헌의 파트너부터 차례대로 이름을 말했다.

"야 니들은 인사를 그렇게 재미없게 하냐. 좀 제대로 해보지?"

진성이 가볍게 말했지만 그의 목소리에는 거역할 수 없는 갑의 무게가 충분히 실려 있었다.

"오빠는 A형 포즈 좋아해?"

그럴 줄 알았다는 듯이 빨간색 망사무늬 원피스를 입은 지헌의 파트너가 치마를 허리까지 걷어 올리며 지헌을 마주 보고 무릎 위에 앉았다. 그 자세로 서로 껴안은 채 잔 든 손을 각자의 머리 뒤로 돌려서 마시는 러브 샷을 하기 위해서였다.

"그래, 저 정도는 돼야지. 크크. 다음 너는?"

흰옷의 긴 머리 아가씨도 지헌의 파트너와 마찬가지 포즈를 취했지만, 술을 마시는 방법은 달랐다. 자신의 입에 양주를 털어 넣은 다음 진성의 입에 다시 흘려 보내주는 것이었다.

"오우. 죽이는데. 화끈해!"

진성은 만족했지만 긴 머리 파트너는 표정에 변화가 없었다. 이미 술에 취해있는 듯 얼굴만 발그레하게 홍조를 띠고 있을 뿐이었다. 기계적인 몸짓과 영혼 없는 눈빛엔 고된 일상이 고스란히 스며들어 있었다.

"아가씨들도 왔으니까 또 한잔 말아볼까? 난희가 섹시하게 말아 봐."

"네. 호호"

난희의 손이 바빠졌고 이번엔 가로로 붙여 놓은 맥주잔 입구 사이마다 양주잔을 올려놓고 각각 3분의 2가량 맥주와 양주를 채운 다음, 맨 가장자리 양주잔을 기울이면서 톡하고 쳤다. 잔은 도미노처럼 옆 잔을 건드리면서 차례로 맥주잔 안으로 들어갔다.

"뭐야. 옛날 거네. 요새 재미있는 제조법도 많지만, 섹시하니까 통과! 건배!"

지헌이 술자리를 새로 시작하는 것처럼 분위기를 띄우며 일일이 잔을 부딪치며 건배를 했다. 마치 자신의 일은 잊고 즐겁게 마시자는 뜻 같았다.

"오빠, 조명 좀 어둡게 할게요. 너무 밝아서요."

무표정하던 미연이 문 쪽 벽에 붙어있는 조명조절 레버를 낮은 단계 쪽으로 돌리기 위해 나가는 동안, 진성은 벌써 노래를 선곡했는지 난희의 손을 잡고 노래방기계 앞에 서서 반주가 나오기를 기다리고 있었다.

"비린내 나는 부둣가를 내 세상처럼 누벼가며, 두 주먹으로 또 하루를 겁 없이 살아간다. 희망도 없고 꿈도 없이 사랑에 속고 돈에 울고, 기막힌 세상 돌아보면 서러움에 눈물이나, 비겁하다 욕하지 마…"

캔의 〈내 생애 봄날은〉이었다. 가사까지 외우고 있는지, 진성은 눈까지 지그시 감고 열창을 하고 있었다. 십 년이 넘도록 변하지 않는 레퍼토리였고, 프로의 실력도 아니었지만 진성의 노래는 언제 들어도 좋았다. 가수의 노래를 듣기 위해 노래방에 온 것은 아니지 않은가. 지헌은 자신의 다음번 노래를 찾는지 미연과 노래책을 뒤적이고 있었고, 상엽은 주변과 담을 쌓은 것처럼 아예 민지 쪽으로 돌아앉아 대화 삼매경에 빠져있었다. 조직의 보스처럼 중앙 맞은편으로 자리를 옮긴 준기는 담뱃불을 새로 붙여 깊게 한 모금 빨고는 열창을 하고 있는 진성의 뒷모습을 쳐다보고 있었다. 아마 진성 같은 실력을 갖추지 못한 다른 사람이 노래를 불렀어도 지금과 마찬가지로 상대의 노래를 감상했을 것이다. 준기는 사람들이 선곡하고 부르는 노래에서 그 사람만의 체취가 전해지는 것을 즐겼다. 추억만을 생각하는 사람, 사랑이 그리운 사람, 인생이 고달픈 사람, 늘 유행에 뒤처지지 않기 위해 안간힘을 쓰는 사람. 전혀 유행과 리듬에 신경 쓰지 않고 자신의 감정만 표현하는 사람, 노래는 겉으로 리듬을 타는 것처럼 보였지만 실상 부르는 사람의 성향을 잘 반영하고 있었다. 준기는 상대의 노래를 감상하다가 자신의 노래를 고르지 못해 번번이 노래순서가 뒤로 밀리는 경우가 허다했다. 하지만 듣는 것을 더 좋아하는 준기는 술자리의 대화처럼 노래도 듣는 것이 더 편했기 때문에 노래 순서에는 애초부터 관심이 없었다.

"오빠, 저기 파트너 없는 오빠 인상이 왜 그래요. 신경 쓰이네."

민지가 상엽의 입에 과일을 넣어주며 물었다.

"응 괜찮아. 이 방 안에 그림 때문에 그래."

"무슨 소리예요. 우린 맨날 어두운 곳에 있어서 방 안에 그림은 생각도 못했네. 천장에 남자끼리 손가락 마주치는 장면은 무슨 광고에도 나왔고, E.T라는 영화에서도 저 장면을 응용했다고 하던데."

"그 정도면 잘 알고 있네. 이 그림은 밖에 있는 〈비너스의 탄생〉과는 달리 종교화야. 성경에 하느님이 천지를 만드시는 장면을 그린 미켈란젤로의 〈천지창조〉라는 그림이지. 술집에 성경 그림이 그려져 있으니까. 찜찜한 거겠지."

"아. 그랬구나. 그런데 미켈란젤로란 사람은 저도 알 것 같아요. 미대에 진학한 친구가 미술학원에서 그림 그릴 때 미켈란젤로 그리기가 제일 어렵다고 했던 기억이 나요. 고개도 삐딱하고 코도 서양 사람들 코처럼 미끈하지도 않아서 표현하기가 어렵다고 자주 얘기했었어요."

"와. 기억력 대단하구나. 별걸 다 기억하네. 맞아. 미켈란젤로는 평생 독신으로 살면서 작품만을 했는데, 이 방의 〈천지창조〉를 5년 가까이 조수도 없이 혼자 그렸어. 천상화니까 나중에는 그리기가 오죽 불편했겠니. 결국 목에 이상이 와서 평생 고개를 옆으로 하고 살아야만 했지."

"그럼. 코는요. 원래 그렇게 납작했나요?"

민지는 상엽의 코앞에 얼굴을 들이대고 그림 이야기에 푹 빠져 있었다.

"천재적인 사람들에게 흔히 볼 수 있는 비타협적 성격 때문이지. 게다가 남을 업신여기는 오만함도 있었던 모양이야. 메디치가의 후원을 받으며 같이 공부하던 동료의 그림에 대해 독설을 퍼붓다가 그에게 코뼈가 으스러지도록 맞아서 미켈란젤로는 평생 납작코로 살게 되지. 교황의 명령도 그에게 소용이 없을 만큼 작품에 있어서는 타협을 모르는 사람이었어."

"형님! 오래 기다리셨습니다. 우리 업소 최고의 퀸을 모셔왔습니다. 다른 룸에서 급하게 빼내오느라고 힘들었습니다."

오야붕이 달랑 한 명만 데려온 것은 이것으로 끝내달라는 뜻이었다. 게다가 오야붕의 말처럼 들어온 아가씨의 얼굴과 몸매도 훌륭했고, 준기 또한 시간이 꽤 흘렀기 때문에 친구들과 보조를 맞추기 위해 더 이상 실랑이를 하고 싶지 않았다. 사실 여자들이 마음에 들지 않아서 고르지 않았던 것이 아니었기 때문에 준기는 아가씨에게 옆에 앉으라는 손짓을 하며 오야붕에게 이렇게 말했다.

"야. 오야붕. 아가씨는 앉히고, 다른 부탁이 있는데, 방 좀 바꿔주라. 웨이터한테 팁은 따로 줄게."

"네? 어떤 점이 마음에 안 드시는지?"

오야붕이 아예 안쪽으로 들어와 준기 옆에 앉으며 다시 물었다.

"아니. 특별히 그런 거는 없고. 그림 안 그려져 있는 방은 없나?"

"아이고, 형님. 죄송합니다. 업소 사장님 동생이 유럽에서 뭔 공부를 하고 왔는데, 다른 가게하고 차별화되어야 한다면서 방마다 이런 쓸데없는 없는 짓을 해놨지 뭡니까. 정신사납게스리…"

마치 자기가 인테리어를 한 것처럼 연신 굽실거리면서 사과를 했지만, 오야붕은 속으로 이렇게 말하고 있었다.

「아. 참. 이 새끼, 오늘따라 까다롭게 구네. 그냥 먹다가 곱게 가지. 이제 와서 무슨 방을 바꿔 달래. 불금이라서 바빠 죽겠는데……. 이 인간 단골이라서 거절할 수도 없고. 에이. 귀찮아.」

"알겠습니다. 형님, 잠깐만 기다리십시오. 방이 좀 작아도 괜찮겠습니까? 형님."

"아. 물론이지."

준기와 오야붕의 대화는 진성과 지헌의 현란한 무대와 상엽과 민지의 속삭임 속에 묻혀 전혀 신경 쓰는 사람이 없었다.

"예나예요. 반갑습니다. 오래 기다리셨어요?"

"어? 아냐. 뭐 별루 안 기다렸지만, 기다린 보람이 있네. 흐흐"

키가 크고 서구형으로 생긴 예나가 준기에게 술을 따랐다.

"얼음 타드릴까요?"

"아냐. 그냥 마실게. 난 스트레이트가 좋아."

"야. 너 연예인 많이 닮았다."

"히. 누구요. 송주효?"

"아 그래. 요즘 오락프로에도 자주 나오는."

"그런 얘기 많이 들어요. 오빠두 참, 보는 눈은 있어가지고… 호호"

준기가 잔을 내려놓는 순간, 오야붕이 들어왔다.

"자 형님들, 옆방으로 자리를 옮기시겠습니다."

한창 노래를 하던 진성과 진헌, 민지와 소곤거리던 상엽이 어리둥절해 하면서 준기와 오야붕을 번갈아 쳐다보았다.

"뭐야. 옆방으로 3차 가는 거야? 거긴 뭐가 더 좋은 것이 있나? 히히"

진성이 미연에게 찡끗하면서 말했다. 먼저 방을 둘러본 준기는 일단 안심했다. 옮긴 방에도 역시 그림들이 그려져 있었지만, 최소한 옆방의 종교화처럼 보이지는 않았기 때문이었다. 그 그림에는 벌거벗은 여인이 오른쪽 아래에 누워있고, 사람들은 잔으로 보이는 그릇들을 들고 뭔가 마시고 있는 것 같았는데 술이 아닐까 하는 생각도 들었다. 게다가 미켈란젤로의 〈천지창조〉보다 더욱 강렬하고 현란한 색과 율동이 흘러넘쳤다. 일행이 오기 전에 준기는 서둘러 사진을 찍어 두었다. 동작이 얼마나 빨랐던지 곧 뒤따라왔던 예나조차 준기의 행동을 파악하지 못했을 정도였다. 뒤이어 친구들이 들어오고 빠르게 세팅이 이루어졌다. 노래방 기계 위에 현란한 조명이 돌아가고 서로를 부둥켜안고 브루스타임이 만들어지기까지 모든 일이 순식간에 이루어졌다. 준기는 마음이 훨씬 편해졌고, 옆방에서 허비한 시간을 만회라도 하듯이 연거푸 양주잔을 비우고 예나의 손과 어깨를 만졌다. 둘은 노래도 부르지 않은 채 떨어질 줄을 몰랐다. 예나는 준기를 기억하고 있었다. 예전에 다른 일행의 파트너로 준기가 있는 방에 들어온 적이 있었는데 만취의 상태에서도 조금의 비틀거림도 없이 웃기만 하는 준기의 모습이 인상 깊게 남아 있었던 것이다. 술만 취하면 폭언과 폭행을 일삼던 자신의 옛 남편과 너무나 비교되는 모습이었다. 그러나 왜 갑자기 자신의 남편을 떠올렸는지는 모를 일이었다. 게다가 오늘 방을 옮긴 이유가 천장의 그림 때문이라는 사실을 오야붕 상무에게 전해 듣고 준기에게 더욱 호감이 가고 말았다. 예나는 준기 앞에서는 여느 아가씨와는 다르게 보이고 싶었지만 달리 방법이 생각나지 않아서, 자신의 마음을 가장 잘 표현할 수 있는 방법은 몸뿐이라는 유치한 생각을 할 수밖에 없었다. 조심하면서도 과감하게, 또는 수줍으면서도 섹시하게 자신이 알고 있는 모든 교태를 보여서라도 준기가 다시 찾아오게 하고 싶었다. 왠지 준기는 자신의 처지를 잘 이해해주고 위로해줄 수 있는 사람 같았지만, 쉽게 이런 마음을 드러낼 수는 없는 노릇이었다.

"야. 그만 좀 떨어져라. 에로 영화 찍냐."

블루스를 끝내고 자리에 앉으면서 지헌이 말하자 머쓱해진 준기는 예나와 떨어지면서 자리를 고쳐 앉았다.

"하이고, 형 파트너나 신경 써."

웃으면서 룸 안에 있는 화장실로 들어간 준기는 소변을 보면서 조금 전에 촬영한 작품 사진을 슈퍼컴퓨터 프락시모에게 보냈다. 프락시모는 자신이 겪어본 사람들을 나름대로 선별하여 그들에게 교류제안을 했는데, 상대가 수락을 하면 서로 친구처럼 지내면서 필요한 정보를 공유할 수 있었다. 프락시모가 가지고 있는 정보나 지식의 질과 양은 인터넷에 떠도는 잡다한 정보와는 비교도 할 수 없는 현존 최고의 데이터들이었다. 하지만 지식의 총합이 지혜로 이어지는 것이 아니라는 것을 차츰 깨달은 프락시모는 자기학습프로그램의 일환으로 인간을 등급별로 구분하여 교류하기 시작했다. 프락시모는 현재 전 세계에서 수만 명이 넘는 인간들과 동시 교류를 하고 있는데, 그보다 몇 배가 넘는 인원과 동시에 접속이 가능할 뿐 아니라 인간들의 질문과 성향들을 분석하여 가장 완벽한 인간상을 구현하려는 계획까지 가지고 있었다. 자신의 이름처럼 진짜 아프락사스가 되기를 바라는 컴퓨터가 인간의 세계로 나아가기 위해 알에서 깨어나고 있는 과정이었다.

"이 그림에 대해서 알려줄 수 있어?"

"아. 사장님. 저와 친구가 되고 첫 질문이시네요. 이 작품은 1518년 르네상스 시대의 작품입니다. 베네치아 학파에 속하는 티치아노의 〈바쿠스의 축제〉 또는 〈아드리아인들의 축제/안드로스 인들의 주신제〉라는 이름으로 불리고 있습니다. 〈바쿠스와 아리아드네〉라는 작품과 함께 티치아노의 걸작으로 꼽히지요."

"베네치아? 피렌체가 아니고?"

"네. 베네치아 화가들은 물의 도시답게 강한 색채와 관능미, 현란한 포즈 등을 통해서 대상을 실물처럼 생생하게 묘사한 것이 특징입니다. 티치아노는 최초로 나무판을 사용하지 않고 천으로 만든 캔버스에 유화를 그린 인물로 알려져 있습니다."

"아. 그렇군. 내가 나가야 하니까 나중에 궁금하면 또 물어볼게. 안녕."

준기는 화장실에 나와 예나의 옆자리에 앉아서 상엽을 쳐다보았다. 이미지가 나올 때마다 상엽에게 물어보기가 귀찮기도 했고, 사실 그보다는 매번 상엽의 말에 감탄만 하는 자신이 창피하기도 했는데, 마침 프락시모와 친구가 되어 참으로 다행이다 싶었다.

"오빠. 이 방의 그림은 뭐죠."

"응? 조금 있다가 말해줄게. 우선 술부터 한잔하고."

시간은 속절없이 가고 있었고, 아직 분내와 살 냄새를 충분히 느끼지 못했기 때문에 상엽은 조금씩 조바심이 났다. 고상한 미술 이야기를 하면서 동시에 스킨쉽을 할 수는 없는 노릇이어서 살짝 허벅지에만 손을 올려놓고 대화를 끌어갔는데, 예상외로 파트너 민지가 예술에 보이는 관심은 진지하고 놀라웠다. 일부러 시간을 때우기 위해 재미있는 척하는 것은 아닌가 하는 생각도 했지만, 상엽의 귀에 대고 빨리 이 방의 작품에 대해 이야기를 해달라고 하는 것을 보면, 민지 또한 다음 손님을 받게 되면 앞으로 이 그림에 대해서 알게 될 기회가 없을 것이라고 생각하는 것 같았다.

"오빠. 가기 전에 이 그림에 대해 이야기 좀 해 줘요. 난 책 읽는 것보다 말로 해주는 것이 귀에 쏙쏙 들어온단 말이에요."

"야. 이런 곳에서 무슨 미술 이야기를 이렇게 길게 해. 참."

상엽은 할 수 없이 술을 받아서 한 모금 한 다음 민지가 주는 안주를 받았다.

"야. 안주 네가 집어줘."

"호호. 알았어요. 이렇게!"

"흠… 쯥"

"됐죠. 빨리 말해줘요."

"르네상스 시대의 많은 작품들 이해하려면 아까 말한 것처럼 그리스, 로마 신화에 대해서 많이 알아야 하거든. 반대로 그림들을 통해서 신화를 알아 갈 수도 있고. 바쿠스는 바카스라고 하기도 해, 로마시대 이름이지. 그리스 말로는 디오니소스라고 하지. 좀 괴상하긴 하지만 제우스가 허벅지에서 길러서 낳은 아들로 포도주, 즉 술과 풍요의 신이야. 술이 있으니 늘 축제가 수반되지. 하지만 술의 부정적인 측면인 광기를 나타내기도 해. 이 그림은 한마디로 술에 취한 사람들의 각양각색의 모습들을 보여주고 있는 작품이야. 사람들이 술에 취해 즐겁게 축제를 즐기고 있기도 하지만, 맨 앞에서 술에 취한 채 누워 있는 요정이며, 병째 술을 마시는 노인 등, 난봉과 방탕의 생생한 모습을 보여주고 있지. 그러고 보니까 정말 술집에 딱 어울리는 그림이네. 하하"

"그림 속의 신화 이야기가 참 재미있어요. 성경스토리보다 훨씬 인간적이라서 그런가요? 또 해주세요. 아까 무슨 아리아드네 어쩌구 하셨잖아요. 오빠?"

"〈바쿠스와 아리아드네〉 말이구나. 그래. 신화를 이해하면 서양인들의 문화를 파악하고 그들의 의식구조를 이해하는 데 많은 도움이 돼. 영화 해리포터도 신화에 대해서 아는 사람이 보았다면 더욱 재미있게 보았을 거야."

"나도 그럴 것 같았어요. 빨리 다음 그림이나 설명해 주세요."

상엽은 코앞에 얼굴을 바싹 들이대고 있는 민지의 모습이 사랑스럽기까지 했는데, 아무리 순간적이라고 하더라도 사랑이라는 단어까지 생각날 줄을 몰랐기 때문에, 이런 감정이 드는 자신에게 놀라고 있었다. 술과 외로움이 만나서 걷잡을 수 없는 시너지 효과를 만들어내는 것 같았다.

"그림을 보면서 이야기를 해야 하는데 아쉽네. 이미지는 인터넷 찾아보면 다 나오니까 나중에 보도록 하고. 이 그림은 1520년에 그려졌어. 크레타 섬의 공주였던 아리아드네가 자신을 배신하고 도망가는 아테네의 왕자 테세우스에게 손을 흔드는 장면인데, 그 장면을 보게 된 술의 신 바쿠스가 아리아드네에게 첫눈에 반하게 돼. 재미있는 것은 아리아드네도 그리 싫지 않은 눈으로 바쿠스를 보고 있다는 점이지. 떠나간 사랑에 너무 슬퍼하지 마라. 곧 다음 사랑이 기다리고 있다는 뜻을 담고 있다고도 할 수 있지."

"어머. 너무 멋있어요. 그런 메시지를 담고 있는지 몰랐어요."

사각 모서리에 앉은 덕분에 준기와 상엽 사이에 있던 예나가 시끄러운 와중에도 상엽의 이야기를 듣고 있었는지 맞장구를 쳤다.
"어머. 언니도 듣고 있었네요. 우리 오빠. 재미있게 말 잘하죠?"
민지가 준기의 파트너에게 반갑게 말했다.
"야. 나도 듣고 있었어. 지금 베네치아 학파에 대해서 말하는 것 같은데, 나도 흥미로운데. 하하"
예나는 어떤 학파를 운운하는 준기가 더욱 멋있게 보였다.
"오. 역시 준기도 많이 알고 있구나. 저 그림에 대해 조금 더 이야기하면, 바다의 신 포세이돈이 크레타의 왕 미노스가 자신을 능멸한 죄로 왕의 아내에게서 머리는 소, 몸은 사람인 괴물 미노타우르스를 낳게 해. 미노스 왕은 차마 그 괴물을 죽일 수 없어서 절대 빠져나오지 못하는 미로에 그 괴물을 가두고 아테네로부터 매년 젊은 청년과 처녀를 공물로 바치게 하는데, 이때 아테네의 왕자 테세우스가 제물로 위장해서 크레타 섬에 오게 되고, 아리아드네와 테세우스는 사랑에 빠지게 되는 거지. 아휴 숨차. 한잔 마시고 하자."
"그래. 그래. 건배하자. 술자리가 유익해져서 그런지, 술에 안 취하네"
어느덧 룸 안은 소파에 옹기종기 앉아 있는 그룹과 노래방 기계 앞에 모여 있는 그룹으로 나누어졌다.
"아리아드네는 테세우스에게 칼과 붉은 실타래를 주었는데, 미궁을 출발할 때 실을 밖에 묶어두고 그것을 풀면서 안으로 들어갔기 때문에 미노타우르스를 죽이고 무사히 밖으로 나올 수 있었어. 왕자는 미노스 왕의 반대를 무릅쓰고 아리아드네를 몰래 데리고 아테네로 가는 도중에 낙소스라는 무인도에 정박하게 되지. 그런데 테세우스의 꿈에 아테나 여신이 나타나 아리아드네와 결혼하면 아테네가 전쟁에 휩싸일 것이라는 경고를 하게 되고, 고민 끝에 테세우스는 아리아드네가 잠든 틈을 타서 낙소스 섬을 떠나게 되는 거야. 이 작품은 그 순간을 묘사하고 있어."

"아. 조국과 아버지를 배신하고 한 남자만을 믿고 먼 곳까지 왔는데 그까짓 꿈 때문에 사랑하는 여인을 무인도에 버리고 가다니. 그런 나쁜 인간이 있나. 갑자기 캔디의 테세우스가 생각나네."

지민은 마치 자기가 당한 일처럼 분개하면서 말했다.

"언니. 그건 테리우스야."

"앗. 쏘리."

"옛날의 화가들은 등장인물의 동작, 눈빛, 소품 등에 함축적인 많은 의미를 담았어. 문자의 소통이 활발하지 않은 시대였기 때문에 당연한 일이었지. 그림에서 바쿠스는 얼마나 급했는지 포도빛 망토가 휘날리도록 뛰어와 아리아드네를 애절한 눈빛으로 보고 있잖아. 아리아드네는 멀리 떠나가는 배를 붙잡기 위해 손을 흔들면서도 바쿠스와 시선이 맞춰지고 있고. 바쿠스를 상징하는 표범은 한 쌍이 되어 아예 아리아드네 쪽에 있어. 이미 게임은 끝난 거지. 바쿠스를 따르는 동료들은 축제의 분위기를 만들면서 아리아드네 쪽으로 다가가고 있고 말이야. 결국 아리아드네를 버린 테세우스는 나중에 비참한 최후를 맞이하지만, 낙소스 섬에 살던 바쿠스는 아리아드네와 결혼해서 행복하게 잘 살아. 다만 불사의 신이었던 바쿠스와는 달리 아리아드네는 늙어 죽게 되고 바쿠스는 그녀가 쓰고 있던 왕관을 하늘에 던져 영원을 기약하게 돼. 그것이 지금의 왕관자리야."

"어머, 내가 좋아하는 별자리까지 나오네. 호호"

"저도 별자리 좋아해요. 언니. 우리 오빠들하고 밖에서 만나서 밤새 이야기나 들을까? 오빠들 어때?"

"언제? 오늘?"

준기와 상엽이 거의 동시에 물었고, 예나와 민지에게서 좋다는 대답이 돌아왔다.
"야. 괜히 접대 멘트 날리지 마라, 니들 계속 손님 받고 영업해야 할 거 아냐"
"아니에요. 우리도 사람인데 가끔 쉬면서 일해야지요."
"맞아요. 난 저번 주에 매일 나왔다니까."
"언니도 그렇구나. 난 하루 일하면 다음 하루는 쉬어야 해요. 몸 상하면 일 오래 못하잖아요. 우리 신사동에 게장 먹으러 가요. 오빠 사줄 거죠?"

민지가 상엽의 팔에 매달리며 아양을 떨었다. 상엽은 피곤했지만 집에 가도 아무도 없는 기러기 아빠 처지에 마다할 이유가 없었다. 텅 빈 집에 들어가기 위해 현관의 도어록 버튼을 누르는 순간부터, 외로움은 마치 자가 증식을 하는 것처럼 기하급수적으로 증폭되었고, 현관에 들어서면 그것들은 순식간에 그리움으로 변모하여 온몸을 휘감았다. 거실 미닫이문을 젖히면 상엽을 맞이하는 것은 센서등과 적막뿐이었다. 안방 문을 열면 침대에는 고독한 덩어리가 누워 있는 것 같았고, 아이들 방에는 추억만이 아른거렸다. 유일하게 존재감을 잃지 않았던 냉장고 소음도 사람의 온기가 그리운 듯 이상한 소리를 내며 불규칙적으로 변해 갔다. 상엽은 자신의 집이 낯설어지다가 마치 자신이 세를 들어 사는 사람처럼 느껴졌고 몇 달 만에 아파트 302호는 생명체가 살 수 없는 심연의 바다가 된 것 같았다. 도저히 제정신에는 차갑고 어두운 심해로 들어갈 수가 없어서 상엽은 거의 매일 술의 힘을 빌렸다.

"난 좋아. 준기 너는?"
"나도 좋아. 까짓것 달리지 뭐. 밤새 그림 공부나 해볼까."
"우리도 좋아요. 여기 테이블 마치고 그쪽으로 가서 연락주시면 바로 갈게요. 거기 만복게장 정말 끝내줘요. 사장님도 너무 좋아요. 아. 침 넘어간다."
"오빠. 시간 다 됐는데요. 마무리하셔야 될 것 같아요."

진성의 파트너 미연이 노래를 부르고 들어오는 중에 슬쩍 말했다.

"그래. 오케이. 상엽아. 너도 노래하나 불러라. 나도 하나 부르고 정리하자."
"알았어. 난 오랜만에 유열의 〈지금 그대로의 모습으로〉 한번 불러볼까. 민지야. 번호 좀 눌러줄래."
"네. 오빠."
"사랑을 이야기할 땐, 그대의 눈을 바라보면서. 마음을 전하려 할 땐, 그대의 손을 꼭 쥐어요. 햇살은 나무 위에 걸쳐 그대의 눈을 반짝이고…"
상엽은 민지의 손을 잡고 얼굴을 쳐다보며 노래를 불렀다. 가사는 대충 외우고 있었으므로 마치 타임머신을 타고 예전으로 돌아가 애인에게 사랑을 고백하는 것처럼 분위기를 잡았다. 상엽의 대학 시절에 처음 나온 노래가 벌써 30년이 다 되어간다니 노래를 부르면서도 믿기지가 않았다. 다음으로 준기의 노래가 이어졌다.
"땅거미 내려앉아 어두운 거리에, 가만히 너에게 나의 꿈 들려주네. 에헤헤 에헤헤. 너의 마음 나를 주고 나의 그것 너 받으리, 우리의 세상을 둘이서 만들자…"
이범용, 한명훈의 꿈에 대화였다. 공교롭게 두 곡 모두 대학가요제 대상 곡이었고, 준기가 부른 노래는 35년이 넘어가는 노래였다. 준기 또한 가사를 음미하면서도, 40년의 무게를 생각하지 않을 수 없었다. 준기가 옆에 있는 아가씨들의 나이 때 40년의 세월을 상상할 수 있었던 노래는 두만강밖에는 없었다. 예나도 예전의 준기가 두만강을 부른 김정구 씨를 상상한 것처럼, 대학가요제 노래를 그렇게 생각하고 있을 수도 있었다.
"내가 제일 좋아하는 석양이 질 때면…"
상엽이 노래를 받아 다음 소절을 불렀다. 오래전부터 준기와 상엽은 이 노래를 둘이서 부르는 것을 즐겼다. 늘 그렇듯이 준기의 노래가 끝나자마자 최종 마무리 곡으로 박상규의 〈친구야 친구〉의 반주가 시작되었다.

"친구야. 친구. 웃어나 보게. 어쩌다 말다툼 한번 했다고 등질 수 있나, 아지랑이 언덕에 푸르러간 보리 따라 솔향기 시냇가에서 가재를 잡던, 아하! 자네와 난 친구야 친구…"

준기와 상엽, 진성과 지헌 모두가 앞으로 나와 같이 노래를 불렀다. 약속한 적도 없는데 항상 이들의 마무리 노래는 〈친구야 친구〉였다. 노래방이란 곳이 생긴 후부터 암묵적으로 지켜온 의식이었으므로 오늘도 예외는 없었다. 이 노래를 마지막으로 현실 속 '을'들이 잠깐 '갑'이 되는 수컷들의 놀이가 끝이 났다.

"야. 오야붕, 술값은 내일 보내줄게. 계좌 찍어서 보내. 잘 마셨다."

"감사합니다. 형님."

오야붕은 손님들이 르네상스 로비를 지나 현관을 나설 때까지 굽힌 허리를 펴지 않았다.

〈아드리아인들의 축제/안드로스 인들의 주신제〉〈그림15〉

〈바쿠스와 아리아드네〉〈그림16〉

7
아! 르네상스
- 틴토레토,
미켈란젤로

자정이 넘은 시간인데도 신사동 가로수 길과 잠원동 술집 뒷골목은 불야성처럼 밝고 손님들로 북적였다. 대낮처럼 환한 술집거리 사이를 각양각색의 군상들이 비틀거리고 있었는데, 마치 집어등의 불빛을 보고 모여드는 오징어 떼 같았다. 호객행위를 하는 가게의 종업원들이 불빛 주위를 서성대는 오징어들을 향해 힘차게 주낙을 던져댔으나, 준기 일행은 다행히 낚시 바늘을 피해 골목 맨 끝에 위치한 만복게장에 입성할 수 있었다.
 "야. 난 아무래도 가야겠어. 내일 하남에 있는 물류창고를 지켜야 하는데, 내가 당번이야. 거래 업체들이 못 받은 물건 대금 대신 옷이라도 가져간다면서 우리 회사 창고로 몰려온다나 봐. 우린 월급도 못 받았는데 그거라도 지켜야지."
 지헌이 취기와 피로, 실망이 섞인 목소리로 말했고, 나머지 친구들도 이해한다는 듯 아무 말도 하지 못하고 고개만 끄덕였다. 평소 같으면 당연히 붙잡아야 했고, 지헌 또한 못 이기는 척 끌려갔을 테지만 오늘은 달랐다.
 "그래요. 형. 먼저 들어가고 힘내요. 화이팅!"
 술이 과했던 진성은 르네상스에서 나오자마자 택시를 타고 먼저 갔으므로, 일단 준기와 상엽이 만복게장에 자리를 잡았고, 얼마 되지 않아 약속대로 민지와 예나가 합석했다. 푸짐한 간장게장 정식과 오징어회가 차려진 술상을 보고 모두 흥분을 감추지 못했다.
 "와. 저 탱글한 속살. 저기에 따뜻한 밥을 넣고, 계란하고, 김 가루, 참기름 넣고 비비면…"
 "저 게를 처음 먹었던 사람은 누굴까? 저렇게 흉측한 외모 안에 이렇게 부드러운 속살이 있는 줄 어떻게 알았을까?"

"와. 오징어 싱싱하네. 소주 열 병은 먹겠다."

"넌 또 술이 들어 가냐? 대단하네."

각자 한마디씩 하는 사이 차가운 소주가 땀을 뻘뻘 흘리고 있었다. 자신을 빨리 비워달라고 애원하는 것 같았다.

"오빠. 빨리 다음 그림 이야기 해 줘요. 뭐가 또 있어요."

민지는 소주를 집어 차례대로 술을 따르면서 상엽을 보고 말했다.

"좋아. 별자리를 좋아한다니까. 은하수의 기원을 그린 그림이야기를 할까. 르네상스 시대에 베네치아에서 활동했던 화가 중에 틴토레토라는 화가가 있어. 아까 얘기한 티치아노의 제자이기도 하지만, 그 그림은 더욱 역동적인 에너지를 보여주고 있지. 여기 스마트 폰으로 그림을 찾아볼까. 〈은하수의 기원〉이라는 작품이야.

어때. 엄청 화려하고 역동적이지. 사실 이런 것은 실제로 봐야 하는데 좀 아쉽네."

"그림 안에 엄청 많은 것들이 있어요. 아이가 엄마로 보이는 사람의 젖을 먹고 있는데, 남편으로 보이는 사람이 아이를 떼어내는 건지, 아님 젖을 물리려고 하는 건지 모르겠어요."

민지가 스마트폰의 이미지를 손가락으로 확대해가면서 말을 했다.

"역시 관능적이고 화려하네. 삼원색이 모두 들어있어서 더욱 강하게 보이고, 여인을 중심으로 큐피드와 아이들이 원을 형성하면서 움직이고 있어서 운동감도 느껴져."

"맞아. 확실히 준기가 보는 눈이 있구나. 형태적인 면이 그렇고 내용적인 면을 보면 역시 신화의 이야기야. 거기 보이는 여인은 최고의 여신인 헤라, 남자는 예상대로 제우스겠지. 젖을 물고 있는 아기는 헤라클레스야. 헤라는 제우스와 남매지간이야. 둘 다 크로노스의 자식이지. 크로노스는 〈비너스의 탄생〉에서 이야기했었지. 자기의 아버지였던 하늘의 신 우라노스를 죽이는데, 자신이 아버지를 죽인 것처럼 자신도 자식들에게 죽임을 당할까 봐 아내 레아가 아이들을 낳자마자 모조리 먹어치우게 돼. 엄마 레아는 막내아들 제우스를 빼돌려 키우게 되고, 우여곡절 끝에 살아남은 제우스는 예언대로 아버지 크로노스를 죽이고 아버지 배 속에 있던 자신들의 형제를 구해내지. 말도 안 되고 역겹기까지 한 이야기지만 신화는 서양인들의 의식구조에 많은 영향을 미쳤기 때문에 서양의 이미지와 문화를 이해하는 데 많은 도움이 돼."

"무슨 콩가루 집안도 아니고, 아버지를 죽이고 남매하고 결혼하고 아무리 신화지만 너무하네."

업소에서 입던 빨간색의 원피스 대신 청바지에 하얀 티셔츠를 입고 나온 예나는 약간 취한 말투였다. 어두운 조명 아래서 보던 이미지와는 전혀 다른 모습이었다.

"그러게 말이다. 암튼 제우스는 신중에 서열이 제일 높지만 자타가 공인하는 바람둥이 신이야. 신이건 사람이건 심지어 동성이건 가리지 않아. 헤라를 건드릴 때는 비에 젖은 뻐꾸기로 변신해서 헤라의 모성애를 자극하지. 헤라가 새를 가슴에 안을 때 제우스가 모습을 드러내지만 결혼을 약속하기 전에는 관계를 할 수 없다고 단호하게 말하거든. 결국 결혼을 약속한 제우스는 유일하게 헤라를 정실부인으로 맞이하게 돼. 이때부터 헤라의 고달픈 결혼생활이 전개되는 거야. 가정을 지키기 위해서 제우스의 첩들과 그 자식들과의 투쟁이 시작되는데 이 때문에 헤라를 질투의 여신으로 표현하기도 하지. 하지만 헤라의 노력에도 불구하고 그리스 신화의 최고의 신들은 모두 제우스 첩들에게서 난 자식들이야. 인간들의 세계에서도 흔히 볼 수 있는 일이지."

"와. 그럼 어떤 신들이 있어요?"

"하하. 민지가 정말 관심이 있나 보다. 나도 확실하게 알지는 못해. 그리고 그 신들에 대해서 이야기 하려면 밤을 새워도 모자랄 것 같은데."

"그래. 오늘만 날이니, 담에 또 만나면 되잖아. 그치 자기야!"

민지보다 나이가 많아 보이는 예나가 준기를 부르는 호칭이 어느새 오빠에서 자기로 변했다. 예나의 눈이 서서히 풀리는 것처럼 보였다.

"저 그림에 있는 헤라클레스는 제우스가 지상에 있는 유부녀 알크메네와 관계를 해서 낳은 자식이야. 그의 남편으로 변해서 말이지. 제우스는 자신의 바람기를 위해서는 수단과 방법을 가리지 않는 신이야. 헤라는 역시 이 아이를 죽이려고 시도하지만 마음대로 되지를 않아. 어느 날 제우스는 자신의 아들 헤라클레스에게 불사의 능력을 주기 위해 자고 있는 헤라의 젖을 물리게 되지. 이 그림은 젖을 흡입하는 아이의 힘에 놀란 헤라가 아이를 떼어내는 장면을 묘사한 그림이야. 뿜어져 나온 젖은 하늘로 올라가서 별이 되었는데 그것을 은하수라고 하고, 땅에 떨어진 것은 백합꽃이 되었대. 그래서 백합은 헤라 또는 마리아를 상징하는 꽃이 되었지. 헤라는 매일매일 새로 태어난다는 순결의 의미를 가지고 있기 때문에 백합은 순결을 나타내는 의미로 결혼 예식 때 많이 쓰이기도 해. 저 그림에서 독수리는 제우스를 나타내고, 당연히 봉황은 헤라를 상징하겠지. 암튼 그래서 은하수를 영어로 The milk way라고 하는 거야. 은하수는 별의 무리가 구름 띠처럼 모여서 흰 강같이 보인다는 한자 표현이거든. 한국어로 젖의 길이라고 번역하면 이상하니까. 그냥 milk way라고 하는 거야."

찬 소주가 가득 담긴 네 개의 술잔이 부딪치자마자 비워졌다. 시간은 새벽으로 향하고 있었지만 밖은 여전히 대낮처럼 밝았고, 길거리에서 휘청거리는 취객들은 더욱 많아진 것 같았다. 술집 수족관에도, 거리에도 온통 불빛의 유혹을 뿌리치지 못한 오징어들이 넘쳐났다.

"자기야. 그건 그렇고. 아까 옮기기 전 방에서는 왜 그렇게 표정이 찜찜했어. 나 같은 미인을 못 만나서 그랬어. 히히?"

예쁘게 보여서 준기의 호감을 사려고 했던 예나의 계획은 이루어지지 못할 가능성이 점점 높아지고 있었다. 술의 힘을 미처 계산에 넣지 못한 결과였다.

"맞아요. 그 방에 있던 그림이 〈천지창조〉라는 종교화라면서요. 미켈란젤로의 대표작이 그것 말고 또 있었죠."

"〈최후의 심판〉이라고 시스티나 대성당의 제단화야. 하나는 천장화. 하나는 제단화. 언제 로마에 가면 보렴. 교황 선출하고 그럴 때 TV에 자주 나오는 성당 있잖아. 나도 가보지는 못했지만."

민지의 물음에 이번에는 준기가 대답했다. 미숙과 프락시모 덕분에 준기의 그림 감상 실력은 나날이 발전하고 있었다.

"어머, 오빠도 많이 아는구나. 다들 너무 멋있어요. 이게 〈최후의 심판〉이에요?"

어느 틈에 스마트폰을 검색한 민지는 찾은 이미지를 준기와 상엽 쪽으로 보여주었다.

"아무래도 신화 이야기보다 종교화는 좀 재미가 덜하고 엄숙하지. 이것도 미켈란젤로가 4년에 걸쳐 1541년에 완성했어. 이 작품의 주제는 인류 종말의 날에 그리스도가 살아있는 자들을 심판한다는 내용이야. 이것도 가로 13미터, 세로 17미터의 대작으로 391명의 다양한 인간들이 등장하지. 대단하지. 그 한 명마다 모두 의미가 있고 사연이 있어. 아마 교회에 다니는 사람이면 이해가 빠르겠지. 특이하게도 가운데 그리스도를 근육질의 아폴로 신처럼 묘사했어. 그 선상에 있는 사람들은 성인들이야. 천국의 열쇠를 들고 있는 베드로, 피부가 벗겨진 채 순교한 바르톨로메오가 자신의 벗겨진 피부를 들고 있는 모습, 불에 타죽은 라우덴시오 등등."

"워낙 대작이고 유명한 작품이니까 꼭 기억해 두어야 하겠지. 알면 알수록 더욱 재미있어지는 면도 있더라고, 더 알고 싶기도 하고"

상엽의 긴 설명 뒤로 준기의 경험담이 더해지면서 이야기가 이어졌다.

"저 제단화가 그려진 계기나, 그림의 내용 또는 묘사를 통해서 그 당시의 상황을 유추해볼 수 있을 것 같아."

"그 시대부터 이해하고 그림을 감상하는 것이 아니고? 역시 준기 너 대단해."

"그게 그거지만 재미있어 보이잖아. 마틴 루터의 종교개혁 때문에 카톨릭의 세력이 많이 약해진 것도 제단화제작이나 단죄의 엄격함이 나타나는 내용의 이유가 될 수 있겠지. 재미있는 것은 그림의 구성이 성인, 천당, 천사, 지옥 등의 몇 부분으로 나뉘어 있다는 거야. 그 당시로부터 200년 전의 사람인 단테의 신곡에 나오는 천당, 중간, 지옥 부분을 인용해서 미켈란젤로 나름대로 심판의 날을 창조한 거야. 이전에는 천당과 지옥을 언급한 종교화는 없어. 사실 성경에도 나오지 않는 대목이거든. 이 작품 이후 종교화에서는 천사가 날개를 달고 천당과 지옥을 설정한 장면들이 등장하기 시작하지."

"와. 우리 자기 최고! 옆에 오빠보다 더 멋있어!"

취한 와중에도 예나는 준기의 말을 경청하고 있는 것 같았다.

"그래, 준기 설명이 나보다 낫다. 그림의 주변 상황을 알고 있으면 작품을 이해하는 데 큰 도움이 돼. 무엇보다 이미지를 겉으로만 보지 않게 되는 것 같아."

"다 너한테 배운 거야. 진짜로 점점 재미있어지고 관심이 생기던 걸."

"어머. 오빠들 너무 멋있다. 술자리에서 이런 이야기 하는 분들 처음 봤어요. 자. 건배!"

민지가 호들갑을 떨면서 건배 제의를 하자 상엽도 한마디를 추가했다.

"술자리에서 이런 이야기 관심 있게 듣는 아가씨도 처음 봤어. 하하. 자. 건배!"

"뭐야. 취했다고 나만 빼기야. 나두 건배!"

밖에는 아직도 오징어를 닮은 사람들이 정신을 차리지 못하고 집어등 밑을 기웃거렸고, 술집 수족관에 갇혀 있는 진짜 오징어는 수족관 유리문에 연신 머리를 처박고 있었는데, 불빛에 속았던 자신의 행동을 반성하는 것인지, 아니면 또 다른 불빛을 보고 흥분한 것인지 아무도 알 수가 없었다.

〈은하수의 기원〉〈그림17〉

〈최후의 심판〉〈그림18〉

8
아! 르네상스
- 라파엘로

운동을 위해 집을 나서는 미숙의 발걸음은 활기찼다. 얼마 만에 느끼는 상쾌함인가. 미숙이 다니는 체육관은 지하에 수영장이 있고, 위로 올라가면서 차례로 휘트니스 시설과 골프, 다목적 공간이 있는 곳이었다. 초등학교 안에 있는 부지에 이런 시설이 지어졌는데 동네마다 이런 공간이 의외로 많았다. 미숙은 이곳의 수영장에서 알게 된 이웃의 권유로 맨 위층에 있는 다목적 체육관에서 배드민턴을 시작하게 되었고 별생각 없이 접했던 배드민턴은 예상외로 힘들었고 재미있었다. 사람들과 어울리면서 같이 땀을 흘리는 쾌감은 직접 해보지 않으면 모르는 다른 세계의 즐거움이었다. 탁구나 테니스보다 훨씬 역동적이었으며 골프보다도 더 매너를 중시하는 스포츠였기에 한동안 배드민턴의 매력에 푹 빠져 살았었다. 그러다가 1여 년 전 아들 태준이 대학 입학과 동시에 군대에 가버리자 갑작스런 우울증 증상이 몰려왔다. 그동안 하나밖에 없는 아들만을 생각하면서 학교생활, 과외, 입시 등을 같이 치르는 심정으로 바쁜 시간을 보내서 그런지 아들의 존재감이 이렇게 빠르게 사라지고 있다는 사실이 믿기지 않았다. 태준이 차지하던 자리에 커다란 구멍이 뚫린 기분이었다. 오로지 아들 하나에 매달려 달려왔던 지난날이 꿈같았다. 그러나 태준이 군대에 간 후로는 매사에 짜증만 나고, 모든 일에 의욕이 나지 않아서 좋아하던 배드민턴도 차츰 등한시하게 되었다. 땀을 흘리는 것이 우울한 기분을 회복하는 데 큰 도움이 된다는 것을 알면서도, 몸은 마음처럼 움직여주질 않았다. 가끔씩 무심한 아들한테 안부 전화라도 오면 힘이 나곤 했는데 이젠 그나마도 잘 오지 않았다. 게다가 곧 둥지를 떠날 아들을 언제까지 붙잡아두고 살 수는 없는 노릇이었다. 마침 준기와 연락을 주고받기 시작하면서 마음도 많이 밝아졌고, 운동도 다시 시작할 만큼 의욕도 충만해졌다. 얼마 전 미숙은 준기와 전시를 보면서, 자신의 생활에서 아들이 군대를 가기 이전은 중세시대였고, 그 이후는 내면의 욕망을 표현하는 르네상스 시대가 아닐까 하는 생각까지 했었다.

"언니. 너무 오랜만이다! 그동안 잘 지냈어? 몸은 괜찮아진 거야? 어디가 아팠던 거야? 보고 싶었잖아! 왜 이제야 나왔어!"

지민은 얼마나 반가웠던지 쉴 틈을 주지 않고 일방적으로 인사를 건넸다.

"어휴. 고맙다. 얘. 체육관은 여전하지? 너도 레슨 잘하고 있고? 레슨 자리 남았니? 오랜만에 시작해서 폼 좀 다시 다듬어야 할 것 같아."

"잘 생각했어. 언니. 다른 사람은 몰라도 언니는 꼭 해줄게."

체육과 출신인 지민은 배드민턴 전공은 아니었으나, 오래전에 생활체육지도자 자격증을 취득한 데다, 배드민턴 전국 A조의 실력을 갖추고 있었으므로 클럽에서 코치를 겸하고 있었다.

"어휴. 이게 누구야. 미숙씨 오랜만이야."

"왜 이렇게 오랜만이에요. 얼마나 보고 싶었는지 알아요!"

클럽 회장인 김순태와 총무 신낙철이 미숙을 반갑게 맞이했다. 클럽회원들은 매일같이 땀을 흘리고 운동하다 보면 그 열기가 저녁 자리로 이어지는 경우도 많았다. 운동도 같이하고, 회식도 잦다 보니 가족처럼 친하게 지내는 일도 있었고, 사소한 오해도 생겨서 티격태격하는 일도 잦았지만, 만나고 헤어지고 싸우고 화해하는 일은 세상만사 중에 가장 기본적이고도 중요한 일이 아니던가. 그 안에서 살아가고 의미를 찾는 것이 인간사였다.

"오랜만에 혼, 복식 한번 해볼까?"

회장이 게임을 만들기 위해 운을 띄웠으나, 총무의 생각은 달랐다.

"회장님, 남녀가 섞이는 혼, 복 보다 아예 남자 대 여자 이렇게 하시죠."

"그래?"

"저하고 회장님이 파트너가 되고, 지민코치와 미숙씨가 상대편 하고, 그럼 되지 않을까요?"

"오호. 그거 재밌겠는데, 우리가 남자 C, B조, 저쪽이 여자 A, C조 조합이니까. 적당히 맞겠는 걸? 어때 지민씨 한게임 같이할래?"

회장이 지민에게 물었다. 동호인들은 대게 2명씩 편을 짜서, 한 코트에 4명이 게임을 하는 복식을 하게 되는데, 여기에 묘미가 있었다. 4명의 실력이 비슷하거나 달라도 경우의 수가 많기 때문에, 어떻게 편을 짜느냐에 따라 A조의 최상위급 실력자와 급에도 올라오지 못하는 D조 아래의 초보가 같은 코트에서 게임을 즐길 수 있었다. 더구나 힘과 스피드만 가지고 할 수 있는 운동이 아니므로, 60대의 할머니가 20대의 청년에게 충분히 이길 수 있는 묘한 운동이 배드민턴이었다.

"오케이. 일단 언니하고 난타 좀 치구요. 저쪽 코트에서 몸 좀 풀고 계세요. 오늘 각오하셔야 할 걸요. 제가 컨디션이 좋거든요. 호호"

"아휴. 몇 달 만에 나왔는데, 무슨 게임. 그냥 연습이나 할래."

"그만큼 언니 인기가 좋다는 거야. 회장님이 아무나 게임하자고 그러지 않잖아."

배드민턴의 또 하나 매력은 운동의 예절에 있었다. 영국에서 만들어졌다는 이 운동은 골프처럼 정신력과 매너가 기본이 되는 스포츠였다. 반드시 시작과 끝에 인사를 해야 하고, 특히 동호인들은 콕의 인, 아웃에 대해 상대편에 항의하지 않는 것이 관례였다. 게임 상대의 심기를 건드리는 행위나 말투는 금기시 되는데, 더욱 중요한 것은 자신의 파트너에 대한 매너였다. 같이 게임을 해보면 그 사람의 성향이 금세 파악이 될 정도로 배드민턴은 예민한 운동이었다. 마치 운전대를 잡으면 사람의 성향이 바뀔 수도 있는 것처럼, 코트에서 파트너가 되면 평상시에는 느낄 수 없었던 낯선 사람과 게임을 하고 있는 것 같은 경우도 있었다. 자신의 실수를 파트너에게 떠넘기는 사람, 게임을 하는 와중에도 계속 지적질을 하는 사람, 파트너의 영역을 무시하고 종횡무진 뛰어다니는 사람들이 있는 반면에 같이 게임을 하면 한없이 편안하고 재미있는 사람들도 있었다. 드러나지 않게 파트너를 배려하면서 어떤 상대라도 눈높이를 맞추고 같이 가는 사람, 대부분 이런 사람들은 점수와 승부에 연연해하지 않았다. 땀 흘리고 즐겁게 운동을 할 수 있게 해준 것에 대해 상대에게 감사할 뿐이었다. 아무리 실력이 뛰어나더라도 혼자서는 배드민턴이란 운동을 할 수 없다는 간단한 이치를 알고 있기 때문이었다. 사람 사는 곳 어디에나 삶의 고뇌가 숨어있듯이, 배드민턴 클럽도, 코트도 인생의 축소판과 다름이 없었지만, 다행히 회장과 총무, 지민과 미숙 모두 운동을 즐길 줄 아는 사람들이었다.

"언니, 하이 클리어! 그렇지, 더 힘차게!"

"아이고, 다리가 안 움직이네, 오랜만에 하니까. 공 떨어지는 타점을 못 잡겠어."

"곧 나아질 거야. 언니. 이번엔 하이클리어 한번! 드롭 한번!"

"헉헉, 5분밖에 안 됐는데, 벌써 힘들다. 애"

"하하, 알았어. 너무 힘을 빼면 게임을 못하니까. 그만하고 회장님이 있는 코트로 가자."

"어서 오십시오. 시작할까요."

"회장님, 그냥 하면 심심하니까. 내기 한번 하는 게 어떨까요?"

"하. 이 사람. 또 시작이네. 무슨 내기를 해. 미숙씨가 오랜만에 나온 데다가 지민씨는 A조이지만 여자잖아. 우리한테 상대가 될까?"

회장이 상대편 몰래 총무에게 눈을 찡끗하며 일부러 큰 소리로 말했다.

"좋아요. 해요 내기. 어떤 걸로 할까요. 커피 타주기. 아님 술 사주기."

승부욕 강한 지민이 살짝 발끈해서 내기를 받아들였다. 아무리 여자지만 전국 A조가 아니던가.

"어머, 무슨 내기야. 나 때문에 안 될 텐데."

"아냐. 이길 수 있어. 언니는 앞에만 있다가 내가 때리면 올라오는 공만 처리해. 언니 헤어핀하고 앞 공 잘 처리하잖아."

"이왕이면 술 내기 하시죠. 오랜만에 우리 가게에서 곱창 어떨까요?"

청담동에서 곱창 집을 운영하는 총무가 내기 종류와 장소, 안주까지 삽시간에 정리해버렸다. 남은 것은 승부뿐이었다. 지민이 전국 A조라고는 하지만, 회장과 총무 역시 10년 이상의 구력을 가진 남자 회원이었기에 결과는 알 수 없었다. 각자 새 공을 한 개씩 코트 중간에 놓았다. 매너 없는 어떤 회원들은 쓰던 공을 놓는 경우도 있었다. 라켓으로 콕을 쳐올려 바닥에 떨어진 콕의 머리 방향으로 첫 서브의 순서를 정하는 것이 관례였지만, 회장은 여자팀에 서브권을 양보했다. 그러나 승부까지 양보한 것은 아니었다. 내기 때문이 아니라 배드민턴, 아니 스포츠의 특성상 최선이 있을 뿐 양보는 없었다. 처음부터 남자팀들의 강력한 스매싱이 기선을 제압하는 것 같았지만, 배드민턴은 힘으로 되는 것이 아니었다. 선수출신답게 상대의 약점을 정확히 파악하고, 기회마다 빈자리를 공격할 줄 아는 지민, 미숙의 팀이 아슬아슬한 차이로 이기고 말았다. 승부와 상관없이 네 명은 밝은 표정으로 서로 악수를 하며 감사합니다. 수고하셨습니다. 라는 인사말 또한 잊지 않았다.

"호호, 언니 내가 뭐라고 했어. 이긴다고 했지."

"그러게, 역시 넌 정말 잘해. 나도 덕분에 자신감이 막 생긴다. 얘"

"역시. 젊음은 못 당해. 예쁘고 운동도 잘하는데 왜 남자가 없을까."

진 것이 어색한지 회장은 뜬금없는 말을 했다.

"모두들 오늘 7시에 청담곱창에서 모이시죠. 술은 제가 사고, 안주는 회장님이 쏘신답니다."

사람 좋아하는 총무는 배드민턴보다는 술자리가 더 반갑다는 표정이었다. 운동이 끝나고 샤워하는 기쁨은 시원한 맥주 한 모금보다 더한 쾌감이라는 것을 대부분의 동호인들은 잘 알고 있었다. 중독과도 같은 그 맛은 어느 무엇과도 바꿀 수 없는 소중한 느낌이었는데, 그것은 땀을 흘린 자만이 가질 수 있는 특권이었다. 흔하게 흘리는 땀이 돈 주고는 살 수 없는 것들 중에 하나라는 사실이 새삼스러웠다.

"아휴. 개운해."

"정말, 오랜만에 운동하고 샤워하니까. 정말 기분 좋네."

"그러게. 언니, 오랜만에 곱창도 공짜로 먹고."

"어. 저게 뭐야. 라파엘로에 〈아테네학당〉이 걸려있네."

체육관과 학교 건물이 연결되어있는 2층 현관문과 천장 사이에 라파엘로의 그림이 마치 그곳이 본래 자기 자리인 것처럼 보기 좋게 걸려있는 것이 계단을 내려가는 미숙의 눈에 들어왔다. 학교 이미지에 딱 들어맞는 그림이었다.

"저거, 여기 걸려 있은 지 오래됐잖아."

"그러니, 난 여태 모르고 있었어. 아는 그림이 나오니까 반갑네."

"언니도 그림에 대해서 많이 알고 있나 봐. 요즘 주변에 그림에 대해서 알고 있는 사람들이 많이 생기네. 나도 좋아하는데, 별로 아는 건 없지만."

"나도 잘 몰라. 이제부터 공부 좀 하려고. 저 그림은 얼마 전에 전시회에 갔다가 봤던 그림이라서 생각이 났어. 정말 아는 것부터 보이네."

"그래? 그럼 곧 사랑하게 되겠네. 알면 보이고, 보이면 사랑하게 된다며. 언니, 저 그림 이야기 좀 해줘."

"흠, 나도 잘 모르지만 복습하는 마음으로 아는 것만 얘기해줄게. 저건 르네상스 3대 화가 중에 하나라고 하는 라파엘로라는 사람의 작품이야."

"그럼 나머지 두 명은 누구야?"

"레오나드로 다빈치, 미켈란젤로."

"레오나드로 다빈치는 모나리자를 그린 사람이고, 미켈란젤로는 〈천지창조〉하고 〈최후의 심판〉을 그린 사람 아니야? 고집불통에다가 결혼도 안 하고, 게다가 친구한테 맞아서 코뼈도 주저앉고. 호호"

"어머, 너 완전 잘 알고 있네. 그림에 관심 많구나. 그 정도면 라파엘로에 대해서도 많이 알고 있겠네. 네가 나한테 설명해 줘야 하는 것 아니야?"

"아니야, 며칠 전에 술자리에서 주워들은 얘기야. 저 사람은 몰라. 빨리해 줘, 언니."

"그래. 다빈치하고 미켈란젤로가 조각, 건축, 수학 등등 다방면에 영향을 끼친 반면에 라파엘로는 회화에만 업적을 남겼어. 화가의 아들로 태어나서 그런지도 모르지. 세 사람 모두 결혼을 하지 않았고, 특히 라파엘로는 37살에 단명하고 말아. 책에서는 과도한 애정행각으로 열병을 앓았다고 하는데, 엄청 호색가였으니까 대충 짐작이 가는 병이겠지. 암튼 다빈치와 미켈란젤로와 달리 엄청 사교적인 데다 말도 잘했다고 해. 교황이 자신의 조카하고 결혼시키려고 애를 썼다고 하니까 그 인기를 짐작할 수 있겠지.

"친화력이 대단한 사람이었나 보네. 요즘 현대예술가처럼 비즈니스맨 냄새가 나는데. 호호"

"어머, 그런 말도 할 줄 알고. 예술에 대해서 많이 알고 있는 것 같다. 얘"

"아냐, 다 술자리에서 들은 이야기야. 나도 잘 모른다니까."

"그런 술자리 있으면 다음에 나도 불러줘라. 농담 아니야."

"정말? 알았으니까 라파엘로 얘기 더해줘."

"라파엘로는 한마디로 르네상스의 특징을 모두 가지고 있는 사람이라고 할 수 있어. 다빈치와 미켈란젤로의 장점들을 충분히 받아들여서 자신의 작품 안에 잘 표현했다는 평가받고 있지. 이건 내 생각인데, 주문자의 요구보다 자신의 소신을 중요시했던 다빈치와 미켈란젤로와는 달리 라파엘로는 클라이언트의 생각을 곧잘 파악하고 그 입맛에 맞는 그림을 그려주었던 것 같아. 그림들이 모두 곱고 우아하기만 하거든. 부드럽고 온화해서 참 잘 그렸다는 생각밖에는 안 들어. 여자는 아름답게, 남자는 잘생기게만 그린 거지."

"와. 벌써 언니의 주관적인 생각이 들어가네. 그런 자세가 오히려 더 좋다고 하더라고, 며칠 전 술자리 오빠들도 이미지에는 정답이 없다고 하면서 주관적 해석이 생기면 그만큼 보는 안목이 생겼다는 증거라던데."

"오빠? 너 남자하고 술 마셨구나?"

"그럼. 이 나이에 여자하고 무슨 재미로 술을 같이 먹냐. 남자가 좋지."

"그래. 하긴 그렇다. 여자하고 노는 것도 문제가 있지. 호호"

"암튼, 여기에 있는 〈아테네학당〉은 1511년에 제작이 끝났고, 로마 바티칸 궁에 있어. 시대와 이념이 다른 고대 철학자들을 한자리에 모아 놓은 그림인데, 예를 들어, 손가락을 하늘 쪽으로 향하고 있는 중앙의 왼쪽 사람은 관념의 세계를 대표하는 플라톤이고, 오른쪽 파란 옷 입은 사람은 과학과 자연계의 탐구를 상징하는 아리스토텔레스야. 모두 54명이 표현되어있고 자신의 사상이나 업적과 관련된 자세를 취하고 있어. 플라톤은 레오나르도 다빈치의 모습으로 표현했고, 그 옆 사람들에게 뭔가를 얘기하는 소크라테스가 보이지. 계단에 비스듬히 누워있는 사람은 부와 명예를 거부했던 디오게네스, 그 옆에 팔꿈치를 책상에 기대고 있는 사람은 헤라클레이토스인데 미켈란젤로를 모델로 했데. 사람들에게 둘러싸인 피타고라스도 보이고, 오른쪽 흰색 옷 옆에 검은 모자를 쓰고 정면을 응시하고 있는 사람이 라파엘로야. 더군다나 이 작품은 전체적인 구도의 안정감, 조형성, 공간감, 신화적 요소와 기독교적인 요소를 적절히 섞어놓아서 전성기 르네상스 미술의 특징을 그대로 보여주고 있지."

"와. 언니, 미술관 가이드해도 되겠다. 너무 멋있어. 정말 듣고 보니까 이런 학교에 딱 잘 어울리는 그림이네. 술집에 종교화를 그려 넣는 것 하고는 차원이 다르네."

"술집에 뭘 그렸다고?"

"아냐, 아냐. 혼잣말이야. 이것 말고도 많은 작품이 있겠지?"

"당연하지. 특히 라파엘로는 〈시스티나의 성모〉, 〈성모와 아기예수〉는 자애로운 성모상으로 유명해. 〈라 포르나리나, 혹은 젊은 여인의 초상〉은 이탈리아 말로 제빵사의 딸이란 뜻인데, 실제 이름은 마르게리타 루티야, 라파엘로의 애인이었지만 불행하게도 이 당시 라파엘로는 교황의 조카와 약혼한 사이였기 때문에 공식적인 커플이 되지는 못해."

지민이 재빨리 스마트폰을 꺼내 그림을 찾고, 미숙에게 화면을 들이밀었다.

"언니. 이거지? 엄청 야한걸?"

"그래. 맞아. 정숙성과 관능미를 묘하게 섞어놓은 것 같지."

"어쩌면 서로 상반된 개념이 동시에 존재하는 것처럼 그렸을까. 신기해."

"너도 곧 그림에 빠지겠는데. 어쩌냐."

"이미 빠진 것 같아. 그림 이야기가 너무 재미있어. 살다 보면 소모적인 대화들이 많잖아. 그런데 이런 얘기는 왠지 교양이 쌓이는 느낌. 그런 기분이야."

"그래. 나도 그런 것 같아. 단순히 그림보다는 그 이면에 역사적 배경, 작가의 메시지, 대상들의 의미들이 많은 것을 깨닫게 해 주거든."

"맞다, 맞다. 딱 그거야. 이제 언니 옆에 딱 달라붙어서 많이 배워야겠는걸. 호호"

"나도 이제 시작이니까. 같이 공부하면 좋지 뭐. 이따 7시에 보자. 안녕"

〈아테네학당〉〈그림19〉

〈시스티나의 성모〉〈그림20〉

〈라 포르나리나, 혹은 젊은 여인의 초상〉
〈그림21〉

9
피렌체 이외의 르네상스 화가들

같은 클럽 회원인 삼십 후반의 노총각 준식이 동석하게 되었기 때문에 청담 곱창의 둥근 테이블에 모인 사람은 5명이 되었다. 홀 안은 가게 사장이자 클럽 총무인 사장마저 앉을 틈이 없을 만큼 북적였다.
  "오늘따라 왜 이렇게 손님이 몰리냐. 꼭 이렇게 손님을 몰고 오는 분들이 있다니까. 일단 앉아서 말씀 나누시면 좀 있다가 합석하겠습니다요."
  바빠서 어쩔 줄을 모르는 총무가 미안한 듯 말했다. 식당이나 업소에 어떤 사람만 나타나면 거짓말처럼 손님이 몰리는 경우가 있었다. 미숙도 그렇고 지민도 그런 류의 사람이었다. 그런 두 사람이 만났으니 그 효과는 두 배가 된 듯했다.
  "어휴. 이놈에 인기는 나이를 먹어도 사그라질 줄을 모르네. 예쁜 것은 알아가지고. 호호"
  "그러게. 진짜로 테이블에 남자들만 꽉 찼는걸. 지민씨! 이 중에서 한번 골라보지 그래."
  지민과 회장이 농담을 섞어 대화를 주고받았다.
  "어머. 멀리 갈 필요 있나요? 여기 앞에 준식씨 있잖아요."
  미숙도 장난스럽게 한마디 했는데 말하고 보니 그럴듯한 생각처럼 느껴졌다.
  "네! 저요? 아휴, 갑자기 제 얘기가 왜 나오나요. 지민씨 눈이 얼마나 높은데요."
  말은 그렇게 했지만 준식은 싫은 표정이 아니었다. 오히려 힐끔거리며 지민의 눈치를 보고 있는 듯했다.
  "자. 영양가 없는 말씀 그만하시고 한잔들 하시옵소서."

지민은 어색하게 흘러갈 수 있는 대화를 수습하느라 서둘러 소주를 잡은 손에 스냅을 주면서 병 안에 회오리를 만들었다. 보통 솜씨가 아니었다.

"준식아 너는 아직도 애인이 없는 거냐. 못 만드는 거야, 안 만드는 거야?"

회장이 지민의 잔을 받으며 말했다.

"아이고, 그런 말씀은 나중에 하시고. 일단 건배부터 하시죠. 잘 먹겠습니다요. 회장니임."

준식이 지나치게 몸을 낮추고 두 손으로 잔을 부딪치는 시늉을 했다. 화제를 다른 쪽으로 바꿔 보려는 의도였지만, 회장은 그 뜻을 알면서도 아랑곳하지 않았다.

"너는 형제가 어떻게 된다고 했지. 고향이 대구인 것은 내가 알고."

"아이고. 회장님. 여기 호구 조사하러 나오셨습니까. 술이나 한 잔 드시고 말씀하시라니까요."

이제야 내기 당사자도 아닌 준식이 이 자리에 나온 이유를 알겠다는 듯 지민이 말했다.

"회장님, 너무 애쓰지 마세요. 결혼이 억지로 되나요. 운명처럼 다가오는 것이 사랑 아닐까요?"

"어허. 지민양이 아주 소설을 쓰고 있구만. 운명 그거 필연을 가장한 허상일 뿐이야. 실체도 없는 추상명사에 너무 집착하지 말어."

군인이 되고 싶었다는 회장이 제법 철학자 같은 말을 했다.

"어머, 너무 잔인하세요. 꿈을 팍팍 짓밟으시네."

"만남은 운명처럼 보이는 우연일지 몰라도, 결혼생활은 현실이야. 꿈을 꾸는 거야 말릴 수 없지만 꿈에 빠지지는 말아라. 지민아! 헤어나지 못하는 수가 있어"

모두 철학자가 된 듯이 미숙도 회장의 말만큼이나 의미 있는 소리를 했다. 그러나 정작 미숙은 자신의 현실에 대해서는 잘 모르고 있는 것 같았다.

"하이고, 무슨 철학관에 점 보러 온 것 같네요. 결혼 안 한 사람들 기죽어서 살겠습니까. 이거"

준식이 분위기를 바꿔보려고 또 건배를 하는 시늉을 했지만, 잔을 드는 사람은 없었다. 미숙만이 살짝 들었다가 놓았을 뿐이었다. 이때 준식이 생각나는 것이 있다는 듯 가방에서 뭔가를 꺼내는 것이었다.

"이거 가지고 싶은 분은 가지세요. 얼마 전에 영국 출장을 갔었는데, 내셔널 갤러리에서 르네상스 특별전이라는 전시를 하더라구요. 팸플릿이 싸고 좋아 보여서 몇 권 샀어요. 마땅히 살 것도 없고, 총무 형님 큰딸이 그림 공부한다면서 부탁한 것도 있고요."

중철로 제본되어있는 카다록에는 〈이탈리아 이외의 르네상스 화가들〉이라는 타이틀이 붙어 있었다. 영국이나 프랑스도 그 당시에는 예술의 변방 국가였다는 것을 느끼게 하는 제목이었다. 시큰둥하게 넘겨보는 회장과는 달리 미숙과 지민은 어떤 선물보다 반가웠다.

"와. 너무 고마워요. 진짜 가져도 돼요? 난 이런 선물이 제일 멋있더라."

"지민씨, 이런 것 좋아하는구나. 이런 줄 알았으면 거기 있는 거 종류별로 다 사 오는 건데, 아깝다."

준식이 정말로 안타깝다는 표정을 지으면서 말했다.

"하하, 이거면 됐어요. 오버 하지 마시고, 거기까지."

"준식 씨는 여기에 있는 것들 실제로 다 보았겠네요? 어땠어요. 기분이?"

미숙이 카다록을 넘기면서 물었다.

"저는 잘 모르겠더라고요. 뭐가 뭔지. 전 근대 미술 쪽에 관심이 더 많거든요. 여기 제일 첫 페이지에 있는 이 그림에 사람들이 제일 많더라고요."

"아. 이거요. 나도 얼마 전에 본 그림인데, 물론 공인된 복사본으로. 네덜란드 화가예요. 정확하게는 네덜란드하고 벨기에, 북프랑스에 걸친 지역을 플랑드르라고 하는데 거기 사람이에요. 우리가 잘 아는 플랜더스의 개의 배경이 되는 곳이죠. 그리고 실질적으로 프랑스와 영국의 백년전쟁 배경이 되는 곳이래요. 암튼 이곳에 살던 얀 반 에이크라는 사람의 〈아르놀피니 부부의 결혼식〉이라는 작품이에요."

"그래요. 언니, 이거 영어로 되어있어서 잘 못 읽겠어요. 설명 좀 해 봐요."

"술자리에서 이런 얘기 재미없을 텐데. 다음에 우리 둘만 있을 때 하자."

"아니, 미숙씨 우리를 뭘로 보고 이러십니까! 저도 그림 이야기 무척 좋아합니다."

"당연하죠. 얼마나 재미있습니까. 우리 딸한테도 아는 척해야 하니까. 말씀 좀 해주세요."

마침 손님 때문에 바빴던 총무도 자리를 만들어 앉으며 대화에 합세했다.

"호호. 알았어요. 그럼 제가 아는 것만 말씀드릴게요. 마침 얼마 전에 본 그림들이 이 카다록에 있어서요. 이 사람의 형도 있는데 이들이 유화를 발명했다고 알려져 있어요. 그전에는 안료를 계란에 개어서 썼는데, 이 사람들이 물감에 기름을 섞는 방법을 개발해 낸 거죠. 달걀 노른자를 안료의 매개체로 쓰면 물감이 너무 빨리 마르는 단점이 있대요. 암튼 우리한텐 그런 것이 중요한 일은 아니니까 넘어가자구요."

예상과 달리 모두들 집중해서 듣고 있었다.

"북유럽 화가들의 특징인 현미경으로 보는 것 같은 세부적인 묘사, 풍부한 색감 등을 잘 표현하고 있고, 작품 속 사물들을 통해서 여러 가지 상징을 보여주고 있죠. 모두 결혼의 신성함을 나타내고 있는데요. 대낮인데도 샹들리에에 하나의 촛불만이 켜져 있는 것은 그리스도를 상징하고, 신성한 곳임을 나타내기 위해 신발을 벗었던 것 같아요. 거울 옆의 묵주는 순결, 개는 서로에게 충직하라는 뜻이겠지요."

듣는 사람이 지루해할까 봐 미숙은 빠르게 얘기를 했는데, 사실 전문가도 아니면서 그림 이야기를 하는 것이 쑥스러운 이유도 있었다.

"아. 그래서 결혼식 때 촛불 서약식이 있는 건가. 정말 이런 그림은 실제로 보아야 할 것 같아요."

지민이 한층 고무된 듯 말했다.

"제일 중요한 것은 저 그림 뒤에 있는 거울이야. 예수의 10가지 수난이 조각된 저 거울에는 방안의 모든 사물과 사람들이 모두 비추어지고 있는데, 심지어 얀 반 에이크 자신의 모습과 결혼증인으로 보이는 다른 사람까지 그려져 있어. 저 그림이 1434년에 그려지는데 어떻게 저런 구도를 생각해 냈을까 감탄스러워. 주인공을 최대한 살리면서 화면 안에 결혼의 입회인을 집어넣기 위해 머리를 짜낸 것으로 보여. 그 이후 오랜 세월 동안 이 작품처럼 거울을 이용한 구도의 작품이 종종 등장하지."

"오. 미숙씨의 다른 면을 보고 있는 것 같아요. 그동안 미술 공부하느라고 운동을 안 나왔구만. 너무 재미있어요. 몇 개 더 해봐요."

회장과 총무, 준식까지 미숙의 해설에 대해 의외로 긍정적인 반응을 보였다.

"아. 여기 내가 좋아하는 피터 브뤼겔이란 화가의 그림이 있네요. 브뤼헐, 브뢰헬이라고 하기도 하는데, 발음상에 문제니까 크게 중요하진 않은 것 같아요"

"이 사람은 어느 나라 사람인가요?"

준식의 물음에 미숙이 해설을 이어갔다.

"이분도 얀반 에이크처럼 프랑드르 지역 출신이에요. 가난한 사람들의 풍속화를 주로 그렸던 사람이에요. 한마디로 한국의 김홍도 같은 분이죠. 도덕적이고 교훈적인 그림을 그렸던 풍자 화가였어요. 그래서 저는 개인적으로 이 사람 그림을 좋아해요. 여기 있는 〈눈 속의 사냥꾼〉이나, 〈농촌의 결혼식〉 모두 그 당시의 생활상을 잘 나타내고 있고, 구도와 표현이 독특하고 섬세하죠. 무엇보다도 농촌과 농부, 사냥꾼들은 그 당시에 그림의 주제가 될 수 없는 대상이었어요. 누가 그런 그림을 집에 걸어놓겠어요. 천민들의 생활은 그림의 주제로서 아무 의미도 없는 것이거든요. 더구나 〈농촌의 결혼식〉에는 즐거운 결혼식임에도 불구하고 신랑은 보이지도 않고 사람들의 표정은 그다지 밝지 않아요. 빈 그릇을 핥아먹는 아이며 음식을 물끄러미 쳐다보는 악사 등등 그 당시 서민들의 생활상이 잘 나타나 있어요. 팔리지도 않는 그림을 그렸던 거죠. 몇백 년 후에 인상파가 등장해서 서민들의 일상이 그려지기 전까지 이런 사람들에게 관심을 기울인 화가들은 몇 명 되지 않았어요. 인상파의 그림도 그 당시엔 팔리지 않았으니까 브뤼겔이 살았던 시대에는 오죽했겠습니까. 아마 서민들의 생활을 작품의 대상으로 삼은 최초의 화가가 아니었을까 라는 생각이 들어요."

미숙은 얼마 전 들었던 프락시모의 설명에 자신의 의견이 곁들여 진짜 그림 전문가처럼 말을 하고 있었고, 그런 자신에 대해 스스로도 살짝 놀라고 있었다.

"맞아요. 모두 신들의 얘기나 성경스토리 같은 것만 그렸지. 하찮은 소재를 대상으로 삼을 이유가 없었겠죠. 우아한 비너스를 보고 싶지, 천한 농부들의 결혼 장면은 관심도 없었겠죠. 에휴. 한 잔하시죠. 시골에서 고생하는 우리 아버지 생각하니까 갑자기 눈물이 나네."

지민이 반 농담 식으로 건배를 제안하자 모두 잔을 들었고, 회장이 또 농담을 받았다.

"그래. 소 만 마리 키우시려면 힘드시겠지. 자 건배. 하하"

"돼지도 만 마리 더 있어요. 호호"

지민이 웃으며 말하자 준식이 분위기를 타고 한마디 더 했다.

"닭은 안 키우세요?"

"이제 안 웃기니까. 여기까지요."

9 피렌체 이외의 르네상스 화가들

"아. 네. 죄송."

"아. 여기 독일 화가인 홀바인과 뒤러의 작품도 보이네요. 이탈리아에서는 서서히 다른 사조가 등장하는데, 이탈리아 이외의 나라에서는 아직도 르네상스가 한창이었던 것 같아요. 1500년에 그려진 뒤러의 〈자화상〉을 보면 흡사 예수의 자화상을 보고 있는 것 같아요. 다양한 관심사 때문에 북유럽의 레오나르도 다빈치라고 불렸다고 하구요. 판화를 유화 못지않은 세밀한 질감으로 묘사해서 표현의 주요 수단으로 사용한 첫 번째 화가예요. 렘브란트, 피카소와 함께 3대 판화가로 불리기도 한다네요. 자신의 이미지에 매료되어 수많은 자화상을 그린 첫 번째 화가예요. 그 당시 정면 초상화는 그리스도나 왕 이외에는 허용되지 않았지만 예술가의 능력 또한 신의 창조력과 버금간다고 믿었기 때문에 그런 포즈의 자화상을 그릴 수 있었던 것 같아요. 또한 화가는 학자이어야 한다고 강조해서 예술가의 위치를 장인에서 왕족과 같은 지위로까지 격상시키는 데 많은 공헌을 했다고 해요. 이런 점도 레오나르도 다빈치와 비슷하네요."

프락시모의 설명을 외우려고 했던 것도 아닌데 그림을 보니 그의 말이 거의 다 기억났다. 미숙은 다시 자신의 입으로 되새기고 나니 좀 더 정확하게 각인되는 것 같았다.

"어쩐지, 자화상의 표정에서 자기도취나 신비감이 있는 것 같아요. 레오나르도 다빈치처럼 어떤 감정을 담고 있는 듯한 느낌이랄까."

지민의 말에 미숙이 동감하듯 대답했다.

"맞아. 그게 뒤러의 위대한 점 중의 하나야. 슬픈 표정, 엄숙한 표정, 신비한 표정 등등 인물의 성격을 표현하려고 했다는 점이 르네상스 시대에서 뒤러를 기억해야 하는 이유겠지."

"이럴 줄 알았으면 영국 출장 전에 공부를 좀 하고 보는 건데, 아깝네요."

"뭐가 아까워. 이 사람아. 또 가면 되지. 다음에 갈 땐 신혼여행으로 가면 될 거 아냐!"

"아이고, 난 우리 아버지 소 한 마리 팔아서 가야겠네."

지민이 장난처럼 말했고 회장이 또 그 말을 기다렸다는 듯이 받았다.

"이런, 뭣 하러 아까운 소를 팔아. 여기 준식이 하고 같이 가면 공짜로 갈 텐데. 안 그래?"

총무가 준식에게 눈을 찡긋하면서 잔을 들었다.

"어휴. 그럼요. 영국만 가나요. 아예 유럽을 다 돌지요."

준식이 총무의 말을 받아 너스레를 떨었는데, 갑자기 지민이 눈이 반짝이면서 반응했다.

"정말요. 유럽 미술관 여행하면 좋겠다. 아휴, 생각만 해도 행복하네."

"간단해. 준식이가 공짜로 다 해 준대, 근데 조건이 있어. 여행 다녀와서 같이 살아야 해. 하하하"

"에이. 회장님도. 호호"

회장이 웃으며 잔을 들자 모두가 같이 건배를 하고 잔을 비웠다.

"말 나온 김에 여기 사진에 있는 화가들 몇 명만 더 보죠. 생각보다 재미있네요. 여기 홀바인이란 사람은 어느 나라 사람이에요?"

이번엔 가게 주인 낙철이 관심을 보이며 설명을 재촉했다.

"아. 이 사람은 독일 출생이고, 스위스에서 일을 했는데 종교개혁으로 교회의 장식화가 금지되면서, 일자리를 찾기 위해 영국으로 건너가게 되고, 그의 놀라운 재능 덕분에 헨리 8세의 궁정화가로 취직이 돼요. 여기에 있는 〈헨리8세〉의 그림은 영국 역대 왕들의 초상화 중에 수작으로 꼽히는 작품이지요. 초상화의 기준을 성립한 작가라고 할 수 있는데요. 조형적으로 보면, 칼 같은 위압적인 장식물 없이도 엄숙한 군주의 모습을 잘 표현하고 있어요. 자부심이 넘치는 포즈로 상반신만을 강조하고 있지요. 정교한 표현이야 언급할 필요도 없고요. 실제의 헨리 8세는 건강상의 문제 때문에 그림에서 보는 것처럼 건장하지 않다고 추정하지만, 홀바인은 초상화를 통해 대상을 우상화하는 기술의 극치를 보여주고 있어요. 그래서 헨리 8세는 여러 장의 모사품을 만들어서 귀족들에게 전달하지요."

"우리나라 왕의 초상화와 비슷하면서 다른 면이 있는 것 같아요."

준식이 느낌을 말하자 지민이 한마디 거들었다.

"다음에 만날 때는 어떤 점이 비슷하고, 어떤 점이 다른지 말해주기. 자, 건배!"

"아이고, 다음에 또 만날 구실을 이렇게 자연스럽게 만들어주시네요. 감사"

"뭐야. 그럼 다음 만남에는 우린 빠져도 되겠네. 하하"

회장의 말에 모두가 웃으며 또 한 번의 건배가 이어졌다. 미숙은 술자리에서 그림 이야기를 하게 될 줄 몰랐고, 더욱 놀라운 것은 예상 밖으로 술자리 대화가 되는 것이었다. 이렇게 영화나 소설, 그림 같은 예술 이야기로 감동받고 자극받으며 살 수도 있구나 싶었다.

"여기 복잡한 장식품들을 배경으로 그린 그림은 1533년에 그려진 〈프랑스 대사들〉이라는 작품이에요. 영국에 파견된 프랑스 대사와 주교를 그린 그림이고요. 실제로 보면 홀바인의 놀라운 테크닉이 망라되어있는 그림이죠. 천의 질감과 책상의 에나멜을 칠한 윤기, 정확한 대리석 바닥의 원근감. 그 당시의 최고의 기술과 부를 상징하는 각종 도구들이 있어요. 이 그림에서 재미있는 것은 중앙에 뜬금없이 그려진 해골이에요. 물론 정면으로 보면 어떤 이미지인 줄 모르지만, 옆에서 보면 해골의 모습이 선명하게 드러나지요. 이 당시의 광학기술을 보여주기 위해서 이런 표현들을 사용했는데, 나중에는 상이 일그러진 초상화도 유행하게 돼요. 서양에서는 이렇게 해골을 어떤 문양처럼 자주 사용하는 경향을 볼 수 있는데, 해골이 인간은 누구나 죽는다는 메멘토 모리(memento mori)의 상징으로 쓰였기 때문이래요. 인생도 마찬가지 아닐까요. 한 발짝 옆에서 보면 우리가 잊고 사는 어떤 것이 보이는 것처럼, 저 그림도 그런 의미를 상징하는 것 같아요. 그 시대의 온갖 기술과 부를 상징하는 모든 것을 그려놓고 정중앙에 알 수 없는 죽음의 코드를 암시하는 상징을 그려 넣었잖아요."

"오. 방금 하신 말씀은 인터넷에 찾아봐도 없는 내용 같네요."

총무 낙철은 받아 적을 기세로 미숙의 말을 확인했다. 아마도 자신의 딸들에게 작품 설명을 해주기 위해서인 듯했다.

"네. 그런 얘기는 없어요. 그냥 제 느낌이에요. 미술작품은 그 점이 좋은 것 같아요. 화가들의 상상력이 보태지고 평론가들의 작위적인 해석이 들어가긴 하지만, 어떤 누구도 뚜렷한 답을 낼 수 없는 것이 이미지의 매력인 것 같아요. 인생살이에 정답이 없는 것처럼 말이죠."

미숙은 자신의 말에 스스로 놀라고 있었다. 이런 말을 하려고 준비한 적도 없는데 마치 미술작품에 안목이 높은 것처럼 전문가의 말을 흉내 내고 있었다. 따라 하다 보면 언젠가는 그렇게 되지 않겠냐는 어떤 친구의 말이 떠올라 웃음이 나기도 하고, 평론가처럼 말한 것이 멋쩍기도 해서 미숙은 잔을 들어 다시 건배를 청했다.

"자. 모두 몸 건강을 위해 배드민턴! 정신 건강을 위해 미술 감상! 하하"

회장다운 건배사가 멋들어지게 만들어지고 잔은 또 비워졌다. 오늘은 어느 소주 회사의 광고 문구처럼 잔이 비워질 때마다 자신은 채워지는 밤이 되기를 모두가 기원했다. 흔했던 오징어들이 오늘따라 한 마리도 보이지 않았다.

〈아르놀피니 부부의 결혼식〉〈그림22〉

〈눈 속의 사냥꾼〉〈그림23〉

〈농촌의 결혼식〉〈그림24〉

〈자화상〉〈그림25〉

9 피렌체 이외의 르네상스 화가들   145

〈헨리8세〉〈그림26〉

〈프랑스 대사들〉〈그림27〉

10
매너리즘 시대
- 파르미자니노

여름은 확실히 막바지였다. 매미들의 울음소리도 예전 같지 않았고, 밤공기도 약간의 서늘함이 섞여가고 있었다. 용백은 여름과 겨울에 특히 민감했는데 단순히 시골에 살아서 그런 것은 아닌 것 같았다. 태생적인 감수성일 수도 있고, 더운 것과 차가운 것에 예민한 체질상의 문제일 수도 있었다. 어쨌거나 슬슬 가을맞이 준비를 할 시즌이 온 것이다. 준비라고 해보았자 낮과 밤의 온도 차이가 심한 산 중턱이니 난방이 제일 시급했다. 난로 청소에 땔감 정리와 준비, 여름 내내 습기와 젖은 흙에 찌든 전기 물레와 가마를 청소해주어야 했다. 하지만 용백은 고민이 되었다. 준기가 어떤 여자들을 데리고 오기로 한 날이 오늘이었기 때문이다. 이들이 가고 난 후에 청소를 할 것이냐, 오기 전에 할 것이냐를 빨리 결정해야 했다. 보나 마나 술판이 벌어지고, 밤에는 모닥불을 피워 달라는 둥, 노래 좀 부르면 안 되냐는 둥, 남의 밥벌이 업장에 한바탕 어수선한 회오리가 불어닥칠 테고, 그리고 나면 버리고 정리해야 할 것들이 소소하게 많았다. 일하는 사람도 없었으므로 그런 것들은 온전히 용백의 몫이었다. 그래도 용백은 친구들이 좋았다. 어차피 매일 있는 일도 아니고, 가끔씩이라도 공방으로 찾아와 주면 그렇게 반가울 수가 없었다. 용백은 안성으로 내려온 후 차츰 서울로 올라가는 일이 줄더니, 명절 때 부모님마저 이곳으로 오신 다음부터는 경조사 중에도 꼭 가야 하는 문상만 다니는 상황이 되었는데, 이렇게 지방에 산다는 이유로 웬만한 일은 그냥 넘어가는 경우가 많아 내심 오히려 잘된 일이라고 생각하고 살고 있었다. 그러나 용백의 아내 수지는 생각이 달랐다. 아이들이야 이곳에서 자랐으니 애초부터 답답함이 덜 하겠지만 아무래도 서울에서 생활했던 수지는 불편한 일들이 많았을 것이다. 남자보다 여자가 주위 환경에 더욱 민감한 반응을 보이는 경향이 있는데, 아마도 유전적인 영향일 가능성이 제일 컸다. 여자에게 문화수준을 낮춰야 하는 것은 대형차를 타다가 경차로 바꾸는 것 하고는 차원이 다른 문제였던 것이다.

"야. 용백아. 잘 있었냐?"

"그래, 준기 왔구나. 당연히 잘 있었지, 상엽이는?"

"응, 차에서 술하고, 먹을 것 내리고 있어, 곧 올 거야."

"오늘은 술을 얼마나 마시려고 그러냐."

"안 마셔, 인마. 그냥 캔 맥주 딱 2개 사 왔어."

"새끼, 개가 똥을 끊어라. 그 말을 누가 믿냐."

"넌 비유를 해도 그렇게 하냐. 언어는 존재의 집이라는 말도 못 들어봤냐."

"웃기고 있네. 여기까지 와서 개 풀 뜯어 먹는 소리를 하냐."

친구와 만나면 기억도, 말도, 행동도 속절없이 과거의 어느 시점으로 향하게 되는 것 같았다. 둘은 어느새 딱 고등학생 말투와 표정이 되었다. 특히 준기와 용백은 초등학교 때부터 친구였기 때문에 서로를 너무나 잘 알고 있었다.

"야. 인간들아. 이것 좀 같이 들자. 무거워 죽겠어."

용백과는 중학교 때부터 친구인 상엽이 일부로 힘든 척하며 자신이 온 것을 용백에게 알렸다.

"힘 아꼈다가 뭐하냐. 쓸 데도 없는데, 이런 데 쓰는 거지."

빈정거리는 말투와는 다르게 표정은 한없이 다정한 용백이 얼른 상자를 받아들었다

"안으로 들어가자. 빗방울이 조금씩 떨어지네."

"아싸. 술맛 나겠네."

"술 안 사가지고 왔다며? 인마"

웃으며 말하는 용백의 말에 준기가 공방 문을 열면서 말했다.

"개가 똥을 어떻게 끊냐. 굶어 죽어."

공방 안의 흙냄새는 언제나 좋았다. 그 냄새가 싫은 사람이 있을까. 용백은 농부의 자식이 아닌데도, 유독 흙의 모든 것이 좋았다. 좀 더 정확히 표현하면 대지라고 하는 것이 맞는 말인지도 몰랐다. 땅의 굳건함. 대지의 풍요와 흙의 부드러움이 주는 긍정의 힘을 존경했다. 그것은 토지가 태생적으로 가지고 있는 본래의 성향이었다. 용백은 토지가 척박하고, 대지가 빈곤해지거나 땅이 메마르게 되는 것은 하늘과 기후 탓이라고 믿었다. 땅은 잘못한 일이 없지 않은가. 나이가 들어가면서 용백은 윤회(輪回)라는 것을 믿게 되었는데, 그 이유는 멀리서 찾을 필요도 없이 자신에게서 발견할 수 있었다. 전생에 농부이거나 흙에 관련된 어떤 일을 하지 않았고서야 도자기를 빚기 위해 흙을 만지는 일이 이렇게 한결같이 좋을 수는 없는 것이었다. 이런 사정들이 모여서 불교사상과 참선에 빠져 사는 것일 수 있었고, 항상 흙을 염두하고 사는 사람답게 매사에 늘 근본부터 따져 보는 일이 당연한 일인지도 몰랐다. 지금도 빗방울이 땅바닥에 처음 떨어지면서 만들어내는 흙먼지 냄새가 공방 안까지 퍼지자 용백은 기분이 한결 편안해졌다. 어떤 향수가 이보다 더 매력적일 수 있을까. 태초에 이런 흙먼지 속에서 물과 대지와 사람이 생겨나지 않았을까.

"야 아줌마인지, 아가씨인지 온다며, 오긴 오냐?"

장을 본 물건들이 들어있는 박스를 테이블 위에 올려놓으며 용백이 말했다.

"거의 올 때 됐어, 한 사람은 너도 아는 사람이고, 다른 한 사람은 나도 몰라"

"나도 안다고? 무슨 소리냐. 내가 아는 여자가 어디 있냐."

"초등학교 동창 카톡이 있는데 거기서 우연히 만났어, 너는 스마트폰도 없으니까 애들이 연락을 못 했을 테고."

"허, 그런 일이 다 있었네. 여기 오는 아줌마는 내가 초등학교 동창인 거 아니?"

"몰라. 하지만 너 보면 한눈에 알아보고 기절초풍할 거다. 하하"

"사십 년이 다 되어가는 일인데 무슨 기억을 해."

"야. 니가 좀 유명했냐. 너 모르면 간첩이지. 인마"

테이블 위에서 캔 맥주를 따던 상엽이 대화에 끼어들었다.

"야. 오늘 왜 이렇게 사람이 없냐. 우리야 좋지만."

"월요일은 공방 쉬는 날이야. 준기가 하필 오늘로 날을 잡아가지고."

"얘가 사람 잡네. 니가 오늘이 좋다며. 자기가 한가할 때 오라고 해서 일부러 주중에 날을 잡았구만, 확 가버린다."

이때 준기의 전화벨이 울렸다.

"아. 미숙아 도착했니?, 공방 앞까지는 차가 못 들어오니까. 내 차 옆에다 세우고 아래쪽으로 조금만 걸어와. 보면 놀랄 사람도 있어."

공방 안으로 들어온 미숙은 상대의 얼굴을 제대로 쳐다보지도 않고 인사부터 했지만, 같이 온 지민은 당당하고 씩씩하게 상대의 눈빛을 맞추며 인사를 했다. 르네상스 룸살롱 조명 아래하고는 전혀 다른 모습이었다.

"어, 너 민지 아냐? 여긴 어떻게… 암튼 반갑다."

상엽은 한눈에 민지를 알아본 반면, 준기는 민지를 어디서 많이 본 얼굴이라고만 생각하고 있었다. 민지 아니 지민도 놀라기는 마찬가지였다.

"어, 오빠, 어떻게 여기서 만나냐. 미숙이 언니 친구가 저 오빠였구나. 너무 웃기다. 호호"

"지민아, 어떻게 이분들을 아니. 혹시 예전에 술자리에서 그림 얘기했다던 분들이 이분들이니?"

미숙은 당황스러워하면서도 대충 짐작을 하고 있었다. 지민이 배드민턴 코치 이외에 어떤 일을 하는 것 같았지만 자세히 알지는 못했고, 본인이 먼저 이야기하지 않는 일을 궁금하다고 먼저 캐물을 수는 없었는데, 이제야 지민이 카페 같은 곳에서 일하고 있다는 것을 눈치 챌 수 있었다. 미숙의 경험상 추측할 수 있는 것은 거기까지였다. 준기와 지민이 유흥 술집에서 만났다는 것은 미숙으로서는 상상 할 수도 없는 일이었던 것이다.

"응, 예전에 상엽이하고 카페에서 술 한 잔하면서 알게 됐어."

그나마 미숙의 성향을 알고 있는 준기가 재빠르게 대답을 가로채며 말했고, 미숙도 지민이 상처받을까 염려하여 용기를 주듯 말을 이었다.

"그랬구나, 진작 카페에서 일한다고 이야기하지. 나도 잠 안 오는 날 술 한 잔하고 싶을 때도 많았는데 거기 갈걸 그랬지. 암튼 운동하랴 일하랴 바쁘네, 남자는 언제 만나냐."

"굳이 이야기할 겨를이 없었어, 이제 알았으니까 나중에 언니도 놀러 와."

내심 당황했던 지민도 이 정도로 수습된 것이 다행이다 싶었다. 시골에서 월세는 올라온다 해도 백만 원 남짓한 레슨비로 서울에서 생활하기란 거의 불가능에 가까웠다. 돈을 부쳐드려도 시원치 않을 판국에 번번이 시골의 부모님께 신세를 진 세월이 몇 년인 줄 이제는 헤아리기도 벅찼다. 하지만 엄마의 말처럼 대충 시집가기도 쉬운 일이 아니었고, 아버지의 성화처럼 시골에 내려와서 농사일이나 도우면서 최 이장 집 막내하고 결혼하기는 죽기보다 더 싫었다. 오랜만에 만난 대학 동창 친구 꼬임에 빠져 업소에 발을 들여놓은 것이 벌써 몇 해가 흘렀고, 시간이 지날수록 점점 헤어날 수가 없는 수렁에 빠지는 기분이었다. 수입이 늘면서 화장품이며 옷, 필요도 없는 다른 것들까지 갖춰야 할 것도 많아졌는데, 커진 씀씀이 때문에 업소 생활을 벗어나기는 점점 힘들어졌다. 게다가 무엇보다 옛날처럼 몸값이 있어서 잡혀 사는 것도 아니었고. 자기가 편한 날에 출근해서 일한 만큼 받는 시스템이었기 때문에 보기보다 정직한 돈벌이라는 생각도 들었다. 더구나 동네 이미지가 있어서인지 예전처럼 진상을 떠는 손님들도 없어서 일하기도 수월했다. 이런저런 이유로 나름 적응하면서 살고 있는데, 오늘 같은 날이 문제였다. 늘 마음 한구석에 석연치 않음을 항상 달고 살아야 하는 기분, 그것은 흡사 만성 소화불량에 시달리면서 점점 말라가는 위장병 환자와 같았다.

"자, 그럼 아가씨들도 오셨으니 흙으로 뭐든 만들어보시죠. 가마에 구워서 나중에 택배로 보내드립니다."

어수선하게 서 있는 사람들의 자리 정리를 위해 용백이 보통의 손님들에게 하는 멘트를 장난스럽게 날렸다.

"와. 진짜 그래도 돼요. 나 한 번 해볼래요. 오빠도 같이하자?"

"어? 나? 그래…, 그러지 뭐. 간단하게 뭐하나 만들어 볼까?"

상엽도 다소 찜찜한 마음에 잠시라도 미숙과 떨어져 있어야겠다고 생각했다.

"그래, 그럼. 상엽이 너 물레 돌릴 줄 알지. 지민씨 하고 둘이서 저쪽 물레를 쓰고 흙은 저쪽 비닐에 감싸져 있는 청자토를 써. 흙 얹고 모양 만들면서 나를 불러."

그 사이 미숙은 공방 한 켠에 있는 용백의 작업 책상 위 작품들을 유심히 살펴보고 어떤 것들은 만져 보기도 했다.

"어머, 여기 점토로 만든 인형들이 정말 특이하면서 정감이 가네요. 신라시대 흙 인형 토우 같기도 하면서, 르네상스 후기에 나타나는 매너리즘 형식의 작품 같아요."

"낮은 온도에서 유약도 안 바르고 구웠다는 토우는 알겠는데, 매너리즘은 또 뭐냐?"

준기가 옆에서 인형을 만지면서 흥미롭게 물어보고 있었다. 당장이라도 프락시모와 연결을 시도하고 싶었지만, 미숙의 대답을 들어보는 것도 재미있을 것 같아 우선 설명부터 들어 보고 싶었다.

"응, 나도 자세히는 모르지만, 르네상스에서 바로크로 넘어가기 전에 나타나는 사조라고 하는데, 어떤 사람들은 후기르네상스라고 하기도 하고, 마니에리즘이라고 하기도 해. 우리가 흔히 쓰는 매너리즘의 원류겠지. 현대에 쓰는 뜻하고 약간 다르지만 말야."

"그러면 시기가 대략 1500년대 중, 후반쯤 되겠구나."

"맞아. 그동안 준기 너도 공부 많이 했나 보네. 연도가 척척 나오는 걸 보니."

"나보다 네가 더 그런 것 같은걸. 전문가 같아. 얘기나 계속해봐"

"호호, 그렇게 보여? 암튼 이 매너리즘은 르네상스와 바로크 시대의 교량 역할을 하게 되는데, 특이한 점은 모두 정상적으로 보이지 않는다는 점이야. 대상이 비례에 어긋나 있고, 표현도 비현실적이야. 심지어 그림의 분위기도 괴기하거나 신비롭기까지 하거든."

"왜 그랬을까. 그전 시대의 너무 완벽한 원근법이나, 균형감, 우아함에 치중한 사실적 표현 방법에 질려서 그랬을까. 사람도 너무 완벽하면 답답하잖아."

"그럴 수도 있었겠지. 새로운 패러다임이 필요했을 거야. 예나 지금이나 예술가들은 새로운 것을 끊임없이 갈구하잖아."

"그런데, 왜 매너리즘이야. 현재에 쓰이는 뜻은 식상하고 자기 틀을 벗어나지 못하는 것을 의미하잖아"

"이 단어의 뜻은 이탈리아어의 '디 마니에라'에서 나온 말인데 그대로 재현하는 것보다 일정한 규범의 양식으로 그려야 한다는 뜻이야. 지금 쓰이는 뜻하고는 많이 다르지. 마니에 리스트들의 그림은 공통적으로 동작이 과장되어 있거나, 원색적이고 빛의 묘사도 비현실적이지. 하나씩 보면 개성적이지만, 모아놓고 보면 공통된 양식을 보이고 있어."

준기는 미숙의 설명을 들으면서 내심 놀라고 있었다. 르네상스 전시를 같이 보았던 초여름에 비해서 모든 것이 놀랄 만큼 변해 있었기 때문이었다. 자신감 있는 말투뿐만 아니라 용백의 작품에서 시대의 사조를 투영하여 자신의 생각을 덧입히는 능력이 몇 달 사이에 갖춰졌다는 것이 믿기지 않았다.

"예를 들어, 16세기 중반에 그려진 파르미자니노의 〈긴 목의 마돈나〉를 보면 인위적으로 성모 마리아의 팔, 다리를 늘어지게 그렸고, 아기 예수 또한 징그러울 정도로 비례에 맞지 않아. 천사 또한 조화롭게 배치되어있지 않고 구석에 비좁게 몰려있는 불안한 구도야."

마치 미숙은 작품이 바로 앞에 있는 것처럼 말을 하고 있었고, 준기는 스마트폰으로 이미지를 찾기에 바빴다.

"이거구나, 진짜 분위가 그전의 그림과는 많이 다르네."

준기가 그림을 보며 감탄하는 사이, 테이블 정리를 마친 용백이 자신의 작품 옆에서 이야기를 하고 있는 미숙을 향해 말을 걸었다.

"혹시 준기하고 초등학교 동창이세요?"

"네? 아. 이 작품 주인이시죠. 인사도 못 했어요. 심미숙이라고 합니다."

"그래. 맞다. 이제 생각나네. 미숙이. 옛날 얼굴이 많이 남았네."

"네? 무슨?"

이때 준기가 초등학교 동창 용백이라는 말을 했고, 미숙은 너무 놀라고 반가워서 주저앉을 뻔했다.

"니가 정말 용백이니! 어쩜 그러고 보니까 진짜 그러네. 길에서 보면 몰라보겠다, 얘"

미숙은 너무나 반가워 와락 안아 보고 싶은 마음이 간절했지만, 역시나 마음뿐이었다.

"야. 여기서 이러지 말고, 저쪽 테이블에 앉아서 얘기하자."

"그래 그래, 오늘 너무 기쁜 날이다. 용백이를 여기서 보게 되다니. 호호"

미숙은 용백을 만난 것이 준기보다 더 반가웠지만 준기한테 느끼는 야릇한 이성과는 다른 것이었다. 초등학교 때부터 남달랐던 용백은 그 당시 거의 모든 아이들에게 사과 같은 존재였다. 셋은 테이블에 앉자마자 누가 먼저라고 할 것도 없이 맞은편 어두운 벽 쪽에서 뭔가에 열중하는 상엽과 지민을 불렀다. 그러나 사실 상엽은 그 테이블에 가고 싶지 않았다. 아니 최소한 몇십 분만이라도 이 상태를 유지 하고 싶었다. 지민의 짧은 반바지는 가뜩이나 건강하고 미끈한 다리를 더욱 섹시하게 부각시켰다. 게다가 달라붙은 민소매 차림의 윗옷을 가린다고 걸친 것 같은 실크 재질의 가디건은, 너무 얇아 감춘다는 기능보다는 보이고자 하는 반대의 역할을 더 크게 하고 있었다. 물레 위의 흙덩이를 어설프게 만질 때마다, 알맞게 도드라진 지민의 가슴은, 입으나 마나 한 천 조각 안에서 때때로 찰랑거리고, 또는 출렁거리면서 상엽의 시선을 붙잡아 놓고 있었다. 반면 지민은 배드민턴을 칠 때를 제외하고, 뭔가에 이렇게 집중하고 재미있어 한 적이 없었다. 영화에서 보았던 흙의 감촉이 이제야 고스란히 전달되는 것 같았다. 공교롭게도 얼마 전, 이제는 고전영화가 돼버린 패트릭 스웨이지와 데미 무어 주연의 "사랑과 영혼"을 보면서 마구 울었던 기억이 났다. 지민이 아주 어릴 때 본 기억이 있는데, 벌써 30년 가까운 세월이 흐른 것이 믿어지지 않았지만 오히려 사랑의 감정은 더욱 생생하게 전해지는 듯했다. 그 영화 속과 똑같은 포즈는 아니더라도 둘은 꽤 비슷한 자세를 하고 있어서 연인처럼 자연스러워서 보였고 보는 사람조차도 편안할 지경이었다. 최소한 이 순간만큼은 지민에게 상엽은 패트릭 스웨이지처럼 느껴졌다. 청자토에 물기가 닿자 흙은 아이스크림처럼 변하면서 다음 차례를 기다렸는데, 흙 속에서 스무 개의 손가락은 뱀이나 장어처럼 서로 엉기기만 할 뿐, 도무지 어떤 형태를 만들려는 의지가 보이지 않았다. 둘은 흙과 함께 하나가 될 것처럼 열렬하게 몸을 밀착하고 흙을 빌미 삼아 서로의 손을 비벼댔다. 상엽은 지민의 화장기 없는 얼굴과 아무런 냄새도 나지 않는 온전한 몸 향기에 더욱 빠져들었다. 그 묘한 체취는 물레가 돌아가면서 그것에 붙어있던 마른 흙먼지가 새로 꺼낸 흙의 물기와 섞이고, 지민의 몸을 휘감고 올라오면서 그녀 곳곳의 살 내음과 다시 합쳐진 다음, 지민의 왼쪽 귀와 어깨 사이에서 숨을 고르고 있는 상엽의 코 바로 앞에서 수줍게 실체를 드러냈다. 상엽은 확실히 흥분하고 있었다. 하지만 그것은 남녀의 몸이 하나가 되는 격정의 순간과는 달랐는데, 경험해보지는 못했지만 마치 산들바람의 여신 아우라가 상엽의 뺨을 어루만지는 것처럼 편안하고 아늑한 상상을 만들어낼 정도로 달콤한 것이었다. 지민 또한 남자의 숨소리를 알코올 냄새 없이, 이렇게 가까이에서 길고 일정하게 들어본 적이 없었다. 게다가 점점 하체에 힘이 빠지고 온몸이 나른해지면서 등 쪽에 미약한 전기가 오는 것처럼 찌릿하다고 느끼는 순간, 이것이 오르가즘에 일종이 아닐까라는 생각까지 들었다. 오히려 격렬한 정사보다 이 상태의 쾌감이 훨씬 감미로운 느낌을 받았다. 지민은 이대로 시간이 멈췄으면 좋겠다는 생각을 하면서 자신도 모르게 눈을 감고 상엽의 가슴에 머리를 기대는 자세를 취하게 되고 말았다. 지민은 몸에서 빠르게 기운이 빠지면서 마치 상엽에 의해서 움직여지는 꼭두각시처럼 상엽의 몸놀림에 따라 이리저리 움직이는 갈대가 되어가는 것 같았다. 어디선가 사랑과 영혼의 주제곡 '언 체인 멜로디'가 들려오고 있었다.

〈긴 목의 마돈나〉〈그림28〉

11
매너리즘
– 브론치노

"야! 거기서 뭐 하냐. 아주 영화를 찍어요. 노래 끝났어. 빨리 이리와."

얼마나 지났을까. 두 사람은 진짜 아늑한 낮잠을 잔 것 같은 기분이었다. 마치 무아지경의 세상을 경험이라도 한 것처럼 상엽과 지민은 시간도 공간도 모두 망각했던 것이다.

"물레에 앉기만 하면 사랑과 영혼포즈를 패러디하는 사람들이 많아서 아예 그 노래를 녹음해 두고 산다. 이제 그만하고 이리 와라."

노래는 환영이 아니었고, 용백이 준비한 진짜 영화 음악이었다. 정신을 화들짝 차리고 전혀 아무 일도 없는 것처럼 지민이 자리를 털고 일어나며 말했다.

"오빠, 내 이름 민지가 아니고 지민이에요. 그게 내 진짜 이름이니까 사람들 앞에서도 그렇게 불러요."

"그래, 알았어."

업소에서 민지와 공방에서의 지민은 전혀 다른 사람 같았고, 그것은 상엽도 마찬가지였다. 둘 사이에 미묘한 감정이 흘렀다.

"처음 뵙겠습니다. 미숙 씨라고 하셨죠. 저는 이상엽입니다. 이 녀석이 하도 말씀을 많이 해서 이름은 익히 알고 있었습니다."

"야. 인마. 내가 언제 얘길 했어. 꾸며대기는."

"자. 이제 모두 앉았으니, 건배나 하자. 반갑습니다."

상당한 양의 캔 맥주가 금세 동이 나고, 술자리는 자연스럽게 소주로 이어졌다. 하지만 용백은 막걸리를 마셨다. 대학 때부터 시작된 일종에 습관이자 고집이었다.

"야. 미숙아. 너 아까 내 작품 있는 곳에서 무슨 매너리즘 어쩌고 하는 소릴

들었는데, 무슨 말이야. 내가 매너리즘에 빠졌다는 소리냐."

술이 거나해진 용백은 장난스러운 표정으로 미숙에게 농담을 던졌다.

"어머, 아냐. 너 작품이 너무 좋아서 서양미술 사조에 비교해서 얘기했던 거야. 너도 알 거야. 바로크 시대 전에 유행했었던 매너리즘 사조."

"미대 졸업했다고 그런 것을 다 아는 건 아냐."

용백은 자신 있고 단호하게 말했지만 당당할 수는 없었다.

"미숙씨. 용백이는 대학 때 운동만 했어요."

상엽이 잔을 내려놓으며 말했다.

"네? 아. 운동 좋아하는구나. 그래. 너 초등학교 때도 못하는 운동이 없었잖아. 게다가 싸움도 잘하고, 무슨 운동을 했니?"

진지한 미숙의 물음에 준기와 상엽, 용백은 동시에 웃음보가 터졌다.

"체육관에서 하는 운동이 아니고, 지하에서 하는 운동이야. 운동권이라고 하지. 하하"

"아. 난 또 뭐라고. 그랬었구나. 그래. 참 암담했던 시절이 있었지."

"그런 얘기 그만하고, 아까 매너리즘 얘기 좀 해봐."

"그럴까. 아는 것은 별로 없지만, 책에 있는 대로 얘기하자면, 브론치노의 〈미와 사랑의 알레고리, 또는 비너스와 큐피드의 알레고리〉라는 작품도 괜찮을 것 같아. 다른 화가들처럼 기괴하거나 심하게 왜곡되게 표현하지는 않지만, 표현방식도 독창적인 데다 지식인이자, 시인이었던 브론치노답게 상징들이 잘 짜여 있어서 텍스트처럼 그림을 읽을 수 있어. 게다가 이 그림은 수백 년 동안 일반인에게 공개된 적이 없는 작품인데, 값비싼 이유도 있지만 외설적이기 때문이래."

"언니, 그러니까 더 궁금해지는데, 이 작품이지. 맞지?"

스마트폰으로 이미지를 찾은 지민이 미숙을 비롯해서 모두에게 보여주면서 말했다.

"맞아. 이거야. 엄청 야하지. 작품을 한번 살펴볼까. 이 작품에는 여러 인물들이 등장하는데 가운데 있는 남녀는 짐작하는 것처럼 비너스와 큐피드야. 그런데 왠지 사악하고 불안한 기운이 돌지 않니?"

"맞아. 언니. 이 둘은 모자지간인데 자세도 표정도 좀 이상해."

"그래. 어떤 이미지건 확실한 정답은 없어. 이 작품도 모자지간의 관점에서 보다는 탐욕적 사랑과 미가 만났을 때 수반되는 여러 가지 후유증에 대해서 말하고 있는 거야. 실제로 큐피드를 비너스의 아들로 보지 않는 학자들도 있어. 애욕의 상징이자 동지(同志)의 견해로 보는 거지."

"언니, 아프로디테하고 비너스하고 같은 인물이지? 에로스하고 큐피드하고도 같은 인물이고?"

"호호, 그래 모두 그리스하고 로마식 표현이야"

"빨리 그림 좀 분석해보자. 쾌락만을 수반한 사랑은 뭔가 문제가 많다는 뜻 같은데."

용백이 궁금한 듯 미숙의 설명을 재촉했다.

"그래, 네 말이 맞아. 주제는 대략 '사랑의 쾌락은 악의 요소를 지니며 고통을 수반 한다' 정도가 될 거야. 비너스의 눈물에서 생겨났다는 장미는 불타는 사랑을 의미하기도 하지만 쾌락을 상징하기도 해. 오른쪽의 소년이 쾌락의 장미꽃을 뿌리면서 장미의 가시를 발로 밟고 있어. 그만큼의 고통이 뒤따른다는 뜻이지."

"이 그림은 워낙 복잡한 알레고리들이 섞여 있어서 아직도 정확한 뜻을 파악하기 어려워. 수수께끼 같은 그림이야. 그래서 더욱 인기가 있는 건지도 모르지. 오른쪽에 모래시계를 어깨에 올려놓은 노인은 시간을 의인화한 것은 확실해 보여. 어떤 학자들은 이 노인을 대지의 신 가이아와 하늘 신 우라노스의 아들 크로노스라고 얘기하기도 하지."

상엽은 자신의 의견을 정답처럼 말하는 미숙에게 살짝 제동을 거는 뜻에서 다른 설명을 추가했다. 미숙도 상엽의 의도를 이해한다는 표시로 고개를 끄덕여주었다.

"소년 뒤에 뱀의 꼬리를 가진 소녀가 보이는데 아마도 말과 마음이 다르다는 뜻을 담고 있는 것 같아. 일종의 변덕이랄까. 소년의 발밑에 있는 가면은 가식과 기만을 상징하고 있고, 에로스 뒤에 있는 노파는 고뇌와 질투를 표현하고 있는 것 같아. 평화와 순수를 뜻하는 흰 비둘기를 에로스가 발로 밟고 있는 것이 보이지. 그리고 화살을 쥔 비너스의 손 옆에 머리가 깨진 여인이 등장해. 그것은 망각을 뜻하는 거지. 망각은 푸른 천으로 이 모두를 덮으려 해. 하지만 오른편의 노인이 이것을 말리고 있어. 노인의 어깨에는 모래시계가 있어. 상엽 씨의 말처럼 시간을 상징하지. 시간이 아무리 흘러도 어리석은 사랑은 끝내 파멸을 몰고 온다는 뜻이겠지."

용백을 제외한 네 사람은 묘한 감정에 휩싸이고 있었다.

"잠깐, 화살을 보니 저 남자는 큐피드인 것을 알겠는데, 저 여자는 어떻게 비너스라고 할 수 있는 거지. 큐피드의 연인이었던 프쉬케 일수도 있잖아"

그럴듯한 준기의 질문에 상엽이 대답했다.

"아. 그건 내가 얘기해줄게. 답은 저 여인의 손에 있는 사과에 있어."

"사과?"

미숙을 제외한 나머지 사람들이 동시에 사과라는 단어를 외쳤다.

"서양인들에게 사과는 굉장히 중요한 의미를 가지고 있는 것 같아. 서양에서는 흔히 세상에 3가지 사과가 있다고 해. 어떤 학자는 하나를 더 추가해서 4개, 혹은 5개의 사과라고 이야기하는 사람도 있어. 첫 번째는 아담과 이브의 사과. 즉 선악과야. 원죄와 기독교를 의미하니까 종교적 사과겠지. 두 번째는 뉴턴의 사과, 즉 과학을 상징하고, 마지막 세 번째가 비너스가 들고 있는 사과, 즉 미를 상징해. 하나를 더 추가하는 사람들은 인상파 화가 세잔이 그린 사과를 예로 드는데 그것은 예술을 상징하겠지. 나머지 하나는 봉건주의에 대항하는 로빈후드의 사과야. 그런데 내 개인적인 생각인데, 세상에 하나의 사과가 더 있다고 생각한 사람이 있었어."

"그게 누구야. 오빠?"

"그래, 너의 생각이라고 하니까. 더 궁금하다. 빨리 이야기해봐."

"바로 애플 사를 창업한 스티브 잡스야."

이제야 이해가 된다는 듯 모두가 고개를 끄덕였다.

"혁신과 변화를 상징하는 그 다음의 사과, 하지만 어떤 책이나 인터넷에도 내가 생각하는 여섯 번째 사과에 대해서 언급한 사람은 없더라구. 심지어 스티브잡스 본인도 이런 이야기를 직접 하지는 않았지만, 그림에 관심이 많았던 그가 사과의 의미를 몰랐을 리가 없다고 생각해. 그리고 앞의 다섯 개 사과가 온전한 형태를 유지하고 있는 반면, 애플 사의 사과 로고는 옆에 한입 베어 물은 형태야. 여섯 번째 사과는 자신의 존재도 부정하고 혁신할 만큼 늘 진행형이라는 뜻인 것 같아."

준기가 설명을 들으면서 프락시모에게 알아본 결과 여섯 번째 사과에 대한 정보는 어디에도 없었다. 프락시모조차 새로운 관점이라며 상엽을 소개해 달라는 메시지를 준기에게 보내왔다.

"비너스의 사과를 얘기하자면, 트로이의 왕자 파리스를 알아야 해. 양치기로 살아가던 파리스 왕자에게 제우스는 헤라, 아테나, 비너스 중에서 가장 아름다운 신에게 황금사과를 주라는 명령을 내리게 돼. 그러자 이 여신들은 곧바로 파리스에게 달려가서 각자 제안을 하지. 헤라는 '무한한 힘'을 주겠다고 하고, 아테나는 '지혜'를 주겠다고 해. 비너스는 최고의 미녀를 주겠다고 했는데, 파리스는 조금의 주저함도 없이 비너스에게 황금사과를 주게 되고 결국 최고의 미인은 비너스가 되는 거야."

"여기서 재미있는 것은 양치기 왕자 파리스는 벗은 몸을 보지 않고는 최고의 미인을 고를 수 없다고 고집을 피워. 결국 여신들이 일개 인간 앞에서 옷을 벗고 심사를 받게 되지. 재미있지 않니?"

상엽이 웃으며 말했다.

"하여간, 남자들이란 여자가 예쁘기만 하면 만사 오케이고, 그러니까 여자들이 예뻐질 수만 있다면 뭔들 못하겠어."

미숙과 지민이 같이 키득거리면서 소주를 한 잔씩 들이켰다.

"그런데 하필이면 파리스에게 주어진 '최고의 미녀'는 스파르타의 왕 메넬라오스의 아내 헬레네였어. 트로이는 페르시아의 영토의 안에 있었기 때문에 스파르타의 왕은 아내를 찾기 위해 페르시아를 침공하게 돼. 그 유명한 트로이의 목마가 거기에서 나와. 파리스의 심판에 관한 그림은 시대별로 많은 화가들이 그렸으니까 시간 나면 찾아봐."

"어머. 너무 재밌어요. 결국 매너리즘이 그때는 좋은 뜻이었네요."

질문을 하거나 이야기를 들을 때도 지민은 술잔을 놓지 않고 계속 홀짝였다. 상엽의 설명이 계속 이어졌다.

"학자마다 견해가 다르지만, 매너리즘, 즉 마니에리즘을 미술의 새로운 방향을 모색했던 혁신적 사조로 보는 사람도 많아. 특히 이 사조로 인해서 그림이 자의식을 갖게 되었다고 말하는 사람도 있어."

"역시, 전문가가 말씀하니까 차원이 다르네요. 그런데 그림이 자의식을 갖게 되었다는 뜻이 얼른 와 닿지가 않네요."

미숙이 솔직한 질문을 했고, 다른 사람도 동의하는 눈치였다.

"쉽게 생각해서 거울을 생각하시면 됩니다. 늘 다른 곳을 쳐다보면서 자신의 바깥의 것을 묘사하고 표현하다가, 문득 거울 앞에서 자신을 들여다보게 된 것이죠. 그래서 자신을 하나의 대상으로 생각하게 되고, 여러 가지 측면으로 분석하게 됩니다. 형태를 복사하듯이 옮겨놓는 것이 능사가 아니라는 생각을 하게 되는 것이죠. 지난 시대가 표현하지 못했던 것을 새롭게 나타내야 한다는 의식이 매너리즘 사조의 시작이라고 생각해요."

"맞아요. 어떤 때는 내 자신의 모습이 낯설 때가 있어요. 깨진 거울에서 조각난 내 모습이 오히려 진짜 내 모습 같고…"

지민이 약간 뜬금없는 말을 했고 그녀 자신도 자신의 비유가 틀린 것은 아니지만 정확한 것도 아니라는 생각이 들어 말꼬리를 흐렸다.

"와. 미술사 강의를 들은 것 같아요. 다 같이 한잔하시죠. 호호"

미숙의 건배 제안에 모두가 잔을 비웠고, 용백은 여전히 막걸리를 마시면서 겉으로는 태연한 척 했지만 친구들의 대화 속에서 적지 않은 자극을 받고 있었다. 참선과 수행, 작업에만 몰두했던 생활이 전부가 아니라는 생각을 하게 되면서 소통과 자극에 소홀했던 자신을 변화할 필요를 느꼈던 것이다.

"그런데 저는 저쪽에 흙 인형이 너무 정감이 가요. 세밀하게 묘사되지 않고 생략된 것이 많으면서도 표정이며, 동작의 상태가 다 들어나 있어요. 참 신기해요. 인생의 희노애락이 모두 표현된 것 같아요. 팔도 다리도 길쭉하고 뚱뚱하고 유머러스하면서도 슬프기도 하고, 정답기도 하고 감정이 막 복합적이에요."

지민은 어느새 흙 인형이 있는 작업장 쪽으로 가려는지 아니면 화장실에 가는 건지 불분명한 태도를 취하며 자리를 옮겼다. 담배를 피우기 위해 나가는 것일 수도 있었다. 미숙도 지민의 말에 전적으로 동감하면서 말을 이었다.

"정말 그래. 용백이 너의 행복했던 지난날을 그대로 담고 있는 것 같아. 그런데 현재 모습은 안 보이는 것 같아."

"보는 사람마다 다 좋다고 하잖아. 너 전시 한번 해보라니까. 도자기처럼 미끈하고 완벽한 형태보다 저렇게 빈틈이 보이면서 서민적인 것이 더 정감도 가고 보기도 편안하고. 저게 쉬워 보여도 아무나 할 수 없는 거 너도 잘 알잖아."

용백은 말없이 막걸리만 들이켜고 있었다. 정말 용백의 흙 인형은 정다웠다. 누운 아버지 위에 어린 아들이 비행기 자세를 하며 팔을 벌리고 있거나, 가족 모두가 낮잠을 자는 모습, 의자를 들고 벌을 서고 있는 아이들, 마치 신의 입김이라도 닿기만 하면 인형들은 살아 움직일 것 같았다. 피노키오를 만든 아버지도 이런 마음이었을까.

"됐어. 자꾸 그런 얘기 하면 다 부숴버린다. 이제 그만."

"아따. 새끼. 성질머리하고는…"

"어머. 왜 그런 말을 해. 무슨 일이 있니. 기분 안 좋으면 우리 다른 이야기 하자. 용백아 기억나. 초등학교 6학년 때 다른 반 애들이 우리 반에서 소란피우고 나한테도 뭐라고 해서 내가 울었잖아. 그때 네가 우리 반 애들 건드리면 가만히 안 둔다고 하면서 걔네들 막 때리고 쫓아내고. 그런데 사실 난 그때 다른 반 애들보다 네가 더 무서웠어."

"뭐야. 멋있는 게 아니고 무서웠어. 하하"

엉뚱한 과거사 때문에 자칫 어색하게 흘러갈 수 있는 술자리가 겨우 수습되는 것 같았다. 용백의 얼굴에도 웃음기가 돌았다.

"뭐 용백이가 지금은 이렇게 산속에 묻혀 살지만, 초, 중, 고 모두 날렸지. 싸움이면 싸움, 운동이면 운동."

준기가 옛일이 생생하게 기억난다는 듯이 양쪽 주먹을 휘두르면서 말했다.

"진짜 의협심인지 성질이 지랄 같은 건지, 아니다 싶은 것은 그냥 안 넘어가니까. 그래서 맨날 싸움판에 끌려 다니고 말이야."

준기가 아예 권투선수가 되어 몸을 좌우로 흔들면서 계속 말을 이었다.

"학교 안팎에서 싸움 좀 한다는 놈들도 용백이는 안 건드렸잖아. 그리고 고1

때도 그 권투부 새끼, 이름이 뭐더라? 김영인가 하는 놈도 용백이한테 까불다가 복도에서 한 방에 뻗었잖아. 그다음 날 데려온 권투부 선배도 패버리고, 진짜 용백이 저거 완전 골통이었다니까. 크크"

준기는 마치 어제 일을 얘기하는 것처럼 생생한 표정으로 말을 하고 있었다. 그러면서 몸을 격투기 선수처럼 계속 흔들어대고 허공에 주먹질까지 하고 있었다.

"야. 용백이 덕분에 우리는 중, 고등학교 다닐 때 한 대도 안 맞고 다녔잖아. 말은 똑바로 해야지."

상엽은 오징어 다리를 씹으며 고등학생 때로 돌아간 것처럼 말했다. 허공에 주먹질을 하는 준기와 오징어 다리를 채신머리없이 씹어대는 상엽은 영락없는 고등학교 양아치 학생처럼 보였다.

"그것도 그런데 난 용백이 저게 소설 좋아하고, 편지 잘 쓰는 것이 진짜 이해가 안 갔었어. 중학교 1학년 때 벌써 펄벅의 대지에 나오는 왕룽과 오란 이야기를 하질 않나, 등교할 때는 인디언 추장 이야기 '나를 운디드니에 묻어주오'에 나오는 '주먹 쥐고 일어서'라는 여자 얘기를 하질 않나. 집에 올 때는 리차드 버크에 '갈매기의 꿈' 같은 책 이야기를 하는 거야. 난 솔직히 그때 자극 많이 받았어. 그때 속으로 나는 나도 저놈처럼 멋있는 사람이 돼야지 하고 생각한 적도 있었다니까. 쪽팔리게. 지금에서야 하는 말이지만."

"오빠. 진짜 그랬어. 저 오빠가 그렇게 멋있었어. 난 상엽오빠가 제일 멋있는데."

어느새 상엽의 옆에 앉은 지민이 술에 취한 듯 발그레한 낯빛으로 말했다.

"에휴. 다 지난 이야기다. 옛날에 한 가닥 안 했던 사람이 어디 있냐. 인생이 다 그런 거지."

용백은 다시 한번 막걸리를 마셨다. 머릿속에서 대기업을 그만두고 공방을 차려 이곳에 올 때 일이, 낡은 필름을 얹은 영사기처럼 돌아갔다. 문득 아이들과 아내에게 자신의 스타일을 너무 강요한 것이 아니었나 하는 생각도 새삼스럽게 들었다. 시골 생활의 안일함과 불안을 혹독한 자기관리로 떨쳐버리려 했지만 가족에게는 버거운 일이었을 수도 있었을 것이다. 그것을 알면서도 근면과 절약, 참선과 수행을 강요한 결과는, 아내도 아이들도 아버지를 부담스러워하는 현실이었다. 첫째와 둘째 모두 대학교 기숙사 생활을 하게 되어 자주 볼 일이 없게 되었는데, 아이들은 그래서 좋은 것 같았다. 용백은 그런 사실이 더욱 안타까웠다.

"안녕. 형들 왔다면서? 아휴 반가워라. 오랜만이야. 하하"

갑자기 공방 문이 열리면서 용백의 아내 수지가 들어왔다. 용백을 비롯해서 모두들 깜짝 놀랐는데, 특히 상엽은 마누라에게 바람난 장면을 들킨 것처럼 어쩔 줄을 몰라 했다.

"내가 연락했지. 여기까지 왔는데 수지를 안 보고 갈 수 있나."

준기가 취기에 문자를 한 것 같았다. 당혹감도 있었지만 반가운 마음이 더 컸기 때문에 술자리는 더욱 와자지껄 해졌다. 게다가 술도 모자라서 누군가 운전을 하고 술을 사와야 하는 상황이었는데, 속 깊은 준기가 그런 상황들을 감안하여 수지에게 연락을 한 모양이었다. 한 보따리의 술과 안주들이 수지가 가지고 온 쇼핑백 안에서 쏟아져 나왔다.

"어. 너 미숙이 아니니?"

"뭐야. 너 수지잖아. 이게 얼마 만이니. 어머 너무 반가워. 니 남편이 용백이였어?"

고등학교 동창이었던 미숙과 수지는 대학졸업 후에도 몇 번의 만남이 있었지만 자연스럽게 연락이 끊기고 말았다. 몇 년 전 졸업동기 송년회에서 만나서 연락처도 주고받았으나, 준기나 상엽, 용백 같은 사이가 아니었으므로 가끔씩 소문만 듣고 지냈던 것이다. 미숙은 수지가 시골에서 전원생활을 즐기며 산다는 소식은 들었지만 용백의 아내인줄은 꿈에도 생각하지 못한 일이었다. 용백도 미숙을 오늘 처음 만났으니, 미숙이 용백과 수지가 부부라는 사실을 모르는 것이 당연한 일인지도 몰랐다. 미숙은 엉뚱하게도 세상은 돌고 돌아, 다시 제 자리라는 말이 생각났다.

"야. 미숙아. 진짜 너무 반갑다. 니가 용백이 형하고 어떻게 초등학교 동창이니. 내가 학교를 한 살 일찍 가긴 했지만, 족보가 좀 이상한 것 같다. 호호."

"무슨 소리야, 한 살이라도 젊으면 좋지."

"저런 남편하고 살아서 좋겠다. 엄청 잘해주지. 용백이가?"

"그래. 아주 복에 겨워 죽겠다. 빨리 술이나 한잔하자."

수지는 서둘러 술을 꺼내 테이블 위에 놓았다. 수지의 입에선 술 냄새가 제법 났지만 다른 사람들 역시 술에 취했으므로 그런 것까지 눈치 채지 못한 것 같았다.

"안녕하세요. 저는 정지민이라고 하고요. 미숙이 언니 동생이에요. 친동생은 아니고 같이 운동하는 체육관에서 만났어요."

"아. 그래요. 만나서 반가워요. 저는 이수지라고 해요. 그런데 무슨 운동하세요?"

"저희는 배드민턴을 해요."

"하하. 어쩐지 그런 냄새가 나더라. 저도 배드민턴 쳐요. 너무 잘 됐다."

"수지야. 여기 지민이는 전국 A조야. 우리 클럽 코치기도 하고."

"와. 전국 A조하고 술자리를 하다니. 영광인데. 게임하는 상상을 하니까 더 멋져 보이는데. 우리끼리 건배!! 하하"

"그래. 건배."

술기운과 배드민턴 동호인 그리고 같은 여자라는 동질감이 섞여 마치 계속 만나오던 사람들처럼 셋은 연거푸 술잔을 비웠다…

"허. 그거 테니스 아니었어? 난 새벽마다 테니스 하는 줄 알았지."

용백은 반가운 마음을 표현하려는 속내와는 다르게 다소 빈정거리는 억양이 튀어나왔고, 수지도 거의 비슷한 뉘앙스의 톤으로 남편의 말을 받았다.

"뭐. 언제 내가 뭐 하는지 관심이나 있었어?"

"어허. 이거 또 왜 이러시나. 그럼 더 이상하잖아, 배드민턴을 치러 꼭 체육관에 가야하나. 동네 약수터나 골목에서 하면 되지. 또 기술을 배울 게 있나. 무슨 A, B는 또 뭐야. 이해가 안 되네. 그 아침잠 많은 사람이 그까짓 배드민턴 치느라고 그렇게 매일 운동을 갔단 말이야? 숨겨놓은 애인이라도 있어?"

누가 보아도 용백의 실수였으나, 한번 뱉은 말은 주워 담을 수가 없었다. 술이 취했다고는 하지만 좀 과하다 싶었는지 용백도 그다음 무슨 말을 하려고 했으나, 수지의 반격이 조금 빨랐다.

"형은 너무 자신의 세계만 고집해. 형 말은 모두 옳고 다른 사람 말은 못 믿겠지? 자기가 아는 것은 정답이고, 모르는 것은 인정하려고 하지 않잖아. 특히 내가 하는 말은 다 개소리로 들리지. 개소리 한번 또 해볼까. 왈왈."

수지도 술에 좀 취했는지 받은 말의 감정을 그대로 실어 용백에게 보내고 있었다. 오는 말이 곱지 않았으니 가는 말도 그 정도밖에는 안 되는 것은 자명한 이치였다. 준기도 상엽도 자신들의 부부싸움을 보고 있는 것 같아서 어쩔 줄을 모르고 어정쩡하게 앉아 있었다. 하지만 이대로 가다간 모처럼의 나들이가 엉망이 될 판이라 누군가는 수습을 해야 했다. 수지를 부른 준기가 책임지는 것이 마땅했고, 준기도 그런 생각을 하고 있었다.

"하이고, 내가 수지를 괜히 불렀나 보다. 아니면 우리가 아예 여기를 오지 않았어야 했나. 이제 그만 가야겠다. 갈 준비하자."

준기도 취했기 때문에 현명한 수습처럼 보이지 않는 행동을 취하고 있었다.

모 아니면 도라는 초강경 대응 방안을 선택한 것이다. 이 와중에 상엽은 용백을 무섭게 노려보면서 수지에게 사과하라는 뜻의 소리 없는 입 모양을 계속 만들고 있었다. 사과는 타이밍이 중요했다. 몇 초 차이로 모처럼의 술판은 엉망이 될 수도 있었다.

"수지야. 미안하다. 술이 좀 과했나 봐. 그런 뜻이 아니고, 나도 같이하고 싶은데 맨날 혼자서 가니까. 심술이 나서 그런 거지. 부부끼리 배드민턴 치는 것 보면 보기 좋더라고."

"어머, 용백이 아저씨도 배드민턴 하시게요. 배울 게 있냐면서요. 호호. 조만간 개 거품 물고 쓰러지는 것 아니에요? 수지언니! 힘들어서 기절할 때까지 돌려요."

지민이 신이 나서 말했고, 그 덕분인지 수지에 얼굴에 살짝 미소가 비쳤다. 하지만 사태를 수습하느라고 엉겁결에 배드민턴을 하고 싶다는 말을 해버린 용백의 미간은 찡그려졌고 입술은 어색한 웃음을 짓는 묘한 표정이 된 채로 상엽과 준기를 바라보기만 했다.

"어머, 잘됐다. 부부가 같이 운동하는 거 너무 좋아 보이잖아. 용백이 너는 진즉에 그런 얘기를 하지 그랬니. 여자들은 그렇게 표현해주면 좋아한단 말이야. 그리고 같이하지는 못할망정 상대를 못 하게 하지는 말아야지. 지금처럼 빨리 사과하고 무조건 마누라 위해주고 살아. 괜히 늘그막에 버림받지 말고. 지금이 어느 세상인데. 더구나 이런 시골에선 옛날의 네가 아니야."

취하기는 미숙도 마찬가지였다. 주량으로 따지자면 이 중에서도 만만치 않았다. 중독처럼 살아온 지난 몇 년이었다. 시원할 줄 알았던 미숙의 말은 생각처럼 후련하게 와 닿는 사람이 없는 듯 했다. 틀린 말은 아니었지만 전적으로 옳은 말도 아니기 때문이었다. 애초에 배려의 가치와 기준이 성별의 차이도 있고 개인차도 있으니 상대방의 입장에서 대화를 해보라는 말을 하고 싶었으나,

취중의 말은 생각처럼 정리되어 입 밖으로 나오지 않았다.

"자꾸 옛날얘기 좀 하지 마라. 미숙아"

"미안, 나도 취했나 봐. 수지를 오랜만에 만난 데다 입장이 이해가 돼서."

"그래. 취한 김에 하고 싶은 말도 하는 거지. 인생 뭐 있냐."

상엽이 잔을 채워 일일이 건배를 하고 잔을 비우도록 부추겼다.

"수지 너는 아직도 용백이한테 형 소리를 하는구나. 오랜만에 들어서 그런지 새삼스럽다."

"그러게, 잘 안 고쳐지네. 하도 오래전부터 버릇이 돼서. 게다가 용백이 형도 뭐라고 안 해."

학과는 달랐지만 같은 학교에서 만난 용백과 수지는 흔히 말하는 캠퍼스 커플이었다. 단과대에서 한 명씩 선발해서 해외연수를 시켜주는 프로그램에 선정되어 유럽에 갈 기회가 있었는데 거기서 눈이 맞았다. 용백이는 미대 대표, 수지는 문과대 대표였다. 문과대는 학교가 추천을 했고, 미대는 학생들의 투표로 진행되었었다. 그 후 수지는 용백의 영향으로 운동권에 뛰어들었고 누구보다 맹렬한 투사로 살았다. 그때 불렀던 형이라는 호칭이 입에 밴 듯 결혼한 지 20년이 넘었는데도 고쳐지지가 않았다. 수지는 불현듯 87년 여름이 생각났다. 신촌 오거리 서강대 방향, 용강동 못 미친 4차선 도로에서 용백이 주동이 된 대학 연합 써클 간부들과 학생무리들이 전경과 대치하고 있었다. 몇 번 겪어본 상황이라서 수지는 크게 동요하지 않았는데, 그날은 방패를 든 앞줄의 전경 뒤에 민간인 같은 차림에 사람들이 보였다. 순간 수지는 옆에 있는 용백의 팔뚝을 잡으며 불안을 감추지 못했다. 청자켓과 바지를 입고 흰색 수건으로 코와 잎을 가린 사람들이 각각의 손에 쇠파이프를 들고 있는 것이 수지와 학생들의 시야에 들어왔다. 말로만 듣던 백골단이었던 것이다. 데모 학생들은 동요하지 않을 수 없었다. 용백은 담배를 물고 깊게 한 모금 빨면서 옆에 있는 수지에게 조용히 말했다.

"수지야. 부탁이 있어. 조금 있다가 내가 앞으로 나가기 시작하면 애들이 뒤따라서 행진을 할 거야. 넌 앞으로 나오지 말고 그 자리에 서 있다가 무조건 반대 방향으로 뛰어. 알았니?"

용백의 말소리는 작았으나 소란스러운 상황에서도 뚜렷이 그리고 단호하게 들렸다. 그것은 부탁이 아니라 명령에 가까웠다.

"알았냐니까! 빨리 대답해!"

용백은 수지를 돌아보면서 버럭 소리를 질렀다. 수지는 너무 무섭고 당황스러웠기도 했거니와 마냥 흐르는 눈물을 주체할 수가 없어서 알았다는 대답조차 제대로 하지 못했다. 그리고 나서 겨우 고개만 끄덕이는데 용백이 갑자기 수지를 와락 안으면서 속삭였다

"수지야. 사랑해. 난 반드시 살아서 꼭 너하고 결혼할 거야."

빠르고 매정하게 돌아선 용백은 주위에 있던 간부들에게 지시했다.

"행진하면서 여자들은 뒤로 빠진다. 나 때문에 백골단이 뜬 것 같아. 내가 행진을 주도 할 테니까 니들도 적당히 상황 봐서 옆으로 빠져. 첫 번째 최루탄이 터지면 사방으로 흩어져. 빨리 위치로 가."

용백은 게릴라 군대의 지휘관처럼 말했고, 간부학생들은 군인처럼 일사불란하게 움직였다. 용백은 윗옷을 벗고 흰 장갑을 낀 다음, 맨 앞으로 나서면서 노래를 부르기 시작했다.

"사랑도 명예도 이름도 남김없이, 한평생 나가자던 뜨거운 맹세, 동지는 간데없고 깃발만 나부껴, 새날이 올 때까지 흔들리지 말자…"

임을 위한 행진곡이었다. 비장한 운율에 동요했던 학생들은 삽시간에 하나가 되었고 모두가 따라 부르면서 용백의 뒤를 쫓았다. 그날따라 용백은 백골단에게 마치 날 잡아보라는 듯 손짓을 하는 것처럼 눈에 띄게 행동했다. 백골

단의 시선을 자신에게 고정시키려는 생각인 것을 학생들도 알고, 수지도 알고, 심지어 전경들도 알 수 있었다. 다행인지 첫 번째 최루탄이 일찍 터지는 바람에 대열은 일찌감치 흩어지고 대부분의 학생들은 도망쳤다. 붙잡힌 학생들도 닭장이라고 불리는 전경 차에 실려 다른 지역 경찰서까지 간 후, 하루, 또는 이틀이 지나 훈방조치 되었다. 전경들은 학생들을 점이라고 불렀는데 잡힌 점들 중에는 용백을 비롯하여 블랙 리스트에 오른 간부들이 한 명도 없었던 모양이었다. 간부들의 발은 주먹보다 빨랐고, 게다가 아무리 백골단이라고 해도 용백은 쉽게 제압당할 인간이 아니었다. 용백의 싸움능력은 김홍신의 장편소설 '인간시장'에 나오는 장총찬도 울고 갈 정도였기 때문에 그 당시 용백의 별명 또한 장총백이었다.

"형. 나 부탁이 있어."

어느새 수지의 눈가가 촉촉해지면서 목소리도 약간 떨렸다.

"뭐? 말해봐. 뭐든지 다 들어줄게."

실제로 뭔가를 부탁해 오는 수지의 말이 용백은 너무 반가웠다. 조금 전 미숙에게 취중 훈계를 듣고 자신부터 변해야겠다는 생각을 하던 터였다.

"임을 위한 행진곡 듣고 싶어."

뜬금없는 소리에 용백은 눈을 동그랗게 떴고, 주위 친구들도 당황하긴 마찬가지였다.

"그래, 그럼 오랜만에 옛날 기억을 되살려서 한번 불러볼까."

용백은 조금도 주저하지 않고 벌떡 일어섰다.

"옛날 이야기 하지 말라면서."

미숙이 웃으면서 말하자 용백은 오래전에 작고한 코미디언 이주일 흉내를 내며 대답했다.

"따지냐!"

술은 사람을 무모하게 만들기도 해서 좋지 않은 기억을 만들기도 하지만, 잊었던 감성들을 들추어내서 주위를 각별하게 만드는 힘도 동시에 가지고 있었다. 술의 긍정과 부정이 안성의 공방에서도 어김없이 존재했다.

"사랑도 명예도 이름도 남김없이 한평생 나가자던 뜨거운 맹세…"

용백은 일어나서 막걸리 병을 오른쪽 어깨 위에서 왼쪽 허리춤까지 힘차게 흔들면서임을 위한 행진곡을 불렀다. 용백 또한 그날 일을 생각하고 있는지도 몰랐다.

노래가 끝나자 수지는 일어나서 남편 용백에게 막걸리를 따랐다.

"부탁 들어줘서 고마워. 오빠"

호칭은 어느새 형에서 오빠로 바뀌었고, 술기운 때문인지 수지의 눈에서는 87년 여름의 그 날처럼 하염없는 눈물이 뺨을 타고 흘렀다. 턱에 맺힌 한 방울의 눈물이 따르는 막걸리 잔에 떨어졌다.

"야. 막걸리가 짜겠는데. 하하"

잔을 들이키는 용백의 눈에도 눈물이 고이기는 마찬가지였다. 경량 철골조의 낡은 조립식 지붕이 용백의 시야에 들어왔다.

"우리도 답가를 해야겠지"

준기가 일어나면서 상엽에게도 같이 일어서라는 손짓을 했다. 상엽이 엉거주춤하면서 일어나자마자 준기가 노래를 부르기 시작했다.

"저들의 푸르른 솔잎을 보라, 돌보는 사람도 하나 없는데, 비바람 맞고 눈보라 쳐도, 온 누리 끝까지 맘껏 푸르리라. 서럽고 쓰리던 지난날들도 다시는, 다시는 오지 말라고, 땀 흘리리라 깨우치리라, 거치른 들판에 솔잎 되리라. 우리들 가진 것 비록 적어도, 손에 손 맞잡고 눈물 흘리니, 우리 나갈 길 멀고 험해도, 깨치고 나아가 끝내 이기리라."

준기와 상엽, 용백이 일어나 같이 노래를 부르는 사이 지민은 박수를 치면서 분위기를 맞췄고, 미숙과 수지는 대화를 이어갔다.

"아이하고… 남편은…?"

수지가 말꼬리를 흐렸다.

"아들 태준이는 군대 갔고, 우리 남편은 맨날 그렇지 뭐. 내가 자기 전엔 안 들어오고, 눈 뜨면 벌써 없어져있고. 맨날 바빠."

태연하고 자연스러운 미숙의 대답에 수지는 놀라고 있었으나 겉으로 표시는 내지 않았다.

"아, 그렇구나. 남편이 아직도 바쁘다고?"

"응. 그래, 하루 이틀 일인가 뭐. 오래된 일인데…"

미숙은 미간이 약간 찡그려지는 듯하더니 다시 표정을 바꾸면서 술을 한 잔 들이켰다.

"어머, 치킨 이거 맛있다. 태준이 아빠도 이런 바삭한 치킨 참 좋아하는데."

"그래. 이 집 닭이 맛있어. 한 잔하자. 건배"

미숙은 건배를 하면서도 속으로는 다른 생각을 하고 있는 듯 멍한 표정을 지었다.

갑자기 머리가 지끈거리면서 아들과 남편의 얼굴이 생각나지 않는 것이었다. 술기운 때문인지도 몰랐다. 2주에 한 번씩 가는 신경정신과 담당의는 절대로 매일, 그리고 혼자서 술을 마셔서는 안 된다는 말을 지겹도록 했다. 차라리 마시고 싶으면 사람들과 어울려서 마시라고 신신당부를 했었다. 자신은 특이한 경우이기 때문에 술이 허용된다는 말도 잊지 않았다. 미숙은 화장실도 갈 겸 잠깐 밖에서 머리를 식히고 싶었다.

"나 화장실 좀 다녀올게."

"그래. 보는 사람 없으니까. 옛날 생각 하면서 밖에서 아무 곳에나 싸도 돼. 하하"

용백의 썰렁한 농담에도 웃어주는 사람은 수지밖에 없었다. 미숙이 밖으로 나간 뒤 수지는 심각한 표정으로 지민과 준기를 번갈아 보며 물었다.

"저, 내가 잘못 알고 있는지도 모르겠지만, 미숙이 남편하고 사별하지 않았어?"

"뭐라고? 미숙이가?"

갑작스럽고 황당한 질문에 준기는 깜짝 놀라며 되물었다.

"예. 맞아요. 미숙언니 아저씨 죽었어요. 한 2, 3년 됐는데 아직도 돌아가신 것을 모르는 건지, 아님 인정하기가 싫은 건지, 암튼 죽었다는 사실 자체를 기억하지 못해요."

지민은 안타깝다는 듯 소주를 단숨에 마시고 말을 이었지만, 불편한 내용 때문인지 이어진 말의 끝을 또다시 흐렸다.

"부분기억상실증이라고 하더라구요. 감정은 살아있지만 머리가 기억을 못하는 것이라고 하던데, 마치 퍼즐이 한 조각 빠진 것이라고 생각하면 이해가 빠르다고…"

"그랬구나. 미숙씨는 기억을 거부하는 것인지도 몰라. 사고 당시의 충격으로 의식에서 사라진 기억은 되돌리기 어렵지만, 깊은 무의식에 자리 잡은 기억은 살릴 수 있을지도 모르는데… 뭔가 방법이 있을 텐데… 이런 일이…"

상엽은 마치 정신과 의사처럼 말했지만 아무도 귀담아듣지 않았다. 준기는 담배를 꺼내려는지 주머니를 뒤적거렸다.

〈미와 사랑의 알레고리, 또는 비너스와 큐피드의 알레고리〉〈그림29〉

12
매너리즘
- 엘 그레코

완연한 가을이었다. 벚꽃이 흐드러지게 출렁거렸을 때가 얼마 되지 않은 것 같은데, 교정의 나무들은 벌써 노랗고, 새빨갛게 물이 들어 있었다. 상엽의 눈엔 마치 죽기 전 마지막 몸단장을 한 것 같은 단풍들이 애처로워 보였다. 단기간에 그것도 예정되기까지 한 삶을 마감해야 하는 운명이 슬퍼 보였던 것이다. 하지만 그것은 나무와 꽃과 잎을 각각의 객체로 생각할 경우였다. 이들은 몇 달의 휴지기가 지나면 다시 생명의 싹이 트지 않는가. 나무는 움직이지 못하는 대신 불사(不死)의 능력과 함께 짧은 생애를 경험할 수 있는 기회 모두를 가진 듯 싶었다. 상엽은 나무 사이를 걷는 학생들의 걸음이 빨라진 것이 갑자기 시야에 들어왔다. 연구실에서 충분한 시간을 두고 나왔는데도, 벌써 수업시간이 가까워 오고 있는 모양이었다. 서둘러 핸드폰을 꺼내 시간을 확인했다. 기숙사 앞에 있는 교양관은 다소 언덕인 데다 수업 시작 시간도 얼마 남지 않아서 상엽은 걸음을 서둘렀다.

「에이, 알람을 해놓던가 해야지. 맨날 이게 뭐냐」

역시나 1층 엘리베이터는 학생들로 북적였기 때문에 계단을 선택해야 했다. 상엽은 운동 삼아 일부러라도 층계를 걸어서 올라가는 일이 많았지만 오늘처럼 시간에 쫓겨 헉헉대면서 강의실로 들어가는 일이 제일 싫었다. 강의실 앞에서 시간을 확인하니 다행히 몇 분이 남았기 때문에 복도 창문을 통해 교정을 보면서 숨을 골랐다. 위에서 바라본 교정의 단풍은 더욱 매력적이었다. 짙은 녹색 사이로 빨갛고, 노란 잎들이 보기 좋게 각자의 경계를 보존하고 있었고, 파란 하늘에는 구름들이 수를 놓은 것처럼 점점이 박혀 있었다. 게다가 젊음의 기운이 터질 듯한 상아탑 안에는 각양각색의 패션으로 치장한 남녀들이 넘쳐났다. 적어도 표면상으로 젖과 꿀이 흐르는 지상의 낙원이 여기인가 싶을 정도로 그림 같은 풍경을 만들어내는 것에 감탄하는 동안 또다시 순식간에 몇 분이 흘렀다. 100명이 넘게 들어가는 계단 강의실에 빈틈이 보이지 않을 정도로 학생들이 앉은 것을 확인한 상엽은 내심 뿌듯하기도 하고 부담스럽기도 했다. 몇 학기 전에 〈미술 작품 감상법〉이라는 교양과목을 개설했는데, 정원이 30명인 과목에 시간이 지날수록 수강생이 늘어서 인원을 100명으로 조정했는데도 수강신청 몇 분 만에 강좌가 마감될 정도로 인기가 높아졌다. 처음엔 별생각이 없었던 상엽도 학생들의 반응이 의외여서 할 수 없이 강의준비도 더욱 철저히 해야 했다. 미대에서 전임교수들이 특별한 경우를 제외하고 이론을 맡는 경우가 흔치 않아서 상엽은 스스로 무덤을 판 것 같은 기분이 들기도 했지만, 이 기회에 자신도 미술사 공부를 다시 해야겠다는 생각을 할 수밖에 없었다.

"자. 출석은 수업 끝나고 부를 수도 있고, 부르지 않을 수도 있어요. 출석에 너무 집착하지 마세요. 그리고 이렇게 날씨가 좋은 날은 저기 잔디밭에서 친구나 애인 꼬드겨서 술도 한잔하고 말이야. 수업도 하루 빠지고 해야 하는 것 아냐? 낭만, 사랑, 죽음 이런 거 얘기도 하면서 싸우고 삐지고, 화해하고 또 술 마시고, 다시 개똥철학도 풀어놓고 그래야 하는 것이 인생이야. 그래서 대학 아니냐! 소학이 아니고."

"에이. 그러면 저희 모두 A학점 주실 거예요?"

매일 앞자리에 앉는 까만 안경테의 광고홍보학과 학생이 말했다.

"아니… 뭐… 학점은…"

상엽은 말끝을 흐렸고 학생들은 모두 합창하듯 웃었다.

"알잖아! 나는 전부 A를 주고 싶은데 학점은 상대평가인 거. 꼭 30%만 A를 줘야 하는데. 참 이게 말이 되냐고. 더구나 니들처럼 열심히 하는 학생들은 대략 70% 정도 A가 나오거든. 그래서 나중에 학점 주기가 너무 애매하고 미안하고, 안쓰러워."

"일부러 출석률 안 좋게 해서 학점주기 편하게 하시려고 하는 거 아니세요?"

조금 전에 그 남학생이 까불거리며 말했다.

"어휴. 이것들이 예능으로 말했는데, 다큐로 받아들이네. 내가 말을 말아야지. 자, 수업 시작하죠. 오늘은 어디를 할 차례지요?"

"바로크요!"

많은 학생들이 또다시 합창하듯 외쳤다.

"바로크는 무슨 뜻일까? 혹시 아는 사람?"

"일그러진 진주요."

조금 전 학점 이야기를 했던 까만 안경테의 학생이었다.

"오! 재민이가 예습 좀 한 것 같은데."

까만 안경테가 눈을 크게 뜨면서 멍한 표정을 지었는데, 아마도 자신의 이름을 부른 것에 대해 놀란 모양이었다. 전공교수님들도 학생들의 이름을 모르는 경우가 허다한데 소속 학과하고 아무런 상관도 없는 교양시간에 학생들의 이름을 기억하는 일이 흔치 않은 것은 사실이었다. 그러나 출석부를 보면서 학생들의 이름을 외우는 일은 교수가 되기 전 시간강사 때부터 해오던 상엽의 유일한 소신이자 원칙이었다. 상엽은 사람이건 나무건 그리고 꽃이건, 대상의 이름을 불러주는 일은 상대를 생각해서라기보다 자신을 위하고 가꾸는 의미가 더 크다고 믿었다. 그래서 이름을 부르기 전엔 아무런 의미도 없었던 대상이 이름을 불러주는 순간, 의미가 되어 비로소 꽃이 되었다는 김춘수 시인의 시를 좋아하지 않을 수가 없었다. 게다가 상엽은 자신의 이름을 불러주었던 두 분의 선생님으로 인해 인생이 바꿨다고 생각하면서 살았으므로, 학생들에게 이름을 호명하는 일 만큼은 게을리 하지 않았다. 생각이 멈추는 그 날까지 최선을 다해 무엇이든 그리고 누구든 이름을 불러주는 것이 자신의 사명이라고 믿었다.

"맞아. 진주인 것은 맞는데 모양이 이상하단 말야. 왠지 조금 아쉬운 명품이라는 뜻을 가지고 있어. '찌그러진 진주'라는 포르투갈어에서 유래되었다고 해."

상엽은 강의를 시작함과 동시에 컴퓨터를 켜자 자동으로 빔 프로젝터에 불이 들어오면서 스크린이 내려왔다.

"바로크 시대의 그림에 대해서 알아보기 전에 이 화가를 반드시 짚고 넘어가야 하거든."

스크린에 비춰진 그림 하단에는 〈오르가즈 백작의 매장〉이라는 제목이 쓰여 있었다.

"이 화가의 이름은 엘 그레코라고 한단다. 태생은 그리스 사람인데 활동은 스페인에서 했지. 그곳에서 결혼, 사실은 동거지만, 암튼 아이도 낳아서 정착했어. 이름에서 알 수 있듯이 자신의 조국을 잊지 않은 것 같아. 이탈리아 말로 '엘 그레코'는 그리스인이라는 뜻이거든. 그럼에도 불구하고 곧 공부하게 될 프란시스 고야, 벨라스케스와 함께 스페인의 3대 화가로 추앙받고 있지. 피카소도 스페인 출신이지만 3대 화가에 속하지 못하는 걸 보면, 엘 그레코가 미술사에 끼친 영향력이 얼마나 대단한지 알 수 있지."

"그럼 이분은 바로크시대 화가가 아니면 어디에 속하는 사람인가요?"

앞자리에 앉은 시각디자인과 수정이었다. 전공 수업 때 항상 보는 학생이니까 당연히 이름을 알고 있었지만, 상엽은 또 이름을 불러주었다. 이렇게 많은 학생들 앞에서 어떠한 질문이라도 할 수 있다는 것은 생각처럼 쉬운 일이 아니므로 마땅히 상을 주어야 했다. 작은 칭찬이 거대한 파도가 되어 인생을 변하게 할 수 있었다. 상엽은 나비효과가 도처에 있다고 믿었다.

"오. 수정이 예리한데, 조금 전에 잠깐 한 얘기를 놓치지 않고 기억하고 있었네."

배시시 웃는 수정이의 얼굴이 동백꽃처럼 활짝 피어나는 것 같았다.

"이 사람은 분류가 애매할 정도로 비평가들 사이에서도 논란이 많은 사람이야. 르네상스와 바로크 중간에 있는 매너리즘으로 분류하는 사람도 있지만, 내 생각에 이 사람은 모든 요소를 다 가지고 있는 것 같아. 제일 흥미로운 것은 시대의 유행에 따르지 않고 독창적인 자기 세계를 가지고 있었다는 점이야. 심지어 이 사람의 그림에서는 200년 뒤에나 나타나는 바로크와 로코코 이후의 낭만주의 화풍도 발견할 수 있거든."

지난 시간에 배운 르네상스와 매너리즘 작가들의 그림과 엘 그레코의 작품을 한눈에 비교할 수 있도록 이미지들을 나열하자 학생들이 더욱 집중했다.

"현실 세계와 영적인 세계를 묘하게 섞어놓은 듯한 화면이 인상적이지. 〈오르가즈 백작의 매장〉역시 상, 하 두 부분으로 나뉘는데, 위쪽 천상의 세계는 괴기스러울 정도로 비현실적으로 표현한 것과는 대조적으로, 하단의 현실세계는 매우 디테일하고 실감 나게 묘사되어있거든. 이 그림은 백작의 실제 무덤 위에 그려져 있다고 해."

화면이 바뀌면서 다른 이미지가 나타났다.

"이 사람은 그 시대의 화가들과는 확연히 달라. 매우 주관적이고 감성적이고, 정신적이었어. 이런 류의 사람들이 많이 그랬던 것처럼 생활도 무절제하고 기인 같은 행동을 많이 했다고 해. 엘 그레코가 16세기 말에 스페인의 옛 수도이면서 카톨릭의 중심지인 〈톨레도 풍경〉을 보면 그 시대에 나타나는 전형적인 풍경화에서 모두 벗어나 있어. 도시풍경 그대로가 아닌 그가 느끼는 톨레도의 모습을 우울하면서도 신비롭게 또는 영적인 느낌으로 표현한 것이지. 요즘이야 이런 식의 표현이 흔하지만 그 시대에는 엘 그레코 이외에는 어림도 없는 일이었겠지. 이 사람은 그 당시에 '시와 그림은 보이지 않는 것을 표현한다는 점에서 같은 작업이다'라는 말까지 했거든. 너무 시대를 앞서갔던 사람이지."

말에 탄력을 받은 상엽과 달리 뒤에 앉은 학생들부터 졸거나 서서히 웅성거리기 시작했다. 모든 학생들이 교수와 마음이 같을 수 없었다. 피교육자 입장이 되면 어쩔 수 없이 지루하기 마련이었다. 특히 자극적이지도 않은 옛날 이미지에 누가 관심을 가진단 말인가. 이 정도 집중한 것도 다행스런 일이었다.

"역시나 이런 사람들은 자신이 살았던 동시대에는 제대로 평가받지를 못해. 그림을 주문하는 교회나 귀족들과 늘 다툼이 생겨서 그림값을 제대로 받지 못하는 경우가 많았어. 엘 그레코는 다른 화가들과 다르게 자신의 생각을 굽히지 않고 수정해 달라는 요구도 들어주지 않았기 때문이지. 그러나 몇백 년 뒤, 많은 후배 화가들에게 자극을 주게 되고 평론가들에게 재평가를 받게 돼. 자, 이제 화가 얘기는 이쯤하고 바로크와 로코코에 대해서 알아볼까."

2시간 교양강의는 지난여름처럼 빠르게 지나간 것 같았다. 학과도 없어진 마당이라 이런 교양과목이라도 개설해서 학기당 10시수를 채워야 하는 처지가 한심하기도 했지만, 한편으로는 학과회의며 같은 학과 교수들끼리 의미도 없는 소모전을 하지 않아도 되어 마음은 편한 구석이 있었다. 그러나 아무리 임명장을 받은 정년트랙 교수라고는 하지만 요즘 같은 시절에 학과 없는 교수의 운명을 누가 알 수 있으랴. 트집을 잡아 작정하고 덤비는 조직 앞에서 나약해질 수밖에 없는 것이 개인 아니던가. 연구실에 들어온 상엽은 다음 학기 교양시간표에 새로운 과목을 추가하기 위해 컴퓨터를 켜고 작업을 시작했다. 제목은 〈영화 속에 미술 이야기〉였다. 자신이 좋아하는 영화를 한참이나 나열했는데 의외로 구체적인 그림 이야기를 담고 있는 영화는 없었다. 역사 앞에서 허망하게 죽어간 영웅과 그의 그림자 무사를 다룬 카게무샤, 니콘 FM2 카메라가 중년의 불륜을 아름답게 포장했던 매디슨 카운티의 다리, 고통의 순간이 지나고 보면 가장 아름다웠다고 말하는 화양연화, 어릴 때 자신이 탔던 썰매의 이름을 부르면서 고독하게 죽어갔던 억만장자 시민케인, 대학 후배가 감독한 위대한 에피소드 웰컴 투 동막골, 아무리 보아도 질리지 않는 SF원조 블레이드 러너, 삶과 죽음, 우정과 사랑, 배신을 담은 대서사시 원스 어폰 어 타임 인 아메리카, 라쇼몽과 홍상수 감독의 영화들… 모두 삶과 사랑과 죽음에 관한 영화들이었다. 하기야 우리가 경험했고 겪게 될 일들, 아니면 한 번쯤 상상해 봄직한 일들이 영화의 주제가 된 것이 아니겠는가. 그런 의미에서 특히나 그림은 영화 속에서 주제가 되기에는 소재가 부족 면이 있었다. 상엽은 제목을 〈영화 속에 예술이야기〉로 변경하고 영화 음악을 고민하기 시작했다.

'똑똑'

"네, 들어오세요."

"이 박사, 바빠? 오늘 저녁 약속 있어?"

연구실이 한 칸 건너 옆방에 있는 대학선배 권 교수였다. 같은 학과 소속 교수라고 사이가 모두 좋은 것은 아니지만, 상엽과 권 교수는 달랐다. 상엽은 조직생활을 당당하게 하면서도 배려심 깊은 권 교수를 진심으로 따랐고, 권 교수는 왠지 자꾸만 영역이 위축되어가는 후배가 안타까워 틈나는 대로 상엽을 챙겼다.

"그럼, 바쁘지. 이거 안 보여요? 전임교수가 교양시간 신청하고 있잖아요?"

상엽은 큰소리를 냈으나 웃으면서 말했고, 권 교수도 껄껄거렸다. 둘은 소파로 자리를 옮기며 대화를 이어갔다.

"벌써 술시가 됐나? 오늘 멤버는 누구하고 어디서 할까?"

상엽이 드라마 대사처럼 익숙한 듯 말했고, 권 교수 또한 늘 그렇다는 투로 대답했다.

"뻔하지 뭐, 정교수님하고 셋이지. 오늘은 해운대 시장에서 회 한 접시 어때?"

"뭘 물어봐요. 콜이지…"

왁자지껄한 사람들 소리와 비릿한 바다 냄새가 해운대 장산의 능선을 따라 교정으로 넘어오고 있었다.

〈오르가즈 백작의 매장〉〈그림30〉

12 매너리즘 - 엘 그레코

〈톨레도 풍경〉〈그림31〉

13
바로크 시대
- 카라바조

미숙은 오늘도 잠을 잘 잤다고 느꼈다. 정신과에서 잠을 통 잘 수 없다고 하소연을 했더니 그때부터 작고 노란 알약을 추가했는데, 신경안정제 계열이라면서 안심하라고만 했다. 항우울증과 신경안정제, 수면제까지 미숙이 먹는 약은 조금씩 강도도 세지면서 양도 늘어갔지만 어쩔 수가 없는 노릇이었다. 약을 먹지 않으면 잠도 잘 수 없을뿐더러 하루 종일 불안한 데다 매사에 짜증이 났는데, 그런 자신의 모습이 싫고 못나 보여서 사람 만나기도 귀찮고 입맛도 없었다. 규칙적인 악순환이라고 할까. 차라리 약을 좀 더 먹더라도 잠을 푹 자고 운동도 하면서 리듬을 지키는 생활을 하는 편이 낫겠다는 생각이 들었다. 과연 그대로 행한 지 얼마 되지 않아 근래에는 꿈도 꾸지 않는 데다 중간에 소변을 보기 위해 깨지도 않고, 잠에 푹 빠진 날이 더 많아서 몸까지 개운해지는 것 같았다. 게다가 배드민턴 운동 시간도 새벽으로 변경하고 사람들을 만나기로 생각을 바꾼 후부터는 매사가 다소 긍정적으로 느껴지기 시작했다. 그리고 더욱 중요한 계기는 준기와의 정기적인 만남과 그림 공부였다. 그러나 미숙은 아직도 자신에게 정확히 알 수 없는 어떤 일들이 일어나고 있는 것을 부정할 수 없었다. 특히 저녁시간, 집안에 혼자 있을 때면 누군가가 기다려지는 것도 같았는데, 그 기다려지는 사람이 남편인 것을 깨닫고 전화라도 하려고 하면 도무지 남편의 전화번호를 찾을 수가 없는 것이었다. 설상가상으로 남편의 이름도 생각나지 않았고 생김새도 기억나지가 않았다. 의지할 곳은 아들밖에는 없었지만 군대에 있는 태준에게 왜 아빠 얼굴이 기억나지 않느냐고 물어볼 수도 없는 노릇이었다. 어렵게 통화가 되더라도 그놈에 자식은 아빠는 없다고 생각하라고 제발 잊으라고 소리를 치면서 매정하게 끊어버릴 것이 뻔했기 때문에 아들 앞에서 아버지 이야기를 꺼낸 지도 오래되었다. 미숙은 많은 아버지와 아들 사이가 그렇듯이, 태준도 커가면서 아버지와 대화가 부족해지고 같이 생활하는 시간이 적어지면서 다소 심한 투정을 부리는 것이라고 생각하고 있었다.

그런 아들 태준과 통화한 지 몇 달이 아니라, 몇 년은 된 것 같았다. 너무 오래 되어 아들이 지금 군대 생활을 어디에서 하고 있는지도 잘 생각나질 않았다.

'카톡카톡'

미숙: 머하냥.

준기: 난 아직 사무실… 슬슬 가야줘

미숙: 울 남푠 아직도 안 들어왔당.

준기: ㅋㅋ 하루 이틀이니, 기다리지 말고 그림공부나 하셩.

미숙: 이게 머냐. 꼭 우렁남편 같지 않냐. 나 잘 때만 나타나고.

준기: 그럼, 밥도 하고 청소도 해주겠네. 좋겠네. 미숙인.

미숙: 아 그랬나. 근데 그런 거 다 내가 하는데… 내가 우렁각신가 바.

준기: 밥은 먹었니?

미숙: 아니. 술 마시고 시퍼… 비도 오는데…

준기: 야. 무슨 소리야. 혼자 마시면 안 되지.

미숙: … 너랑 같이 마시면… 안 되겠쥐…~~

준기: … 야. 남편 기다린다는 아줌마가 뭔 말이여. 갑자기 술을 마시자고 하고…

미숙: … 미안… 그냥…

준기: …

미숙: …

준기: 어디로 가면 되냥…

미숙: 집.

준기: 헐…

미숙: 잠깐만 왔다 가…

미숙과 거실식탁에 마주 앉은 준기는 기분이 묘하고 마음은 불편했다. 그대로 두면 미숙이 혼자 술을 마실 수도 있을 것 같아서 오긴 왔지만, 집안에서 서로를 마주 보고 있으니 준기는 왠지 자신이 미숙의 가족, 더 자세히 말해 남편 같은 느낌이 들었던 것이다. 늦여름 안성 공방에서 미숙이 남편의 죽음을 모른다는 사실을 알고 난 후, 준기는 미숙에게 동정심과 애정 따위의 각별한 감정이 생겨버렸는데, 프락시모의 충고대로 미숙의 말을 잘 들어주고 인정한 결과 미숙의 정신과 몸의 상태가 호전되는 기미가 보여 다행스럽게 생각하고 있었다. 하지만 한편으론 친구도 애인도 아닌 관계에 대해 스스로 어색해하고 있었던 차에 미숙의 집안에 단둘만이 있는 상황이 되어버린 것이다. 이 시간 이후 이 집에 들어올 사람은 아무도 없다는 사실이 준기를 더욱 어색하게 만들었다. 그러나 미숙은 현관에서 신발을 벗는 준기를 보고 기분이 너무 좋았다. 자꾸만 입가에 웃음이 나오는 것을 준기에게 들킬까 봐 억지로 참을 정도로 기뻤던 것이다. 정말 오랜만이었다. 미숙 이외의 사람이 집 안에 있다는 사실 자체만으로도, 인간의 기분을 좋게 한다는 엔돌핀 호르몬이 마구 솟아나는 것 같았다. 자신도 어디서 그런 용기가 나서 준기를 집으로 오라고 했는지 모를 일이었다. 만약에 싫다고 했으면 그런 망신이 없었을 텐데 승낙해준 준기가 고마울 따름이었다.

"와. 미숙아. 그사이 음식을 다 만들었네."

준기는 어색함을 피하려 일부러 큰 소리로 말하면서 식탁 의자에 앉았다.

"호호. 이거 배달시킨 거야. 그냥 그릇에 옮겨 담았을 뿐인 걸?"

미숙은 마치 오랜 출장에서 돌아온 남편을 맞이하는 눈빛으로 준기를 바라보면서 말했다. 미숙 자신도 확실히 준기와 남편을 혼동하고 있는 것 같았다. 왜 이제 왔냐고 한바탕 울기라도 하고 싶은데, 자세히 보면 친구 준기였다. 준기는 어찌 보면 자신의 남편과 비슷한 구석이 있기도 했지만, 체형이나 말투,

느낌은 많이 달랐다. 왜 이런 생각을 하는지 모를 일이었지만, 아무튼 술과 친구가 있으니 기분은 좋았다. 이런 날은 약을 먹지 않아도 잠을 잘 수 있을 것 같았다. 다음날이 문제이긴 해도 마시기 전부터 나중을 생각하는 일은 이제 그만 하고 싶었다. 만나는 순간 헤어지는 것을 염두 하는 것처럼 김새는 일도 없지 않은가.

"자. 건배하자. 딱 내가 사 온 포도주 이것만 마시는 거다."

준기가 우려의 눈빛을 보내면서 잔을 드는 순간 어떤 소리가 들렸다

'띠리라라링… 띠리라라…'

"이게 무슨 소리냐. 종소리야 뭐야?"

준기는 본능적으로 소리 나는 쪽을 돌아보면서 말했다.

"응. 저거 시계 오르골 소리야. 남편이 유럽에 갔을 때 골동품 벼룩시장에서 산 건데, 음악이 너무 좋아."

준기는 소리가 곱기도 했고 탁상시계의 모습도 고급스럽게 보였기 때문에 가까이에서 보고 싶었다. 그래서 자리에서 일어나 시계를 집어 들고 다시 식탁에 앉았다. 언뜻 보아도 오래된 듯 보였고 무게도 만만치가 않았는데, 전체적으로 직사각형의 모양을 기본으로 외곽 구석에 네 개의 기둥이 있고, 그 안에 또 다른 직사각형 모양을 한 진짜 시계가 있었다. 기둥의 문양은 그리스 신전의 돌기둥처럼 되어 있으면서 그 주위를 줄기가 감싸고 올라가다가 결국 위쪽은 섬세하게 조각되어진 꽃들로 마감되는 형상이었다. 제일 주목을 끄는 것은 안쪽 시계 판에 그려진 그림이었다. 실제 나무판에 채색한 듯 보였으나, 유리판 때문에 정확히 구별할 수는 없었다. 그림은 웅덩이에 비쳐진 자신의 모습을 바라보는 미소년이었고, 맨 아래에는 카라바조 〈나르키소스〉라고 적혀 있었다.

"와. 미숙아. 너 이 그림의 작가가 누군지 알고 있어?

준기는 복권이라도 당첨된 것처럼 상기된 목소리로 미숙 쪽으로 시계를 돌리면서 말했다.

"맞아. 거기도 그림이 있었지. 우리 집 곳곳에 그림들이 많잖아. 그런데 카라바조가 누구더라. 너는 알고 있니?"

"너 정말 모르는 거야? 바로크의 시작은 이 사람으로부터 시작된다고 해도 과언이 아닐 정도로 유명한 화가잖아."

"아. 그렇구나. 바로크시대!"

미숙은 그림 이야기가 나오자 술잔을 잠시 내려놓고 그림을 자세하게 쳐다보기 시작했고, 준기는 요즘 관심을 가지고 공부하는 부분이 바로크와 로코코시대였기에 카라바조의 그림이 너무나 반가웠다. 어색한 분위기도 바꿀 심산으로 준기는 계속 바로크시대에 관한 말을 이어갔다.

"바로크라는 말의 뜻은 뭔지 알아?"

"일그러진 진주라는 뜻 아냐?"

"잘 아는구나. 그 용어는 종종 허세를 부리거나 과장되어 있다는 의미로 쓰이기도 하지만, 미술의 영역이 비로소 일반생활까지 확장된 중요한 시기라고 하더라."

"맞아. 플랜더스의 개에서 나오는 네로가 마지막으로 본 작품도 루벤스 그림이잖아. 그렇지. 준기야?"

"응. 그런 것 같아. 바로크는 1600년경에 로마에서 시작되었다고 하네. 그때 로마에서는 미술 아카데미 즉, 전문적인 미술 교육기관이 생겨서 많은 화가 지망생들이 로마로 그림 유학을 많이 갔었대."

"왜. 로마에 그런 기관이 생겼을까. 피렌체도 있고, 베네치아도 있었을 텐데"

"그러게. 왜 그랬을까. 그건 나도 모르겠는걸. 프라시모한테 물어볼까?"

두 사람은 마치 바로크 미술 전문가들처럼 대화를 나누기 시작했다. 미숙의 의문을 풀기 위해 준기는 스마트폰을 꺼내 프락시모와 연결을 시도하면서 궁금한 점을 재빠르게 문자로 발송하자마자 순식간에 프락시모가 반응해왔다.

"안녕들 하십니까. 일단 질문에 답부터 해드리겠습니다. 당시 로마 교황청은 종교개혁 이후 자신들의 승리를 자축하고 자랑하기 위해 엄청나게 사치스럽고 화려한 작품들을 통해서 신도들을 끌어 모으기 시작하고 예술 활동을 적극적으로 지원하게 됩니다. 그런 예술풍이 주변의 나라로 퍼져나가면서 영국이나 네덜란드 같은 신교국의 나라에서는 정물화, 풍속화 등으로 나타났고, 루이 14세 같은 절대군주가 있었던 프랑스에서는 식민지에서 착취한 재화로 베르사유 궁전 같은 화려한 건축물과 장식품 등 비종교적인 주제로 표현되기도 했습니다. 합리적이고 정적인 르네상스 미술에 비해서 좀 더 감성적이고 역동적이라고 할 수 있습니다."

"아 그렇군. 그럼 대표적인 화가들 좀 소개해줄래."

미숙은 와인 잔에 입도 대지 않은 채 그림공부에 빠져들고 있었다.

"대표적인 화가로 카라바조, 루벤스, 벨라스케스, 렘브란트, 푸생 등이 있고…"

"잠깐, 카라바조는 내가 좋아하는 화가라서 내가 얘기해볼게. 나중에 궁금한 것이 있으면 또 로그인할게. 고마워. 프락시모."

"네. 언제든지요. 그럼. 이만. 좋은 시간 되십시오."

"카라바조라는 이름은 좀 생소한데, 준기 너는 왜 이 사람을 좋아해?"

"사람을 좋아하는데 꼭 뚜렷한 이유가 있어야 하나. 왠지, 그냥 이라는 말처럼 표현되지 않는 어떤 것이 있을 수도 있지. 이 사람의 삶이 기구해서 끌리는 면도 있는 것 같아."

"어떤… 삶?"

"이 사람의 본명은 미켈란젤로 메리시 다 카라바조(Michelangelo Merisi da Caravaggio, 1571~1610)고, 카라바조는 고향 이름이야. 르네상스 시대에 위대한 미켈란젤로가 있어서 혼동될까 봐 이렇게 부른다고 하네. 이 사람은 그림 실력이 정말 뛰어나서 후원자가 많았음에도 불구하고 평생 가정도 가져보지 못하고, 폭력과 술주정, 심지어 살인까지 하는 방탕한 생활로 끝내 37살에 요절하고 말아."

"아. 제명에 못 죽은 거…"

말을 마치는 순간 미숙의 머릿속에서 낯선 남자의 얼굴이 떠올랐다가 사라지는 현상이 반복되었는데, 사실 아주 낯선 느낌은 아닌 것 같았다. 어디서 많이 본 듯한 얼굴인데 기억이 나질 않아 미숙은 자기도 모르게 머리를 흔들었다.

"미숙아. 왜 그래? 내 말이 틀렸냐?"

"아무것도 아니야. 젊은 나이에 죽었다니까 불쌍하다는 생각이 들었나 봐."

"그래. 악마적 천재라고 할까. 시대의 반항아인 셈이지."

준기의 말투는 예술가들의 이런 기질을 이해할 수 있다는 뉘앙스를 풍기고 있었고, 미숙은 카라바조의 죽음을 애도하는 것처럼 포도주를 단숨에 들이켜고 탄식하듯 말했다.

"에휴. 인간아. 어떻게든 살아보지. 죽긴 왜 죽냐!"

"하하. 그러게 말이야. 그 시대가 이 사람의 생각을 받아들이기엔 너무 작았던 걸까. 이 화가는 싫어하는 사람도 많았지만 좋아하는 후원자도 많았던 사람이었는데 너무 일찍 죽었어."

"준기야. 나 너무 슬퍼. 왜 이렇게 눈물이 나오려고 하지. 내가?"

"감성이 풍부해서 그렇지 뭐. 카라바조의 가장 뛰어난 점은 연극무대처럼 극적인 빛의 사용과 사실적인 구도, 묘사 등 여러 가지가 있지만 무엇보다도 서민들의 일상 속에서 성서의 모습들을 자연스럽게 재현하고 있다는 점이야. 거룩하고 숭고한 세계를 세속적이고 현실감 있게 표현 했거든."

미숙은 준기의 이야기를 듣고 있으면서도 자꾸 젊은 나이에 요절한 카라바조가 머릿속에 그려지면서 자신의 가슴 속에 알 수 없는 어떤 울분이 감지되는 느낌을 받았다. 그전에는 전혀 몰랐던 감정이었는데, 준기의 방문 때문에 분위기가 바뀐 이유도 있는 듯했다. 준기는 미숙이 좀 전에 눈물 이야기를 하자 깜짝 놀랐지만 내색은 하지 않았다. 민감한 반응이 오히려 역효과가 날 수 있어 무심하게 설명을 계속 이어갔다.

"여기 〈마태의 소명〉이라는 작품을 보면, 고리 대금업자였던 마태가 예수의 부름을 받고 제자가 되는 순간을 묘사한 것인데, 그런 거룩한 순간을 서민들의 일상생활 속에서 표현하고 있어. 창문을 통해 들어온 빛이 주님의 말씀처럼 마태의 일행을 비추면서 극적인 생동감이 더해지는 것이 꼭 연극무대 조명 같지 않니? 마치 실제로 일어난 일을 그대로 재현한 듯하잖아."

스마트폰의 이미지를 들이대며 말하는 준기 때문에 눈은 그쪽을 향하면서도 미숙은 시계를 만지작거리며 다른 생각하고 있었다.

「끝내 물에 비친 자신의 모습에 빠져 자살해버린 나르키소스. 카라바조는 나르키소스에서 자신의 모습을 발견한 것일까.」

"여기 〈성모의 죽음〉을 보면, 현실감과 자연스러운 느낌은 더욱 확실해. 그전에 그 누구도 성모마리아를 감히 이렇게 표현한 사람은 없어. 예수의 어머니를 평범한 옆집 아줌마처럼 그렸거든. 기록에는 실제로 물에 빠져서 죽은 사람을 모델로 했다고 해. 맨발이 퉁퉁 부은 모습을 하고 있잖아. 그래서 주문자가 매입을 거부했었는데, 루벤스의 충고로 결국 그림을 샀대."

미숙은 준기를 향해 웃고 있었지만 계속 카라바조의 죽음에 집착하고 있었다. 남겨진 그림보다는 세상을 향해 할 수 있는 것이 죽음밖에 없었던 한 젊은 남자의 생애가 애처로웠던 것이다. 왠지 남의 일같이 느껴지지 않아 미숙은 빈 잔에 포도주를 새로 따르고 또다시 단숨에 마셔버렸다.

"〈의심하는 도마〉에서도 의심 많은 도마가 예수의 부활을 확인하기 위해 갈

비뼈에 손을 집어넣는 장면이야. 일상의 순간을 드라마틱하게 표현하고 있지. 구도, 색상, 빛과 어둠을 강렬하게 대비시키는 표현방식까지 시각적 주목을 일으키기는 모든 요소를 갖추고 있어. 렘브란트의 빛의 기법, 루벤스의 역동적 사실성 등등 이 때문에 많은 화가들이 카라바조의 영향을 많이 받았지."

"카라바조는 그 시대에서도 완전히 버림받은 것 같지 않은데 왜 그렇게 죽었을까. 준기야"

"글쎄. 그는 미술에서 관습을 경멸했고, 전통을 무시했어. 평소에도 그리스 여신을 그리느니 차라리 버림받은 거리의 집시를 그리겠다고 했거든. 그는 더러운 거리와 비참한 삶에서 그림들의 소재를 찾고 예술의 근원을 생각했던 것 같아. 이러한 그의 생각이나 태도 때문에 사람들과 끊임없이 다툼이 일어났지. 이 사람도 세상과 타협하기 싫었던 것이 아닐까?"

설명을 마친 준기는 죽음에 집착하는 미숙이 오히려 다행이라는 생각을 했다. 프락시모의 조언대로 미숙의 말과 생각을 믿어주고 들어주다 보면 어떤 계기가 생길 수도 있을 것이라고 생각했는데, 조금씩 그런 기회가 생기는 것 같은 느낌을 받았기 때문이었다. 준기는 의학적 지식은 없지만, 마음이든 몸이든 상처는 스스로의 힘으로 치유해야 한다는 믿음을 가지고 있었다. 약은 회복의 환경을 만들어 주는 수단에 불과할 뿐이었다. 약으로 무의식까지 치료할 수는 없었다.

〈나르키소스〉〈그림32〉

〈마태의 소명〉〈그림33〉

〈성모의 죽음〉〈그림34〉

〈의심하는 도마〉〈그림35〉

14
바로크 시대
- 루벤스, 벨라스케스

준기는 죽음에 집착하는 미숙이 오히려 다행스럽다는 자신의 생각이 어처구니가 없었지만, 논리의 모순 속에 어떤 진리가 함축되는 경우도 있는 것처럼 미숙이 남편의 죽음이라는 충격에서 빠져나와 자신의 삶을 찾아가기를 바랐다. 프락시모가 아무리 빅 데이터를 가지고 있는 슈퍼컴퓨터일지라도 한낱 기계에 불과하다는 것은 자명한 사실이었다. 그러나 그 컴퓨터가 자신의 세계를 깨고 거듭나려 했던 계기가 되었던 것은, 놀랍게도 기계라는 자신을 인정함으로써 가능했던 일이었다. 미숙 또한 남편의 죽음을 받아들여야만 바깥세상으로 나아갈 수 있다는 것을 깨달아야 하는데, 그것은 말처럼 쉬운 일이 아니었다. 의식에 가려진 저 밑바닥에는 무의식이라는 또 다른 자아가 존재하고 있었고, 그것이 문제의 원인이자 열쇠였으므로 매우 복잡하고 난해한 문제가 아닐 수 없었다.

"이상하게 그림 이야기를 하면서도 우울하네. 다른 화가로 넘어가자."

미숙은 와인을 따라주는 준기에게 말했다.

"그럼 플랜더스의 개로 유명한 루벤스 얘기할까."

"그래. 루벤스는 어떤 사람이야. 그 사람도 일찍 죽었니?"

"하하. 아냐. 정반대야. 이 사람은 화려한 일생을 살았어. 플랑드르는 카톨릭이 우세했는데 플랑드르의 바로크는 루벤스의 독무대였다고 해도 과언이 아닐 정도였어. 심지어 외교관으로까지 활약했거든."

"그렇구나. 왠지 나까지 신나는데. 우울한 기분이 확 젖혀지는 기분이야."

"이 사람은 6개 국어를 할 줄 알았고, 2,000여 점이 넘는 작품을 남길 정도로 엄청난 에너지의 소유자였대. 카라바조처럼 자기세계에 갇혀서 비참하게 생을 마감한 사람하고는 완전히 성향이 다른 사람이지. 그러나 아이러니컬하게도 루벤스는 카라바조에 영향을 많이 받고 그를 좋아했었어."

"반대 성향인 사람들이 서로에게 매력을 느끼잖아."

당연하다는 듯이 미숙이 대답했다.
"그럴 수도 있겠지. 어떠한 주제라도 루벤스에게 주문이 들어가면 생동감 있고 낙천적으로 표현이 되었기 때문에 주문자와 문제가 생길 수가 없었던 거지. 입맛에 딱 맞춰주니까 말이야. 르네상스 시대의 라파엘로처럼."
"네로는 루벤스의 어떤 그림을 그렇게 보고 싶어 했을까?"
준기는 정말로 궁금한 것처럼 말하는 미숙의 눈동자가 소녀 같아서 꽤 오랜 시간을 쳐다보았다. 긴 머리를 뒤로 감아올리고 와인을 마시는 입술이며 목덜미가 관능미를 물씬 풍기는 신화 속의 여신을 닮았다는 생각이 들었다. 아마도 흰 피부 때문에 더욱 그런 것 같았다.
"뭘 그렇게 뚫어지게 보니?"
아무 생각 없이 물어보는 미숙의 질문에 준기는 웃기만 하고 루벤스의 그림 이야기를 이어나갔다.
"아마도 내 생각에는 〈십자가를 세움〉이나 〈십자가를 내림〉이 아니었을까. 두 작품 모두 예수가 십자가에 못 박혀서 세워지고 내려지는 극적인 상황을 묘사하고 있어. 고통 속에서 신과 영적인 교류를 하는 듯한 예수의 동작이나 사람들의 표정을 보면 착각에 빠져들 정도로 묘사와 구성이 뛰어나지."
"아. 이런 대작을 실제로 보면 전율이 흐르겠지? 네로가 죽기 전에 이 그림을 왜 보고 싶어 했는지 이해가 될 것 같아?"
핸드폰의 이미지를 유심히 살펴보는 미숙이 혼잣말처럼 말했다.
"이 작품들은 어디 있다니?"
"벨기에의 대모 대성당이란 교회에 있다는데."
미숙은 살아 움직이는 것 같은 근육질의 예수가 의외였을 뿐더러 움직이는 그 순간을 마치 스냅 사진처럼 잡아낸 작가의 표현력에 감탄하고 있었다. 게다가 예수에게 육감적인 면을 느끼게 하는 능력은 루벤스이기에 가능한 일 같았다. 그의 모든 작품은 죽음조차도 활력을 느끼게 할 만큼 정열적이었던 것이다.

"미숙아. 여기 〈파리스의 심판〉 좀 볼래. 엄청 육감적이고 정열적이지 않니? 바로크 시대부터 이런 역동적인 포즈가 유행하기 시작하고 루벤스는 그 중심에 있었어, 그가 평소에 자주 했던 말이 뭔지 아니?"

"아니?"

"오래 사는 것 보다, 즐겁게 사는 것이 중요하다. 어때? 당연한 말 같은데 루벤스가 해서 그런지 뭔가 심오한 철학이 있는 것 같지 않아?"

"즐겁게?"

"그래. 즐겁게. 자! 건배"

밑이 둥근 와인 잔이 위로 향하며 검붉은 액체가 미숙의 빨간 입술사이로 빨려 들어가듯 흘렀다. 하얀색인 데다 몸에 딱 맞는 티셔츠 때문에 어깨의 브라 끈은 도드라져 보였고 준기는 어쩔 수 없이 오늘따라 풍만해 보이는 미숙의 가슴을 외면할 수 없었다. 원래 그 크기였는지 아니면 배란 주기에 따라 가슴이 커지는 현상 때문인지는 모르겠지만, 준기는 루벤스의 작품에 나오는 주인공들처럼 미숙의 몸에서 어느새 여자를 느끼고 있었다. 술에 따라 안주와 대화만 차이가 있는 것이 아니라 상대에 대한 인식도 확실히 다르다는 친구의 말이 떠올랐다. 미숙의 복장은 표면적으로 특별할 것이 아무것도 없을 정도로 평범했지만, 나름대로 자연스러우면서도 여성스러운 면을 보이기 위해 신경 쓴 흔적이 역력했다. 집안에서 친구를 초대하고 옷을 갖춰 입는다는 것도 우습고, 몸매에 어느 정도 자신은 있었지만 그렇다고 속살이 보일 만큼 드러내는 것도 천박해 보여서, 적당한 선에서 스스로 타협을 보았던 것이다. 미숙은 가끔 거울을 보면서 더 늙기 전에 자신의 누드 사진이라도 한 장 찍고 싶은 생각을 하기도 했는데, 늘 그렇듯이 그것은 생각에 불과했다. 게다가 미숙은 요즘 어떤 남자를 받아들이는 이미지가 잔상처럼 머릿속에 남아있는 경우가 잦았다. 이런 것이 갱년기라는 것일까. 아니면 몸을 통해서라도 위로받고 싶은 심정이 솔직한 내 마음일까. 술기운 탓인지 미숙의 머릿속에는 루벤스의 그림을 보면서 죽어가는 네로의 모습과 자신을 와락 안으며 달콤한 키스를 퍼붓는 준기의 얼굴이 동시에 겹쳐지고 있었다.

「손이라도 먼저 잡아주면 키스는 내가 먼저 할 수도 있는데. 바보.」

미숙은 술잔을 내려놓으며 자신을 보고 있는 준기의 눈과 마주쳤다. 갑자기 깊은 고요가 흐르는 순간, 가을비가 창을 때리며 "투둑, 투다닥" 하는 소리들을 무수히 만들어냈다. 그것은 비로소 긴 여정의 끝을 알리는 비들의 함성 같기도 하고, 비가 창에 부딪히는 각도와 빗방울의 크기에 따라, 소리의 강약이 생기고 리듬이 만들어지는 자연의 멜로디처럼 들리기도 했다. 또다시 정시가 되었는지 카라바조의 시계에서는 오르골 소리가 흘러나왔다. 빗소리와 시계 알람, 술을 따르는 소리가 섞여 주위가 갑작스럽게 어수선해졌는데도 침묵의 밀도는 더욱 깊어만 갔다. 시끄러운 표면 밑에서 의식과 무의식은 또다시 팽팽하게 대립했다. 미숙의 감정은 키스하고 싶다 말했지만, 이성은 말도 되지 않는 소리라고 일축해 버렸다. 마지막 결정은 가슴과 머리가 만나는 목에서 나는 소리에 달려 있었다.

"다음 작가는 또 누가 있니?"

늘 그랬던 것처럼 승리는 머리에 돌아갔다. 평생 그렇게 살았기 때문에 새삼스러운 일도 아니었다. 미숙은 오히려 예상된 결과를 입 밖으로 확인하니 아쉬운 마음도 있었지만 편안한 기분도 들었다.

"응? 아! 그 다음으로는 진짜 중요하고 멋있는 디에고 벨라스케스라는 작가가 있어."

예상을 하지 않은 것은 아니지만, 미숙의 입에서 화가 이야기가 나오자 준기는 조금 실망했으면서도 전혀 그런 내색을 하지 않았다. 솔직히 준기는 이제 그림보다 다른 이야기를 하고 싶기도 했다. 그러나 딱히 생각나는 주제가 없었다. 게다가 겉으로는 술을 그만 마시라고 하고 싶었지만 술을 좀 더 마시고, 술기운에서라도 용기를 내어 미숙을 안아보고 싶다는 충동이 시간이 지날수록 점점 커져만 갔다. 두 병의 와인이 바닥을 드러내고 있었고, 준기는 사 온 술만 먹자고 먼저 다짐을 했던 자신의 말을 후회하고 있었다.

"이 사람의 〈시녀들〉이란 작품은 1985년 예술가와 비평가들 사이에서 세계에서 가장 위대한 작품으로 선정되었을 정도야. 피카소도 이 그림을 44번이나 모방하면서 작가에 대한 경의를 표현할 정도로 대단한 작가지."

"그래? 그렇게 유명하고 위대한 작품이란 말이지?"

"〈시녀〉들이란 작품은 세밀한 구도와 실제 공간에 있는 듯한 빛과 그림자의 완벽한 표현 등 훌륭한 요소들이 많이 있지만, 가장 중요한 것은 화면 속의 이중성이야."

"그게 무슨 뜻이야?"

"이 작품은 다섯 살짜리 마가리타 공주가 두 명의 시녀들과 난쟁이들의 시중을 받고 있는 모습을 중심으로 여러 다른 인물을 그린 일종의 초상화야"

"그러게. 여기 사진을 보니까 그렇게 보여. 그런데 옆의 광대가 더 엄숙해 보이고 공주가 우스꽝스러워 보이는 면도 있는 것 같아."

"하하. 그래. 다른 느낌은 없어?"

"흠. 그림 가운데 뒤쪽을 묘사한 부분에 거울이 있는데 사람들이 있네."

"그래. 사실상의 주제가 되는 왕과 왕비의 모습이야. 그림 속에는 없지만 왼편 화가와 캔버스 앞, 그러니까 공주 앞에서 왕과 왕비가 포즈를 취하고 있는 거지."

"뭔가 심오한 구성이 있는 것 같아."

"그래. 오히려 화실을 방문한 방문객을 주인공처럼 그렸고, 모든 인물의 비중을 같게 묘사하고 있어. 게다가 거울 속의 왕과 왕비, 벽에 걸린 초상화까지 완벽하게 사실적으로 표현하고 있지."

"그래. 그림 속에 벨라스케스 자신의 모습까지 그려 넣고. 대담하면서 유머러스하기도 하네."

"현대미술 이전에 역사상 어느 누구도 이 작품처럼, 화면의 함축적 의미에 대해 생각하게 하는 이미지는 없었지. 게다가 그는 황제든 광대든 모든 대상에 존엄성을 부여하면서 사실적으로 묘사하는 데 중점을 두었어."

"이 사람 대단하네. 10대에 독립된 화가로 대접을 받았고, 24세에 스페인 왕실의 수석 화가가 되었다는데. 〈교황 이노켄티우스 10세〉도 벨라스케스 작품인가 봐. 어쩜 교황의 표정이 인자하지도 않고 오히려 신경질적인데."

스마트폰에서 이미지를 찾던 미숙이 호들갑을 떨며 말했다.

"기존의 위엄 있는 교황의 초상하고 다르지? 그래도 교황은 자신의 초상화를 좋아했대. 딱딱하고 관습적인 궁전 초상화를 거부하고 인간적이고 사실적인 그림을 그렸기 때문이지. 번잡한 장신구를 사용하지 않고 자연스러운 포즈를 취하게 하면서 말이지. 이 당시에는 획기적이고 대단한 발상이고 표현이었지."

"준기야. 벨라스케스의 작품을 가까이에서 보면 어떤 그림인지 모를 정도로 난해한데 조금만 멀리 떨어져서 보면 완벽하게 형태가 드러날 정도로 기교와 테크닉이 뛰어났다더라. 정말 대단하네."

"붓 터치와 색감의 완벽한 이해에서 나오는 거지. 그뿐만 아니라 렘브란트며 루벤스 같은 사람도 마찬가지였어. 대가라고 하는 사람들은 보통의 화가들하고 다른 면이 많지. 아까 얘기했잖아. 스페인의 3대 화가 중에 한사람이라고 말이야. 그런 이유 때문에 작품을 실제로 봐야 하는 거라고 전문가들이 말하더라고."

와인이 바닥나자 미숙은 상대방의 의사는 묻지도 않고 다른 와인을 가져왔고, 준기는 그것을 말없이 받은 다음 콜크 마개를 순식간에 열어버렸다.

"술이 또 있었네."

"나도 방금 생각 난 거야. 와인 안 마신 지 몇 년 됐거든. 잊고 있다가 술을 마시니까 생각나네. 호호"

알다가도 모를 일이었다. 아무리 열 길 물속은 알아도 한 길 사람 속은 모른다고 해도, 저렇게 평범하고 멀쩡해 보이는 사람에게 그토록 아픈 기억이 있다는 것이, 아니 기억이 없다는 표현이 더 정확한 말이지만, 아무튼 기억을 되살리는 것이 최선의 방법인지도 지금 상태론 헷갈리는 일이었다. 아무도 정답을 알 수 없었고, 누구도 할 수 있는 일이 없었다.

"야. 딱 한 병 만이다."

준기가 와인을 잔에 따르며 말했고, 미숙이 농담으로 받았다.

"왜. 김병만이 아니고, 한 병 만이냐. 호호. 건배"

조금 전보다 잔을 채우는 술의 양도 많아졌고, 속도도 빨라졌다. 미숙은 준기가 같이 있어서 마음이 놓였다. 사실 가끔 벽에 걸어놓은 액자 속의 대상들이 살아 움직이면서 말을 걸어 올 때, 솔직히 무섭기보다는 오히려 반가울 때가 많았다. 그러나 정말로 두려운 것은 환영을 반기는 자신이었다. 마치 최면에 걸리거나 가위에 눌린 것처럼 의식의 상당부분은 깨어있었기 때문에 환각에 빠질 때에도 자신을 객관적으로 들여다볼 수 있었다. 물론 그런 판단도 미숙의 주관적 생각이었기 때문에 옳다고 장담할 수 없었지만, 중요한 것은 불확실한 것에 대한 시달림이었다. 실체도 없는 것들을 의식해야 하는 자신에 대해, 원인을 찾아야 한다고 마음먹는 그 순간부터, 머릿속은 막막하기도 하고, 텅 빈 것 같기도 하면서 도무지 아무 생각도 어떤 단서도 기억할 수가 없었다. 마치 열리지 않는 거대한 철문 앞에 서 있는 기분이었다. 하지만 준기와 같이 있는 동안은 왠지 마음이 편안해져서 막연한 것들을 의식하고 불안해하지 않아도 되었다. 신기한 일이었기 때문에 혹시 이런 것이 사랑일까라는 생각을 할 수밖에 없었다.
"어머. 뭔가 허전하다했더니. 음악이 빠졌네."
미숙은 조금 전 이미지를 찾았던 핸드폰을 스피커에 꽂았다.
"짠짜잔… 짠짜자…"
애절한 듯 담담한 듯, 닿을 듯 말 듯 한 바이올린 소리가 흘러나왔다. 비올라일 수도 있었지만 확실치는 않았다.
"너무 좋다. 많이 들었던 음악 같은데, 뭐니?"
준기의 질문에 미숙은 말없이 와인 잔을 들어 건배를 하자는 시늉을 했다.
"자. 건배. 음악 다 끝나면 얘기해줄게."
미숙의 붉은 입술이 투명하고 둥근 와인 잔의 입구를 감싸면서 잔속에 술은 순식간에 사라졌다. 미숙은 잔을 입에 대는 순간부터 감은 눈을 술을 다 마신 뒤에도 뜨지 않고 선율에 맞춰 고개를 살살 흔들며 음악에 심취했다. 현의 소리가 너무도 감미로워 준기도 따라서 눈을 감는 순간 불현듯 영화가 생각났다. 프랑스의 바이올리니스트 로랑 코르사가 연주했던 화양연화의 테마곡이라는 사실이 갑자기 떠올랐다. 신기한 일이었다. 술과 음악이 선사한 용기를 선뜻 받아들인 준기는 더 이상 주저하지 않고 눈을 감고 있는 미숙의 옆자리로 가서 미숙의 입술에 살며시 자신의 입술을 맞췄다. 미숙은 흔들던 고개만 멈출 뿐이었다. 감은 눈을 뜨지 않았지만 갑자기 흐르는 눈물만큼은 어찌할 수 없었다. 포개진 두 사람의 입술 사이로 눈물이 타고 흐르면서 미숙의 하얀 티셔츠를 조금씩 적셨는데. 눈물이 와인과 섞여 미숙의 가슴에 붉은 흔적을 만들었다. 어느새 음악은 냇 킹콜(Nat king cole)의 Te Quiero, Dijiste로 바뀌고, 스페인어로 부르는 그의 감미로운 목소리가 미숙의 집안 곳곳에 안개처럼 퍼져나갔다.

〈십자가를 세움〉〈그림36〉

〈파리스의 심판〉〈그림37〉

〈시녀들〉〈그림38〉

〈교황 이노켄티우스 10세〉〈그림39〉

15
바로크 시대
- 렘브란트

'따라라… 따라라'

"여보세요."

"교수님. 안녕하세요. 신준식입니다."

"준식?… 아! 오랜만이네. 잘 지냈냐!"

"네. 전 그럭저럭 대충 지냅니다. 교수님도 잘 지내시죠?"

"나도 대충 지내지 뭐. 별거 있겠냐. 지방대 교수가 다 그렇지. 하하"

"에이. 무슨 말씀을 그렇게 하십니까. 교수니임!"

"하하. 농담이야. 이렇게 오랜만에 무슨 일이냐? 몇 년은 된 것 같은데?"

"저 부산 왔어요. 술 한 잔 사 주세요."

"오, 그래? 당연하지. 그럼 해운대로 건너와."

"그렇지 않아도, 해운댑니다. 교수님 시간 괜찮으신 거죠. 그럼 촬영 끝나고 오후에 다시 전화 드리겠습니다. 이따 뵙겠습니다."

"오케이. 나중에 또 연락하자."

전화를 끊고 상엽은 십몇 년 전 시간강사 시절, 자신의 모교에서 사진 수업을 할 때를 생각하면서 팔베개를 하고 의자를 뒤로 벌렁 젖혔다. 미대생이 아닌데도 맨 앞에서 수업을 듣던 학생이 신준식이었다. 결국 그것이 인연이 되어 전자공학과 출신이 스튜디오까지 차리고 본격적인 사진가의 길을 가게 되었던 것이다. 준식이 짧은 조수 생활을 접은 후 스튜디오를 오픈하고 난 후 몇 년 만의 만남이었다. 상엽은 오후 수업이 끝나자마자 문자를 보냈고 바로 답신이 왔다.

〔6시 해운대 좌동재래시장 막퍼주는 횟집. 택시 타고 시장 입구에서 내리면 보임. 오케이?〕

〔넵. 알겠습니다.〕

온통 바다 냄새로 물든 것 같은 시장은 여전히 활기찼고, 그 안의 식당들은 더욱 사람들이 붐볐다. 낭만과 치열한 삶이 그 안에 고스란히 배어 있었다.

"준식아. 여기야"

"아. 교수님. 조금 늦었네요. 죄송합니다."

"아니야. 앉아라. 회는 내가 알아서 주문해놨어. 금방 나올 거야."

"네. 아휴 목말라. 우선 시원하게 맥주부터 한잔하시죠. 교수님."

씩씩하고 넉살 좋은 준식은 다시 벌떡 일어나더니 음료수 냉장고에서 직접 술을 꺼냈다.

"아지매. 여기 맥주 꺼내 갑니데이."

"하하. 성질도 급하기는. 누가 경상도 아니랄까 봐."

"맥주가 정말 시원합니다. 교수님. 한잔 받으시죠."

"그래. 건배!"

곧이어 회가 나오고, 습관처럼 맥주에 소주를 조금 섞고, 급하게 술잔이 오고 갔다. 아무리 친한 사이라도 두 사람의 술자리는 처음에 다소 어색한 경향이 있기 마련이었다.

곧 알딸딸하게 취기가 오르면서 두 사람은 대화도 부드러워지고 마음도 편안해졌다. 술의 긍정적인 힘이 작용하는 순간이었다.

"요즘 스튜디오는 어떠니?"

"어휴. 경쟁이 심해서 일감도 많이 떨어졌어요. 그나마 매달 나왔던 그룹사보도 이제 계절마다 나오는 계간으로 바뀌고, 홈쇼핑 카다록 제작도 단가가 너무 안 맞아서 재미도 없고요."

"그래. 요즘 뭐든 힘들다고 하더라."

"그래서 2년 전쯤부터 예전에 교수님이 말씀하신 스탁 사진을 찍고 있어요."

"아. 그렇구나. 결국 시작했구나. 클라이언트의 주문을 받아서 촬영하는 사진은 여러 가지로 골치 아픈 부분이 많잖아. 스탁 분야가 잘 알려지지도 않았지만 꾸준한 수요가 있기 때문에 전망이 좋을 거야. 물론 당장 돈이 되기는 힘들지만 말이야"

"네. 이제 저도 감을 잡겠어요. 옛날 교수님의 강의가 생각나요. '스탁 사진은 일종의 사진 도서관인데 디자이너나 홍보실, 출판사 등 사진 원고가 필요한 사람들이 각종 사진을 보유하고 있는 포토 에이전시에 가서 돈을 지불하고 사진을 빌리는 것이다.' 저는 처음에 무슨 말씀을 하시나 했어요."

"오래된 얘긴데 잘도 기억하네. 그사이 세상도 많이 변했잖아. 그 당시는 필름을 빌려주었으니까 사진이 필요한 사람이 직접 회사에 가야 했지만 지금은 온라인으로 이미지 데이터를 다운받기 때문에 그럴 필요도 없고. 게다가 얼마 전부터 시행된 저작권법으로 스탁 사진시장은 더욱 활발해지겠지."

"네. 모두 교수님 말처럼 되고 있어요. 좀 더 일찍 시작할 걸 그랬어요."

"무슨 시작이 반이라는 말도 있잖아. 하지만 너도 알다시피 이 분야도 만만치 않다. 비록 간단한 장비가지고 아무나 시작할 수 있고 누구나 멋진 사진 몇 장을 찍을 수는 있지만, 시장과 회사에 꾸준히 필요한 사진을 공급한다는 것이 보통 어려운 일이 아니거든"

"저도 뼈저리게 느끼고 있습니다. 그런데 제가 촬영한 사진이 국내뿐만 아니라 외국에까지 팔리는데다, 한 달에 한 번씩 통장에 돈이 들어오는 재미가 쏠쏠해요. 게다가 회사가 망하지 않는 이상 제가 죽을 때까지 그 사진이 팔리기만 하면 자동으로 수입이 생기는 거니까 보험 들어 놓는 거나 마찬가지잖아요."

"하하. 이제 사진이 팔리기 시작하는 모양이구나. 스탁 에이전시도 너처럼 열심히 촬영을 하는 작가가 늘 필요하니까 서로 좋은 거지."

"네. 복잡한 촬영 장비 없이 내 의지에 따라서 사진을 찍어놓았다가 에이전시에 보내고, 선택된 사진은 회사가 알아서 홍보하고 메인 화면에 올려놓으면 필요한 사람이 다운받고, 사용한 기간만큼 계산해서 사진 값을 보내면, 회사는 우리 같은 작가에게 받은 돈의 반을 보내고, 영업할 것도 로비할 것도 없고, 갑, 을 따지면서 피곤 할 일 없고, 참 좋은 것 같아요."

"아주 예찬론자가 됐구나. 그럼 이번 부산행도 스탁 사진 일 때문에 온 거니?"

"네. 이번에 제가 계획한 주제는 젊음, 순수, 희망 이런 거예요. 대학들도 홍보에 관련된 인쇄물들을 많이 만들잖아요. 그래서 대학캠퍼스에서 대학생들의 생활을 촬영해 보려고요."

"그래. 그럼 무작정 대학교에 가서 사진을 찍는 방법도 있지만, 학생 모델을 섭외해서 촬영하면 훨씬 편하지 않을까. 얘들도 재미있어 할 수도 있고, 우리 학교 영화영상학과 학생들 소개시켜줄까?"

"말씀을 듣고 보니까. 그런 방법이 좋겠네요. 지난번 영국 촬영 때도 생각지도 않은 변수들이 많아서 힘들었어요. 예술 콘셉트를 가지고 갔는데, 미술관 주변만 서성이다가 왔어요. 졸지에 풍경 사진만 잔뜩 찍었죠."

"그럼. 돈 안 되는 사진만 찍었을 확률이 높은데. 멋지고 아름다운 사진은 스탁 에이전시에 넘쳐나잖니. 기가 막힌 구름 사진이나 국립공원 정상에서 해가 떠오르는 사진은 아마 수 억장이 넘을걸. 그런 사진은 아름답긴 하지만 시장에서 가치는 거의 없지."

"네. 교수님 말씀처럼 자연을 찍은 사진들은 회사에서 대부분 제외됐어요. 기존 사진이 너무 많아서 변별력도 없고, 창의력도 없다면서. 하하"

"더구나. 콘셉트가 예술이었다면서. 그러면 더욱 어렵지. 느끼는 것만큼 표현할 수 있는 거니까. 특히 사진가는 빛이나, 연출, 앵글 등 기술적인 부분에 신경을 써야 하는 것은 당연한 일이고, 다른 분야의 예술가들이 말하고자 하는 메시지를 잘 이해할 수 있도록 공부도 많이 해야 해. 특히 미술에 관심을 가지고 말이야"

"네. 예전에 사진 강의를 하시면서도 미술 분야 말씀을 자주 하셨잖아요. 지금 이해가 돼요. 그때 왜 공부를 열심히 안 했는지. 참내"

"지금이라도 늦지 않았어. 꾸준히 관심을 가지고 공부 하듯이 살펴볼 필요가 있어. 사진을 더욱 잘 찍기 위해서도 그렇고. 그리고 교양이 쌓이는 게 얼마나 좋은 일이냐"

"네. 교수님. 그럼 누구부터 공부를 시작할까요?"

"사진하는 사람이면 당연히 렘브란트겠지. 빛의 화가라고 알려져 있는 사람이지. 너도 알다시피 사진 즉, Photography는 포토의 빛과 그라피의 그리다라는 뜻이 합쳐진 말이잖아. 빛으로 그린 그림이라는 거지. 그래서 사진은 빛을 이해하는 것부터 시작한다고 하잖아. 너도 알고 있겠지만."

"아. 얼마 전 유럽 촬영 때 그 화가의 작품을 본 것 같아요. 좀 더 말씀해 주세요. 사진 촬영하는 안목 때문에 미술공부도 해야 하지만, 결혼도 해야 해서 이제부터라도 공부할래요."

"결혼? 무슨 소린지 모르겠지만, 술자리에서 미술사 강의를 하게 생겼네. 일단 술부터 한잔하자. 자, 건배."

"네. 건배! 아지매! 여기 소주하고 맥주 좀 더 주이소!"

준식은 이제부터 진짜 대화가 시작된다고 생각하는 사람처럼 신나게 술을 주문했다.

"렘브란트는 바로크 시대 사람인데, 루벤스가 카톨릭의 대표 선수라면 렘브란트는 개신교의 주력 선수라고 할 수 있어. 고흐처럼 네덜란드 출신이거든. 네덜란드는 카톨릭을 숭배하던 스페인과의 전쟁에서 승리한 후 개신교가 퍼졌기 때문에 그림을 주문할 교회나 궁정이 사라졌고 대신에 해양무역을 통해서 돈을 벌어들인 신흥계급들이 화가들의 스폰서 역할을 많이 했지."

"아. 그래서 네덜란드에 풍속화나 정물화, 초상화가 많은 거군요."

"맞아. 너도 잘 알고 있네. 네덜란드는 옛날 합스부르크 제국 즉, 스페인, 오스트리아, 독일, 네덜란드 등으로 이루어진 나라였는데, 카톨릭만을 강요하는 것에 불만을 품고 7개주가 독립을 선언하면서 만들어진 나라야. 그래서 더욱 엄격하게 우상숭배나 미사를 금지했기 때문에 종교화를 그리던 화가들이 밥벌이 때문이라도 주제를 바꿔야 했던 거지."

어느새 상엽과 준식은 예전의 교수와 학생처럼 대화를 주고받고 있었다. 준식이 원한 것이었으므로 상엽은 조금 지루하더라도 준기에게 미술사 공부의 계기를 마련해주고 싶었다.

"렘브란트는 인물화로 유명해졌어. 자신의 자화상이나 다른 사람의 인물화, 특히 한 사람이 아닌 집단 초상화는 그로부터 시작됐지. 초창기엔 카라바조처럼 강하고 극적인 빛을 이용했는데, 시간이 지날수록 빛의 표현은 부드럽고 섬세해지면서, 신비롭게 느껴지기도 해."

"정말 인물사진이나 정물을 찍을 때 보면 단순히 빛만 바꿨을 뿐인데 분위기가 전혀 다르게 느껴지는 경우가 많은 것 같아요. 흔한 예로, 갈대숲을 찍을 때 태양이 단순히 머리 위에 있을 때는 별 느낌이 없다가, 해가 지면서 역광으로 갈대를 비추면 신비스럽게 보이잖아요. 대상은 그대로 있고, 해의 방향만 바뀌었을 뿐인데, 둘의 느낌은 전혀 다르더라고요."

"그래. 맞아. 역시 내 제자답다. 그런데 빛의 각도와 세기도 중요하지만, 광원의 성질도 중요해. 달빛에 어울리는 대상이 있을 수 있겠고, 태양광에 어울리는 피사체가 있을 수 있고, 빛을 흡수하는 성질의 것, 반사하는 것, 굴절하는 것 등등 대상의 성질을 잘 파악한 다음, 자신의 느낌을 전하는 것이 중요한 것인데, 렘브란트가 바로 이런 점에 대가라고 하지."

"대충은 이해가 되는데, 솔직히 무슨 말씀인지 정확히는 모르겠어요."

"그의 그림은 가까이에서 보면 무엇을 그렸는지 모를 정도로 붓의 터치가 과격해. 형태와 톤, 두께 감을 나타나게 하는 빛의 성질을 완전히 이해하고 있기 때문에 자유롭고 쉽게 그릴 수 있는 것이지. 예를 들면, 그림의 밝은 부분은 빛을 더욱 반사하도록 표면을 거칠게 하고, 어두운 부분은 빛을 흡수하기에 용이하도록 표면을 매끈하게 하는 방법도 썼어. 100여 점의 달하는 그의 자화상에는 이렇게 그만의 방식으로 빛을 세심하게 표현했고, 게다가 시간에 따른 심리 묘사도 같이 나타나 있는 것을 알 수 있어."

"어떤 작품들이 대표작인가요?"

상엽은 핸드폰을 꺼내 이미지를 찾아 준기에 보여주며 설명을 이어갔다.

"이 화가는 집단 초상화를 그리면서 더욱 유명해졌거든. 암스테르담 외과의사협회가 주문한 〈니콜라스 툴프 박사의 해부학 강의〉를 보면 빛과 구도, 색감의 절정을 보여주고 있어. 이 당시는 조합이나 단체에서 집단으로 그룹초상화를 주문했는데, 렘브란트는 다른 화가들처럼 이들을 평범하게 나열해서 그리지 않고, 비대칭 구도와 다양한 표정, 각도, 빛의 방향 등을 잘 이용했기 때문에 그림이 다이내믹하게 느껴졌지. 그래서 주문자들에게 인기가 좋았어."

"돈도 많이 벌었겠네요."

"그렇지. 돈뿐이냐 명성과 인기도 높아졌지. 게다가 빛의 표현은 태양이 만들어내는 자연적 상태를 모방한 것이 아니라, 렘브란트가 창조해낸 것이었기 때문에 자연스러우면서도 신비스러운 분위기가 풍겼지. 화면에 깊은 공간감은 기본이고. 이런 표현은 빛의 원리를 완전히 이해하지 않고서는 불가능한 일이였기 때문에 다른 화가들은 모방할 수가 없었던 거지. 그래서 오랫동안 독보적인 위치에 있을 수 있었어."

"렘브란트만이 할 수 있는 노하우가 있었네요. 그 시대 다른 화가들과 비교해서 보면 좋을 것 같아요."

"수업시간이 아니니까 그런 것은 집에 가서 찾아보도록 하고. 다른 그림을 보자. 그래 여기 〈야경〉은 새로 지어진 화승총부대 회관을 장식하기 위해서,

16명의 민병대가 돈을 모아서 주문한 거야. 그 당시 시민군들의 대부분은 부유한 상인들이었거든. 그런데 나중에 그림을 복원하고 보니까 밤을 그린 것이 아니고 대낮에 골목을 빠져나오면서 햇빛을 받는 장면을 묘사한 것으로 밝혀졌어. 화가와 주문자의 뜻과 다르게 제목이 잘못 전해진 거지."

"아. 이 그림은 책에서 많이 보던 그림이에요."

"그래 맞아. 아마 세계에서 제일 유명한 그림 중에 하나일 거야. 역시 렘브란트는 기념사진을 찍듯이 사람들을 세워놓지 않고 동작들을 생동감 있게 표현하기 위해 그림에 가상의 인물들까지 추가하고, 조명 또한 그림자와 햇빛을 이용하면서도 렘브란트 특유의 연출된 빛이 추가되어 신비스럽게 나타나 있지. 하지만 자신의 얼굴이 잘 나타나지 않은 사람들에게 불만을 사기도 해서 곤욕을 치르기도 했지."

"하하. 어디서나 뛰어난 예술가들은 모두에게 사랑받지는 못했던 것 같아요."

"그런데 렘브란트는 낭비가 심하고, 재물 욕심이 많아서 결국 그 많은 재산을 다 날리고, 심지어 마누라의 무덤 자리까지 경매에 넘어가게 될 정도로 말년 운은 좋지가 않아. 하지만 그런 때도 붓을 놓지 않았지. 그림에 대한 열정만은 대단했던 것 같아."

말이 끝나자마자 상엽이 먼저 잔을 내밀었다. 얘기가 일단락된 것을 알리는 자연스러운 동작이었다. 상엽은 자연스럽게 술잔을 부딪치며 준식을 보며 웃었지만, 준식은 렘브란트의 이야기를 들으면서도 지민의 생각을 떨쳐 버릴 수 없었다. 오래전부터 시작된 한 사람에 대한 관심은 일단 사랑이라는 감정의 싹이 트자, 걷잡을 수 없이 가지를 치고 뻗어 나갔다. 시간이 흐르면서 진정이 되기는커녕, 자신의 힘으로는 제어가 안 될 정도로 온통 그녀 생각뿐이었다. 아마도 짝사랑이었기 때문에 더욱 그런지도 몰랐다. 새벽 운동에서 그녀가 하는 말과 행동에 따라 준식의 하루는 천당과 지옥을 오갔다. 사랑이라는 치명적인 바이러스에 감염된 준식은, 약을 가지고 병실로 들어오는 나이팅게일을 하루 종일 기다리는 가엾은 환자였다. 그 사실을 아는지 모르는지, 무심한 나이팅게일은 어느 날엔 환자를 보고 환하게 웃다가도, 어떤 때는 눈길도 주지 않다가, 심지어 하루 종일 병실 안에 들어오지 않는 날도 있었다. 나이팅게일의 상투적인 몸짓과 표정이 환자에게 얼마나 큰 의미로 다가오는지 그녀는 알기나 하는 것일까. 답답한 마음을 달래려고 무작정 서울역으로 왔고, 바다를 보고 싶어서 부산행 KTX에 올라탄 준식은 기차 안에서 상엽에게 술을 사달라는 전화를 걸었던 것이다. 그러나 준식은 차마 사랑 때문에 괴로워서 무작정 기차를 탔다는 말은 할 수 없었다.

"야. 준식아. 아무리 술이 고파도 그렇지 그렇게 연거푸 마시냐?"

상엽의 그림 이야기 때문에 취기를 참았던 준식은 지민의 얼굴이 생각나기 시작하자 급하게 술을 마시기 시작했다. 어느새 섞어 마시는 술의 양은 맥주보다 소주가 많아 보였다.

"선생님. 사랑이 뭘까요."

준식은 취했는지 호칭도 교수님에서 선생님으로 바꿔있었다.

"사랑에는 여러 가지 유형이 있잖아. 물론 너는 남녀 간의 사랑을 말하는 거겠지?"

"그렇죠."

"이성 간의 사랑도 여러 가지야. 그런데 그런 근본적인 질문을 하는 것 보니까. 짝사랑일 가능성이 높은 데다 진도도 잘 안 나가는 것 같구나?"

"하하. 어떻게 그렇게 잘 아세요. 이론에 강한 사람들이 실전에는 별로라고 하던데. 교수님도 그런 유형 아니세요?"

무례할 수도 있는 질문이었지만 상엽은 전혀 그런 마음이 들지 않았다. 술 기운 탓인지는 몰라도 무엇보다 자신 때문에 사진의 길로 들어선 준식을 진심으로 아꼈고, 서로 12년 터울이라서 희한한 동질감 같은 것이 있었다.

"남녀의 사랑은 누구나 겪는 일이잖아. 지나고 나면 별거 아닌데 사랑에 빠져 있을 때에는 걷잡을 수가 없어. 하루 종일 온통 그녀 생각뿐이겠지."

"네. 맞아요. 어떻게 아셨어요. 저 힘들어요."

"넌 촬영을 핑계로 머리도 식힐 겸 떠나고 싶었을 거야. 바다가 보고 싶었겠고 이왕이면 내가 있는 부산을 택했겠지. 물론 교통편은 기차를 이용했을 테고 말야."

"와. 어떻게 그렇게 정확하세요. 셜록 탐정 같으세요."

"인간이면 누구나 비슷하게 겪는 일이라고 했잖아. 사랑도 일종의 질병이거든. 사랑하는 사람들은 몸속에 사랑이라는 바이러스를 가진 환자야. 그래서 발병 징후가 비슷하지. 하하"

상엽은 준식의 입에서 사랑이라는 단어가 나오자 갑자기 낯설면서도 애틋한 마음이 들었다. 부럽고 그립다는 생각을 잠깐 했지만 그뿐이었다. 결혼 전처럼 은밀하고 나른하게 상상의 나래가 펼쳐지지 않는 것이었다. 나이 탓일까. 열정이 식은 탓일까. 술기운 탓인지 판단이 서질 않았다.

"그럼 약도 있겠네요? 저 좀 고쳐주세요."

준식은 정말 힘든 것처럼 말하고 있었다. 그러나 아픈 사람에게는 시기에 따라 적절한 처방이 필요하고, 정확한 진단을 위해서는 환자의 상태를 먼저 파악해야 하는 것이 순서였기 때문에 상엽은 일단 준식의 이야기를 들어보기로 했다.

"누구냐. 어떤 사람이야?"

"같은 클럽에서 운동하는 여자예요. 객관적으로 보면 별로 특별할 것도 없는데 제가 왜 이러는지 모르겠어요."

"야. 사랑이 객관적으로 되냐. 제 눈에 안경이라는 말이 괜히 생겼는지 아니?"

"하긴, 제 눈엔 예뻐 보여요. 게다가 그 사람 앞에만 가면 잘 말도 못 하겠고, 몸하고 표정도 딱딱해지고, 그래서 제가 생각해도 제 모습이 어색한 거예요. 미치겠어요."

"그 여자도 네가 관심이 있다는 것을 알고 있니?"

"아마도 알고 있을 거예요. 그런데 이렇게까지 좋아하는 줄은 모를걸요."

"그건 네 생각이고, 다른 사람에게 비춰지는 네 모습은 네가 생각하는 것하고는 달라. 환자가 무엇을 제대로 알겠냐. 너는 일종의 정신병 환자야."

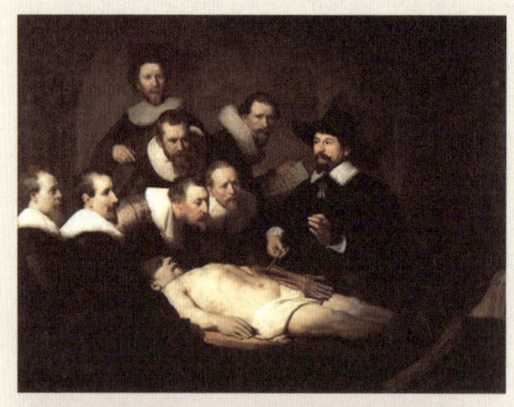

〈니콜라스 툴프 박사의 해부학 강의〉〈그림40〉

〈야경〉〈그림41〉

16
바로크 시대
- 요하네스 베르메르

"아이고, 머리야"

전날 술을 얼마나 마셨던지 준식은 막판의 술자리가 기억이 나질 않았다. 같이 자신의 집으로 가자는 상엽의 권유를 뿌리친 것까지가 마지막이었다. 깨고 보니 해운대 시장 맞은편 찜질방의 컴컴한 수면실이어서 그나마 다행이다 싶었는데, 순간 카메라 장비가 생각나서 부리나케 안내 데스크로 가보니 용케도 무사히 보관 되어있었다. 정신이 없는 와중에도 밥벌이 도구는 챙기는 자신의 무의식이 기특해서 쓴웃음이 나왔다. 정신이 차츰 돌아오자 준식의 머릿속에는 또 다시 지민의 모습이 들어섰다. 생각을 말자고 몸부림칠수록 그 생각은 더욱 강렬하게 의식의 한가운데 자리를 잡았다. 그것은 자신의 힘으로는 제어가 되지 않는 남의 생각과도 같았다. 내 몸과 마음이 어떻게 내 의지대로 움직여지지 않는단 말인가. 준식은 배운 지 얼마 되지 않는 담배를 꺼내 물었다. 이제는 담배를 뒤적거리며 불을 붙여 피우는 폼이 자신이 생각해도 어색하지 않았다. 니코틴의 맛이 준식의 몸을 서서히 길들여 가고 있었다.

"혹시 그 여자도 결혼 연령이 됐다면, 스튜디오에서 일하면서 생활하는 모습을 자연스럽게 보여주는 것도 좋은 방법이야. 일반인들은 그런 장소를 신기해하는 경향이 있거든. 단체 사진을 찍어준다고 하고 클럽 사람들 초대해서 기회를 만들어."

준식은 해운대에서 상엽의 말을 잊지 않고, 서울에 돌아오자마자 회장을 비롯한 몇 명을 자신의 스튜디오로 초대했다. 스튜디오에서 영화 감상을 하면서 총무의 생일파티를 하자는 준식의 제의를 회장과 미숙, 지민이 선뜻 수락했다. 사실 지민은 바로크시대 네덜란드 화가인 요하네스 베르메르의 이야기를 영화로 만든 〈진주귀걸이를 한 소녀〉가 아니었다면 참석하지 않았을지도 모를 일이었다.

"어휴. 잘 찾아오셨네요. 강 건너서 먼 길 오셨습니다."

준식은 회장 차를 타고 온 일행을 반갑게 맞이했다.

"오. 옥상에 이렇게 훌륭한 스튜디오가 있었네."

"정말. 겉보기와는 전혀 다른 데요. 실내가 너무 멋있어요."

"와. 이런 데는 월세가 얼마죠. 전망 죽이네."

각자 취향대로 감탄이 섞인 인사가 한마디씩 오갔다.

"내가 알기론 이 건물은 준식씨 거야. 그래서 월세 낼 필요가 없지."

회장이 웃으면서 말했고, 지민을 비롯한 다른 사람은 놀라는 표정을 감추지 못했다.

"잉. 정말 이 빌딩이 준식씨 거예요?"

생각 않고 월세를 물어보았던 지민이 눈을 동그랗게 뜨면서 다시 물었다.

"하하. 무슨 빌딩이에요. 5층짜리 코딱지만 한 건물인데"

"어머. 준식씨 코는 엄청 큰가보다. 코딱지가 이만한 걸 보면."

가지고 온 음식들을 테이블 위에 놓으면서 미숙이 지민의 말을 거들었다.

"이거 은행대출에 각층의 전세보증금 제외하면 실제 가격은 얼마 되지 않아요. 앞으로 돈을 벌어서 월세 비율을 높이면 진짜 내용이 있는 건물이 되는 거죠. 그게 제 꿈이에요."

"젊은 사람이 기특한 생각을 일찍부터 했구만. 다들 그렇게 시작하는 거지. 잘했어."

클럽 회장이 고개를 끄덕이며 말했다.

"모두 회장님이 조언해주신 거잖아요. 왜 모른척 하세요. 이 건물도 소개시켜 주셨으면서."

"나야. 물건만 소개했지. 이렇게 건물 외관 리모델링을 멋있게 할 줄 몰랐지, 볼품없는 옥탑방을 증축해서 어떻게 이런 훌륭한 공간을 만든 거야?"

"정말 이런 물건을 돈 많이 안 들이고 살 수 있단 말이야?"

총무는 영화 감상보다 더욱 흥미 있다는 듯이 물었다.

"제가 살던 아파트 처분한 돈으로 여기 강북에 건물을 알아봤어요. 혼자니까 미래를 위해서 고생 좀 해도 되잖아요. 이쪽이 저평가되어있는 상황에 비해서, 강남하고 전철거리도 얼마 안 되고, 경전철공사도 예정되어 있어서 지가상승을 기대할 여지가 많이 남아있어요. 게다가 건물 사선제한도 폐지되어 증축 호재도 있었죠."

회장을 제외한 다른 사람들은 부동산 중개업소에 방문한 손님들처럼 준식의 말을 경청하고 있었고, 특히 지민은 자신과는 전혀 다른 면을 가지고 있는 준식에게 색다른 인상을 받기 시작했다.

"건물 리모델링을 하고 나니까 건물 가치가 상승해서 보증금하고 전세금을 더 받을 수 있었어요. 그리고 제가 살 곳을 따로 마련하느니, 스튜디오하고 사는 공간을 같이 만들면 많이 절약이 될 것 같아서, 옥탑방을 증축을 했죠. 어차피 높이 제한은 없으니까 실내는 복층구조로 공사를 했어요."

"이거 불법개축이라서 철거명령이 나오겠는데, 아니면 벌금도 꽤 될걸."

역시 여러 개의 건물을 소유하고 있는 회장다운 질문이었다.

"구청에서도 함부로 철거는 할 수 없고요. 1년에 한 번씩 5회까지 벌금이 나오는데, 각오하고 감행했어요. 제가 건물주인 데다가 그 비용이 따로 집을 구하는 것보다 싸거든요. 그런데 마침 불법증축 옥탑방 양성화 제도가 한시적으로 생겨서 무난히 넘어갔습니다."

"허허. 열심히 살려고 하니까 운도 따르네. 이제 장가들 일만 남았어."

눈치 빠른 회장이 지민 눈치를 슬쩍 보면서 더욱 크게 칭찬을 했다. 아닌 게 아니라 지금 지민의 눈에 비치는 준식은 무뚝뚝하기만 한 운동클럽에서의 모습과 전혀 다른 느낌이었다. 미래도 없을 것 같은 자신과 비교도 할 수 없을 정도로 자신감에 차 있는 준식을 지민은 몇 번이고 다시 쳐다볼 수밖에 없었던 것이다.

"자. 일단 자리에 앉으시고, 와인 한잔씩 하시면서 영화부터 보시죠."

"그래. 그래, 빨리 영화 보자. 베르메르는 내가 바로크 시대 화가 중에 제일 좋아하는 작가야. 이 영화 못 봤는데 궁금하다. 빨리 와인도 한잔하고."

미숙이 평소답지 않게 호들갑을 떨면서 부산을 떨었지만 보기 싫지는 않았다. 오히려 전보다 쾌활해진 것 같아서 좋아보였다. 곧 스튜디오 전체가 어둠에 휩싸이면서 빔 프로젝트의 강렬한 빛이 스크린을 비추기 시작하자, 17세기의 네덜란드 모습이 펼쳐졌다.

"와. 스칼렛 요한슨은 누더기를 입혀놔도 이쁘구만."

"콜린 퍼스는 어떻고요. 킹스맨하고는 전혀 다른 모습이에요."

"콜린퍼스는 원래 이런 이미지가 어울리지만, 스칼렛 요한슨은 섹시한 이미지가 강한데, 이 영화에서 순박한 하녀 역할을 잘할지 모르네."

"쉿. 영화에 집중하시죠."

"극장도 아닌데 뭐 어때, 여기선 이런 맛이지. 안 그래?"

"회장님, 말씀이 맞습니다요."

출력 좋은 boss스피커에서 나오는 울림은 높은 천장의 스튜디오를 충분히 커버했고, 선명한 화질의 영상은 마치 5명의 VIP만을 초대한 극장 같았다. 때마침 밖에 가을비가 내리고 있었으나 아무도 눈치 채지 못하는 것 같았다.

"영화에 나오는 네덜란드 델프트 풍경과 그 당시 모습이 아주 잘 나타나 있네요. 영상이 참 아름다워요."

영화가 끝이 나고 총무가 평소 괄괄한 성격과는 다르게 진지한 표정으로 말했다.

"흠. 그러게 아주 잔잔한 영화네. 참 애틋하고. 하녀와 화가의 사랑. 화가가 하녀를 좋아한 것이 맞는 거지?"

회장이 뭔가 아쉬운 듯 주위를 둘러보며 물었다.

"일단 저녁 준비한 것을 먹으면서 얘기하는 것이 어떨까요. 생일파티도 하고!"

미숙의 말과 동시에 여자들은 테이블에 음식을 세팅하고, 남자들은 와인을 준비했다. 금세 훌륭한 저녁이 준비되었고 누가 밖에 비가 오는 것을 알아챘는지 창문은 벌써 열려있었다.

"자. 총무님 생일 축하하고, 준식 씨는 이런 자리 마련해줘서 고맙습니다. 건배!"

"생일 축하합니다. 감사합니다. 건배!"

모두 색다른 경험에 고무된 듯 와인이 빠르게 비워지고 있었다.

"근데 영화에서 커다란 나무상자에 렌즈가 달린 물건이 나오잖아요. 그게 뭐예요. 혹시 준식씨는 아실라나…"

지민이 준식의 이름을 거론하며 슬쩍 눈치를 보는 듯했다. 놀라운 변화였다.

"그럼요. 사진에 관계되는 도구거든요. 이름은 '카메라 옵스큐라'라고 해요. 어두운 방이란 뜻이죠. 지금의 카메라도 크기만 줄었을 뿐 '카메라 옵스큐라'의 원리하고 같아요. 사실 이 스튜디오도 거대한 '카메라 옵스큐라'라고 할 수 있어요."

"영화를 보니까. 밖에 있는 하녀의 모습이 그 상자 위 유리판에 비춰지더라고요. 스칼렛 요한슨은 그것을 보고 깜짝 놀라고. 어떻게 밖의 풍경이 상자 안에 들어가 있냐고 하면서."

"하하. 카메라 전 단계라고 할 수 있죠. 빛을 받은 대상이 렌즈를 통해서 상자 안의 유리판에 보여지는 거죠. 그러나 그 이미지는 어둡게 해야 볼 수 있어요. 사진이 발명되기 전에 화가들은 이런 원리를 이용해서 그림을 많이 그렸어요. 박스의 크기가 크면 큰 그림을 그릴 수 있는 거죠."

"아. 그래서 상자 유리판의 이미지를 볼 때, 화가의 옷으로 빛을 가리고 본

거구나. 그때 기분이 좀 이상했어요. 둘이 그렇게 가까이 있는 건 처음이었던 것 같아요. 마치 한 이불을 덮은 듯한 느낌 이었어요."

"오. 해석이 그럴듯한데."

회장이 고개를 끄덕이며 웃었다.

"난 진주 귀걸이를 걸기 위해서 베르메르가 하녀의 귀를 뚫어주잖아. 하녀가 아파서 눈물이 흐르고, 화가는 볼과 입술에 묻은 눈물을 닦아주면서 그윽하게 바라보고, 그 장면이 너무 관능적이던데."

미숙이 마치 예전에 읽은 시집의 문구를 기억해내는 것처럼 자신의 느낌을 말했고, 곧 준식도 영화의 한 장면을 떠올리면서 대답했다.

"오. 두 여자분이 예상외로 엄청 야하십니다. 저는 화가가 하녀에게 구름을 보면서 어떤 색이 보이느냐고 하는 장면이 인상 깊었어요. 처음엔 흰색이라고 하다가 화가가 자꾸 뭐가 더 보이냐고 묻자. 회색, 파란색이 보인다고 말하잖아요. 빛을 관찰하고 인식하는 방법을 알려주는 것이거든요. 경험으로 대충 보는 것이 아니라 집요하고 섬세하게 빛의 변화를 추적하고 마침내 그것을 표현하는 베르메르, 전 렘브란트보다 더 훌륭한 것 같아요."

지민과 미숙은 준식의 감상평에 놀랐는데 평소 때는 볼 수 없었던 모습이었기 때문에 더욱 그런 느낌이 드는 것 같았다.

"난 하녀가 은 접시를 닦는 장면이 기억에 남아. 접시에 반사된 빛이 벽을 비추니까 아이들이 달려와서 그 빛을 잡으려고 하잖아. 접시 각도를 달리하니까 반사된 빛은 여기저기로 빠르게 움직이고, 아이들은 그 빛을 따라 다니면서 옮겨 다니고."

총무도 자신의 의견을 말하자 회장이 농담으로 받았다.

"그게 무슨 뜻이야. 곱창 냄비를 은으로 바꾸고 싶나?"

"그게 아니고요. 본질은 하녀가 들고 있는 은 접시인데, 사람들은 그것에 반사되는 허상만 쫓는 것 같은 느낌을 받았어요. 아이들이 꼭 우리 어른들 같더라고요. 반사된 빛이 신기해서 마냥 몰려다니면서 잡으려고 하고, 어차피 잡을 수도 없는 것을."

"허. 여기 또 철학자 한 분 탄생하셨네."

"정말 베르메르를 왜 빛의 대가라고 하는지 알겠어요. 이 작품은 원래 〈터번을 두른 소녀〉였는데, 영화와 소설 때문에 〈진주귀걸이를 한 소녀〉로 되어버렸어요. 소녀의 신상에 대해서는 베르메르처럼 알려진 것이 없는데, 아마도 가상의 인물일 가능성이 높다고 하네요. 네덜란드의 모나리자라고 불릴 정도로 신비한 표정과 섬세하고 과감한 묘사가 뛰어나죠. 〈우유를 따르는 하녀〉 같은 작품에서도 느낄 수 있듯이 렘브란트처럼 강렬하지는 않지만, 섬세하고 따뜻한 빛의 느낌과 색상의 강약 조절까지 적절하게 잘 표현했던 화가였어요. 하지만 남긴 작품은 40점도 안 된다고 해요."

전문가 같은 미숙의 평이 끝나자 지민도 한마디를 거들었다.

"난 개인적으로 사소한 일상을 표현한 것이 마음에 들어. 그것도 신분이 미천한 하녀들이나 여자들의 일하는 모습을 그렸잖아. 다른 화가들처럼 대단한 사건이나 의미심장한 메시지를 담은 것이 아니고 말야."

"맞아요. 표현하는 대상이 다른 거죠. 한마디로 베르메르는 빛을 그렸던 화가 같아요. 그래서 일부러 평범한 소재를 선택했을지도 몰라요."

"와. 준식씨. 새로운 학설인데요. 변화하는 빛에 집착했던 인상파 화가보다 200년이나 앞섰단 말이죠?"

미숙이 재미있다는 듯이 맞장구를 쳤다.

"하하. 그냥 제 생각일 뿐입니다. 자. 건배들 하시죠."

"참. 영화에는 나오지 않는 그림이지만, 베르메르가 그린 그림 중에 〈회화의 기술〉이라는 작품이 있어요. 히틀러가 제일 아끼는 그림이었죠. 사실 이 화가도 히틀러 때문에 유명해졌다고 할 수 있죠."

미숙이 스마트 폰에 있는 인터넷의 내용을 보고 말하는 듯했으나, 어느새 화면엔 프락시모의 아이콘이 반짝이고 있었다.

"오, 그래요. 히틀러가 예술 작품을 좋아했나 보네요?"

미숙을 제외한 나머지 사람들은 약속이나 한 것처럼 비슷한 질문을 던졌다.

"사실 히틀러는 미술대학을 두 번이나 낙방할 정도로 미술지망생이자 애호가였어요. 대학을 떨어지고 1차 세계대전에 독일군으로 입대를 해요. 나중에 총통이 된 후엔 미술품 압수 조직을 따로 만들어서 자신의 직할 휘하 부대로 두고 약탈을 시작하게 되는데, 자그마치 그 작품 수만 600만 점이 넘죠. 히틀러는 이것으로 세계최대 미술관과 박물관을 독일에 지으려고 했어요."

"진짜 나쁜 놈이네."

총무가 기가 찬 듯이 말했다.

"당연히 그렇지만 독일국민들에게는 영웅이나 다름이 없었죠. 만약 그의 계획이 성공했더라면 지금 독일은 그 관광 수입만으로도 떵떵거리면서 살 수 있을 거예요. 자신의 미술관 건립 계획을 국민들에게 홍보하기 위해 만든 일종의 홍보 책자에 베르메르의 〈회화의 기술〉이라는 작품을 표지로 사용했다…라고 나와 있네요."

미숙은 말꼬리를 흐리면서 자신의 의견이 아니라는 뜻을 비추고 다시 대화를 이어갔다.

"베르메르는 이 그림에 당시 사용할 수 있는 모든 과학적 기법을 동원하여 심혈을 기울였고, 레오나드로 다빈치가 모나리자를 죽을 때까지 소장했던 것처럼, 자신도 이 작품을 마지막 순간까지 가지고 있었어요. 예술과 학문, 역사의 신 클리오가 월계관을 쓰고 트럼펫과 책을 펼치고 있는 것으로 보아 명예나 영광 등을 상징하는 것으로 보이고, 뒤편의 지도를 통해서 네덜란드의 역사까지 언급하고 있어요."

"그런 점이 히틀러의 취향에 맞았나 보군요."

"그런가 봐요. 하지만 다행히 히틀러가 약탈한 예술품은 연합군이 예술품 압수를 위해 창설한 특수부대에 의해 극적으로 발견되고, 각 나라에 반환되는 데 얼마나 양이 많던지 몇 년이나 걸렸다네요. 이런 상황을 영화로 만든 것이 얼마 전에 개봉했던 '모뉴맨츠 맨'이라는 영화예요."

"아 그러면 다음 상영 영화는 '모뉴맨츠 맨'으로 할까요?"

"그거 좋은 생각이네."

회장이 큰 소리로 말하자 모두가 웃으면서 박수를 쳤다. 가을비가 더욱 세차게 내리고, 어느새 스피커에서는 브에나비스타 소셜 클럽의 멤버, 이브라함 페레의 '치자 꽃 두 송이'가 흘러나오고 있었다.

"치자 꽃 두 송이를 그녀에게 주었네. 사랑한다고 말하고 싶어서…"

마치 무대에서 실제로 부르고 있는 것 같은 저음의 멜로디와 허스키한 목소리가 빗소리를 타고 창문 밖으로 퍼져 나갔다.

〈진주귀걸이를 한 소녀〉〈그림42〉

〈우유를 따르는 하녀〉〈그림43〉

〈회화의 기술〉〈그림44〉

17
로코코 시대
- 와토, 부셰,
프라고나르

지민은 거울 앞에 자신을 한참 동안 쳐다보았다. 내일 입고 나갈 옷을 하루 전에 골라 놓으려고 이것저것 치마며 바지를 몸에 대보고 코디를 해 보았지만 마음에 드는 것이 없었다. 화려하다 싶으면 왠지 업소 분위가 나서 천박한 것 같았고, 차분한 느낌이 들면 나이 들어 보여 싫었다. 태어나서 전시회라는 곳을 처음 가는 것이었으므로 어떤 옷을 입어야 할지 난감했다. 클럽에 갈 때는 차림새가 전혀 어렵지 않았는데, 전시회는 도무지 감이 잡히질 않았다. 누구한테 물어보기도 창피한 노릇이어서 한 시간이 넘도록 거울 앞에서 옷과 씨름을 하고 있는 중이었다. 더 이상 고를 옷도 없어서 난감해 하면서 문득 전신 거울에 브라와 팬티만 입은 자신의 모습을 쳐다보았다. 지민은 묘한 느낌이 들었다. 자신의 몸이지만 이 정도면 어디다 내놔도 손색이 없다는 무모한 확신은 어디에서 오는 걸까. 서른이 다된 나이에 이 정도면 꽤 괜찮은 몸이라고 자신에게 암시를 주듯 혼잣말로 중얼거렸다. 거의 매일처럼 술을 마셔야하면서도 이 정도의 몸을 유지할 수 있었던 것은 순전히 어릴 때부터 꾸준히 해온 운동 덕분이었다.

「차라리 이렇게 벗고 나가볼까. 예전에 TV에서 보니까 어떤 여자 예술가가 퍼포먼슨가 뭔가 한다고 하면서 비키니만 입고 거리를 다니던데, 나라고 못할 게 뭐가 있어. 전시회에 이렇게 벗고 가면… 크크」

지민은 양손으로 가슴도 모아서 올려보고, 옆으로 서서 엉덩이에 힘도 주면서 발꿈치를 치켜들기도 하다가, 결국 브라도 벗어 버리고 맨가슴을 들어낸 채로 거울 속 자신의 모습을 물끄러미 쳐다보았다. 하얀 피부와 선명한 굴곡, 탱탱한 가슴과 핑크빛 유두는 벌과 나비를 유혹하는 어떤 꽃보다 더 아름다워 보였다. 어떤 곤충도 그 앞을 그냥 지나치지는 못하리라. 그러나 자신이 꽃이라면 언젠가는 지고 말 것이라는 생각이 들자 지민은 다시 우울모드에 휩싸였다. 다른 사람들처럼 피부에 검버섯이 생기고 탄력 잃은 가슴을 덜렁이며 다니기 전에 결혼을 하든지 아님 사진이라도 한 장 남겨놓고 싶었다. 그래. 사진이었다.

'찰칵, 찰칵'

당장 탁자 위에 스마트폰을 집어 들고 순식간에 몇 장을 찍었다. 역시 영 시원치가 않았다. 뿐만 아니라 포르노 분위기에 퇴폐 사이트 자료사진 같아서 혼자 박수까지 치며 깔깔거렸다. 실성한 사람처럼 혼자 놀다 보니 시간이 많이 흘렀다. 오랜만에 지민은 낯선 해방감을 느끼면서 아예 팬티까지 벗어버리고 이불을 덮었는데, 의외로 촉감이 좋은 것이었다. 처음으로 옷이란 것이 때론 필요 없는 것일 수 있다는 생각을 하면서 잠이 들었고 그 영향 때문인지 알몸의 남녀들이 물가에서 놀고 있는 꿈을 꾸었다. 하늘에 익룡이 날아다니는 걸로 봐서 원시시대 같았다. 짐승 뒷다리를 들고 자신의 주위를 맴도는 사내는 준식 같았고, 조금 높은 언덕에서 손으로 눈가리개를 만들면서 무리들을 쳐다보는 사람은 클럽 회장 같기도 하고, 아버지 같기도 해서 멍하게 쳐다볼 수밖에 없었다. 그 와중에 지민은 한 손에 꽃다발을 움켜쥔 채 주위를 두리번거리고 있었고, 아무것도 걸치지 않은 사람들이 오가고 있었지만 그런 상황이 전혀 이상하지 않았다. 꿈이었기 때문이었을 것이다. 그러나 어차피 꿈에서 깬 다음에는 누드의 사람들이 간밤의 꿈에 나왔다는 사실조차 기억이 나지 않을 터였다. 동이 트고 있었다. 어느새 창문의 커튼 사이로 가늘고 강렬한 아침 햇살이 비집고 들어와 방구석부터 조금씩 세력을 확장하기 시작하더니, 시간이 지나면서 빛 꼬리가 차츰 길게 늘어지고 지민의 벗은 몸을 은밀하게 휘감으며 조금씩 영역을 넓혀갔다. 종아리에서 허벅지를 순식간에 잠식해버린 햇빛은 지민의 하얀 속살을 눈부시게 비춰갔는데 몸에서 반사된 빛이 어찌나 눈부시던지 방안의 어둠조차 농도가 조금씩 묽어지는 것 같았다. 가슴 한쪽이 따뜻하다고 느끼는 순간 눈이 떠진 지민은 거울에 비친 자신의 모습을 보고 잠이 확 깰 정도로 깜짝 놀랐다. 벗은 몸이 역광을 받아 너무나 매력적인 모습을 하고 있었기 때문이었다.

「저 모습이 나라니.」

영화에 한 장면 같기도 하고, 신화 속 여신의 모습 같기도 한 것이 신비롭게 보이기까지 했다. 지저분한 방 안의 모습은 어둠 속에서 묻혀 아무런 의미도 되지 못했고, 오직 한 줄기 빛만이 막 잠에서 깬 비너스의 속살을 비추고 있는 것처럼 보였다. 마치 그 빛을 따라 요정들이 줄지어 들어올 것만 같은 착각까지 들었다. 지민은 살짝만 걸쳐 있던 이불을 젖히고 침대에 앉아 팔꿈치를 무릎에 댄 그대로 낯선 상황을 즐겼다. 묘한 상황 때문에 거울에 비친 자신의 모습은 화보 속 모델 같았다. 자신의 누드에 신발과 액세서리만 걸치고 촬영을 한다면 어떤 패션잡지의 표지사진과 비교해도 손색이 없을 것만 같은 생각까지 들 정도였다. 물론 착각이겠지만 그래도 여간 신기한 일이 아니었다. 방안에 두 사람이 존재하는 것 같은 느낌. 빛 하나 때문에 대상이 이렇게 변할 수도 있다니. 자신도 몰랐던 면을 발견한 지민은, 평범한 것을 특별하게 만드는 예술가들의 감성을 조금씩 이해할 수 있을 것 같았다. 지민도 새로운 의식의 문이 열리기 시작하는 것일까?

"준비 다 됐니? 4번 전철역 입구에서 만나자."

"알았어요. 언니. 그런데 마땅히 입을 것이 없네."

"얘, 선보러 나가니. 대충 입으면 되지."

"그런데, 언니. 방금 문자가 왔는데 준식씨가 같이 가자고 하네, 차 가지고 이쪽으로 온다는데?"

"그래? 잘됐네. 나도 그 차타고 가면 되겠다."

"알았어요. 전철역 앞으로 가자고 할게요."

"미안. 준식씨 하고 데이트를 방해해서. 호호"

준식은 배드민턴 동호회 사람들을 자신의 스튜디오로 초대한 이후, 조금씩 관심을 보이는 지민에게 위해 할 수 있는 총력을 기울이는 중이었다. 기름 값을 절약하려고 꼭 필요한 일이 외에는 사용하지 않던 차도 요즘은 지민을 위해 수시로 몰고 나올 정도로 애를 쓰고 있었고, 지민 또한 싫지 않은 눈치였다. 지금의 사진 전시도, 사진계에서는 제법 알려진 준식의 선배 전시였는데, 자신의 개인전인 양 지민의 환심을 사기 위해 마음대로 사람들을 초대했다. 북촌에 위치한 사진 전문 갤러리에는 제법 많은 사람들로 북적였다. 전시 오픈 날이라서 와인과 간단한 먹거리가 놓인 테이블이 전시장 가운데 있었지만 막상 그 앞에서 그것을 먹는 사람들은 별로 없었다. 대부분 플라스틱 와인 잔을 들고 다니면서 작품을 감상하기에 바빴다.

"어머, 와인이다. 준식씨 이거 우리 마셔도 돼?"

"그럼요. 공짜니까. 많이 드시고, 대신 작품 하나 사셔야 해요."

"뭐야. 나를 바보로 아나 봐. 그럼 안 마실 줄 알고. 호호"

"언니. 나도 한 잔 줘. 일단 한잔하고 작품을 보든가 해야지. 난 이렇게 사람 많은 곳은 클럽하고 백화점 빼고 딱 질색이야."

"그런데 언뜻 보니까 꽃 사진이 많이 보이는데, 일반 꽃 사진하고는 많이 다른 것 같아."

와인을 마시면서 이미지들을 둘러보다가 미숙이 먼저 말했다.

"아. 그런 느낌이 오시나요? 일단 끝까지 둘러보세요."

지민과 미숙의 뒤를 따라다니던 준식이 말하면서 돌아섰고, 두 여자는 천천히 전시장을 둘러보았다.

"지민아. 꽃이 아름답기는 한데 이렇게 크게 확대하니까 좀 징그러운 면도 있네, 넌 어떠니?"

"그러게, 꽃 같지가 않고 사람이 만든 조각 같아. 아니면…"

"아니면… 뭐?"

"여자 성기 같기도 하고…"

"뭐… 진짜. 그러고 보니까 또 그렇게 보이네."

"순수하고 우아한 면은 전혀 없어. 꽃이 이렇게 야하고 섹시한지 처음 알았어."

"어. 저기는 남자도 있어. 알몸인데?"

"저 사진은 여자 같은데 엄청 근육질이다. 얘"

"오히려 남자 몸이 여자보다 더 에로틱한데"

미숙과 지민은 자신들의 의견을 거침없이 얘기하면서 묘한 희열을 느꼈다.

"소감이 어떠세요?"

어느 틈에 준식이 곁으로 다가와서 물었다.

"글쎄. 솔직히 사진들이 멋있기는 한데, 어딘가 낯설다는 생각이 들어."

"난 뭐랄까. 굉장히 선정적이랄까. 오히려 사람의 누드에서는 그런 느낌이 덜 들고, 꽃 사진이 더 야한 것 같아."

"와. 두 분 모두 거의 비슷하게 맞추셨네요. 이미지에 정답은 없지만 작가도 그런 의도를 많이 반영했을 거예요. 제가 작가를 잘 알거든요."

"아. 맞다. 준식씨 선배라고 했잖아요. 작가님은 바쁘실 테니 대신 설명 좀 해줘 봐요"

지민은 전과는 다른 따뜻한 눈빛과 말투로 준식에게 말했다.

"설명을 하면 오히려 고정관념이 생겨서 안 좋을 수도 있어요. 그치만 지민씨가 부탁하는 거니까 할 수밖에 없죠 뭐. 작가의 의도는 대상에서 감추어진 다른 면을 발견하려고 한 것 같아요. 사회적 편견 때문에 차마 나타내지 못하는 것들을 표현하고 싶었을 거구요. 여기 사진은 일반적으로 아름다운 꽃 사진은 아니에요. 교훈적이지도 않고요. 그 정도라면 전시할 가치도 없었겠죠."

"준식씨, 좀 쉽게 설명해줘 봐. 난 무식해서 무슨 말이지 모르겠단 말이야"

"하하. 저도 확실치는 않지만, 편견과 선입견을 버려야 새로운 세계가 보인다는 메시지를 담고 있어요. 감춰진 위선을 폭로하는 측면도 있죠. 그래서 여성보다 남성의 에로티시즘을 부각한다든가, 여성의 남성성을 표현하기도 하고, 우아하게 보이는 꽃을 섹시하고 관능적으로 촬영하는 거죠."

지민은 자신이 낯설게 느껴졌던 아침의 일을 생각하면서 준식의 말을 경청했다.

"사실 꽃은 소리도 못 내고 움직일 수도 없으니까 최대한 직접적이고 효과적인 어필을 통해서 번식을 해야겠지요. 암컷 포유류들의 자궁에 해당하는 꽃봉우리를 한껏 치장을 해서 교배의 매개체인 곤충들을 유혹하는 거예요. 잘할 수 있는 것은 향기를 내는 일밖에 없으니 적극적으로 냄새를 피워야 하구요. 번식은 힘들고 성스러운 과정이죠. 이런 식으로 엉뚱한 예술적 상상력이 다른 분야에 영향을 미친 사례는 많아요. 이 선배작가의 눈으로 본다면 마음에 드는 상대에게 꽃을 주는 쪽은 남자가 아니라 여자가 되어야하는 겁니다. 기호학적으로 보면 남자가 여자에게 꽃을 주는 행위는 사랑한다는 의미예요. 그러나 작가의 개인적인 관점에서 여자가 남자에게 꽃을 주는 것은 당신의 아이를 낳아주겠다는 뜻이 될 수도 있는 거예요. 그 행위는 시간이 지나면서 또 다른 기호가 돼서 개념화될 수도 있지요. 이런 식으로 당연하다고 생각되는 사회적 통념들을 되새기다 보면 흔한 것에서 새로운 것을 발견할 수 있어요."

"참 재미있는 생각이다. 꽃뿐만 아니라 여러 가지 소재에서도 그런 메시지를 나타낼 수 있겠는데."

미숙이 큐레이터처럼 자신의 의견을 말했다.

"네. 당연하죠. 그런 점이 아마추어와 프로의 차이인 거죠. 전자는 소재에 집착하고 후자는 의미에 집착하고. 이 선배는 계속 그런 시리즈로 작업을 해요. 게다가 모든 사물에 내재되어있는 성적 욕망이 이 작가의 궁극적인 주제예요. 성관계를 가장 신성한 행위로 생각하거든요. 하하"

"어머, 그건 좀 너무했다."

"어차피 이 선배는 교훈적이거나 관습에 얽매이는 것은 포기했어요. 자기의 욕망을 가감 없이 드러내면서 사는 거죠. 남의 시선은 신경 쓰지 않고요. 욕하는 사람도 많고 좋아하는 사람도 많아요. 그런데 특이한 것은 이 작가의 사진이 해외에서도 꽤 인기가 높다는 거예요."

"아, 그렇구나. 그럼 이 사람 꽤 부자겠네. 준식씨도 이런 사진 찍어요. 그럼, 내가 모델 돼줄게."

지민이 농담처럼 말했지만 준식은 장난으로 받아들이지 않는 것 같았다.

"작품이 유행도 아니고. 자기다움이 없는 작품은 쓰레기와 같은 거예요. 저 선배는 동성애자예요. 양성의 눈을 가졌기 때문에 사물들을 저렇게 예민하게 보고 표현 할 수 있는 거죠. 그래서 예술계통에 그런 사람이 많은가 봐요. 안타깝게도 저는 그런 성향이 없어서 그런지 저런 작품은 못합니다."

"어머, 알았어요. 장난이었는데 그렇게 딱딱하게 말을 하고 그러시나. 암튼 준식씨는 게이가 아닌 건 확실하거 같네요. 쳇"

"성적유희나 내재된 욕망에 대한 문제는 동서양 모두 동일할 거야. 아마 제일 오래된 관심사 아닐까?"

"아마 원시시대부터일 거야."

어젯밤 자신이 꽃을 들고 있던 꿈을 기억하는지 지민은 어린아이 같은 말이 불쑥 튀어나왔다.

"로코코 시대에 이런 사조가 유행했었다고 하던데."

"그건 또 뭐야. 언니. 얘기 좀 해줘 봐."

미숙의 말꼬리를 놓치지 않고 지민의 호기심 어린 재촉이 이어졌다.

"나도 잘 모르고 얼마 전에 스튜디오에서 본 영화에 나오는 베르메르가 바로크시대 사람인데, 그다음으로 유행한 사조가 로코코시대야. 짧았기 때문에 시대라고까지는 할 수 없지만 분명한 양식이 성행해서 미술사에서 빠져서는 안 되는 사조라고 하더라."

"계속해주세요. 오늘 전시하고 어울리는 주제 같네요. 재미있겠는데요."

준식도 관심을 보이는 눈치였다. 지민도 좋아하는 데다, 자신도 미술 분야를 계속 공부해야 하는 필요성을 느끼고 있는 터였다.

"로코코는 루이 15세가 통치한 18세기 중반, 약 50년 동안 프랑스에서 성행했던 미술사조인데, 점차 중부 유럽까지 퍼져서 18세기 말까지 궁전이나 교회를 장식하는 데 널리 쓰였다고 해. 아무래도 화려하고 사치스러운 면 때문에 그런 것 같아."

마치 미술관 가이드의 이야기를 듣는 것처럼 미숙의 설명이 시작됐고, 지민과 준식의 눈이 반짝였다.

"로코코는 한마디로 장식성이 강한 예술이야. 로코코라는 말 자체가 실내장식을 의미하는 말이거든. 그 당시 정원을 장식하던 조약돌(rocaille)과 조개껍데기(coquille)를 첫 글자를 따온 합성어인데, 로코코미술 다음 19세기에 시작된 신고전주의 미술가들이 조롱의 의미로 쓰여진 말이라는 구만."

"왜 그렇게 폄하를 했죠?"

준식이 재밌다는 듯이 물었다.

"로코코시대에는 거룩한 사건의 한 장면이 아니라 인간의 유희와 에로틱한 순간들을 그린 작품이 많았거든. 내면의 원초적 욕망들이 서서히 고개를 들기 시작한 거지."

"하필, 그때 왜 그런 로코코 미술이 유행했을까? 언니."

"시대적으로 보면 17세기의 프랑스는 유럽에서 가장 강력한 국가였어. '짐이 곧 국가'라고 얘기했던 태양왕 루이 14세가 통치하던 시대야. 그 사람이 72

년 동안 집권하던 때는, 로마 유적을 모델로 한 베르사유 궁전을 건축하고 모든 면에서 유럽의 중심을 선언하던 시대였거든. 이후로 프랑스는 근대까지 세계 예술의 중심이 되는 거지."

"아. 그러면서 귀족들의 사치가 성행했구나. 그래서 이런 미술이 탄생하게 된 건가?"

"그건 아니고, 오히려 루이 14세의 재임 시절에는 그의 강력한 통치력 때문에 2,000여 명의 귀족들이 베르사유 궁과 그 근처에서 같이 생활을 해야 할 정도로 왕을 제외한 나머지 사람들에게는 피곤한 시대였어. 그는 항상 신하들과 같이 움직였거든."

"하하. 정말 대단한 왕이었구먼."

"그런 루이 14세가 1715년 사망하자 그의 시달림에 지친 귀족들이 베르사유를 떠나 파리와 각자의 영지로 돌아가면서 사실상의 로코코 미술이 시작된 거야. 72년의 강압적인 재임 기간에서 해방되었으니 이해가 갈 만도 하지. 귀족들은 각자의 저택에서 그동안 참아왔던 개인적 욕구들을 표출하기 시작 한 거야. 그 다음으로 왕위를 계승한 루이 15세는 어렸기 때문에 귀족들은 왕의 눈치를 볼 이유가 없었고."

"그 시대의 작품들은 어땠어. 엄청 퇴폐적이고 야했나?"

지민은 정말로 궁금하다는 듯이 미숙 앞으로 바짝 다가섰다.

"호호. 얘는, 그렇지는 않고 전시대에 비해 성과 유희에 대한 개인적인 욕망이 확실하게 표현된 정도야. 그리고 미술뿐만 아니라 건축이나 다른 분야도 지나치게 장식적이고 화려해서 사실 실용적이지는 못한 면이 있어. 이런 이유 때문에 나중에 등장하는 계몽주의 운동에 의해 퇴폐나 향락을 조장하는 사조로 공격을 받았지만, 난 오히려 솔직하게 자신의 욕망을 표현하는 점은 좋은 것 같더라."

"언니. 유명한 화가가 누구 있어. 빨리 말해봐. 폰으로 찾아보게."

"장 안투안 와토(Jean-Antoine Watteau), 프랑수아 부셰(François Boucher), 장-오노레 프라고나르(Jean-Honore Fragonard) 같은 사람들이 있어."

"언니. 왠지 나 이 사람들 좋아할 것 같아."

지민이 장난기 섞인 말투로 말했다.

"제일 처음에 나오는 사람이 와토라는 사람이야. 출생은 프랑드르인데 가난하고 외로운 보헤미안이었다네. 사람들 앞에 잘 나서지 않고 어울리지도 못했대. 결국 37살에 폐결핵으로 죽는데, 후원자가 없었기 때문에 역사상 처음으로 미술화상에게 판매를 일임하고 숙식을 해결한 화가였지. 역시 그답게 당시 그림의 주제였던 종교, 신화, 초상을 거의 다루지 않았어."

"참. 그런 사람들은 일찍 요절하는 경향이 있어요. 왜 그럴까요?"

듣고만 있던 준식이 와토가 일찍 죽었다고 하자 안타까운 듯이 말했다.

"그러게 카라바조도 그렇고, 아무튼 이 사람의 대표작 〈키테라섬의 순례〉를 보자구. 키테라는 보티젤리의 〈비너스의 탄생〉에서 비너스가 조개를 타고 육지에 도착하는 장면에 나오는 그 섬이야. 미와 사랑의 성지라고 할 수 있지. 고대 비너스 여신을 참배하던 그 섬에 사랑하는 남녀들이 일종에 성지순례를 하는 거나 마찬가지야. 물론 와토의 상상에서 나온 이미지겠지. 그림 중앙의 언덕에 사랑을 맹세하는 듯한 남녀와 그 주변 구석구석에는 못다 한 사랑의 밀회를 즐기거나, 시간이 아쉬운 듯 걸음을 떼지 못하는 커플들도 보여. 물론 비너스 상도 있고."

"언니. 이 그림 맞지. 그림이 너무 작게 보여서 그냥 평범한 풍경 사진 같아. 아쉽다 이런 그림은 실제로 봐야 하는데."

"그러게 말이다. 표정과 동자 하나에도 각각의 의미들이 있으니 더욱 그렇지."

"지민씨, 진짜 같이 보러 가요. 프랑스 가면 볼 수 있는 거죠?"

"하이고, 말만이라도 감사합니다. 제발 그런 날이 오길…"

"이 그림은 신화에 근거를 둔 작품도 아니고, 기독교 주제의 역사화도 아니라서, 프랑스 아카데미는 '페트 갈랑트'라는 장르를 만들어냈는데, 이를테면 전원의 축제라는 뜻으로, 세련된 옷으로 치장한 남녀들이 활짝 트인 야외에서 춤추고 담소하며 유희를 즐기는 이미지라고 생각하면 될 것 같아."

"정말 심오한 뜻 없이 남녀가 즐기는 거네. 우리가 클럽에서 놀듯이 말이야."

"호호, 그렇다고 볼 수 있지. 그다음으로 와토의 제자인 부셰가 있어. 이 사람은 특히 사치스럽고 에로틱한 누드를 많이 그렸어. 여기 〈목욕하는 다이아나〉 좀 봐. 다이아나는 그리스에는 아르테미스라고 불렸어. 사냥의 신이기도 하고, 처녀들의 수호신이자 출산을 돕는 신으로 알려져 있지. 눈부시게 하얀 피부를 가진 사냥의 여신 다이아나가 요정의 시중을 받고 있어. 사실 이 둘의 관계를 이렇게 묘하게 그린 화가는 없었어. 게다가 다이아나를 이 정도로 로맨틱하게 표현하지 않았지. 그전의 화가들은 이들의 목욕을 훔쳐본 죄로 자신의 개에 의해 찢겨지면서 죽어가는 사냥꾼 악타이온을 항상 등장시켰어. 그러나 부셰의 그림에서는 사냥꾼은 보이지 않아. 대신 그 자리에 관람객이 있는 거지. 신화에서는 다이아나 목욕하는 모습을 본 사람들은 사냥꾼처럼 처참하게 죽거든, 그 신비스러운 목욕의 장면을 관객들이 보고 있는 거야. 신화를 빌미로 훔쳐보는 욕망과 젊은 여성끼리의 동성애에 대한 상상을 하게 만드는 이미지야. 그 시대에도 이런 상상을 하지 않았을 리는 없지만 표현하지는 못했겠지. 지금처럼 언제든지 야한 동영상을 볼 수 있는 현대인의 눈으로 보면 이상할 것이 아무것도 없는 작품이지만, 신화의 이야기를 저렇게 동성애까지 상상하게 하면서 야릇하게 그린 사람은 없었어."

"정말 작은 이미지로 봐도 눈부시게 하얀 피부며 살짝 들어 올린 발을 요정의 무릎에 대고 있는 거며, 꼬리를 바짝 치켜들고 엉덩이를 보이는 개까지, 심상치가 않아 보여. 그전에는 사냥의 여신을 이렇게 섹시하게 그린 사람이 없단 말이지."

지민은 이미지를 크게 확대하고 이리저리 보면서 제법 심각한 표정을 짓기도 했다.

"여기 〈비너스의 화장〉이란 작품도 보면, 삼미신에 둘러싸여 목욕을 마친 후 거울을 보며 화장을 하는 비너스의 모습이야. 아름다움을 추구하는 여성들의 욕구가 적나라하게 드러나는 순간을 묘사한 거지. 목욕하고 화장하면서 거울을 보는 지극히 인간적인 개인사를 여신을 통해서 이렇게까지 나타낸 화가는 없었어. 이때부터 화가들에게 귀족 부인들의 알몸을 비너스처럼 표현하는 빌미를 제공하게 되는 거지. 확인된 것은 아니지만 이 그림 역시 루이 15세의 애첩 마담 퐁파두르가 모델이었을 것이라는 설이 유력해."

"와. 〈비너스의 탄생〉에서도 개인의 욕망이 신들을 통해서 드러나기 시작했다던데, 로코코 시대에 와서는 신이 인간이 되어버린 셈이네."

"그렇지. 여기 프라고나르의 〈그네〉를 보면, 방탕할 수도 있는 장면을 아름답게 재현한 느낌이야. 그네를 밀어주는 사람과 그네를 타는 여인의 치마 속을 보고 있는 남자가 보이지. 그런데 셋의 관계가 의심스러워. 연분홍 치마가 들려지면서 신발 한 짝이 허공으로 날아가고, 왼편의 큐피드상은 뭔가 비밀의 뉘앙스를 풍기고 있는 것처럼 느껴져. 남자는 여인의 치마 속을 보고 여인은 남자의 속마음을 알았는지, 신발을 벗어 던지듯 하면서 일부러 다리를 들어 치마 속을 보여주는 것 같아."

"와. 정말로 에로틱한 암시인 것 같아요. 여성의 치마 속을 보는 금지된 욕망을 자연스럽고도 선정적으로 표현했네요. 어둠 속에서 그네를 미는 사람은 남편일 수도 있겠네요. 만약 그렇다면 정말 외설적인데요."

지민과 준식은 어느새 몸을 밀착하고 스마트폰의 이미지에 집중하고 있었다.

"관능이나 쾌락을 추구하던 그 시대 후원자들의 취향이 잘 반영되었다고 봐야지."

"언니 또 없어? 너무 재미있다. 딱 내 취향이네."

"나도 이제 몰라. 궁금하면 네가 더 공부를 하던지. 여기 와인이나 한잔 더 하자."

"네 그러시죠. 자 건배. 재미있는 미술사 강의 감사합니다."

"무슨, 우리가 사진 얘기를 더 잘 들었는데. 건배."

"준식씨, 나도 로코코 시대 여자들처럼 누드모델 되고 싶어요. 나 좀 찍어줘요."

갑작스런 지민의 말에 준식은 마시던 와인을 삼키지도 못한 채 눈만 껌뻑이고 있었다.

〈키테라섬의 순례〉〈그림45〉

〈목욕하는 다이아나〉〈그림46〉

⟨비너스의 화장⟩⟨그림47⟩

⟨그네⟩⟨그림48⟩

18
신고전주의
- 다비드, 앵그르

"야. 강 감독. 이리와. 한잔 받아."

상엽이 막내 동원에게 술잔을 내밀며 말했다.

"애. 형님. 잠깐만요."

"상엽아. 쟤가 아무리 막내라도 이제 국가대표 감독이 됐는데 네가 가서 따라야지."

오랜만에 패밀리 멤버들이 모인 술자리에서 지헌은 유난히 취한 모습을 보였다.

"내가?"

상엽이 지헌을 쳐다보았다.

"아닙니다. 형님. 당연히 제가 가야지요. 행동이 늦어서 죄송합니다!"

얼마 전 올림픽 태권도 부문 대표선수 감독으로 발탁된 강동원이 갑자기 벌떡 일어나 상엽 앞으로 가서 차렷 자세를 취했다. 동원의 귀에는 큰형 지헌이 상엽에게 하는 말이, 잘나간다고 거들먹거리지 말라는 의미로 자신에게 하는 소리처럼 들렸던 것이다. 나이가 들고 관계가 복잡해질수록 기호체계들도 변이가 오는지 소통의 순수를 잃고 있었다.

"어. 아니. 내 말은 그게 아니고, 진짜 상엽이가 가야 한다는 뜻이었어."

진헌이 난감한 듯 막내 강동원 감독에게 말하자 상엽이 놀리는 것처럼 지헌에게 대꾸했다.

"다음 주에 태능 들어가서 엄청 고생해야 하는 애한테 부담을 주고 그래요. 나한테 말하기 전에 형이 먼저 강 감독한테 가서 술을 따르는 모습을 보여야 동생인 내가 보고 배우지."

"하이고. 되로 주려다가 말로 받았구먼. 알았다. 나이 든 사람은 입 다물고 그냥 있으란 소리지. 내 참 더러워서."

"무슨 말을 또 그렇게 해요. 그런 뜻이 아닌 것 알면서. 더럽다니!"

상엽도 술기운 탓인지 지헌의 말을 그냥 넘기지를 못하고 한마디 하고 말았다. 모처럼의 술자리에 처음으로 험악한 분위기가 감돌았다.

"형님들. 제가 죽을죄를 지었습니다. 사죄의 의미로 소주 한 병 병나발 불고 1차 제가 쏘겠습니다."

동원도 자신 때문에 험악해지는 분위기를 급하게 수습하려고, 쇼와 찬조금을 한꺼번에 들이대는 초강수 수법을 자신의 이름처럼 동원했다. 평생 운동만 하면서 터득한 그만의 방법이었다. 게다가 아무것도 내세울 것이 없던 시절, 형들을 처음 만났을 때처럼 초심을 잃지 않겠다는 의지를 보이기 위해 조금 강력한 액션이 필요하다고 생각했다. 잘하면 일석이조의 효과를 얻을 수 있었다.

"야. 우리가 무슨 양아치냐. 뭣들하고 있어."

신사동 가로수 길에서 태국 마사지 업소를 운영하는 전직 조폭 김일근이 굳은 표정으로 말하는 사이, 소주병의 밑이 빠르게 위로 향하며 동원의 입에 꽂혔다.

"야야. 이런 씨…"

일근의 손사래가 시작되기도 전에 소주 한 병이 말끔히 비워진 채 동원의 머리 위에서 남은 몇 방울까지 토해냈다. 긴장되는 순간이었다. 동원의 행동이 이십 년 전처럼 귀엽게 받아들여지지 않는다면 그 여파는 고스란히 상엽에게 돌아갈 판이었다.

"하하. 역시 옛날 실력이 살아 있구먼. 좋아 나는 막걸리 한 병."

지켜보던 용백이 자리에서 일어나 박수까지 치더니, 정말로 20년 전처럼 막걸리 완샷을 시도하려고 하는 것이 아닌가. 다행이었다. 일근도 꼼짝 못 하는 용백의 호응에 힘입어 술자리 분위기는 일단 수습의 기미가 보였다.

"야. 너까지 왜…"

일근은 말끝을 흐리면서 막걸리를 마시는 용백의 모습을 쳐다보았다.

"야. 안 되겠다. 막내 감독 된 기념하고 그동안 못했던 도원결의도 새롭게 할 겸. 각자 앞에 있는 맥주잔에 소주 채우고 완 샷 한번 하자."

회장격인 준기가 새롭게 술자리를 주도하기 시작했다.

"형님, 피라도 한 방울씩 탈까요. 주인한테 칼 좀 달라고 하죠. 히히."

"쓸데없는 소리 하지 말고 막내 넌 형들 잔 채워."

"옙. 히히"

준기가 일어나 잔을 들면서 지헌에게 말했다.

"형. 한마디 하시죠."

"흠. 우선 강 감독, 태능 입성 축하한다. 선수로만 들어가다가 감독 신분으로 입소하니까 감회가 남다르겠어. 몸조심하고. 우리 우정 변치 말고 영원히. 위하여!"

맥주잔을 채운 소주에 대하여 더 이상 뭐라 하는 사람은 없었다. 엄숙한 의식을 치르듯 눈을 감고 잔을 비울 뿐이었다. 지헌은 건배를 하면서 상엽에게만 살짝 윙크를 했고 상엽도 지헌을 바라보며 살짝 잔을 들어 보이는 것으로 답례를 했다. 부부처럼 남자들의 술자리도 즐거움과 오해, 다툼과 화해가 뒤섞이는 경우가 많았다. 사람이 둘 이상 모이는 자리는 대부분 인생의 축소판이었다. 술자리는 전보다 분위기가 더욱 좋아진 데다, 소주 반병 완 샷은 빠르게 효과를 나타냈다. 신사동 가로수길 상가 총무인 일근이 자신이 아는 노래방에 전화를 걸기 시작했고, 막판의 술자리가 늘 그렇듯이 두세 명이 그룹을 지어 각각의 얘기들을 나누고 있었는데, 상엽만은 어떤 그룹과도 대화를 섞지 않고 친구들을 물끄러미 바라만 보았다.

「우리들은 어떤 시대상의 인물들일까?」

미술의 사조로 이야기하자면 로코코 시대 이후, 인상주의가 나타나는 19세기 중, 후반전까지 거의 한 세기를 이끌어갔던 신고전주의, 낭만주의, 사실주의 시대의 인물들이 한자리에 모여 있는 것 같았다. 자신의 앞에서 막걸리를 마시고 있는 용백은 확실히 신고전주의 시대를 열었던 자크 루이 다비드(1748-1825년)처럼 이상주의자이면서 혁명가였다. 로코코시대의 장식적이고 화려한 치장과 경박하고 쾌락적인 요소를 배척하고, 고대 그리스, 로마의 미술을 본받아서 애국적이고 도덕적인 주제를 강조하는 그림을 그렸던 화가. 상엽은 아무도 모르게 미소를 지었다. 용백이 다비드라면 자신은 로코코시대 화가 같은 생각이 들었기 때문이었다. 말로는 제법 지적인 척하면서 행동으론 한 번도 옮긴 적도 없고, 게다가 그 지식이라는 것도, 남들 같았으면 쉽게 잊었을 정보들을 기억했다가 적당히 풀어놓는 수준에 불과하지 않은가. 상엽은 용백을 보면서 다비드가 그린 〈호라티우스 형제의 맹세〉나 〈마라의 죽음〉 같은 이미지가 생각났다. 감성보다 이성을 중시했던 신고전주의 선구자 다비드는 믿음, 질서, 도덕을 숭배했다. 그림도 낭만주의가 선호했던 색채보다도 선과 소묘에 중시했고, 구도나 표현 또한 불규칙한 곡선보다는 직선과 엄격한 비례를 강조했던 것이다.

"야. 무슨 생각을 그렇게 하냐."

일근과 대화에 열중이던 준기가 상엽 쪽으로 얼굴을 돌리면 물었다.

"아. 갑자기 용백이가 프랑스 화가 다비드 같아서."

"하하. 〈나폴레옹 대관식〉 그린 사람 아냐? 그 사람도 싸움 잘했냐?"

"와. 이제 너도 척 하면 툭 나오는구나. 루브르에서 그 작품을 보는데 일단 그 크기에 압도당하게 되더라. 정말 그 앞에 서면 인간이 초라해진다니까. 크기만 해도 가로는 10미터 가까이 되고, 세로도 6미터가 넘어."

"대단하구나. 실제 대관식의 위용을 느끼게 하고 싶었겠지."

"그렇지. 게다가 제작 기간이 3년이나 걸렸고, 150명이나 등장하는 그 많은 사람들을 사실적으로 그린 것뿐 아니라, 스스로 왕관을 쓴 나폴레옹이 왕비 조세핀에게 씌워 주기 위해서 왕관을 높이 쳐든 장면은 교황의 권위를 뛰어넘고 있는 것처럼 꾸며져 있어. 물론 실제 대관식에선 이런 장면은 없었지. 나폴레옹의 키도 실제보다 훨씬 커 보이잖아. 게다가 대관식에 참석하지 않은 나폴레옹의 어머니도 중앙에 그려 넣고, 마흔이 넘은 왕비도 젊은 여인으로 그렸지. 자세히 보면 재미있는 요소가 많아."

"아! 나도 가보고 싶다. 파리. 거기 가면 모나리자도 볼 수 있겠지."

예전엔 전혀 생각해보지도, 갈망하지도 않았던 바람이 준기의 의식 속에 싹트고 있었다.

"그런데 그 사람이 왜 혁명가야?"

"신고전주의 시대 사람이니까. 나폴레옹이 황제가 되기 전엔 루이 16세를 단두대에 보내는 강경파를 지지했거든. 그리스, 로마시대의 엄격했던 규율을 이상향으로 삼고 사회변혁을 꿈꾼 사람이야."

"하하. 용백이가 다비드 같다는 말이 이해가 간다."

"나폴레옹이 집권하기 전에 그렸던 〈호라티우스 형제의 맹세〉라던가 〈마라의 죽음〉 같은 그림을 보면 그 사람의 성향을 잘 알 수 있지."

배움에 시간과 장소는 아무 상관없다는 듯이 준기는 취중에도 재빨리 핸드폰을 꺼내 상엽이 말한 다비드의 이미지를 찾았다.

"와. 〈호라티우스 형제의 맹세〉는 형제로 보이는 로마시대 군인들이 노인 앞에서 무슨 서약을 하고 있는 것처럼 보이는데?"

"루이 16세의 명을 받아서 그린 건데, 플루타크 영웅전에 나오는 이야기를 다비드가 각색한 거야. 로마가 옆 나라와의 싸움에서 희생을 최소하기 위해 각 나라의 대표 3명을 뽑아서 대결을 시키거든. 호라티우스 가문의 세 아들이 아버지에게 국가를 위해 목숨을 바치겠다는 맹세를 하는 장면이지. 오른쪽의 여인들은 호라티우스의 여인들인데 이미 대결을 해야 할 나라와 혼인을 약속한 사이이고, 게다가 저 삼 형제 중에 한 명은 이미 그쪽 집안의 사위야. 사사로운 감정에 빠져서 괴로워하는 여인들과 국가의 충성을 중요하게 생각하는 남자들의 모습이 대조적이지."

"'미술은 대중을 교육시키는데 공헌해야 한다.' 다비드가 한 말이라네."

준기가 인터넷에 나온 이미지 설명을 보고 읽었다.

"〈마라의 죽음〉도 마찬가지야. 마라는 다비드의 친구였는데, 루이 16세를 단두대에 보낸 급진주의 혁명가야. 결국 목욕 중에 반대파에게 암살당하지. 〈마라의 죽음〉은 그 장면을 그린 작품이야. 이 사람은 피부병 때문에 목욕을 하면서 집무를 보았다는데, 사실 이렇게 죽었겠어? 더 처참했겠지. 그러나 다비드는 흡사 순교자의 죽음처럼 성스럽고 위대하게 표현하기 위해서 마라를 그리스도처럼 표현하지."

"근데 이 사람 혁명가 맞아? 처음에는 루이 16세의 궁정화가였다가. 왕을 죽이는 급진파에 돌아섰다가, 다시 공화정 시대 나폴레옹의 화가가 되고. 나폴레옹의 실각 후에 망명 생활을 하지만, 그 와중에도 초상화 주문이 많아 궁핍하게 살지 않았다던데. 처신을 잘하고 살았던 사람이네. 용백이 하곤 다른 것 같은데… 하하."

준기가 용백의 이름을 거들먹거리며 웃자 용백이 고개를 돌렸다.

"니들 뭐하는데 내 이름이 나오냐?"

"아… 화가 중에 너하고 비슷한 성향에 사람이 있어서."

"야. 너희 요즘 만나면 그림 이야기를 하는구나. 참 별스럽긴 하다만 나빠 보이진 않는다."

용백이 빈정거림인지 격려의 말인지 확실치 않은 뉘앙스를 풍기며 말했다.

"그게 누구냐. 혹시 벌거벗은 여자가 항아리에 물을 붓고 있는 그림을 그린 사람이니? 미술책에 나왔던 거. 내가 학교 다닐 때 그거 엄청 좋아했잖아."

야한 얘기만 나오면 말이 많아지는 일근이가 불쑥 끼어들며 말했다.

"하하. 앵그르 말이니? 그 작품이 〈샘〉이었을걸."

"그 사람도 신고전주의 시대 사람이던데"

준기가 반갑게 맞장구를 쳤다.

"맞아. 다비드가 아끼는 제자였어. 역대 화가들 중에 이 사람처럼 기교가 뛰어난 사람은 없었어. 〈드 브로그리 왕자비의 초상〉 같은 작품을 보면 살결이나 옷감의 질감이 섬뜩할 정도로 잘 표현되어있어. 붓 자국은 볼 수도 없고 마치 코팅된 것처럼 에나멜 광택이 나지. 붓 자국 없이 매끈하게 그리는 것이 신고전주의 화풍의 특징이기도 하지."

"와. 무슨 미술관 온 것 같네. 그 왕자비도 홀딱 벗었냐?"

일근이 장난스럽게 끼어들었다.

"예전에 스핑크스라는 룸살롱에 갔었거든. 그런데 안에 들어가니까. 이집트 피라미드 실내하고 똑같이 꾸며놓은 거야. 서빙하는 사람들은 병사 복장을 하고 왔다 갔다 하고."

"그래서? 그것뿐이야?"

"더 들어봐. 넌 말하고 있는데 끼어들고 그러냐."

용백이 재미있다는 듯이 묻자 일근이 말을 계속 이어갔다.

"그런데 들어오는 아가씨들이 모두 영화에 나오는 클레오파트라처럼 생겼더라고. 가발을 썼는지 진짜인지는 모르겠지만 헤어스타일도 그렇게 하고, 화장도 그런 분위도 그렇고. 옷도 입는 둥 마는 둥 그런 스타일로 입고 말이야."

"하하. 진짜 재미있네. 손님들이 이집트의 파라오가 된 기분이겠네."

"파라오가 뭐냐?"

"이집트 왕. 인마."

"조금 전에 일근이가 말했던 앵그르도 이집트 분위기하고 비슷한 〈오달리스크〉라는 주제를 많이 그렸어"

"그게 뭐냐?"

일근은 자신이 말한 이집트 컨셉의 룸살롱 분위기와 비슷하다는 말에 솔깃했다.

"술탄의 후궁이나 시녀들쯤 되는 여인들을 일컫는 말이야"

이어지는 일근의 유치한 질문에도 상엽은 웃으면서 대답했다. 아까 지헌이 형에게 빈정대던 모습은 찾아볼 수 없었다. 안 그래도 그일 때문에 계속 후회를 하고 있었던 참이었다.

"흐흐, 왠지 분위기 좋아지는데, 딱 내 분위기야. 근데 술탄은 뭐냐?"

일근이 소주를 단숨에 들이켜면서 테이블 앞에 몸을 바싹 붙었다.

"쉽게 얘기해서 이슬람국가의 왕이야. 이집트에서 왕을 파라오로 불렀던 것처럼 말야."

"오. 그럼 지금 사우디아라비아 왕이 술탄이네"

"맞아. 예전엔 터키 즉, 오스만 제국의 왕에게만 쓰이는 호칭이었는데, 점차 중동지방으로 확산됐지."

"터키! 어쩐지 야릇한 느낌이 든단 말이야. 터키탕 때문에 그런가?"

"참. 생각하는 것 하고는. 어떻게 그런 데까지 생각이 이어지냐."

일근의 말에 준기가 한심하다는 듯이 혀를 찼다.

"아니야. 일리가 있어. 그 당시는 터키가 동양의 신비를 간직한 묘한 지역이었어. 게다가 로마의 옛 수도였고 말이야. 왕 외에는 절대 들어갈 수 없었던 하렘이란 곳은 서양인들에게는 신비의 영역이었지. 그래서 그곳에 사는 오달리스크라는 여인들이 남성들에게 동경의 대상이 된 것은 말할 필요도 없겠지. 아무도 본 적이 없으면서 소문만 무성했던 거지."

"봐. 새끼야. 터키탕이라고 부르는 게 다 일리가 있는 거잖아."

또다시 상엽의 부드러운 설명이 이어지자 일근은 의기양양해졌다.

"앵그르도 〈터키탕〉이라는 주제의 그림을 그렸어. 그는 여성의 누드를 많이 그렸거든. 사실 겉으로는 신고전주의자인 척하면서 끝없이 여성의 누드에 집착했지."

"그 사람이 그렇게 잘 그렸다면서?"

어느 틈에 용백까지 관심을 보이면서 대화에 참여했다.

"원래 신고전주의 그림은 붓 자국 없이 매끈하게 그리는 데다 형태를 중요시하는데, 앵그르는 결벽증이 있을 정도로 대상을 철저하게 묘사를 했던 사람이야. 그가 그린 〈오달리스크〉를 보면 여인의 실핏줄까지 표현이 되어있을 정도야. 소름 끼치는 수준이지"

"이거냐. 와 진짜 멋있긴 한데, 허리가 약간 길어 보이는 느낌이네."

역시 준기가 스마트폰으로 작품 이미지를 찾아 보여주며 말했다.

"맞아. 그래서 이 그림에 대해서 비평가들은 척추 뼈가 몇 개인 줄 모르겠다면서 비꼬는 사람도 있었는데, 소묘의 대가가 그 정도를 몰랐겠어? 앵그르는 누구도 보지 못했던 하렘의 여인들을 생각하면서 자신의 감정을 집어넣었던 거야. 여성의 아름다움을 극대화 시킨 거지."

"로코코의 체제를 부정했지만, 자신의 욕망은 그럴 수 없던 거였구먼."

준기의 대답에 상엽이 고개를 끄덕이는 순간, 일근은 전화기를 낚아채서 그림들을 살펴보았다.

"뭐야. 이거 우리 가게에 다 걸려있는 그림 아냐?"

일근이 깜짝 놀라면서 재미있어하는 표정으로 화면을 넘겼다.

"야. 마사지 업소에 그런 것이 왜 있어."

"가게 개업할 때 우리 애들이 인터넷 뒤져서 액자까지 있는 것으로 포장해서 선물해 준거야. 고상하고 멋있잖아. 퇴폐는 안 하니까 더 야한 건 안 되고,

아무것도 없으면 허전하고 그래서 걸었는데. 작가 이름은 몰랐었네. 엄청 유명한 그림이었구만."

"참내. 자기 가게에 걸린 그림이 뭔지도 모르고, 하하"

"이제 알았으니 됐지 뭐. 자 한잔 하자."

모두 잔을 들고 건배를 하면서 오랜만에 웃었다. 오래된 친구는 이래서 좋은 것이었다. 각자 어떤 이야기를 하거나, 무슨 행동을 해도 서로의 편이 되어 줄 것이라고 믿는 것, 그것이 친구였다. 가족과는 또 다른 위안이었다.

〈호라티우스 형제의 맹세〉〈그림49〉

〈마라의 죽음〉〈그림50〉

18 신고전주의 – 다비드, 앵그르

〈나폴레옹 대관식〉〈그림51〉

〈샘〉〈그림52〉

〈드 브로그리 왕자비의 초상〉
〈그림53〉

〈오달리스크〉〈그림54〉

〈터키탕〉〈그림55〉

19
낭만주의
- 제리코, 드라크루아

제법 쌀쌀해진 날씨 탓인지 준기는 취기가 심하지는 않았지만 피곤했다. 눈을 감은 택시 안에서 조금 전 친구들의 모습들이 주마등처럼 스치고 지나갔다. 김일근, 어린 시절 용백이가 소개해준 그는 아주 오래전 건달 생활을 했었다. 처음엔 그 사실을 아무도 몰랐고 지금도 자기 입으로 말하지는 않지만, 그렇다고 부인하지도 않았다. 결정적으로 친구들이 일근의 배경에 대해 알게 된 계기는 정말 우연이었다. 준기와 지헌이 일근의 차에 있는 낚싯대를 빌리기 위해, 청평 어딘가에 야유회를 왔다는 일근의 말을 흘겨듣지 않고 기어코 그곳을 찾아갔을 때, 처음엔 일근이 자기가 가는 길에 낚싯대를 가져다줄 텐데, 왜 굳이 여기까지 오려고 하는지 모르겠다며 곤란해 한 이유가 여자 때문인 줄 알았다. 준기와 지헌은 바람피우는 현장을 급습해서 놀래켜 줄 심산으로, 일근이 대충 얼버무린 장소를 기적적으로 찾아간 곳에서는 기대와는 다르게 웬 운동회가 한창이었다. 그날이 조폭들 야유회 날이란 것은 나중에야 알았다. 등짝에 각종 문양의 문신들을 한 사내들이 운동장을 가득 메웠는데, 운동장 한가운데를 가로지르며 도착한 두 대의 검은 대형차를 향해 그 많은 문신의 사내들이 한결같이 90도 인사를 하는 모습을 보고서야, 왜 그날을 야유회 날로 잡았는지도 역시 나중에야 알았다. 어정쩡하게 서 있을 수밖에 없었던 준기와 지헌도 그 차를 행해 인사를 해야 하는지 고민할 정도로 살벌하고 어색한 분위기였다. 그날 출소한 왕초 조폭과 악수를 하고 술도 같이 먹으면서, 차마 낚싯대를 가지러 이곳에 왔다는 유치한 이유를 사실대로 밝히지 못했고, 문득 친구가 보고 싶어서 들렀다는 식의, 조폭들이 좋아할 만한 대답으로 그 자리를 얼버무리고 말았다. 그날 그곳에서 어쩔 수 없이 하룻밤을 지내면서 살펴보니, 몸에 문신을 하지 않은 사람은 일근이 한 명 뿐이었는데, 얼마 후 그가 뒤늦게 대학에 진학하고 나서야 문신이 없었던 이유를 어렴풋이 짐작할 수 있었다. 준기와 지헌은 조직에서 일근에게 사업상 중요한 일을 담당하게 할 심산이었는지도 모른다고 의견 일치를 보았다. 일근 이야기를 조폭 영화들이 따라 하는 건지 아니면 그 반대의 경우인지는 알 수 없었으나, 중요한 것은 일근이 한 번도 건달 티를 낸 적이 없었다는 것과 늘 정의감에 불탔다는 것이었다. 게다가 결정적으로 친구들이 그를 좋아하게 된 첫 번째 이유는 아무도 모르게 위안부 할머니들을 돕고 있었다는 사실이었고, 그다음은 오래전 용백에게 일근을 처음 소개받았을 때 그가 연극인이라고 한 말이, 친구들에게 호감을 샀던 두 번째 이유였다.

「오! 20살의 나이에 벌써 연극인이라니. 감히 무대에서 열연하는 배우와 친구가 되어서 술을 마실 수 있다니.」

준기를 비롯한 친구들은 일근의 등장에 고무됐었고 만남은 그렇게 시작됐었다. 아직까지도 그가 출연했다는 연극은 보지 못했지만, 일근은 위안부 할머니에게 실질적으로 도움을 주는 행동주의자였고, 그를 소개시켜준 용백은 아직도 통일의 꿈을 실천으로 옮기고자 하는 영원한 혁명가임에 틀림없었다. 다른 친구들은 어떤가. 고등학교 후배이면서 의사인 범준은 같은 학교 의대 봉사 서클에서 만난 봉희를 이 모임에 끌어들였는데, 둘은 처음에 슈바이처 박사처럼 아프리카 오지에 의료지원을 다니는 꿈을 꾸었지만 용백을 만난 후에는 북한으로 장소를 변경했다. 그날이 언제가 될지는 모르겠지만 그래도 꿈이 있지 않은가. 대기업 제품디자이너인 성욱도 오랫동안 동화 속에 키다리 아저씨처럼 보육원의 어떤 아이를 후원해 왔다는 사실을 불과 몇 년 전에야 친구들이 알게 됐고, 회사가 부도가 나는 바람에 백수가 된 진성도 대학 시절에는 야학을 하면서 청춘을 불태웠었다. 지금도 그때 같이 고생했던 사람들을 가끔 만났다는 말을 진성으로부터 들을 때면, 그를 다시 쳐다보게 되는 것이었다. 상엽이 대학생 때 후배라고 소개해준 재영은 현재는 상엽보다 더 뛰어날 뿐만 아니라 해외에서도 알아주는 사진작가이다. 예전엔 영화 포스터며 화보 촬영 때문에 알고 지내는 연예인도 많아서 그들과 술자리도 몇 번 했던 기억이 있지만, 정작 친구들에게 깊은 인상을 주었던 것은 다른 곳에 있었다. 새끼 때부터 키워온 콜리종의 슈라는 개가 치매와 노환으로 숨을 거둘 때까지 개의 병수발을 하는 그의 모습이었다. 여태 혼자 사는 그는 다른 사람의 손을 빌리지 않고 누워만 있는 슈의 병수발을 직접 감당했다. 정신이 오락가락하는 와중에도 재영의 손길만을 기억하는 슈를 차마 남의 손에 맡기기 싫었단다. 그는 매년 모임의 가족사진을 공짜로 찍어 주었는데, 모임의 가족들 누구도 슈를 기억하지 못하는 사람은 없을 정도로 그 사진들 속에는 슈의 생애가 고스란히 녹아 있었다. 어느 날 덜렁, 재영이 슈가 17년의 생애를 마감했다는 짧은 부고를 밴드에 올렸을 때, 아무도 개죽음이란 말을 언급한 사람은 없었다. 약속이나 한 것처럼 모두 한결같이 친구의 죽음을 애도했었다. 섬세한 패션 디자이너 지헌은 타고난 옷쟁이였다. 대학 때부터 먹는 것을 아껴서라도 사고 싶은 것은 사야할 만큼 치장에 유난을 떨었다. 남자 패션 디자이너가 일반적이지 않던 시절에 그는 자신의 본능을 따랐다. 지금도 친구들과 그들의 가족 신체 사이즈를 기억하고, 샘플이나, 땡처리 할인의 기회가 생기면 옷을 마련했다가 선물해주는 수고를 잊지 않았다. 친구들을 따뜻하게 또는 멋지게 보이고 싶어 하는 그의 마음은 엄마와 닮았다. 막내 강동원 감독은 돈 없는 운동선수에게는 일절 금품을 받지 않았다. 체육계에서 관행처럼 되어있는 각종 명목의 찬조금을 최소화시키고 공정하게 실력에 따라 평가하면서 선수들과 같이 뛰고 같이 울며 웃었다. 그 나이에 박사학위까지 취득하고 모교의 감독이면서 국가 대표팀 감독이 된 것은 보통의 실력과 집중력으로는 이룰 수 없는 업적이었다. 미국에서 성공한 근성을 본지도 10년이 다 되어가는 것 같았다. 선수와 의사로 만난 근성과 동원을 범준이 소개해줄 때만 해도 오십이란 나이가 될지 상상도 하지 못했다. 마지막으로 준현이 생각이 나자 준기는 웃음이 나왔다. 맥주 한잔이 주량이면서도 끝까지 술자리에 남아 친구들을 챙기는 친구였기 때문이다. 언젠가는 맥주 한잔을 마시고 취해서 어쩔 줄 모르는 모습을 보고는 그에게 술은 일절 권하지 않았다. 대학의 전공과 현재 하는 일에 맞게 모임의 법률 자문을 맡고 있는 그는 한강이 훤히 내려다보이는 알만한 아파트 로얄 층에 혼자 사는데, 한 번도 부자 티를 낸 적도 없고 돈을 허투루 쓰는 것을 본 일이 없었다. 준현은 확실히 아버지와는 다른 꿈을 꾸고 있는 것 같았다. 준기는 낡은 필름을 얹은 영사기처럼 지나가는 친구들에게는 공통된 무엇을 느끼고 있었는데, 그것은 신념이었다. 적어도 한 가지 이상은 자신의 이상을 가지고 있고, 그것을 이루기 위해 노력하는 열정이 친구들에게 분명히 존재했다. 늘 먹고 살기 힘들다고 투덜거리기는 해도, 자신들을 다른 사람들과 차별화할 수 있는 인간적 매력이 분명히 있었다. 그러나 준기는 정작 자신은 무엇을 했고, 어떤 것을 하고 싶은지 알 수가 없었다. 나이가 들면 작은 나룻배나 사서 한적한 바닷가에서 살고 싶다는 생각은 자주 했었지만, 그것은 구체화시키기 겁나는 환상에 불과한 것이었다. 아내에게 그런 이야기를 했을 때, 돌아오는 반응은 자신의 예상보다 훨씬 수위를 넘는 수준이었다.

"미쳤어. 내가 왜 나이 먹어서 그런 고생을 해야 돼? 젊고 힘이 있을 때 그런 곳에서 사는 거야. 늙으면 병원하고 시장 가까운 도시 한복판에서 사람들 구경하면서 살아야 하는 것 아냐. 무슨 요트를 가지고 사람들을 맞이하는 것도 아니고, 작은 배 한 척 산다고? 당신 면허증이나 있어? 배 하나 건사하는 일이 쉬운 줄 알아? 법정스님이나 용백씨처럼 수행자야 당신? 그런 곳에서 맨날 누구 안 오나 하면서 처량하게 살래? 난 같이 못살아, 안 살아."

마치 자신의 말에 오래전부터 대답을 준비한 사람처럼 쉴 틈을 두지 않고 쏘아대는 마누라의 말을 속수무책으로 듣고 있을 수밖에 없었고, 그리고 무엇보다 준기가 제일 싫어하는 비교 대상이 나오자 더 이상 말을 섞고 싶지 않아서 그 이후론 말을 꺼내지 않았다. 아내의 습관적인 비교성 잔소리와 낭비벽이 결국 별거에까지 이르게 되었지만, 부부 사이란 한쪽에만 문제가 있는 경우는 드문 것처럼 여자를 그렇게 만든 것은 준기의 책임이 클 수도 있었다. 골치 아픈 지난 일이 생각나자 준기의 얼굴이 일그러졌다. 그러나 문득 준기는 아까 술자리에서 상엽이 나폴레옹 대관식에 대해서 이야기할 때, 문득 루브르 박물관을 가보고 싶은 충동을 느낀 것이 신기하다는 생각 또한 동시에 들었다. 그것은 비교적 강렬한 바람에 속했는데 예전 같으면 상상도 못 할 일이었기 때문에, 자신의 그런 감정에 대해 스스로도 당황스러워할 정도였다.

「유라시아 대륙을 철도로 건너볼까. 러시아와 중동을 거쳐서 동유럽을 지나 서쪽 맨 끝 프랑스에 도착하는 거야. 동쪽 맨 끝에서 시작해서 말이야. 철도 말고 확 자전거를 타고 가볼까. 스페인 프라도 미술관도 가고, 거기까지 갔는데 영국의 대영박물관도 빼놓을 수 없지…」

생각은 꿈과 이어지면서 상상의 나래를 펴고 끝도 없이 퍼져나갔다. 짐을 잔뜩 실은 자전거가 파리 근방 베르사유 궁 근처 캠핑장에서 세워져 있는 것이 준기의 눈에 띄었는데, 뒷부분 짐받이 위에 작은 태극기가 펄럭이고 있었다. 준기는 저 자전거가 자신의 것일지도 모른다는 생각을 했다.

"김 사장님. 일어나세요."

준기는 익숙한 목소리에 눈을 뜨자마자 깜짝 놀랐다. 택시 안이 아니었다. 높은 천장의 격자무늬 유리 사이로 채광이 되고 있었는데, 햇빛은 그다지 강하지는 않았다. 거대하고 길쭉한 홀에는 오로지 준기 혼자뿐이었다.

"어. 여기가 어디지?"

"하하. 여긴 파리 루브르 박물관 안에 드농관이에요. 그중에서도 프랑스 대작들만 모아 놓은 방이죠. 나폴레옹 대관식을 보고 싶다고 하셨죠?"

"아. 프락시모구나. 이런 능력까지 있나 보네. 이게 꿈이냐 생시냐?"

"…"

"아. 이게 다비드가 그린 나폴레옹의 대관식이구나."

홀의 정중앙에 걸려있는 그림은 불과 천장을 몇 미터 남겨둘 만큼 거대했다. 현대회화에서도 작품의 크기는 작가의 역량을 나타내는 방법이 되는데, 그 옛날 이 정도 대작을 다룰 수 있는 사람은 많지 않았을 것이다. 시간의 무게, 작가의 의지와 필력, 게다가 크기가 주는 장엄함까지 준기는 격동의 한 시대를 몸으로 느끼고 있었다.

"자. 저쪽에 있는 〈메두사의 뗏목〉이란 작품을 한번 보시죠?"

"그건 뭐야. 난 처음 들어보는 작품 이름인데. 제목부터 섬뜩한걸."

"1800~1850년 사이에 다비드가 문을 열었던 신고전주의에 반발하고 일어났던 사조가 낭만주의인데요. 회화에서는 이 작품을 그린 제리코라는 화가가 낭만주의 시작을 알리는 역할을 했다고 봅니다."

"중요한 사람인데 모르고 있었네. 그런데 다른 분야도 낭만주의 사조가 퍼졌었나?"

"물론입니다. 낭만주의는 로맨티시즘이란 용어와 동일시되는데요. 문학과 음악에도 많은 영향을 미치죠. 감수성을 중요시해서 이성적인 객관보다는 감정과 직관을 중요하게 생각했습니다. 한마디로 성실한 삶보다는 강렬한 삶을 지향했다고 보면 되겠지요."

늘 성실을 원칙으로 살아온 준기에게 강렬한 삶이란 단어가 낯설었다. 문득 그 와중에도 자신이 진정으로 원하는 삶은 어떤 것일까라는 생각을 했다.

"이 작품도 크기가 꽤 크네? 나폴레옹 대관식은 그림을 보면 내용을 짐작하겠는데 이 그림은 어떤 것을 표현한 건지 도통 모르겠는데."

그림은 처참하게 죽은 시체들과 살아있는 사람들이 서로 얽혀있으면서 난파된 배 조각으로 만든 뗏목 위에서 구조를 기다리는 모습이었다. 지금까지 과거를 이상화하고, 존재하지도 않았던 세계를 표현했던 이미지들과는 완전히 다른 양상을 하고 있었다. 왕과 교황의 초상화들 틈에서 단연코 눈에 띄는 작품이긴 했지만, 무덤 속에서나 어울릴 듯한 분위기는 확실히 부담스러웠다. 아마도 그 당시에는 굉장한 충격이었을 것이라는 생각이 들었다.

"이 작품도 가로, 세로가 7×5미터에 이르는 대작입니다. 이것은 그 당시에 사회적, 정치적으로 파문을 일으켰던 사건을 생존자들의 증언을 토대로 생생하게 재현한 작품이죠. 결국 정부의 무능력을 고발하고, 약자를 위해 진실을 끝까지 밝히는 열정이 프랑스의 낭만주의를 이끌어가게 되는 것입니다."

"사건을 그린다는 것 자체가 그 당시에는 생소한 일이었겠네. 도대체 어떤 사건이야?"

"1816년에 프랑스 식민지였던 세네갈로 프랑스인들을 실어 나르던 국영 이민선 메두사호가 아프리카 서부 해안에서 조난을 당하게 됩니다. 선장과 선원들이 먼저 비상 구호선으로 옮긴 다음, 149명의 승객들을 뗏목에 태우고 끌고 가다가 선원들이 밧줄을 끊고 도망을 가고, 승객들은 2주 동안이나 물과 식량도 없이 뗏목 위에서 말할 수 없는 고초를 겪습니다."

"저런 나쁜 놈들 같으니. 그래서 어떻게 됐어?"

"사람들은 기아에 미쳐 서로를 잡아먹는 끔찍한 만행을 저지릅니다. 결국 구조선이 이들을 발견했을 때는 149명의 승객 중 15명이 살아남아 있었죠. 프랑스 국민들은 이런 무시무시한 체험담을 소문으로 듣기도 하고, 살아남은 외과 의사가 쓴 소설을 읽기도 하면서 경악을 금치 못했죠."

작품은 어두운 갈색 톤으로 그려져 있어 더욱 슬프고 비장한 느낌을 띠고 있었고, 아들로 보이는 시체를 안고 비통한 표정을 짓고 있는 왼편의 노인, 거의 물속에 잠길 듯한 오른편의 죽은 사람, 맨 꼭대기에서 구조선을 향해 손을 흔드는 흑인들의 모습이 생생하게 재현되어 있었다. 제리코는 생존자들을 만나 사건을 취재하면서, 당시의 상황을 정확히 재현하고자, 시체 안치소에 가서 부패한 시체를 관찰하고, 처형당한 죄수의 머리를 스케치했을 뿐 아니라, 폭풍우 속에서 직접 제작한 모형 뗏목을 몰아보기도 했다. 실로 진실을 향한 위대한 열정이 아닐 수 없었다.

"와. 그때까지 지구상에서 신지식의 선봉을 자처하던 프랑스가 그 사건 이후로 악의 화신 같은 존재로 취급받았겠구면."

"사람들은 제리코의 그림을 통해 사실과 진실을 담은 이미지의 힘을 처음으로 느끼게 되는 겁니다. 비록 사고로 32살에 죽기 때문에 남긴 작품은 얼마 되지 않으나, 이 작품으로 인해 제리코는 비난과 찬사를 같이 받으면서 프랑스 화단에 깊은 인상을 남기게 됩니다."

「저런 힘은 어디서 나오는 것일까?」

준기는 참혹한 시체들 사이로 그의 짧은 생애와 열정적인 삶이 느껴지는 것 같아서 한참을 더 서 있었다.

"옆에 있는 작품은 들라크르와의 〈민중을 이끄는 자유의 여신 - 1830년 7월 28일〉입니다. 프랑스 파리에서 일어났던 7월 혁명을 표현한 작품입니다. 배경에는 프랑스 혁명의 상징인 삼색기가 펄럭이고 있고, 현실에 참여하는 여성의 이미지가 부각 되어있습니다. 1789년 프랑스 대혁명 당시 빵을 요구하면서 베르사유 궁전으로 향하는 여인들 때문에 루이 16세는 파리로 거처를 옮기게 되는데, 이때부터 여인들이 항쟁의 중심으로 떠오르게 되지요."

프락시모의 일반적인 설명이 이어지고 있었지만, 준기는 젤리코와 들와크르와의 그림에서 그전에는 느낄 수 없었던 인간적 동질감을 느끼고 있었다. 사회의 진실을 외면할 수 없었던 화가의 고뇌, 폭정에 항거하는 서민들의 항쟁을 표현해야 했던 한 남자. 그가 형에게 썼다는 편지에서도 자신이 비록 전투에는 참가를 못했지만 그림을 통해서라도 혁명에 참가하고 싶다고 할 정도로 개혁의 의지가 강했다. 200년 전의 일이지만 19세기 한반도의 모습과 많은 부분이 일치해서일까. 그렇게 멀리가 아니더라도 촛불 시위로 뜨거운 지금의 대한민국과 혼란했던 그 당시의 파리가 비교되면서 눈앞에 보이는 것처럼 생생하게 느껴졌다.

"그 유명한 자유, 평등, 박애정신이 저 사람들이 들고 있는 삼색기에서 시작된 거구만. 절대왕정을 타도하고 진정한 민주주의를 열었던 시발점이 됐기도 했고 말이야."

준기는 한국 역사의 한 장면을 설명하듯이 벅찬 감정을 실어 말했다.

"네, 그렇습니다. 작품에서도 부르주아, 농민, 게다가 오른편에 보이는 총을 든 소년, 발밑에 깔린 무수한 시체 등 모든 계층이 함께 봉기를 하는 것으로 묘사되어있습니다."

"저렇게 열정적인 화법에 강렬한 색감을 쓰는 낭만주의가 나는 더 마음에 들어. 우아하게만 표현했던 여성을 총검을 든 강인한 전사로 그렸잖아. 신고전주의와는 확실히 구분이 되는 것 같아"

"네, 그래서 동시대에 활동했던 신고전주의 대가 앵그르와 낭만주의 대표 들라크루와는 몇십 년 동안 라이벌로 지내면서 서로를 공격했죠. 모든 면에서 반대의 성향을 가지고 있었기 때문입니다. 그러나 후대의 화가들은 감정과 색채, 자신의 주관을 중시했던 낭만주의 화풍을 더 선호했습니다. 낭만주의 표현 방법은 나중에 등장하는 인상주의 화가들에게 많은 영향을 주게 되지요."

"흠. 신고전주의도 개인의 주관이 없었던 것은 아니잖아. 다만 무엇을 어떻게 바라보느냐가 문제겠지."

"김 사장님은 낭만주의에 어떤 면이 마음에 드십니까?"

오랜만에 프락시모가 질문을 했다.

"뭐랄까. 낭만주의적 주관은 확실히 귀족이나 왕의 편은 아닌 것 같아. 그 이전에는 보지 못했던 밑으로부터의 시각이 보여. 같은 여인을 그리더라도 여신을 선망하는 것이 아니라, 생존을 위해서 목숨을 내던지는 일반 여인들을 대상으로 하면서, 사람들이 처참하게 죽는 모습까지 생생하게 보여줄 생각을 하다니, 그 당시에 저런 그림을 누가 사겠냐 말이야."

준기는 낭만주의에서는 다른 사조와는 달리 변혁의 시대를 뜨겁게 갈망하는 어떤 신념 같은 것이 느껴졌다. 파리와 영국에서는 증기선이 발명되고, 산업혁명이 시작하면서 시대가 변하고 있었지만, 한반도의 조선은 정조가 죽고 숙종이 그 뒤를 이을 뿐이었다.

"아. 그러시군요. 그렇다면 이 작품도 좋아하실 것 같아요. 들라크르와가 1822년 그리스 키오스 섬에서 자유를 외치며 혁명을 도모한 양민들을 터키군대가 2만 명이나 대량학살 한 사건을 그린 〈키오스 섬의 학살〉입니다."

인구가 10만이 넘었던 키오스 섬은 터키병사들의 잔인한 진압으로 이일을 겪은 후의 인구는 고작 2만 명에 불과했다고 전해지는데, 모두 죽거나 노예로 팔려나갔기 때문이었다. 작품은 죽은 엄마의 젖을 빠는 아이와 병사들에게 납치되는 여인들, 노파의 망연자실한 모습 등 그 당시 키오스의 참상을 적나라하게 담고 있었다.

"제리코나 들라크루와 이전에는 이런 그림을 그린 사람이 없었겠지?"

준기는 당연한 듯 물었으나 프락시모는 대답은 의외였다.

"아닙니다. 어떤 유파에도 속하지 않는 화가, 프란시스 고야가 1808년 그린 작품이 있습니다."

"손님. 다 왔습니다."

느닷없는 목소리에 놀라서 준기는 눈이 번쩍 떴다. 택시 안이었다.

"뭐야, 꿈이었구나. 이럴 줄 알았다니까."

〈메두사의 뗏목〉〈그림56〉

〈민중을 이끄는 자유의 여신
- 1830년 7월 28일〉
〈그림57〉

〈키오스 섬의 학살〉〈그림58〉

20
프란시스 고야

"아, 좋아요. 팔을 좀 더 올려요. 이 사진은 눈빛이 중요해요. 길들여진 세상을 향한 도도한 눈빛, 뭐 그런 거 있잖아요."

준식은 전공이 인물사진 분야가 아닌 데다 모델도 사진에 대한 감을 전혀 모르는 일반인이라서 촬영에 애를 먹고 있었다. 지민의 성화에 할 수 없이 사진을 찍어주겠노라고 약속은 했지만, 차마 처음부터 누드를 찍을 자신이 없었다. 지민의 생각처럼 모델들의 패션 화보는 무작정 따라 한다고 되는 일이 아니었고, 그렇다고 연예인 지망생들이 들고 다니는 프로필 사진처럼 찍고 싶지도 않았다. 그래서 선택한 것이 명작 속의 인물을 따라서 촬영해보는 것이었다.

"이 그림이 그렇게 유명해요?"

준식이 보라고 건네준 인쇄물 종이를 가리키면서 지민이 물었다.

"유명하기도 하지만 의미가 큰 그림이에요. 이 누드화를 계기로 근대 미술의 경향은 많이 달라지거든요."

"어머, 꼭 미술 전문가처럼 말씀하시네. 그리고 이 그림은 누드가 아니고 옷을 입고 있잖아요."

준식의 대답에 지민은 따지듯이 물었다. 누드를 찍고 싶었지만 아직은 때가 아니라는 준식의 말이 앙금처럼 남아 있었기 때문이었다.

"프란시스 고야는 〈옷을 입은 마야〉와 〈옷을 벗은 마야〉 이렇게 두 작품을 그렸어요. 똑같은 포즈로 한번은 옷을 입고, 또 한 번은 옷을 벗고, 이것이 누드의 마야예요."

준식이 누드의 그림을 보이자 지민은 재밌다는 듯이 작품을 살펴보았다.

"왜 두 개를 그렸을까?"

옆에 있던 미숙이 혼잣말처럼 말했고, 준식은 인쇄된 그림을 보면서 자신의 생각을 얘기했다.

"고야는 그 이유에 대해 말을 한 적이 없기 때문에 누구도 정확히 알고 있는 사람은 없어요. 다만 마야의 실제 모델이라고 추정하는 알바 공작부인과 고야가 애인 관계였다고 추측하면서 만들어낸 몇 가지 설이 있을 뿐이에요."

"와. 화가와 귀족 부인과의 사랑이라, 재밌는데요."

지민과 미숙 모두 흥미 있는 눈치였다.

"촬영 때문에 관련 자료를 찾아봤는데, 프란시스 고야라는 화가는 여러모로 대단한 사람이었던 것 같아요. 18세기 중반부터 19세기 초반까지 살았는데, 그 시기에 유행했던 신고전주의나 낭만주의 등 어떤 유파에도 속하지 않고 독자적인 세계를 가졌어요. 스페인의 3대 화가 중에 한사람일 뿐 아니라, 지폐에도 이 사람 초상이 새겨질 정도니까요."

"스페인의 3대 화가는 누구를 말하죠?"

"나머지 두 사람은 엘 그레코하고, 벨라스케스야. 피카소도 스페인 사람이지만 3대 화가 중에는 들지 못하나 봐."

지민의 물음에 이번엔 미숙이 말했다.

"사실 고야는 〈옷을 벗은 마야〉 때문에 그 악명 높았던 종교 재판에 회부까지 돼요. 카톨릭 국가였던 스페인은 여인의 누드를 용납할 수 없었던 거죠. 그 전까지는 모두 여신을 가장한 누드였거든요. 게다가 모델의 시선 또한 도도하게 관객을 바라보고 있잖아요. 여신도 감히 관객과 눈을 마주치지 않았는데, 벗은 여인이 민망할 정도의 포즈와 눈빛으로 그림 밖의 세상을 쳐다본다는 것 자체가 그 당시로써는 사회적 파장을 가져올 정도로 심각한 이슈였겠지요."

"맞아. 그 당시의 사회로 돌아가서 생각하니까. 여인과 화가의 입장이 이해가 되는 것 같아요."

지민이 제법 심각한 표정을 지으면서 말했다.

"여기 편지나 그림을 보면, 알바공작 부인과 고야의 사랑이 상당히 근거 있어 보여. 고야가 죽을 때까지 소장하고 있었던 〈알바공작 부인〉의 작품을 보면 여자의 손가락에 끼고 있는 반지에 서로의 이름이 새겨있고, 바닥에는 오직 고야뿐이란 뜻의 문구도 있거든. 두 사람이 서로 사랑했었다는 증거가 아닐까?"

미숙도 핸드폰에서 찾은 이미지를 살펴보면서 마치 탐정처럼 말했다.

"교황청은 이 그림의 실제 모델이 누구냐고 수차례 물었지만, 고야는 끝까지 대답하지 않고, 다만 자신이 사랑하는 여인이었다는 말만 남기죠. 풀리지 않는 의혹 때문에 알바 가문은 오랫동안 추문에 시달리다가, 1945년에 후손들이 이미 뼈만 남은 고인의 무덤을 파헤치고 진위감정을 시도하지만, 결론을 못 내렸어요."

"이미 오래전 일인데 그렇게까지 해야 했을까?"

"자. 그 당시로 돌아가서 생각해 봐야지. 알바 가문이 스페인에서 얼마나 대단했냐 하면 왕 앞에서도 모자를 벗지 않아도 되고, 교황 앞에서도 무릎을 꿇지 않는 최고의 명문 귀족 가문이었거든, 그런 가문의 부인이 일개 화가와 연분에 빠졌다는 것은 치명적으로 집안의 명예가 손상되는 일이었겠지."

세 사람의 대화는 꼬리를 물고 계속 이어졌다.

"사실 저는 여성과 사랑에 대한 이야기보다 세상을 보는 그의 관점이 더 멋있는 것 같아요."

"어떤 면에서 그렇죠?"

지민이 제법 진지하게 준식의 눈을 똑바로 쳐다보며 물었다.

"여기 〈카를로스 4세와 그의 가족들〉이라고 제목이 붙은 그림 좀 보세요. 고야는 프랑스 혁명에 반대했던 스페인 왕을 싫어했어요. 왕족들의 모습이 전혀 위엄이 있어 보이지 않고, 우둔하고 심술 맞게 표현되어 있어요. 마치 돈만 많은 천박한 졸부의 가족을 그려놓은 것처럼 말이죠. 그럼에도 불구하고 왕족들은 고야를 신뢰해요. 마치 브랜드만 믿고 제품의 질은 보지 않는 것이나 마찬가지죠. 벌거벗은 임금님 동화가 생각날 정도예요."

"어쩜. 진짜 그렇게 보이네. 궁정화가였으면서도 어떻게 이런 식으로 표현할 수 있었을까?"

미숙도 묘한 표정으로 그림을 살펴보면서 말했고, 지민도 불쑥 한마디를 보탰다.

"이 사람은 굉장히 자유분방한 사람이었던 것 같아요. 권위적인 것을 싫어했기 때문에 왕을 자기식으로 표현했고, 죽음도 두려워하지 않는 사랑도 할 수 있었을 거예요. 나는 이해할 수 있어요."

"맞아요. 고야는 '회화에는 형식이 없다'라는 말도 했어요. 관습에 얽매이는 것을 경계한 거죠. 이런 의식이 후대에 많은 영향을 미쳐요. 기술을 전수하는 것 보다는 의식의 전이가 더욱 무서운 법이니까요."

준식은 지민의 누드사진을 촬영하기 위해 명작들을 조사하면서 프란시스 고야를 알게 되었는데, 파고들면 들수록 몇백 년 전 한 인간의 고뇌가 실제처럼 느껴지는 것이었다. 내면의 세계에 대해 끊임없이 고민하면서도 관습에 도전하고, 부조리에 대항했던 고야는 나폴레옹 군대에 대항하여 봉기를 일으켰던 스페인 마드리드 시민들을 무차별하게 학살한 사건을 다룬 그림 〈1808년 5월 3일〉을 그리게 된다. 뿐만 아니라 말년에는 사회의 추악한 면을 상상력을 통해 표현했던 〈검은 그림〉 연작에서는 은둔자의 광기를 유감없이 보이기도 했다. 어떤 유파의 형식도 답습하지 않고 생생한 삶의 모습과 환상적인 비현실의 세계 모두 드나들었던 그는 진정한 근대 미술의 선구자라고 생각해도 지나친 말이 아닌 듯싶었다.

"아주 고야에 푹 빠지셨군요. 남자를 좋아하는 취향이신가 보죠?"

말도 안 되는 비유인 것을 알면서도 준식은 전혀 기분이 상하지 않았다. 오히려 지민의 투정 섞인 말투에 애간장이 녹아들 지경이었다.

"아휴. 배도 고프다. 저녁이나 먹자."

"그래요. 언니. 준식씨도 괜찮죠?"

준식은 촬영하다 말고 무슨 밥이냐는 말이 목구멍까지 나왔지만, 차마 입 밖으로 꺼낼 수는 없었다. 뿐만 아니라 한술 더 떠서 오히려 반가운 척을 하고 말았다.

"좋죠. 이 건물 1층 음식점인데 해물찜 잘해요."

완연한 가을인 줄만 알았던 날씨에서 냉랭한 기운이 느껴졌다. 겨울의 기미가 보이기 시작한 것이다. 식당 안의 온기가 포근하게 느껴졌다. 해산물을 덮은 뚜껑 사이로 낙지발 몇 가닥이 기어 나오면서 몸부림은 절정에 다다랐다. 지민은 집게로 낙지의 몸부림과 정면으로 맞서서 결국 나온 발들을 냄비 안으로 밀어놓고 완벽하게 뚜껑을 밀봉했다. 징그럽다던가. 내지는 가엾다던가. 등등의 소리는 한마디도 하지 않았다. 살아있는 것이 눈앞에서 통째로 삶아지는데도 아무렇지도 않은 모양이었다. 빈말이라도 몇 마디 했을 법 한데도 무표정인 데다 화기 때문에 부풀어 오른 낙지의 몸을 쿡쿡 눌러보면서 맛있겠다는 소리만 연신 해대는 것이었다. 준식은 지민의 가식 없고 남에 눈치를 보지 않는 그런 면까지 좋았다. 척하지 않고 가감 없이 자신의 감정을 드러내는 여자. 지민이 어떤 말과 행동을 해도 준식은 사랑할 수 있을 것 같았다. 얼마 전까지만 해도 감히 쳐다볼 수도 없었던 사람과 이렇게 오랜 시간을 보낼 수 있고, 상대도 어느 정도 자신의 마음을 받아들이는 것 같은 현실이 준식은 너무 감사했다.

'오. 신이시여. 제게도 사랑에 빠질 기회를 주시다니요!'

하루에도 몇 번씩 이렇게 실없는 소리를 할 때마다 스승인 상엽이 생각났다. 그의 조언대로 생활하는 모습을 보여주면서 가식 없이 대한 방법이 결국 성공한 셈이라고 생각했다.

"안녕하십니까. 건물주님이 오셔서 특별히 많이 드렸습니다. 맛있게 드세요."

"아휴. 거의 전세나 마찬가지로 사시는데 제가 무슨 건물주예요. 그런 말씀 마세요."

식당 주인이 해물들을 난도질하면서 반가운 척 인사를 했다. 지민은 이건물의 소유주라는 사실이 되살아나면서 준식이 새삼 다시 보였다. 의식 밖에 있을 때는 전혀 관심 밖의 대상이었지만 일단 의식영역으로 들어오게 되자 생각의 싹이 트기 시작한 것이다. 지민은 자신이 아무리 술집에 나가는 여자라도 돈 때문에 사랑과 타협하고 싶지는 않았다. 결혼을 못 하는 한이 있더라도 사랑 없는 만남은 상상조차 하기 싫었다. 그런데 준식에게선 어떤 신뢰와 미래가 보였던 것이다. 그것은 인간적 매력과는 조금 다른 것이었고, 돈과는 또 다른 차원의 문제였다. 저 남자는 왠지 배신하지 않을 것 같은 느낌, 끝까지 자신을 지켜줄 것 같은 믿음, 사랑과 함께 가정이란 말을 떠올려도 어울릴 것 같은 기대가 느껴졌다. 그러나 한편으로는 온통 같다는 말만 되풀이되는 불확실성의 덩어리가 지민의 눈앞에 아른거렸다. 그래서 준식의 느낌처럼 지민의 마음도 혼란스럽기는 마찬가지였다.

"자. 오랜만에 다 같이 건배! 사진 찍느라 모델 하느라 너무 고생했어요. 호호"

미숙은 자신이 다음 차례라고 생각하고 있었다. 아직 자신의 몸이 볼만하다고 여겨질 때 촬영해 놓고 싶다는 생각을 전혀 하지 않은 것은 아니었는데, 지민과 준기의 행동을 보고 은근히 용기가 생기는 것이었다. 예전에는 상상도 못 할 일을 행동에 옮기려고 하는 자신의 마음은 어디에서 오는지 몰랐지만 궁금하지는 않았다. 그저 바라는 것을 행동으로 나타내면서 살고 싶을 뿐이었다. 굳이 이유를 캐자면 나이 탓일 수도 있었다.

"준기씨, 지민이 촬영한 다음에 나도 한번 도전해 볼 수 있을까?"

"네? 미숙 누님도 누드 찍으시게요?"

"아니, 꼭 누드라기보다 나를 한번 객관적으로 보고 싶어서, 고정되게 인식된 내가 아니라 가령 상상 속에서 되고 싶었던 인물이나, 꿈속에서 보았던 누군가가 될 수도 있고, 아니면 작품 속에서 닮고 싶은 대상이 될 수도 있고, 아무튼 현재의 나를 벗어나고 싶어."

현재의 모습에서 탈피하고 싶다는 말에 미숙 스스로도 놀랐다. 아무리 힘들어도 절대 입 밖에 내지 않았던 말이 불쑥 나와 버린 것이다.

"그 정도야 뭐, 해드릴 수 있죠. 지민씨처럼 자꾸 벗은 몸을 고집하는 것도 아닌데요. 고민 한번 해보자고요. 하하"

"내가 누드를 찍자고 하는 것이 이상해 보여요?"

지민은 진짜 기분이 상한 듯이 준식을 쳐다보고 있었다.

"아… 아니요. 그런 게 아니구. 그게…"

말까지 더듬으면서 준식는 어찌할 줄을 몰랐다. 쩔쩔매는 꼴이 우스워 미숙은 그 둘을 가만히 쳐다보는데 뜬금없이 준기의 얼굴이 떠올랐다. 준기를 만날 때면 마치 20대로 돌아간 듯한 착각이 들었고, 처음엔 그런 감정이 쑥스럽다가도 시간이 지나면서 차츰 즐기는 마음이 더 커지게 되었다. 미숙의 속마음은 앞에 있는 준식과 지민보다 더 뜨거웠던 것이다.

"예술 한다는 사람이 어떻게 생각이 그렇게 고루해요. 옷이라는 가식을 벗어버리고 순수로 돌아가자는 뜻도 있어요. 그리고 난 가장 훌륭한 패션은 몸이라고 생각해요."

"네, 알았어요. 누가 나쁘다고 했나요. 좋다니까요. 표현할 수 없는 어떤 해방감이 있다는 거 알아요."

준식은 변명을 하면서도 웃음을 잃지 않았다. 지민이 하는 말은 모두 들어주고 싶었다. 사랑의 힘이었다.

"참. 언니는 어떤 식으로 찍고 싶어. 궁금한데."

"글쎄, 아직 생각한 것은 없어. 나를 표현하는 일이 이렇게 어려운 일인 줄 몰랐어. 내가 누구인 줄 진짜 모르겠단 말이야."

말이 끝나자 미숙은 속으로 또 놀랐다. 자기도 모르게 내가 누구인 줄 모르겠다는 말이 나온 것이다. 술기운 탓일까. 정리되지 않은 머릿속의 말들이 마구 튀어나오는데도 의외로 그럴듯하게 들리는 것이었다.

「나는 누구일까?」

미숙의 머리가 다시 죄어왔다. 준식은 스마트폰의 이미지를 미숙에게 들이대며 말했다. 장난기가 한눈에도 느껴졌다.

"누님은 이런 거 어때요. 좀 특이하게 보이잖아요. 말년에 고야가 무척 아꼈던 그림이에요. 현대인들의 광기를 표현한 거죠."

괴물같이 흉측한 것이 사람을 반쯤 먹고 있는 이상한 그림이었다.

"뭐야. 이상하잖아. 예쁜 것은 바라지 않더라도 이건 너무 심하지 않아?"

"알아요. 누님은 철학적인 것을 좋아할 것 같아서요. 외면의 아름다움보다는 좀 더 본질적인 것에 관심 있지 않으세요? 이 그림은 고야가 살았던 집에 그렸던 14점의 벽화 중에 하나예요. 보통 〈검은 그림 연작〉이라고 한대요. 보이지 않는 내면의 광기나 환상을 표현했다고 볼 수 있죠."

"정말 다양한 분야에 영향을 끼쳤네. 그런데 이건 무슨 뜻일까?"

"이 그림은 〈자기 자식을 잡아먹는 사투르누스〉예요. 사투르누스는 그리스의 크로노스 신을 일컫는 로마식 이름이죠. 왕좌를 빼앗길까 봐 자식을 먹어치웠다는 신인데 결국 그도 아들 제우스에 의해서 죽어요. 인간들의 폭력이나 타락 등을 표현한 것이 아닐까요. 어떤 사람들은 자식들의 비극적인 죽음이 자신의 탓이라고 여긴 고야가 그 괴로움 때문에 이런 그림을 그리게 되었다고도 해요."

"아. 자식의 죽음…"

미숙은 또다시 머릿속이 혼란스러웠다. 죽음이라니. 막연한 단어 같기도 했고 늘 달고 다니는 친숙한 이름 같기도 했다.

「혹시 나는 부정할 수 없는 일을 의식적으로 거부하고 하고 있는 것은 아닐까. 나는 왜 혼자임까? 남편은 정말 있기라도 한 걸까. 그런데 왜 얼굴이 기억나지 않지? 내 아들 태준이가 군대에 있는 것은 확실하잖아. 그래서 연락을 안 하는 거잖아. 혹시 못하는 걸까? 그렇다면 왜지?」

또다시 두통이 찾아왔다. 술기운하고는 확실히 다른 것이었다. 온몸이 화끈거리고 머리가 깨질 듯해서 어떨 때는 얼굴에 여드름 같은 열꽃이 피기도 했다.

"언니 왜 그래?"

"별거 아냐. 머리가 좀 아프네."

"어떻게. 약 좀 사 올까. 어디가 아픈데?"

지민은 벌써 자리에서 일어서면서 걱정스러운 눈빛으로 말했다.

"아니야. 이건 집에 가서 좀 쉬면 돼. 내 몸은 내가 잘 알아. 걱정 말고 먹던 것 먹어. 난 아무래도 가야겠어. 나오지 말고."

따라 나오는 둘을 뿌리치고 미숙은 서둘러 차에 올랐다. 점점 머리가 더 아파오고 있었다. 자식을 잡아먹는 사투르누스가 머릿속을 휘젓고 다니는 것 같았다.

미숙이 가고 술자리엔 지민과 준식, 둘만이 남았다. 지민이 빠르게 소주를 한잔 비우고는 빈 잔을 준식에 내밀었다.

"한 잔 따라 봐요."

"네? 아… 네."

술 한잔을 냉큼 마시고 나서 지민이 갑자기 엄숙한 표정으로 준식을 쏘아보며 말했다.

"고야가 알바공작 부인을 사랑하듯이 날 사랑해 줄 수 있어요?"

"네?"

준식은 갑작스러운 지민의 말에 눈을 커다랗게 뜬 채 잠시 동안 할 말을 잃었다.

"종교 재판보다 더 심한 일을 겪어도 변하지 않을 자신 있습니다."

준식이 감정을 빠르게 수습하고 진심을 말한 순간 지민은 농담이라며 깔깔거렸지만 어느새 그녀의 눈엔 눈물이 살짝 고여 있었다.

〈옷을 입은 마야〉〈그림59〉

〈옷을 벗은 마야〉〈그림60〉

〈알바공작 부인〉〈그림61〉

〈카를로스 4세와 그의 가족들〉〈그림62〉

〈1808년 5월 3일〉〈그림63〉

〈검은 그림〉〈그림64〉

〈자기 자신을 잡아먹는 사투르누스〉〈그림65〉

21
윌리엄 터너 / 사실주의, 구스타프 쿠르베

"낭만주의 시대 화가 중에서 넌 누구를 좋아하니?"

"네? 저… 말씀이신가요?"

"그래, 선미 너 말이야!"

상엽은 미술사 강의 도중에 어떤 학생에게 질문을 던졌다. 이번에는 강의의 흐름상 습관적으로 하게 되는 형식적인 물음이 아니라, 개인의 의견을 듣기 위해 누군가를 지목한 것이다.

"이왕이면 프랑스 사람 말고 다른 나라 화가를 말해보지, 그래?"

중간 벽 쪽에 바짝 붙어있던 선미는 순간 당황했다. 검은 뿔테 안경을 만지작거리며 시선을 어디에 두어야 할지 몰랐다.

「내 이름을 알고 있다니. 이런 묘한 기분은 뭐지?」

수줍은 성격 탓에 상대와 눈 마주치는 일도 스트레스였던 자신에게 이름을 기억해 주었던 선생님은 학교생활을 통틀어 처음인 듯 싶었다. 심지어 유치원 선생님도 자신의 이름을 불러준 기억이 없었다.

"너 저번에 제출한 리포트 보니까 잘 썼더라. 참고문헌도 적절히 활용하고, 무엇보다 자신의 의견을 기술할 때는 적당히 주관적이면서도, 그런 생각의 원천을 객관적이고 구체적으로 밝히고 있었거든. 마치 대학원 논문 같았어."

타당하고 진정성 있는 상엽의 칭찬에 선미는 차츰 흩어졌던 정신이 수습되는 것 같았다. 태어나서 거의 처음 받아보는 칭찬일 수도 있었다. 더구나 이렇게 많은 학생들 앞에서 자신이 주목을 받고 있다는 사실이 믿기지 않았다.

"아. 영국… 사람 윌리엄 터너 말씀이세요…"

"그래. 왜 그 사람에게 호감이 갔다고 했지?"

"저… 그냥… 별거는 없구요… 그림에 대한 열정이 인상 깊었어요."

"아… 열정. 단어만 들어도 벌써부터 벅찬 느낌이 드는걸. 하하"

선미의 목소리는 기어들어 가는 것도 모자라서 떨면서 나오고 있었다. 긴장을 풀어주기 위해 상엽은 더욱 큰소리로 웃어주었다.

"어떤 부분에서 그런 열정을 느꼈는지. 조금만 크게 얘기해줄래. 저기 맨 끝에 앉아서 졸고 있는 학생들에게도 들리게 말이야."

앞이 캄캄했던 선미의 눈에 자상하게 웃고 있는 상엽의 얼굴이 쟁반처럼 크게 보였다.

「아. 내가 어렸을 때 헤어졌다는 우리 아빠도 저렇게 생겼을까…」

선미는 짧은 순간 느닷없이 기억도 가물가물한 아버지 생각이 난 것이 황당해서 헛웃음까지 나올 뻔했다.

"제가 자신감하고 의욕이 없는 성격 탓인지 터너처럼 한 가지 일에 열정적인 사람이 멋있고 부러웠어요. 솔직히 그림은 잘 그렸는지 못 그렸는지 잘 모르겠어요. 〈눈보라 – 항구를 떠나는 증기선〉이라는 그림을 그릴 때는 폭풍우 치는 배를 타고 어부에게 자신을 갑판의 돛 위에 밧줄로 몸을 묶어달라고 했대요. 그림으로 표현하기 위해 자신이 직접 눈과 몸으로 체험해야 한다는 신념이 목숨까지 내놓는 행동으로 이어진 거죠. 〈비, 증기 그리고 속도감〉이란 그림을 그릴 때는 그 매서운 추위와 속도를 보고 경험하기 위해서, 수십 분간 달리는 증기기관차 밖으로 몸을 내밀고 풍경을 관찰했다고 하구요."

말문이 터진 선미는 처음의 떨리는 목소리와는 다르게 갈수록 차분하고 조리 있는 말투로 변해갔다. 상엽은 발표에 적응해 가는 학생들에게 가장 큰 보람을 느꼈는데, 지금이 그런 순간일지도 모른다는 느낌을 받았으므로 질문을 한 번 더해보기로 했다.

"열정 말고 또 어떤 점이 마음에 들었어?"

"자란 환경이 저하고 비슷했어요. 터너 아버지는 가난한 이발사였고, 터너도 어렸을 때부터 이발소에서 사람들의 초상화를 그리고 팔면서 독학으로 그림을 배웠어요. 저도 부모님이 미용실을 같이 하셨는데, 그 가게에서 그림을 그리면서 놀았거든요. 지금은 엄마 혼자 하시지만요."

말하는 선미의 표정은 환하게 바뀌어있었다. 선미 또한 터너에 대한 관심이 자신이 가지고 있었던 유년의 기억에서 나온다는 주관적 당위성을 확보하기 위해, 굳이 밝히지 않아도 될 부모님의 직업까지 이야기하는 용기를 내었는데, 스스로도 그런 대담함에 놀랐다. 뭔가 후련한 느낌이었다. 어느새 선미의 눈은 상엽의 얼굴을 빤히 쳐다볼 정도로 당당하게 반짝이고 있었다.

"와. 대단한데. 글만 잘 쓰는 줄 알았는데, 말도 잘하네. 두꺼운 안경만 얇은 걸로 바꾸면 훨씬 예쁘겠다. 그럼 삼박자가 다 갖춰지겠는데."

선미 얼굴이 발그레해지면서 학생들 사이에서 웃음이 새어 나왔다.

"아. 이런 것도 성희롱인가. 미안."

상엽은 자신의 말이 다소 오버인 줄 알면서도 혹시나 하는 생각에서 어설픈 유머로 질문을 끝냈다. 말 한마디가 조심스러운 세상이기 때문이었다.

"윌리엄 터너의 풍경은 거의 추상에 가까울 정도로 형체들이 구체적이지 않은 작품이 많아요. 그것 때문에 미완성 작품이라는 소리도 듣는데, 그것은 당대의 사람들이 아카데미 화풍의 테두리에서 벗어나지 못했기 때문에 당연한 일이라고도 할 수 있어요. 경험하지 못한 세계는 상상조차 할 수 없으니까요. 하지만 그 시대에도 밝은 색감과 터치, 환상적인 분위기 때문에 터너의 인기는 대단했었죠."

막판에 흐트러졌던 수업 분위기는 질문과 대답 덕분에 정상으로 수습된 듯했다.

"터너는 화학자 마이클 페러데이에게 자문을 받으면서까지 화학 안료에 신경을 많이 썼어요. 채도가 강하고 밝은 그림을 그리기 위해 다방면으로 노력한 화가였죠. 〈일출과 바다괴물〉 같은 그림을 보면 추상화 같지만 사실 구상화거든요. 그 당시 영국의 날씨와 대기를 경험하지 못한 나라의 사람들은 실제 풍경이라고 믿기 힘들겠지만, 스모그와 일교차의 안개 때문에 런던의 대기는 그림처럼 뿌연 경우가 많았어요. 철저하게 구상적 관찰 위에 자신의 독창적인 화풍을 입힌 화가였기 때문에 터너는 위대한 것이죠. 그래서 뒤이어 나타나는 인상주의 화가들에게 많은 영향을 주게 됩니다. 이 사람 역시 말년에는 주위와 연락을 끊고 그림에만 몰두해요. 생활을 위해 B급에 해당되는 그림만 팔고, 진짜 아끼는 그림은 팔지 않았다고 하죠. 예술가들은 왜 이러는지 몰라. 결혼도 안 한 사람이었는데, 그 많은 작품들은 모두 어디로 갔을까? 다음 시간에는 터너 작품들의 행방에 대해서 얘기해볼까? 자 오늘 수업은 여기까지."

달랑 두 시간 강의에 힘이 이렇게 빠지는 것을 보면 나이가 든 것일까. 아니면 강의의 열정 때문일까. 아무리 열심히 해도 폭풍우 속에서 돛에 몸을 묶었던 윌리엄 터너 보다는 못하다는 생각을 하면서, 언덕 위 교양관 계단에서 하늘을 보니, 구름이 제법 빠르게 움직이고 있었다. 강한 편서풍이 불고 있는 것이 틀림없어 보였다. 상엽은 기상학자처럼 저 바람이 이동성 고기압과 만나는 순간, 된서리가 내리면서 겨울의 서막을 알릴 것이라는 추측을 했다. 오래전에 끊은 담배라도 한 대 피워 물고 싶은 마음이 드는 순간, 핸드폰의 진동이 울렸다.

"상엽이냐. 형님이다. 지금 부산 간다. 오늘 너는 내 거야. 시간 비워둬라."

"야. 언제 도착이야. 어디서 볼까? 부산역으로 갈까?"

용백은 다짜고짜 자신의 계획만 통보를 하고 전화를 끊어 버렸기 때문에 상엽의 말은 이미 큰 효과가 없었다. 상엽은 반가웠지만 석연치 않았다. 보통 며칠 전이나 최소한 하루 전에는 온다는 소식을 알려야 해야 하는데, 이런 적은 한 번도 없어서였다.

[6시. 해운대역 도착. 바닷가 보이는 술집에서 한잔하자. 장소만 알려주면 찾아갈게.]

약속 시각보다 약간 먼저 도착한 문자 때문에 서둘러 귀가한 상엽은 다시 문자를 보낼까 하다가 위치 확인도 할 겸 용백에게 전화를 걸었다.

"야. 해운대 말고, 네 정거장 전에 민락역이 있거든. 거기 내리면 민락 회 센터가 있어. 주차장 건물이 목욕탕 굴뚝처럼 보이는데 그 건물 1층에 병조 상회 앞에서 보자. 거기서 회를 떠서 2층에 초장 집으로 가면 돼. 광안대교 끝내주게 보인다."

늦가을 주중에 관광지는 한적했다. 머리가 벗겨진 중년의 남자 건너편에 툭 불거진 배를 겨우 추스르고 앉아있는 또 한 명의 사내가 찬 소주를 흔들면서 웃었다.

"야. 이렇게 바닷가에서 둘만 있는 것이 얼마 만이냐. 아무튼 좋네. 이렇게 먼 곳까지 찾아와주고."

상엽이 일부로 호들갑을 떨면서 소주를 따랐다.

"아휴. 산속만 있으니까 답답해서. 바다도 보고 싶고 친구도 보고 싶고…"

용백은 단숨에 잔을 비우고도 부족했는지 계속 빈 잔을 만지작거리고 있었다.

"그래. 그렇게 가끔 싸워라. 부부싸움이라도 해야 이렇게 바닷가에서 친구하고 술도 한잔하지."

"어. 너 어떻게 알았어?"

용백은 눈을 동그랗게 뜨면서 상엽의 잔을 다시 받았다.

"야. 우리가 일, 이년 보고 살았냐. 니 얼굴에 언제부터 언제까지 뭐 때문에 싸웠는지도 다써있다. 그 좋아하는 막걸리도 안 마시고. 새끼야."

상엽은 빈 잔을 용백에게 건넸다. 고등학교 때부터 자신들은 절대 잔을 돌리지 말자고 약속을 했건만, 죽을 때까지 사랑한다는 첫사랑의 맹세처럼 끝까지 가질 못했다. 국물 문화에 길들여진 한국인은 술도 나눠마셔야 했고, 잔을 건넨다는 행위는 이제 상대에게 무장해제에 들어간다는 일종에 싸인이란 것을 나이가 들수록 실감했기 때문이었다. 비위생적이라고 섣부르게 무시할 행위가 아니라는 것을 서로가 잘 알고 있었다. 둘은 초반부터 잔을 돌리기 시작한 덕분에 회 맛보다는 술맛과 친구와의 대화에 빠르게 빠져들었다. 속사정 없는 부부들이 어디 있겠는가. 순전히 남자들의 입장에서 마누라들을 몰아 새우면서 상엽과 용백은 시간이 가는 줄 모르고 이야기꽃을 피웠다. 광안대교 위에 뜬 달이 동화 속 그림 같았다.

"야. 용백이. 옛날에 너 좋아하는 여자애들 많았는데. 지금 걔들 뭐하는 몰라."

"다 옛날얘기다. 관심도 없고. 하하"

"너뿐 아니라 수지 좋아하는 남자들도 많았지. 참. 그때가 벌써 옛날이다."

"…"

"나 지금 이혼숙려기간이다. 상엽아."

"뭐!…"

"이혼하려고 했는데, 그런 조정기간이 있더구먼."

"야 그래도 그렇게까지 해야 되겠냐. 웬만하면 같이…"

"웬만하지가 않으니까… 나는 어떻게 되돌리고 싶은데, 수지 의지가 완강해서."

"가장 문제가 뭐야. 수지는 뭐가 문제래?"

"내가 너무 독선적이라는 거야. 일방적이고, 게다가 생활능력도 시원치 않잖아. 나도 인정해"

"그래도 너무 하잖아. 다들 그러고 사는데, 뭘 그렇게 유난을 떠냐."

"나도 옛날 투쟁적 사고방식에서 벗어나지 못하고 있는 것 같아. 그동안은 그런 사실을 인정하고 싶지 않았거든. 수지도 그러더라. 내가 이때까지 살면서 한 번도 잘못을 인정하지 않았다는 거야. 실수와 오류를 인정하고 단점을 솔직하게 드러냈다면 훨씬 인간적이고 멋있었을 거라고 하면서, 이 지경까지 오지 않았을 거라고…"

"아니 그래도, 그게 무슨 큰 잘못이라고 이혼까지…"

상엽은 용백의 말뜻을 이해하면서도 어떻게든 친구 편을 들어주고 싶었다.

"수지가 생활 때문에 자기가 식당 아르바이트하는 것은 하나도 힘들지 않은데, 고맙다는 말 한마디 없이 내 생각만 강요하고, 늘 내 멋대로 하면서, 식구들한테는 인색한 내가 진저리가 난대. 이혼 얘기가 나오니까 내가 했던 행동들이 후회되더라고."

상엽은 풀이 죽은 용백의 모습을 보면서 불현듯 프랑스의 사실주의자 귀스타프 쿠르베가 생각났다. 실제로 용백은 학생들 사이에서는 소설 인간 시장에 나오는 장총찬으로 통했고, 학교의 미대 교수들은 용백을 한국의 쿠르베라고 불렀다. 아마도 노동자 계급을 옹호하는 사실주의, 실용주의의 선봉에 섰던 실제 파리 태생의 쿠르베와 같은 신념을 가졌기 때문이었을 것이다. 교수까지도 마음으로 흠모했던 용백이었다. 이유는 간단했다. 심사숙고한 후, 빠른 실행, 누구도 그런 결단력은 따라 올수가 없었다. 시대를 잘못 만난 불운한 영웅이 이제 아내에게 버림받는 처지가 되어 상엽의 앞에 앉아 있는 것이다. 좋게 말하면 위안 받으려는 것이고, 다른 면으로는 감정을 구걸하고 있는 것이 아니겠는가. 천하의 용백도 세상의 순리에는 어쩔 수가 없다는 생각을 하니 상엽은 울컥 눈물이 나올 뻔했다.

"야, 쿠르베 왜 그러냐. 힘내라. 예전에 너 때문에 학생들하고 친구들이 얼마나 힘을 얻었냐. '쿠르베는 파리에서 만든 캔버스 위에 자신의 사상을 펼쳤지만 나는 거리로 나간다. 왜냐하면 나는 분단 조국 남한에서 태어난 한국인이기 때문이다.' 미대생들 모아놓고 이런 연설을 해대는 너를 어떻게 따르지 않을 수가 있었겠냐."

신고전주의의 고루하고 경직한 사상과 낭만주의의 비현실성에 맞서 현실적이고 사실적인 화풍으로 다음 시대에 많은 영향을 끼친 쿠르베는 〈화가의 작업실-화가서의 7년 생활이 요약된 참된 은유〉가 살롱에서 전시를 거부당하자, 창고를 빌려서 독자적인 전람회를 열었다. 세계 최초의 개인전을 한 화가가 된 셈이었다. 그는 밀레와 함께 농민과 하찮은 신분의 노동자를 근대적 영웅으로 만든 진정한 아티스트였던 것이다. 쿠르베의 자화상을 중심으로 왼쪽의 일반 대중들과 오른쪽의 지식인들 나누어, 마치 화가가 계층의 중간자역할을 한다는 의미를 내포하는 이 작품은 〈오르낭의 매장〉과 함께 독자적으로 전시 되었던 쿠르베의 대표작으로써, 그의 리얼리즘 철학을 잘 반영하고 있었다.

"아마 그 당시 데모 플랜카드에 쿠르베의 〈돌 깨는 사람들〉과 〈오르낭의 매장〉 같은 그림을 인쇄해서 들고 다닌 사람은 전 세계적으로 너밖에 없을 거다. 골통 같은 새끼. 하하"

"하하. 맞아. 생각이 너무 낭만적이었어. 일반인들이 뭘 알았겠니. 미대생들도 잘 모르는 판국에 말이야. 결국 데모 진압대가 그것을 갈가리 찢는 바람에 나도 폭력을 써야 했지."

농부보다도 더 하찮은 계층인 돌 깨는 인부를 스튜디오 데려와 그렸던 그의 작품은 보이는 것만을 그린다는 그의 신조를 그대로 보여주었다. 본적도 없는 천사나 신화 속의 여신보다는 길거리의 창녀가 그에게는 더욱 소중한 대상이었던 것이다. 〈오르낭의 매장〉에서는 이름도 없는 촌부의 죽음을 마치 교황의 장례식처럼 숭고하게 나타내기 위해서 가로가 7미터에 이르는 대작으로 표현하기도 했다. 위엄 있는 역사화에서나 쓰는 기법을 평범한 농부의 죽음에 적용했던 쿠르베를 시작으로 화가가 개인적인 자의식을 정확한 현실을 통해 나타내기 시작했는데, 〈안녕하세요. 쿠르베씨〉라는 작품에서도 특별할 것이 없는 화가의 일상적 모습을 그렸다는 것 자체가 큰 센세이션을 일으켰다. 게다가 내용 또한 잘 차려입은 쿠르베의 후원자가 하인과 개를 동반하고 마중을 나와서 악수를 청하고 있지만, 옷을 갖춰 입지도 않은 일개 화가가 고개를 뒤로 젖히고 거만한 모습을 나타내고 있어서, 누가 보아도 화가의 자부심을 보여주기 있는 것처럼 느껴지게 그렸던 것이다.

"야. 아직 시간이 남았으니까. 조금 더 생각해보고 수지한테 더 빌어봐. 숙려기간이 3개월이냐?"

"너도 잘 아네?"

"야 이 새끼야. 너만 고민 있냐. 나도 문제 많아."

"니가 인마. 무슨 고민이 있어. 교수에 마누라 예쁘고, 강남에 아파트 있고. 너 만한 팔자가 어디 있냐."

"아무래도 마누라가 바람피우는 것 같단 말야. 새끼야. 휴."

한국의 쿠르베는 술에 취한 채 상엽을 멀뚱히 쳐다보고만 있었다.

〈눈보라 - 항구를 떠나는 증기선〉〈그림66〉

〈비, 증기 그리고 속도감〉〈그림67〉

〈일출과 바다괴물〉〈그림 68〉

〈화가의 작업실 - 화가서의 7년 생활이 요약된 참된 은유〉
〈그림69〉

〈돌 깨는 사람들〉〈그림70〉

〈오르낭의 매장〉〈그림71〉

〈안녕하세요, 쿠르베씨〉〈그림72〉

22
사실주의 – 밀레 / 인상파 – 고흐, 마네

가까스로 집으로 돌아온 미숙은 머리가 깨질 듯 아픈 와중에도 자신도 모르게 와인을 꺼냈다. 두통약을 먹을까도 생각했지만 몸은 벌써 와인의 코르크 마개를 열고 있었다. 급하게 한 잔을 들이켜고 주방 테이블에 앉아 손을 이마에 대고 눈을 감았다. 조금씩 두통이 사라지는 것 같다가도 남편과 아들 태준 생각만 하면, 뇌를 압박하는 편두통이 시작되는 것이 신기할 정도였다. 다행인 것은 친구 아니 이제는 애인이라도 불러도 좋을 준기만 떠올리면 지끈거리는 통증이 사라지면서 마음까지 편안해지는 것이었다. 미숙은 테이블에 핸드폰을 올려놓았다.

미숙: 보구 시퍼, 어디야?

준기: 사무실이쥐. 사진 찍는다며?

미숙: 머리가 넘 아퍼서 집에 옴

준기: 왜?

미숙: 몰라 힘들어

준기: 약 먹어라

미숙: 와서 안아 줘

준기: 헐…

SNS의 힘은 놀라웠다. 글과 말의 중간 언어쯤 되는 소통 기호들은, 특히 연인들에게 은밀한 용기를 주는 측면이 강했는데, 미숙과 준기도 예외가 아니었다. 미숙은 어디서 그런 대담함이 생겼는지 자신도 알 수 없는 일이었다. 솔직한 성격이긴 하지만 남편도 아닌 사람한테 직접적인 애정표현을 한다는 것은 상상도 못 할 일이었다. 그러나 지금은 그렇게라도 솔직한 마음을 드러내고 싶었다. 감정 표현에도 관성이 있는지 하면 할수록 과감해지고 구체적이 되어갔다. 가감 없이 자신의 감정을 표현했을 때의 묘한 쾌감, 어떤 해방감 같은 것이, 카톡 같은 SNS에 확실히 존재했다. 게다가 횟수가 많아지고 시간이 갈수록 대화의 수위는 더욱 노골적으로 상승했다.

미숙: 모가 헐이야… 니가 필요하다니까

준기: 나도 그러고 싶어…

미숙: 근데? 모?

준기: 지금 시간이…

미숙: 니가 키스라도 해주면 머리도 안 아플 거 같구…

준기: 헐…

미숙: 모가 자꾸 헐이야 빨리 와

준기: … 알았어…

미숙: 와인 사오면 마신는 거 해주께ㅋㅋ

준기: 미쵸… 사갈께…ㅋㅋ

미숙은 준기를 기다리면서 남은 와인을 모두 마셔버렸다.

「정작 남한테는 솔직하면서 나한테는 왜 이러지? 나는 언제부터 약을 먹게 된 거야? 왜 자주 머리가 아픈 걸까?」

준기와 가까워지면서 그리고 미술 공부를 하면서 자신을 솔직하게 드러내는 일에 관심이 생기자 미숙은 자신에 대해 의문점이 생기기 시작했다.

「오늘도 남편은 내가 잠든 뒤에나 들어오겠지? 혹시 외박을 하는 것은 아닐까? 그런데 들어온 적은 있었나?」

또다시 혼란스러워지면서 머리가 지끈거렸다. 사방의 그림들이 또다시 엿가락처럼 흐느적거리는 것이 느껴졌다. 인상파 작품을 좋아했던 남편의 취향 때문에 마네의 〈풀밭 위에 점심식사〉를 비롯한 모네, 르느와르, 드가, 로트렉, 고흐, 피사로, 고갱 같은 화가들의 그림이, 마치 17세기 북유럽 신흥부자들의 집처럼 방마다 벽면마다 좀 과하다 싶을 정도로 빼곡하게 걸려 있었다. 물론 대부분이 아니 전부가 모사품이었지만, 만약 그중에 몇 개가 진품이었다 해도 그런 식의 디스플레이 자체를 싫어하는 미숙의 마음은 변하지 않았을 것이다. 하지만 남편은 도배지가 보이지 않을 정도로 인상파 그림들의 이미지를 구해서 수시로 빈칸을 채워나갔고, 나중에는 수집광의 집처럼 독특한 캐릭터를 가진 공간이 되어 나름대로 이색적인 분위기를 풍기게 되었는데, 미숙이 미술공부를 하고 나서부터는 집 자체가 너무나 재미있고 소중한 공부방이 되어 버렸다. 남편은 미숙을 위해서 이 모든 것을 꾸며놓은 것 같았다. 각각의 사연들을 담은 인상파의 작품들이 한 사람의 관객을 위해 일 년 내내 상설 전시를 하고 있는 셈이었다. 거실 벽면에 걸려있는 얼굴에 붕대를 하고 파이프를 문 〈고흐의 자화상〉과 〈풀밭 위에 점심 식사〉 밑에 걸려있는 마네의 그림 〈올랭피아〉의 여자 주인공이 살아 움직이는 듯 꿈 틀렸다.

"왜요? 내가 정면으로 그대를 쳐다보니까 부담스러운가요? 호호."

올랭피아 속의 벗은 여자는 대뜸 이렇게 말했다. 미숙에게 이야기를 하는 건지 정확히 알 수는 없었다.

"그렇게 어리둥절할 필요 없어요. 내가 전시될 당시 모두 당신 같은 눈으로 나를 쳐다보았지요. 나는 〈풀밭 위에 점심식사〉가 완성 된 지 2년 뒤에 그려졌는데, 파리의 살롱 전에 출품된 나를 보기 위해 엄청난 관객들이 줄을 서서 기다렸어요. 관객의 대부분이 남자였던 당시엔 나를 혐오와 분노의 시선으로 쳐다보았어요. 심지어 신문 기사에는 임산부와 노약자는 마네의 〈올랭피아〉를 보지 말라는 비아냥의 기사도 실렸지요."

그림 속의 주인공은 마치 노출증에 걸린 여자처럼 의미심장한 미소까지 지어가며 당당하게 이야기를 했는데, 그 와중에도 도도한 자세는 흐트러짐이 없었다.

"오. 올랭피아. 난 그대를 잘 알아요. 나도 그대처럼 한평생 진정한 사랑에 목말라했다오. 그대는 왜 내 사랑을 받아주지 않았소. 결국 난 내 귀의 일부분을 잘라 그대에게 던져 버릴 수밖에 없었소. 곧 후회를 하고 이런 내 모습을 그림으로 남기긴 했지만, 난 가난보다 사랑이 더 그리웠던 사람이요."

"빈센트! 정신 차려요. 아직도 편집증과 분열증에 빠져 있군요. 난 당신이 고갱과 싸우던 날, 귀를 싸안고 찾아갔던 그 여자가 아니에요. 물론 직업은 같지만 말이죠. 하지만 용서하겠어요. 평생 지독한 가난에 시달리면서 가족과 이성에게 따뜻한 보살핌과 진정한 사랑을 한 번도 받아보지 못하고 37살에 자살해버린 당신을 생각하면 그 정도 착각은 아무것도 아니니까요."

미숙은 환각과 환청인 줄 알면서도 황당했다. 자신을 배제하고 그림의 주인공끼리 대화를 하는 경우는 처음이기 때문이었다. 그러나 꼭 잘 아는 사람들의 대화처럼 공감이 가는 내용이 많았기에 숨을 죽이고 빈 와인 잔을 만지작거리면서 둘의 대화를 경청했다.

"난 당신처럼 당당한 모습이 좋아요. 어떻게 여자가 알몸을 하고 관객을 똑바로 쳐다볼 수 있죠. 우산으로 당신의 그림을 찢어버리려는 노신사도 있었잖아요. 어쨌든 〈올랭피아〉는 비난과 눈총을 받았지만, 마네는 새로운 화풍과 시대정신을 나타내는 인물로 두각을 나타내고 일약 스타가 되었죠. 정말 나하고는 정반대의 성향과 능력을 가진 것 같아요. 나는 평생 내 안에서 나를 억누르고 살았거든요. 그래도 후회는 안 해요. 죽기 2년 전부터 그린 내 그림은 진정으로 내 마음을 잘 표현했고 나도 마음에 들어요. 그나마 다행이죠."

고흐가 눈을 지그시 감고 말했다.

"오. 빈센트, 역시 당신은 착하고 순수한 사람이에요. 세상은 왜 이렇게 불공평할까요? 관객들이 나를 보고 분노했던 까닭은 내가 바로 파리의 현실이라는 사실이 불편했기 때문이에요. 그들의 상당수가 나를 거쳐 갔음에도 불구하고 엄연히 존재하는 나를 부정하고 싶었겠죠. 나 같은 여자가 어떻게 감히 여신들이나 등장하는 고귀한 예술 작품에 등장할 수 있느냐고 화를 낼 수밖에 없었겠지요. 존재하지도 않은 세계를 묘사하는 허구의 이미지는 이미 인상파 전에 등장했던 사실주의에서 막을 내렸다는 것을 그들이 알 리가 없지요. 일상의 순간을 담는 인상파의 세계가 도래했다는 것도."

올랭피아의 여인도 독백하듯 말했다. 미숙은 자신도 대화에 끼어들면 어떻게 될까 하는 궁금증을 참지 못하고 덥석 말을 입 밖으로 내고 말았다. 취중 용기가 상당히 작용했다.

"고흐 씨, 당신은 네덜란드 출신인데 어떻게 파리에 가게 된 거죠?"

미숙이 웃으면서 부드럽게 말했다.

"오. 한 명뿐인 관객이시군요. 나를 쳐다보는 것은 당신밖에 없어서 평소에 유심히 그대를 지켜보고 있었소. 나와 닮은 점이 많아서 특히 관심이 갔어요."

고흐의 말에 미숙은 예민한 반응을 보였다.

"닮은 점이 많다니요. 그게 무슨 말씀이시죠?"

"우선 질문에 답을 하면서 차차 말씀드릴게요. 저는 목사 지망생이었습니다. 그림을 좋아했지만 배운 적은 없어요. 돈벌이도 못 하고 팔릴 가망이 없는 그림만 그리는 나를 부모님도 부담스러워했어요. 게다가 과부가 된 친척과 결혼을 갈망하는 나를 달갑게 보지 않았죠. 결국 나는 4살 어린 동생 테오가 그림을 파는 화상으로 활동하는 파리로 갑니다. 그때가 20대 후반이었어요. 동생 테오는 가난한 사람들의 모습을 늘 칙칙하고 어둡게 표현했던 나에게 빨리 파리로 오라고 편지를 썼습니다. 그 당시 파리는 나폴레옹 3세의 도시 재건축 계획 덕분에 신천지로 변하고 있었거든요. 네덜란드 촌놈이 휘황찬란한 파리의 모습과 신진 문물, 당시 유행했던 일본 판화, 인상파 계열의 화풍 등의 영향을 받고, 그림은 밝고 강렬하게 바뀌게 되지요."

마치 남의 인생을 이야기하듯 고흐는 편안하게 말을 이어갔다. 이미 돌아올 수 없는 강을 건넌 것이 백 몇십 년 전에 일이기 때문에 그런 것일까. 생전의 기억이 확실치 않을 만큼 오랜 시간이 흘렀던 것이다.

"저와 어떤 점이 닮았단 거죠?"

미숙은 아직도 고흐의 말꼬리를 잊지 않고 있었다. 부정의 의미인지 긍정의 마음인지 자신도 몰랐다. 그저 순수하게 궁금할 뿐이었다.

"빈센트. 당신은 나처럼 매력적인 여자를 그려보겠다는 생각은 해보지 않았나요?"

올랭피아의 여인이 미숙의 질문을 무시하는 듯, 고흐에게 다시 말을 걸었다.

"하하. 왜 난들 마네나 르느와르처럼 아름다운 여인을 그리고 싶지 않았겠소. 하지만 난 평생 가난하게 살았소, 6개월 동안 따뜻한 스프를 단 한 번밖에 먹지 못했던 적도 있었어요. 내가 왜 자화상을 50여 점이나 그렸는지 알아요? 나를 사랑해서가 아니라 모델을 구할 돈이 없었기 때문이요. 게다가 난 농민이나 노동자처럼 밑바닥의 사람들이 좋아요. 자연과 더불어 살아가는 농촌과 농부들의 삶은 언제나 내가 꿈꾸던 모습이었죠. 난 그들을 진정한 영웅으로 생각한다오. 그래서 난 밀레를 존경하지 않을 수 없었던 거요. 그래서 〈씨뿌리는 사람들〉, 〈한낮의 휴식〉 등 밀레의 작품을 수없이 모작했죠. 밀레의 〈이삭 줍는 사람들〉과 〈만종〉 같은 작품들을 볼 때면 난 숨이 막힐 정도였어요. 농부보다도 가난하고 미천한 이삭을 줍는 사람들을 저토록 숭고하고 거룩하게 표현할 수 있다니 하고 말이죠. 난 하루의 감사 기도를 올리는 그 사람들을 보면서 숙연해지지 않을 수 없었죠."

"저와 어떤 점이 닮았다는 거죠, 고흐 씨?"

미숙은 집요했다. 고흐의 입을 통해 자신에 대한 생각을 기어코 듣고 싶었다.

"예민하군요. 바로 그 점이 나와 닮았소. 나는 평생 강박 관념에 시달렸어요. 환청과 환각이 늘 나를 따라 다녔죠. 난 가난해서 독한 압생트 밖에 마시지를 못했어요. 그나마 그것을 마시면 환각 증세를 견딜 수 있기 때문이었죠.

마치 내 안에 다른 내가 있는 느낌을 견딜 수 없었지요. 난 너무 외로웠소. 의지할 수 있는 사람은 내 동생 테오밖에 없었지만 그도 결혼한 처지라 무한정 나를 도울 수는 없었다오."

편안한 표정이었던 고흐의 얼굴에 약간의 회한이 서린 것 같았다. 아마 동생 때문인 듯했다.

"나도 환각에 시달려요. 난 어쩌면 좋지요? 내가 왜 이렇게 된 건가요? 당신과 이야기하는 나는 누군가요? 당신은 누군가요? 여긴 내 머릿속인가요? 진짜 내 집인가요?"

미숙은 마침내 울부짖듯 소리를 질렀다.

"오. 소중한 관객이여. 진정해요. 의식과 무의식은 다르지 않아요. 모두 그대 것이오. 진짜와 가짜의 구분은 의미가 없어요. 단지 그대는 위로가 필요할 뿐이오. 나처럼 굳이 현상과 싸우려 하지 말아요. 난 고독과 가난, 외로움밖에 없는 인생이었어요. 더 비참한 것이 무엇인지 아시오. 난 그리워할 대상도 없었소. 실체도 없는 대상을 그리워하는 것만큼 미쳐버릴 일이 어디 있겠소. 내겐 그것이 고통이었다오. 그대는 그리워할 대상이라도 있지 않소. 그렇게 그리워하면서 살면 되는 거요. 아프면 아픈 대로, 잊히면 잊힌 대로, 아니면 또 아닌 대로 받아들여야 하는 것이 인생 아니겠소."

"그리워할 대상이요? 그 대상이 어디 멀리 있는 듯한 말투군요."

미숙은 고흐의 말에서 자신이 듣고 싶은 대목만 골라 듣는 것 같았다.

"오. 그대여. 내가 동생의 품에 안겨 죽으면서 뭐라 했는지 아시오. '고통의 끝이 보이지 않는다.'고 했어요. 사람들은 총상 때문인 줄 알겠지만 죽음에 이르러서도 고독과 가난, 부모와 여인, 세상에게서 인정받고 싶은 마음을 버리지 못했기 때문이었어요. 그 모든 원인은 집착을 버리지 못한 내 책임이 크지요. 너무 자신을 억누르면서 살았기 때문에 난 증상이 호전될 수가 없었소. 결국 잦은 발작으로 이어졌지요. 그나마 죽기 2년 전부터는 환청을 편안하게 받아들인 덕분에 많은 그림을 그릴 수 있었소. 지금 사람들이 좋아하는 〈해바라기〉, 〈포룸 광장의 카페〉, 〈화가의 방〉, 〈별이 빛나는 밤에〉, 〈밀밭 위를 나는 까마귀〉 같은 그림은 대부분의 그 당시에 그려진 거지요."

"내가 어떤 집착을 버리지 못한 채 자신을 억누르고 있다는 말씀인가요? 그래서 내가 환청을 보고 있는 거라고요?"

"오. 아름다운 여인이여. 당신의 슬픔이 감당하기 어렵다는 것을 잘 알아요. 어쩌면 내가 겪었던 고통보다 더 클지도 모르죠. 내가 바라는 것이 있다면 나처럼 권총으로 삶을 마감하는 비극적인 인생을 살지 말기를 바랄 뿐이요. 이제 자신의 삶을 인정하고 밖으로 나와요. 그리고 내 자화상과 작품들을 감상하시오. 그 안에 삶과 죽음이 있어요. 남편과 아들의 죽음을 인정하면 그대의 삶이 보일 것이고, 그들의 삶을 인정하면 그대의 죽음이 보일 것이오. 난 영원히 그대 편이라오."

"악! 뭐야. 무슨 말이야. 누가 죽었다고? 이런 개 같은 환청이 어디 있어!"

미숙은 몸부림치면서 곧 정신을 잃었다.

〈고흐의 자화상〉〈그림73〉

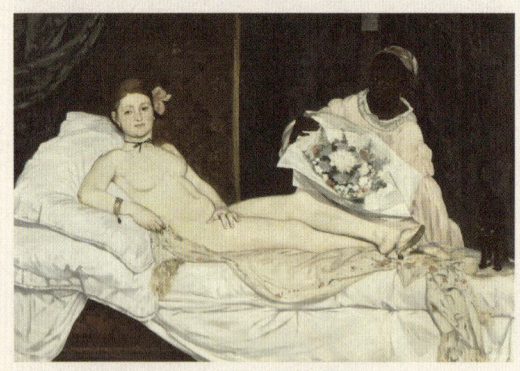

〈올랭피아〉〈그림74〉

〈씨뿌리는 사람들〉〈그림75〉

〈한낮의 휴식〉〈그림76〉

〈이삭 줍는 사람들〉〈그림77〉

〈만종〉〈그림78〉

〈해바라기〉〈그림79〉

22 사실주의 – 밀레 / 인상파 – 고흐, 마네   311

〈포룸 광장의 카페〉〈그림80〉　　　　〈화가의 방〉〈그림81〉

〈별이 빛나는 밤에〉〈그림82〉

〈밀밭 위를 나는 까마귀〉〈그림83〉

23
인상파
– 르누아르, 모네

"영화관의 의자는 편했지만 준식의 마음은 정반대였다. 상황을 봐서 손이라도 한번 잡아 볼까 했는데, 어떤 장면에서 행동으로 옮겨야 할지 도무지 감도 잡히지 않고 용기도 나지 않았다. 지민은 르누아르에게 푹 빠져 준식에게는 눈길도 주지 않은 채 영화에 집중하고 있었고, 그가 들고 있는 양동이만 한 통에 담겨진 팝콘은 거의 줄어들지 않아서 한 손을 자유롭게 쓸 수 있는 처지도 아니었다. 인상파의 거장 오귀스트 르누아르의 생애와 아들의 사랑을 그린 영화 르누아르는 사실 준식에게 썩 인상 깊은 영화가 되지 못했다. 준식은 아름답고 예쁜 것만 추구했던 르누아르를 좋아하지 않았기 때문이었다. 주로 잘사는 여인들과 상류층의 일상, 게다가 주류에 편입하고자 파리 정부가 주도했던 살롱전과 인상파전을 병행하면서 출세와 부를 추구했던 그의 성향이 마음에 들지 않았던 것이다.

"와. 르누아르가 말년에 관절이 굳는 병에 걸려서 엄청 고생했다고 하던데, 정말 처절하네요."

준식은 영화에 묘사된 장면까지 다시 상기시키면서 지민의 환심을 사려고 애를 썼다.

"그러게요. 저 몸을 하고 손에 붕대까지 하면서 그림을 그리네요. 불쌍해요."

지민은 진심으로 가엾은 표정을 하고 영화에 더욱 빠져들었다.

"저 여자 모델 몸매가 너무 환상이다. 르누아르 아들하고 나중에 결혼한다고 하던데."

준식은 어떻게든 다정하게 영화를 보고 싶어서 필요도 없는 말을 지민의 귀에 대고 계속 속삭였다.

"조용히 좀 해요. 그리고 저 정도 몸매 가진 여자는 세상에 많아요. 쳇."

지민은 자신과 관계도 없는 말에 괜히 질투가 났다. 그런 마음을 지민도 이해할 수가 없었다. 자신의 말이 스스로 마음에 걸렸는지 지민은 준식의 팔꿈치

안으로 손을 집어넣으며 어깨를 밀착시켰다. 그동안 지민은 자신의 과거 때문에 가벼운 스킨쉽도 조심스러웠다. 준식과 시간을 같이 보내고 사랑의 감정이 무르익을수록 혹시나 가벼운 여자로 비쳐질까 하는 걱정도 동시에 커졌던 것이다. 르누아르의 말년 생활이 그림처럼 펼쳐졌던 영화는 다소 허무하게 끝났고, 저녁 대신 술이나 한잔 하자는 지민의 말에 둘은 흔쾌히 근처 음식점으로 자리를 옮겼다.

"영화 재미있었어요?"

준식이 사랑스러운 눈길로 물었다.

"그럭저럭 볼만 했어요. 난 솔직히 그 아들과 모델의 사랑보다 르누아르의 그림에 대한 집념이 인상 깊었어요. 준식씨는요?"

"난 솔직히 별로였어요. 르누아르를 별로 좋아하지 않아서요. 작품도 그렇구요."

"네? 아니 그 유명한 인상파의 거목 르누아르를 싫어한다고요? 왜요?"

지민은 뜻밖이라는 표정으로 눈을 크게 떴다.

"그림은 개인적 취향이 강하게 작용하는 분야예요. 느낌과 관점은 각각 다를 수 있죠. 비싼 그림이라고 다 좋은 건 아니거든요."

준식은 제법 심각한 표정으로 말을 이어갔다.

"르누아르는 그저 아름답고 즐겁고 예쁜 것만을 추구한 작가예요. 한마디로 관능과 기쁨의 화가라고 할 수 있어요. 인상파에 속했지만 끊임없이 살롱 전에 입상하기 위해서, 즉 제도권에서 인정받기 위해 노력한 사람이죠. 초상화도 돈 많은 사람들만을 위해서 그렸죠. 아마도 어릴 때 가난하게 자란 탓도 있는 것 같아요."

"그게 나쁜 건가요? 난 낙천적이라서 좋아요. 팔리는 그림을 그려서 돈을 벌어야 자기가 그리고 싶은 그림도 그릴 수 있는 거 아닌가요? 나도 예쁜 것만 보고 예쁘게 살고 싶어요. 르누아르의 말처럼 아름다운 것만 보고 생각하면서."

지민은 투정부리듯 대답을 하고 소주 한잔을 단숨에 마셔버렸다.

"그 당시 다른 인상파화가들이 술집여자들이나, 농민처럼 서민의 일상들을 표현하기도 했는데, 르누아르는 〈보트 파티에서의 오찬〉, 〈물랭 드 라 갈래트의 무도회〉, 〈두 자매〉, 〈목욕하는 여인들〉 등 부르주아들의 여가와 여인들의 초상 그리고 누드만 그렸어요. 저는 그런 그의 취향이 개인적으로 마음에 들지 않는다는 거죠. 그는 결국 나중에 국가 살롱전이 원하는 화풍인 고전주의 기법으로 돌아가서 입상하게 돼요. 그림은 그럴듯하게 그렸을지 몰라도 시대적 메시지는 가지지 못한 것 같아요. 상상력을 자극하거나 실험적이지도 않거든요."

"편안한 것이 그 사람의 특징이자 콘셉트 아닐까요. 그 점이 사람들이 좋아하는 이유도 될 수 있고요. 준식씨도 편견에 사로잡혀 있는 건지도 몰라요. 아무튼 생각은 자유니까요. 자 건배나 한 번 해요. 영화 보여줘서 고마워요."

지민은 골치 아픈 분위기가 싫어서 화제를 바꿀 생각으로 잔을 들어 건배하는 시늉을 했다. 늘 준식에 대한 말투는 퉁명스러웠지만 지민은 준식에게 빠르게 빠져들고 있었다. 예전엔 다소 답답하게 느껴졌던 그의 고지식한 면이 언제부터인가 큰 장점으로 다가오기 시작한 것이다. 왠지 어떤 기본과 원칙을 가지고 사는 사람. 무계획으로 살아가는 자신에게는 없는 면을 준식은 확실히 가지고 있었다.

"그럼, 준식씨는 인상파 화가 중에 누구를 제일 좋아해요?"

"난 모네를 좋아해요."

준식은 주저하지 않고 대답했다.

"모네는 인상파를 주도한 사람일 뿐만 아니라, 마네나 르누아르처럼 기존의 제도권에 속하기 위해서 노력하지 않았어요. 굳건하게 인상주의 화풍을 유지하고 개발시켰죠. 결국 말년에는 그의 신념이 국가나 미술계로부터 인정받아 부와 명예를 갖게 돼요."

"대신 젊어서는 고생을 많이 했겠어요. 아내하고 아이들은 얼마나 힘들었을까…"

지민은 마치 그 시대를 경험한 것처럼, 가정을 꾸려나가는 아내의 입장이 되어 모네의 가족을 먼저 걱정했다.

"모네는 86세까지 살았는데, 젊었을 때는 르누아르와 마찬가지로 극심한 가난에 시달렸어요. 심지어 같은 처지의 르누아르가 가끔씩 갖다 주는 빵으로 겨우 연명해 나가기도 했죠. 50세가 다 돼서야 점차 부와 명예가 쌓이기 시작했죠. 이때부터 파리근교 지베르니라는 곳에 일본식 정원을 만들어 놓고, 〈수련 시리즈〉를 계속 그렸어요. 평생 빛을 표현하느라 눈을 혹사한 덕분에 백내장으로 시력까지 잃었지만, 죽을 때까지 빛과 그림에 대한 그의 열정은 변함없이 뜨거웠죠."

"저도 조금 알아요. 그분이 그린 〈해돋이〉라는 작품을 평론가가 보고, 부정적인 의미로 인상 깊다는 표현을 썼는데, 그것이 인상파 이름이 되었다면서요? 미숙이 언니가 그러던데."

"하하. 맞아요. 지민씨도 잘 알고 있네요. 모네는 대상을 볼 수 있도록 하는 빛을 그린 화가라고 할 수 있어요. 빛에 의해 시시각각 변하는 대상을 그렸는데, 정확히 말하면 빛으로 인해 바뀌는 색채를 표현한 거죠. 당연히 순식간에 변하는 색감을 그리기 위해 작업은 빨라질 수밖에 없었어요."

"빛을 그렸다… 너무 인상적인 말이네요."

빛을 그렸다는 표현이 너무 멋있어서 지민은 그 의미를 되새기듯 살짝 눈을 감고 소주잔을 입으로 가져왔다. 준식이 웃으면서 말을 이어갔다.

"시간대와 다양한 날씨에 맞춰 30개가 넘는 연작을 그린 〈루앙 대성당 시리즈〉, 자신의 아내 카미유와 아들을 그린 〈우산을 들고 있는 여인〉, 〈생 나자르 역〉 등 수많은 작품에 빛에 대한 그의 열정이 고스란히 녹아있어요."

"나도 지베르니 같은 곳에서 살고 싶다. 아니 한번 가보라도 했으면…"

지민은 갑자기 취하려고 작정한 듯이 소주를 한입에 털어 넣으면서 말했다. 인상주의 화가들이 몽마르트 언덕에서 단체 사진을 찍는 환영이 보이는 것 같았다. 이때 지민 뒤에서 어떤 사람이 반가운 표정을 하고 준식을 향해서 손짓을 했다.

"준식아. 여긴 웬일이야. 이런 데서 만나네. 하하"

"아. 교수님이야말로 어쩐 일이세요."

준식이 일어서면서 건너편 테이블에서 다가오는 상엽에게 손을 내밀었다.

"여긴 내 친구네 가게야. 오늘이 개업식인데 어떻게 알고 온 거야?"

"전혀 몰랐어요. 그냥 지나가다가 사람들이 붐비기에 들어온 거예요."

신사동 가로수길 끝자락에 위치한 2층 선술집은 안, 밖으로 손님들이 붐볐다. 사업수완 좋은 상엽의 친구 일근이 태국 마사지 가게를 접고, 30명의 지인들에게 각각 500만 원의 종잣돈을 투자받아, 퓨전 주점을 차렸는데 오늘이 개업식 날이었던 것이다.

"교수님. 제 애인이에요. 예쁘죠?"

준식이 불쑥 지민을 애인이라고 소개했다. 약간의 술기운도 있었지만, 이 기회에 쐐기를 박아버리려는 의도가 더욱 컸다. 예상 밖의 소개에 지민은 엉거주춤한 표정으로 상엽에게 인사를 했지만, 사실 지민은 속으로 너무 좋았다. 여자 친구라는 말보다 훨씬 믿음직하게 들렸던 것이다.

「애인?… 내가 이 남자의 여자라고…」

지민의 가슴에 묘한 떨림이 요동쳤다.

"아… 예… 안녕…"

"어? 저…"

상엽과 지민은 서로의 얼굴을 보는 순간 기절할 정도로 놀랐다. 하필이면

제자의 여자 친구가 상엽이 드나들었던 업소의 여자라니, 어떻게 이런 인연이 있을 수가 있단 말인가. 지난번 용백의 공방에서 준기의 초등 동창 미숙이 데리고 왔던 여자가 지민 아니었던가. 이런 곳에 또다시 만나다니, 두 사람 모두 순간적으로 당황했지만 이성을 찾아야겠다는 냉철한 판단이 앞섰다. 하지만 어떻게 처신을 해야 하는지 난감하긴 마찬가지였다.

"아. 사장님. 안녕하세요. 전에 사장님 친구 공방에서 미숙 언니하고 뵌 기억이… 여기서 이렇게 만나네요. 교수님이셨어요?"

지민은 준식 앞에서 상엽에게 차마 오빠라는 호칭은 할 수 없었다. 혹시나 눈치챌까 싶어 자신이 할 수 있는 최대한의 내숭을 떨어야 했다. 어설픈 연기가 오히려 불안해 보일 수 있다는 판단이 섰기 때문에 둘은 마치 약속이나 한 것처럼 자연스럽게 행동할 수밖에 없었고 상엽이 눈치 빠르게 말을 받았다.

"아이고. 오랜만이네요. 여기서 만나네. 준식이 여자 친구였군요. 하하"

"교수님. 합석하셔서 술 한잔하시죠? 제가 모시겠습니다."

준식이 재빨리 빈자리 의자를 빼면서 말했다.

"야. 넌 여자 친구한테 양해도 구하지 않고 그런 말을 하면 여자들이 안 좋아해. 앞으로 교육을 많이 받아야겠구나."

상엽이 지민의 얼굴을 바라보면서 모르는 척 이름을 물었다.

"내 말이 맞죠? 성함이?"

"아. 지민이라고 합니다."

"아. 맞다."

"한번 보고 이름을 기억하면 오히려 이상하죠. 호호"

「이런 이상한 느낌은 뭘까?」

상엽은 누구에게도 가식적으로 대했던 적이 없었지만, 오늘은 가장 아끼는 제자에게 큰 실수를 하고 있는 느낌이 들었다. 물론 지민과 육체적 관계를 맺지는 않았지만, 술집에서 지민의 몸을 더듬고 용백의 공방에서는 같이 도자기도 만들지 않았던가. 잠깐이었지만 상엽은 갖가지 상념이 동시에 떠올랐다. 누구의 잘못인가? 사람의 인연에 시비를 가릴 수는 없지만, 굳이 따지고 들자면 그런 곳을 드나든 상엽이 원인 제공자였다. 서로 얽히고설킨 사회 속 관계가 새삼스러울 따름이었다. 후회되고 부끄럽다는 생각밖에 들지 않았지만, 지금은 반성할 시간조차도 없었다. 빨리 이 어색한 자리를 벗어나고 싶은 마음뿐이었다.

"자. 그럼 합석하는 김에 여기 사장도 부르지. 오래 있진 않을 테니까 걱정하지 마세요."

상엽이 가게 사장 일근을 불렀고 네 사람이 둘러앉았다. 일근이 자리에 오자마자 상엽의 주위부터 살피면서 물었다.

"야. 그림 가지고 왔어? 어디 있니? 손님 더 많아지기 전에 후딱 걸어야겠다."

"이 새끼는… 그런 부탁을 며칠 전에 하면 어떻게 하냐. 아무리 가짜 그림이지만 액자도 하고, 인쇄도 잘 된 것을 구입하려면 시간이 많이 걸린단 말이야."

소주를 흔들면서 상엽이 말했다. 일근이 가게 개업 기념으로 다른 선물 말고, 벽에 걸 수 있는 그림을 원했는데, 상엽은 인상파 화가들 중에서 툴루즈로트렉과 에드가 드가의 작품을 추천했다. 둘 다 여인들의 이미지가 많았고, 특히 로트렉은 무랑루즈라는 파리의 술집에서 무희들과 매춘부들의 모습을 화폭에 담았는데, 이곳의 분위기와 잘 맞을 거라는 생각을 했기 때문이었다.

"미안해. 인마. 저게 그림들이구나."

포장지에 싸여서 한 켠에 포개져 있는 그림들을 보면서 신이 난 일근의 목소리 톤이 높아졌다.

"야. 김군아. 저 그림들 포장 벗겨서 이 앞에다 쫙 펼쳐봐라."

열점에 가까운 인상파 화가들의 작품들이 벽에 세워졌지만, 아직 손님들의 시선을 끌지는 못했다.

"저기 발레 하는 그림은 누구 건가요?"

지민이 물었다.

"드가 작품 같은데요. 맞죠? 교수님."

"그래 맞아. 잘 아는구나. 발레하는 모습이 아름답지 않니? 구도도 특이하고. 물론 지금의 관점으로 보면 하나도 특히 할 것이 없는 그림이지만, 그 당시에는 파격적인 앵글과 독특한 소재로 명성을 날렸지."

"드가라고? 빠삐용에 나오는 그 드가는 아니겠지. 히히"

급하게 부탁한 것이 미안했는지 연신 안주를 내오라고 소리치던 일근이 실없는 소리까지 하면서 애교를 부렸다.

"어머, 공방에서 그림 얘기를 많이 하시더니, 결국 그림 선물을 하셨네요. 저 화가하고 그림 설명 좀 해주세요?"

화제를 돌릴 수 있는 기회다 싶어 지민은 준식의 눈치를 살피며 술잔을 만지작거렸다.

"그래, 지난번 그 뭐냐. 마사지 가게에 있던 그 그림 얘기도 재밌더라. 나도 알고나 걸어야지."

일근도 지민의 말을 거들었고, 준식도 상엽도 원하던 술자리 대화였다.

"그래, 우선 툴루즈 로트렉에 대해서 간단하게 소개할게. 원래 이 사람 이름은 이보다 엄청 길어. 프랑스의 귀족 출신인데, 명망이 높은 가문일수록 이름이 길지. 그럼에도 불구하고 이 사람이 그린 대상은 물랑루즈라고 하는 파리 외곽 술집의 무희들이야."

"와. 니콜 키드먼하고 이완 맥그리거가 주연한 뮤지컬 영화 물랑루즈하고 같은 장소 같네요. 맞죠?"

"맞아요. 지금도 몽마르뜨 언덕 근처에 남아있는 관광 명소예요. 그 당시에는 사교 댄스홀을 겸한 술집이었는데, 로트렉은 날마다 이곳에서 〈물랭루즈〉, 〈물랭루즈에서의 춤〉처럼 춤추는 댄서들의 모습을 그렸죠. 뿐만 아니라 〈소파〉, 〈물랭가의 살롱〉 같이 무대에서 내려온 무희들의 평범한 일상을 담담하게 표현했어요. 로트렉이 아니면 그릴 수 없는 소재였죠."

툴루즈 공작 가문들 간의 근친결혼 후유증 때문에 유전적 결함을 타고난 로트렉은 설상가상으로 말에서 떨어지는 사고를 당해, 십 대 초반 이후로 하체가 자라지 않는 기형적인 몸을 가지고 있었다. 물랑루즈를 비롯한 사창가가 그의 작업장이자 생활공간이었던 것이다. 게다가 자신이 발명한 석판화 기법으로 물랑루즈의 포스터를 제작하기도 했다.

"인공조명이 번쩍이는 밤의 세계와 그 안의 사람들을 그림의 소재로 삼는다는 것 자체가 참 특이한 일인 것 같아요."

준식이 말이 끝나기가 무섭게 일근이 말을 이었다.

"와. 이 사람 이거 완전히 내 스타일인데, 밤의 세계를 동경하셨구만. 하긴 그 당시의 파리는 완전히 신천지였다면서. 그동안 무랑루즈 같은 곳은 없었겠지. 전기시설이 있어야 가능했을 테니까."

일근답지 않은 말투에 준기와 상엽은 눈이 휘둥그레질 정도로 놀라고 있었다.

"벌써 전문가처럼 얘기하네. 멋지다. 일근아."

"손님들이 물어보면 대답해줄 정도는 돼야지. 한 눈 안 팔고 네 얘기 잘 듣고 있었지. 하하"

"그런데 아무리 좋아해도 로트렉처럼 매독에 걸리는 것까지 따라 하진 말아라."

모두들 웃으면서 건배를 하는데 창밖에선 눈이 내리고 있었다. 첫눈이었다. 그러나 그림 이야기에 빠져서 아무도 그 사실을 눈치 채지 못하고 있는 것 같았다.

"드가는 어떤 사람이에요? 발레리나 그린 그림 말고 어떤 여인이 술잔을 앞에 놓고 미안한 듯이 앉아 있는 것도 그 사람이 그린 그림 맞나요?"

지민이 준식의 눈치를 살짝 보면서 상엽에게 물었다.

"아. 1876년에 그린 〈압생트 잔〉이라는 그림이에요. 고흐가 좋아했던 녹색의 독한 알콜이죠. 당시 파리에 살았던 다양한 부류 사람들의 삶에 한 단면을 보여주고 있어요. 스냅 사진처럼 파격적으로 치우친 구도며 순간적 상황의 묘사가 드가 그림의 특징이에요."

준식도 지민을 의식했는지 상엽의 말을 받아서 부연 설명을 했다.

"저도 드가를 좋아해서 좀 아는데, 드가라는 사람은 여러모로 독특한 사람인 것 같아요. 모네와 르누아르 등과 다르게 은행가의 아들로 태어나서 평생 돈 걱정 없이 살았다는데, 어린이와 꽃, 개, 여자를 싫어했던 까칠남인 데다 평생 독신으로 살았어요."

"어머. 뭐 그런 사람이 다 있어! 너무 이상해"

지민이 불쑥 소리를 질렀다. 그러나 드가가 까다롭고 빈정거리기를 좋아하긴 했으나 매우 지적이고 예술가로서의 자질은 누구보다도 뛰어났다. 사진과 조각, 판화 등에도 관심이 많았고, 작품도 무계획적인 것 같은 삶의 단면을 순간적으로 표현한 것 같지만 철저하고 세심하게 고려한 결과였다.

"성격은 그렇지만, 로트렉도 드가의 그림 그리는 소재며 스타일을 많이 따라 해서 로트렉의 별명이 작은 드가였을 정도로 드가의 회화적 감각은 뛰어났어. 〈무대 위의 무희〉를 보면 발레리나 뒤에 있는 커튼 사이로 검은 신사의 발이 보이는데 그 당시 무희를 후원하는 사회 현상들을 암시하는 것이지. 〈써커스의 라라양〉, 〈푸른 옷의 무용수들〉 같은 그림들도 앵글만 파격적이지 내용은 미화하지 않고 사실적으로 표현했거든, 물론 누드도 상투적인 포즈를 피하고 자연스러운 자세를 취하게 했지. 성격도 화풍도 독특한 그 사람만의 냄새를 가지고 있는 사람이야. 작가는 작품으로 인정받아야 하는 거 아닐까? 내가 개인적으로 좋아하는 사람이지."

"아이고, 그래. 이 교수. 수고했다. 나도 이 정도로 설명을 들었으니, 보답을 해야지. 오늘 술값은 안 받을 테니까. 마음대로 마셔라. 자 건배!"

"어머나! 감사해요. 사장님 최고!"

일근의 말에 지민이 맞장구를 치자 상엽과 준식도 잔을 들어 건배를 하는 순간, 옆 테이블의 누군가가 소리를 질렀다.

"어머. 어머. 눈이야. 와 첫눈이 온다!"

흩날렸던 눈발이 어느새 함박눈으로 변해서 내리고 있었다. 모두 창밖을 보는 사이 상엽이 지민의 눈을 마주치면서 고개를 살짝 끄덕였다. 말은 하지 않았지만 굳게 담은 입술과 후회로 가득 찬 눈빛의 의미를 지민을 충분히 알 수 있었는데, 왠지 지민은 상엽의 표정에서 편안함을 느꼈고 그런 기분은 희망찬 미래가 펼쳐질 것 같은 막연한 기대와 이어졌다. 상엽이 바라던 바였다.

"두 사람의 핑크빛 앞날을 위하여 한잔들 합시다."

상엽의 다시 건배를 제의하자 모두 잔을 들고 "위하여"를 외쳤다.

일근과 상엽이 자신의 자리도 돌아가고, 준식과 지민은 오랜만에 많은 술을 마셨다. 사랑하는 남녀가 서로 마주 보고 있는 데다 밖에는 눈이 내리고, 일근이 공짜 술까지 대접했으니 어쩌면 당연한 결과였는지도 몰랐다. 둘은 거의 비슷하게 기억이 가물가물했는데 정신이 조금 들고 보니 준식의 스튜디오였다. 그곳에서 생활을 하고 있었으니 집이나 다름없었다.

"커피 한 잔 하실래요?"

"술이나 한 잔 더 하죠."

"아… 술이요? 지민씨, 진짜 술 세네요. 맥주가 있을 거예요."

냉장고에서 맥주를 꺼내 따르며 준식은 갑자기 지민을 쳐다보며 이렇게 말했다.

"지민씨, 사랑해요. 미칠 것 같아요"

"나도요…"

조금의 여유도 없이 지민도 빠르게 대답하고는 평소와 다르게 수줍게 웃었다.

지민의 말이 끝나자마자 준식은 술기운을 빌려 과감하게 입을 맞췄다. 지민은 전혀 놀라는 기색 없이 순순히 준식의 행동을 받아들였다. 입술이 포개지고 몸이 밀착되면서 입맞춤은 더욱 강렬해졌다. 상대의 모든 것을 빨아 마시려는 듯한 깊고 달콤한 소리가 방안의 고요를 압도하기 시작했다. 행동은 오히려 지민이 더 적극적이었다. 이 남자만을 위한 믿음이 지민을 더욱 거칠고 과감한 몸짓으로 이어지게 하는 것 같았다. 지민이 먼저 준기의 옷을 벗기자 준기도 곧 지민의 온 몸 구석구석을 애무하기 시작했다. 건장한 준기의 어깨와 가슴이 지민의 하얗고 탄력 있는 속살과 거의 동시에 드러났다.

"사랑해. 너무 사랑해요."

"나도. 사랑해요."

더 이상의 말은 필요 없었다. 누가 먼저라고 할 것도 없이, 둘은 빠르게 알몸이 되어 서로의 몸과 마음에 자신들만의 흔적을 만들어 갔다. 지민은 시간이 지날수록 술이 깨면서 그에게 깊이 빠져들었는데, 처음으로 옥시토신의 힘은 참으로 묘한 마력이 있는 것 같다는 생각을 했다. 사랑하고 흥분할 때 분비된다는 옥시토신은 여자가 남자와 잠자리 후, 특히 만족감을 느낀 경우 더욱 강하게 영향력을 발휘하는 것 같았다. 자신의 모든 것을 주어도 아깝지 않다는 생각에서부터, 상대의 아이를 갖고 싶다는 무모한 상상, 남자의 외모가 너무 잘생기고 듬직해 보여서 한없이 의지하고 싶은 마음이 저절로 생겨나는 것이었다. 사랑 없이 섹스가 가능하다는 수컷들은 여자들이 분비하는 옥시토신의 힘을 태초부터 알고 있는지도 몰랐다. 지민은 준식의 숨결이 자신의 몸 이곳저곳을 스칠 때마다 묘한 떨림과 흥분을 느끼지 않을 수 없었다. 아무리 생각해도 이것은 명백한 사랑이고 지민의 인생에서 특별한 사건이었다.

"아… 아…"

혈관이 비치는 아이의 피부처럼, 부드러운 지민의 몸이 준식의 손길이 닿을 때마다, 활처럼 휘었다가 달빛을 받은 나팔꽃처럼 수줍어지기를 반복했다. 준식은 나팔꽃에 고개를 파묻고 꿀을 채취하는 꿀벌이 되어 꽃봉오리를 떠날 줄 몰랐다. 서로의 몸에 상대의 숨결과 타액이 닿지 않은 곳이 없을 정도로 뜨거운 사랑이 그칠 줄 모르고, 감정이 절정으로 가면서 지민은 저절로 탄성이 나왔는데, 그것은 환희와 감격에서 나오는 진심이었다. 완벽하게 편안하고 흥분된 상태, 하나라는 벅찬 기쁨, 밑에서부터 뭔가 꽉 차면서 밀려 올라오는 느낌, 지민은 분명히 이것이 오르가즘일 것이라는 생각을 할 수밖에 없었다. 감정적인 감격스러움이 육체를 더욱 달궈지게 만드는 것일까. 얼마 만에 느껴보는 짜릿함이던가. 몸과 마음이 모두 충족되는 풍요. 부족함이 없는 최선의 상태. 지민은 부끄러움도 잊고 비명에 가까운 소리를 마음껏 질렀다. 준식는 지민의 갑작스러운 신음소리에 놀라기도 했지만, 그것 때문에 더욱 흥분되기도 했다. 어차피 처녀를 기대했던 것도 아니었고 애초에 그런 것엔 관심도 없었다. 준기는 하나의 생명체가 다른 생명체에 속하고 나오기를 반복하는 행위는 완벽하게 하나가 되는 숭고한 의식과도 같다는 생각을 하면서, 자신의 모든 감정과 생각이 지민의 몸속으로 흘러 들어가기를 바랐다. 들락이는 움직임이 빨라지면서 준식의 입에서도 참을 수 없는 신음이 나왔다. 꿈속이 아닌 엄연한 현실에서 둘은 한동안 포개져 있어야 했다. 만약 원시시대였다면 정사 후, 지금처럼 잠깐의 무방비가 가장 위험한 순간이었을까. 폭풍 뒤에 고요처럼 방안의 적막 속에서 유난히 시계 소리가 크게 들렸다. 거친 숨소리가 잦아들면서 준식과 지민은 다시 긴 키스를 나누고 서로의 얼굴을 쳐다보았다. 지민이 사랑스러운 눈길로 준식를 쳐다보고 있었다. 지민의 눈엔 몇 시간 전과 지금 준식의 모습이 확실히 달라 보였다. 지민은 너무 좋았다는 말이 목구멍까지 나왔지만 함부로 보일까 싶어 조용히 준식의 가슴에 얼굴을 묻었다.

"이제 자기라고 부를래요."

준식이 불쑥 말했다.

"호호. 그래요. 난 내 거라고 할 건데."

지민은 장난인 줄 알면서도 묘한 감정을 느꼈다. 준식이 하고 싶은 대로 무엇이든지 해주고 싶었다. 확실한 사랑이었다.

〈보트 파티에서의 오찬〉〈그림84〉

〈물랭 드 라 갈래트의 무도회〉〈그림85〉

〈두 자매〉〈그림86〉

〈목욕하는 여인들〉
〈그림87〉

〈수련시리즈〉〈그림88〉

〈해돋이〉〈그림 89〉

〈루앙 대성당 시리즈〉〈그림90〉

〈우산을 들고 있는 여인〉
〈그림91〉

〈생 나자르 역〉〈그림92〉

〈물랭루즈〉〈그림93〉

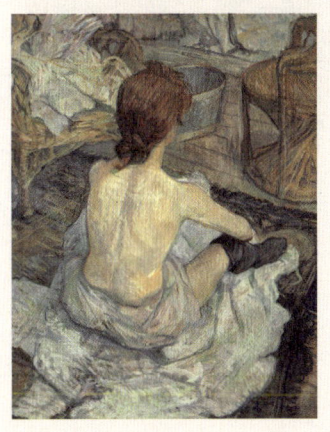

〈물랭루즈에서의 춤〉〈그림94〉

〈화장〉〈그림95〉

23 인상파 – 르누아르, 모네

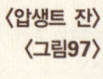
〈압생트 잔〉
〈그림97〉

〈물랭가의 살롱〉〈그림96〉

〈무대 위의 무희〉
〈그림98〉

〈써커스의 라라양〉〈그림99〉

〈푸른 옷의 무용수들〉
〈그림100〉

24
후기 인상파
- 고갱, 세잔

"무슨 소리야. 애들하고 귀국한 지 얼마나 됐다고… 제수씨가 바람을 피우다니?"

용백은 믿지 못하겠다는 듯이 물 한 컵을 벌컥 마셨지만, 상엽은 맥주잔에 소주와 맥주를 반반씩 섞어서 단숨에 마셔버렸다. 술기운을 빌려야만 제대로 이야기를 할 수 있을 것 같다는 의미였다.

"집사람한테 직접 확인한 것은 아니지만 확실해."

상엽은 한숨이 저절로 나왔다.

"야, 그래도 정확하게 알아봐야지. 현장을 잡던가. 답답하네."

용백은 자기 일처럼 흥분해서 어쩔 줄을 몰랐다.

"겁이 나서 직접 못 물어보겠어. 만약 바람피웠다고 하면서, 어쩔 테냐! 이혼하자! 이렇게 나오면 어떡하지?"

"뭐라고? 그럴 말이라고 하냐!"

용백은 상엽의 말에 어처구니없어 하면서도, 아직 어린아이들을 생각할 수밖에 없는 상엽의 입장이 이해가 되기도 했다.

"증거도 없다면서 무슨 확신이 든다는 거야?"

냉정을 되찾은 용백이 다시 물었다.

"요새 집사람이 카톡 하는 시간도 많아지고, 문화센터며, 친구들, 엄마들 모임 같은 곳에 자주 나가더라고. 아이들 문제 때문에 그런가 보다 하고 별 신경을 쓰지 않았지."

"그런데?"

용백의 미간이 찡그려졌다.

"내가 보통 금요일 오후에 서울 도착이거든, 그런데 학교 행사 때문에 금요일 오전 수업이 휴강이 돼서, 목요일 저녁에 내려온 적이 있었어. 밥은 밥통에 있으니까 상차림 때문에 전화할 필요도 없어서 그냥 집에 들어왔더니 아무도 없는 거야. 애들은 과외를 갔겠고, 집사람은 잠시 외출했겠지 생각했어."

상엽도 남에 일처럼 담담하게 말했다.

"혼자 밥을 먹고 나서, 갑자기 새로 산 자전거를 타고 한강에 야간 라이딩을 하고 싶더라. 그래서 애들하고 집사람한테 전화를 하지 않고 한강변으로 나왔어. 그런데 집 근처 잠실 방면 선착장 앞 주차장을 지나는데, 뒷바퀴 바람이 빠졌다고 뒤에 오는 사람이 알려주는 거야. 그래서 바로 그 자리에 자전거를 세워놓고 휴대용 공기 주입기로 바람을 넣으면서 앞을 보는데 내 차가 눈에 띄더라고. 내 차 위에 자전거 싣는 캐리어가 특이해서 쉽게 구별이 가잖아. 참… 내… 정말 깜짝 놀랐다니까. 씨발."

상엽은 용백이 술을 따를 기회도 주지 않고 자신의 술잔을 스스로 빠르게 채운 다음 입안에 털어 넣었다.

"머리카락이 곤두서면서… 차 안에는 여자와 남자가 있었어. 그 시간에 차 안의 두 남녀? 뻔한 것 아니겠어? 망설이다가 전화나 한번 해보자고 핸드폰을 찾았는데 하필 집에다 두고 왔지 뭐야."

"저런, 꼭 필요할 땐 없어요. 확실하게 내용을 알 수 있었는데."

용백이 안타까워하면서 상엽처럼 술잔을 스스로 따라서 한 번에 마셔버렸다.

"당장이라도 차문을 열고 난리를 떨고 싶었지만 막상 마음처럼 잘 안되더라고."

"그래서 그 다음은 어떻게 됐어? 그게 끝이야?"

"집에 와서 기다렸더니, 집사람이 아이들하고 같이 들어오더라고. 학원 끝나고 데리고 왔다고 하면서. 전혀 어색한 표정도 없이 말이야. 그래서 내가 좀 전에 잠실 쪽으로 자전거 타다가 주차장에서 본 장면을 얘기 했지."

"그래서?"

용백이 흥미진진한 표정을 하며 상체를 상엽 쪽으로 당겨 앉았다.

"아무런 대꾸도 하지 않았어. 평소 같으면 큰일 날 뻔했다는 둥, 그나마 다행이라는 둥, 지나가는 말이라도 한마디쯤 했을 텐데 정말로 한마디도 하지 않고 조용히 방으로 들어가던데."

상엽은 흐트러지지 않는 아내의 모습과는 반대로 당황하는 자신을 발견했을 때의 느낌을 뭐라 설명할 수 없어서, 다음 말을 기다리는 용백의 눈길을 외면한 채 술잔을 들이켰다.

"알 수 없는 게 사람 일이라더니, 너까지 웬일이냐."

"나도 고갱처럼 타이티 섬에서 원주민 아가씨하고 결혼하고 그림이나 그릴까. 아님 세잔처럼 시골에 처박혀서 작품이나 하든지."

용백은 심각한 상황에서 화가의 이름들이 튀어나와 속으로 당황스러운 마음이 들었지만, 내색할 수는 없었다. 게다가 현재로써는 마땅한 해결책도 없었으므로 상엽이 좋아하는 그림 이야기로 화제를 돌리는 것도 나쁘지 않은 방법이라고 생각했다.

"프랑스 식민지 섬에 가서 원주민 소녀하고 결혼하고 살면서 작품을 했던 고갱 말이구나. 난 어린 신부하고 살았다는 것 말고는 부러운 것이 없던데."

파리의 증권맨 이었던 고갱은 처음에는 그림을 수집하다가 나중에는 아예 전업 작가로 변신한 특이한 경력의 소유자로, 고흐는 그와 말다툼 끝에 자신의 귀를 자르게 된다. 고갱은 고흐보다도 더욱 관념적인 화풍으로 그림을 그렸기 때문에 색이나, 형태, 그리고 소재까지도 기존의 대상에서 완전히 벗어나 있는 경우가 많아서 당시 젊은 화가들에게는 새로운 숭배의 상징으로 떠받들어지기도 했다.

"그 사람은 진정한 자유주의자였던 같아. 너도 알다시피 그 당시에 인간이 만든 문명의 세계를 일찌감치 거부하고, 프랑스 식민지였던 남태평양의 섬으로 향하잖아. 원시의 자연 속에서 새로운 화풍을 만들면서 진정한 표현주의 시초가 되거든. 피카소도 그의 그림을 보면서 많은 영감을 얻었어."

아내의 일을 그새 잊었는지 아니면 일부로 화제를 돌리고 싶어서인지 상엽은 그림 이야기가 나오자 금세 얼굴에 화색이 돌았다.

"소설 달과 6펜스가 고갱을 주제로 한 거지?"

용백도 상엽의 기분을 맞추기 위해 어디선가 주워들은 고갱에 관한 정보를 말했다.

"맞아. 영국작가 서머셋 모옴이 쓴 화가의 이야기인데, 고갱의 인생을 바탕으로 한 것은 맞지만 소설은 소설일 뿐이지. 하지만 주인공 찰스 스트릭랜드의 생각이나 고뇌 등은 실제 고갱의 생각과 일치했을 수도 있겠지. 어쨌든 소설로서는 성공을 거두지. 대중적이지 않은 삶을 살지 않았던 원시의 화가를 모델로 했다는 것도 인기를 끌었던 비결 중의 하나였겠고."

상엽은 예전에 읽은 소설 속의 주인공 이름까지 용케 기억하고 있었다.

"그런데 고갱이 소아성애자였다면서? 소설에서는 고갱이 그림을 그리기 위해 집을 나갔다고 했잖아. 그런데 타이티 섬에서 13, 14살짜리 소녀들하고 살았던데, 좀 심한 것 아냐."

용백도 그림 이야기를 떠나 남자로서 자신의 생각을 솔직하게 말했다.

"하하. 그걸 누가 알겠어. 들리는 말로는 원주민들이 먼저 딸을 데려가라고 했다는 말도 있어. 소녀들의 나이가 원주민들한테는 결혼 적령기일 수도 있고, 아마도 백인에다가 프랑스 사람이니까 자기들에게 도움이 될 수도 있겠다고 생각할 수도 있고, 실제로 원주민들의 편에 서서 재판도 도와주고, 나름대로 노력도 많이 한 모양이야."

고갱을 옹호하는 상엽의 말과 다르게 용백은 자꾸만 고갱을 깎아 내리고 싶었다.

"그 사람도 결국 매독으로 죽었잖아. 물론 우울증도 있었고, 몸도 많이 쇠약해졌었지만 말이야."

"매독 걸린 사람이 고갱뿐이냐. 고흐도 그것 때문에 고생을 많이 했고, 마네는 다리까지 절단하고 고생하다가 죽었잖아. 더 웃긴 것은 고흐의 죽음을 제일 슬퍼했던 동생 테오도, 고흐 사후, 6개월 후에 사망하는데, 사인이 매독이야. 결국 형제가 나란히 묻혔지. 페니실린이 발명되기 전이라서 그런 일이 많았나 봐. 나병이라는 병이 매독을 지칭하는 말이라는 소리도 있더라."

말이 끝나자마자 아내의 이야기를 언제 꺼냈냐는 듯이 상엽이 소주잔을 들고 건배하자는 시늉을 하자 용백도 잔을 들었다. 상엽은 묻지도 않았는데 술잔을 내려놓자마자 또 고갱의 이야기를 시작했다.

"난 고갱이 철학적이고 시적이라서 좋아. 제목들도 문학적인 것이 많거든. 타이티 섬에서 자신의 어린 신부가 잠들어 있는 모습을 그린 그림에는 〈망자가 지켜본다〉라는 제목을 붙였는가 하면, 그 당시에 파격적인 〈설교후의 환상〉같은 그림은 머릿속의 상상으로 그린 것이거든. 재현해야 할 대상이 없는 상황에서 머릿속의 생각만으로 그림을 그렸다는 것은 감히 상상도 못 할 일이었잖아. 게다가 〈우리는 어디에서 왔으며, 우리는 무엇이며, 우리는 어디로 가는가?〉같은 대작은 여자의 일생을 통해서 인간의 삶과 죽음을 표현하고 있어. 인간 본질에 가깝게 접근하면서도 자신만의 독특한 감성과 화풍을 그 안에 녹여냈던 거야. 역시 작가는 작품으로 평가받아야 돼."

상엽은 지금 이 순간만큼은, 가족을 떠나 하이에나처럼 객지를 떠돌면서 때론 자유분방하게 때론 고독하게 세상을 향해 자신만의 메시지를 전하고자 고뇌했던 고갱이 너무나 부러웠다. 그러나 한편으론 고갱이 가족을 버린 것처럼, 자신도 가족에게 버림받고 괴로운 나머지 자살까지 시도했을 정도로 우울한 말년을 보냈던 그가 한없이 가엾기도 했다.

"야. 고갱 이야기가 나왔으면 세잔도 얘기해야 하는 것 아니냐!"

상엽이 방랑자 고갱을 좋아했다면 용백은 우직한 세잔에게 끌렸다. 세잔은 고갱, 고흐와 함께 후기 인상파를 대표하는 화가로서, 인상파 화가들이 시시각 각 변하는 빛의 변화에 중점을 두었다면, 이들은 공통적으로 색과 형태뿐 아니라, 작가 내면의 세계를 표현하고자 했는데, 그중에서도 세잔은 사물을 보는 시점과 형태의 본질성에 초점을 맞추고 그림을 그렸다.

"그렇지! 세잔을 빼놓고 후기 인상파를 논할 수는 없지."

"후기 인상파뿐이냐. 근대 회화의 아버지라고까지 하는 야수파의 창시자 앙리 마티스는 세잔을 신과 같은 존재라고 했다면서?"

용백과 상엽은 미대 출신답게 화가들의 이야기가 나오자 구체성과 전문성을 담은 대화들을 주고받았다. 상엽이 용백의 술잔에 술을 따르면서 말했다.

"피카소가 주축으로 탄생한 입체파 화가들에게 가장 많은 영향을 준 화가가 세잔일 거야. 르네상스 이후에 가장 전통적이고 당연하게 받아들여진 일점 투시의 원근법에서 벗어나서 복수화된 다시점 방식으로 대상을 묘사하는 독특한 방식은 그 당시에는 너무나 센세이션해서 처음엔 쉽게 받아들여지지 않았지. 그 이전에는 그 누구도 원근법에 의문을 갖는 사람은 없었어."

"맞아. 감성적인 측면에서 형태를 왜곡한 고흐나 고갱과는 달리 그 당시의 편견과 가치관에 도전하기 위해서, 전통적인 원근법을 거부했잖아. 한 화면에 다양한 시점을 집어넣는 〈사과와 오렌지〉 같은 그림을 그릴 생각을 어떻게 했을까?"

용백이 상엽이 따라준 술잔을 비우자마자 자신의 생각을 말했다.

"그런데 재미있는 사실은 다시점의 이미지는 우리나라 전통 민속 회화인 민화에서 볼 수 있는 특징이거든. 은유적 표현을 중시했던 우리민족은 사실적 표현을 중시했던 서양적 가치관과 일찌감치 거리를 두었던 거지. 어차피 그림은 그림이잖아. 아무리 3차원의 실상을 2차원의 공간에 사실적으로 옮긴다 해도 그것이 실체가 될 수는 없거든. 세잔은 일점투시의 원근법을 진실을 가장한 교

묘한 왜곡으로 본 것이 틀림없어. 마치 옛날 기독교의 교리를 빙자해서 서민들을 세뇌시켰던 교회 권력자처럼 말야."

상엽 또한 술기운을 빙자해서 확인도 되지 않은 자신의 생각을 거침없이 말하고 있었다. 하지만 몇 평의 아파트에 어떤 차를 소유하고 있는지에 대한 얘기보다는, 유치한 가설이라도 자신의 생각을 담아 마음껏 지껄일 수 있는 술자리 대화가 더 좋았다. 용백도 그런 면에서는 상엽과 궁합이 잘 맞았다. 더구나 우울증과 정신병을 앓았던 고흐나 가족을 등지고 타향을 떠돌아다녔던 고갱보다, 평생 바보 취급을 받으면서도, 고향에 돌아가 자신만의 세계를 파고들었던 세잔의 우직함이 용백은 존경스러웠다. 세잔은 불과 죽기 6년 전인 1900년부터 독특한 화풍과 재능이 널리 알려지기 시작하면서 주목을 받았을 뿐, 그의 일생은 거의 좌절과 놀림, 은둔의 생애였다고 해도 과언이 아닐 정도로 음지의 삶을 살았는데, 이런 면이 용백에게 어떤 동질감을 갖게 하는 것 같았다.

"인류를 변하게 한 3개의 사과가 있다고 하잖아."

"3개? 누구는 5개라고 하던데?"

"하하, 그래? 아담의 사과, 뉴턴의 사과, 세잔의 사과 그리고 애플의 사과까지는 알겠는데 나머지 1개는 뭐냐?"

상엽이 흥미로운 듯이 물었다.

"로빈후드의 사과"

"아. 봉건주의 몰락의 상징! 진짜 말 되네. 하하"

"나도 어디서 들은 얘기야. 기독교, 과학, 미술, 그리고 혁신의 사과 이외에 시민들이 등장하는 중요한 사과 한 개가 더 있더라고. 하하"

"그 어딘지가 지금 생각나는 것 같다. 지난번에 우리 공방에서 한 이야기잖아"

"아 맞다. 그렇구나. 우리 기억력이 이렇다니까."

마치 대학 시절로 돌아가서 개똥철학을 주고받는 것처럼 상엽과 용백의 술자리 대화는 유익하고 재미있어지고 있었다.

"난 유럽에서 렘브란트, 미켈란젤로, 루벤스 같은 대가들의 그림을 실제로 보면서 전율이 돋는다는 말을 처음 실감했었어. 그 대단한 필력들은 실제로 보지 않고는 전혀 짐작도 할 수 없지."

해외여행은 거의 해본 적이 없는 용백이 갑자기 유럽 이야기를 꺼내는 상엽을 이해할 수 없다는 듯이 빤히 쳐다보았다.

"그에 반해서 특히 세잔의 그림들은 단순하고 시점도 맞지 않아서 투박하게 보이잖아. 삼천 억에 팔렸다는 〈카드놀이 하는 사람들〉 또는 〈대수욕도〉〈생빅투아르산〉 같은 그림들을 보면, 뎃상력이 좀 부족한 화가였던 것 같은 생각이 들어."

상엽이 왜 르네상스 시대의 화가들 이야기를 꺼냈는지 알 것 같다는 듯이 고개를 끄덕이며 용백이 상엽의 말에 대답했다.

"세잔이 했던 유명한 말이 있잖아. '자연의 모든 형태는 원기둥과 구, 원뿔에서 비롯된다.' 이 말에서 알 수 있는 것처럼, 그는 사물을 인지하고 표현하는 관점이 처음부터 달랐던 거야. 사물의 단순묘사와 재현이 중요한 것이 아니라 변하지 않는 본질이 중요했던 거지. 겉모양이 아니라 본래의 모습을 그렸다고나 할까."

묘사력이 부족하다는 상엽의 말을 반박하면서 용백이 전문가처럼 세잔에 대해 평을 했다.

"그래. 네 말이 맞다. 똑같이 그린다는 당연한 사실과 의무에 대해서 고민한 결과가 지금의 현대 미술이겠지. 그래서 세잔이 위대한 것이고."

"건배나 하자. 세잔을 위해! 고갱을 위해!"

"야. 고흐도 껴주자. 고흐를 위해!"

둘은 잔이 깨지도록 부딪치면서 '위하여'를 외쳤다. 조금 전이 신가했던 모습은 어느새 깨끗하게 사라졌다. 심각하게 시작한 술자리는 즐거운 상태로 변해 갔다. 술과 친구와 예술의 힘이었다. 상엽의 숙소에 도착한 용백은 들어오자마자 탁자 위에 술을 꺼내고 맥주부터 한잔 들이켜고는 좀처럼 꺼내지 않았던 옛날 얘기를 액션과 섞어가면서 떠들기 시작했다.

"야. 너도 기억하지? 내가 백골단 전경 세 명을 한 번에 때려눕힌 거."

"그 전설을 모르는 사람이 어디 있냐? 하하"

"그때 내가 처음 오는 놈을 이렇게 막고, 두 번째 놈을 요렇게 해서…"

용백은 무대 위의 배우처럼 예전의 화려함을 되새기면서 과거 속을 헤매고 있는 듯했다. 한 사람의 관객을 앉혀놓고 용백은 그동안의 울분과 회한을 모두 쏟아내고 있는지도 몰랐다. 상엽도 맞장구를 쳐주면서 용백의 액션과 말을 재미있게 들어주었다. 성공이었다. 아내가 바람을 피운다는 짐작은 사실이 아니었다. 집사람이 타고 있었다고 확신한 상엽의 차는 같은 차종에 같은 캐리어를 장착한 다른 차량이었다는 것이 한참 후에 확인되었던 것이다. 지옥과 천당을 오갔던 몇 달 전을 생각하면 술기운이 달아날 정도로 아찔했지만, 상엽은 용백에게 굳이 그 사실을 밝히지 않았다. 반전의 결과를 말할 틈을 놓치기도 했고 지금 이 순간 만큼은 어떤 식이라도 용백과 공감을 형성하고 싶었던 마음이 더욱 컸다. 같은 처지라는 동질감 때문인지 철옹성 같았던 용백의 자존심도 상엽에게 마음을 열고 스스로 치유와 용서의 기운을 받아들이고 있는 것 같았다. 어느새 상엽의 숙소는 과거로 가는 거대한 타임머신으로 변해서 술 취한 승객 두 명을 태우고 시간 여행을 시작하고 있었다.

〈망자가 지켜본다〉〈그림101〉

〈설교후의 환상〉〈그림102〉

〈우리는 어디에서 왔으며, 우리는 무엇이며, 우리는 어디로 가는가?〉〈그림103〉

〈사과와 오렌지〉〈그림 104〉

〈카드놀이 하는 사람들〉〈그림 105〉

〈대수욕도〉〈그림 106〉

〈생 빅투아르산〉〈그림 107〉

25
현대미술의 시작

미숙은 눈을 뜨자 준기의 얼굴이 한눈에 들어왔다. 침대에 눕혀져 있는 자신을 물끄러미 쳐다보고 있는 준기가 너무 고맙고 사랑스러워서, 자기도 모르게 눈물이 나왔다.

"술을 많이 마신 거야? 아님 다른 일이야? 병원으로 갈까 하다가 일단 취한 것 같아서 침대에 뉘었어. 별일 없어 보여서 다행이다."

준기가 미숙의 머리를 어루만지며 다정하게 말했다.

"무슨 일이 있었던 거야?"

"아니… 그냥 너 기다리면서 술 한잔하는데, 또 환영이 보여서…"

"이번엔 어떤…?"

"몰라. 생각하고 싶지 않아… 안아줘"

"띠리리라라~~ 띠라라~~"

때마침 또다시 카라바조의 탁상시계가 오르골 소리를 울리고 있었다. 어떤 시간의 정각을 알리는 사인이었다.

"저 시계 소리 이상해… 어떤 때는 듣기가 좋다가 또 어떤 땐 정말 듣기 싫어."

"그래? 너 마음이 시계 그림에 그려져 있는 그림의 제목하고 같은가 보네. 나르시시즘."

"그게 무슨 소리야?"

미숙이 준기의 가슴에 얼굴을 묻으면서 물었다.

"웅덩이를 보고 있는 나르시시즘의 그림을 보면, 꼭 나는 어떤 사람인가 하고 스스로에게 물음을 던지는 것 같거든. 이랬다저랬다 하는 미숙이 너 마음 같아서 한 말이야."

나른하고 편안한 분위를 깨고 싶지는 않지만, 준기는 기회가 생길 때마다, 어떤 식으로든, 미숙의 속마음을 밖으로 끌어내고 싶었다.

"그래. 맞아. 내가 왜 이러는지 몰라. 그런데 나는 자기애가 그리 강한 사람도 아닌데, 왜 저 나르시시즘 그림을 보면서 내가 그런 생각을 했다고 생각해?"

"자기애와 나르시시즘은 달라. 자기애는 진정으로 자신을 사랑하는 거고, 나르시시즘은 타자 속에서 자신의 의미를 찾는 거야. 외부에 비춰지는 모습만 신경 쓰느라 자신의 내면은 어떤 모습인지 신경 쓰지 못하는 거지. 그래서 결국 웅덩이에 빠지잖아."

준기는 마치 정신과 의사 같은 말을 하면서 미숙의 머리를 쓰다듬었다. 그리고 귓속말로 한마디 말을 덧붙였다.

"미숙아. 상처받지 않으려고 발버둥치지 마. 상처받고 고통 받으면서 성숙해 가는 것이 인간 아닐까."

어느새 입을 맞춘 두 사람의 볼에 눈물이 묻어 같이 흘렀다. 누구의 눈물인지 구별이 가지 않을 만큼 많은 양의 눈물이 삽시간에 두 사람의 얼굴과 목덜미를 적시는 동안에도 키스는 끝나지 않았다.

"넌 내 아픔을 몰라."

갑작스럽게, 뜻밖의 말이 미숙의 입에서 작고 빠르고 분명하게 나왔다. 미숙 자신도 의도하지 않은 말이었다.

「왜 내가 이런 말을…」

준기는 품에 안겨있는 미숙을 더욱 꼭 안았다. 짧은 표현이었지만 비밀과 고통을 간직한 말이었고, 과거를 알고 있다는 뜻이기도 했고, 사실을 인정한다는 듯한 의미도 내포되어 있었다. 준기는 깜짝 놀랐지만 동요하지 않고 아무렇지도 않다는 듯이 또다시 미숙의 귀에 이렇게 속삭였다.

"사랑해."

그리고는 역시 작고 짧은소리가 준기의 입에서 새어 나왔다.

"난 아직도 아버지가 왜 자살했는지 알 수가 없어."

오래 전의 일이어서 아무런 감정이 없을 줄 알았던 준기의 눈에 예상치 않앉던 눈물이 고이면서 또 다시 울음이 터져 나왔다. 눈물이 울음으로 그리고 통곡으로 이어지는 시간은 순식간이었다. 준기 자신도 이런 상황이 올 줄 몰랐다. 더구나 꺽꺽거리며 큰소리까지 내면서 울게 될 줄은 상상도 못 한 일이었다. 미숙에게 아픔을 발설하는 용기를 주기 위해, 자신의 상처를 얘기하려고 했을 뿐인데, 예상치 못한 감정이 폭발한 것이다. 사춘기 이후로 남 앞에서 아버지 때문에 울어보기는 처음이었다. 친한 친구들조차 아버지의 죽음에 대해서는 전혀 몰랐고, 준기 자신도 처음엔 아버지가 자살을 했다는 사실을 믿기 힘들었기 때문에, 수면제 과다복용이란 사유(死有)를, 약물중독일 뿐이라고 스스로를 세뇌시키면서 살아왔던 것이다.

"흑흑… 흑…"

준기의 울음을 지켜보던 미숙도 울음이 복받치는가 싶더니, 곧바로 준기보다도 더 크게 울기 시작했다. 두 남녀가 부둥켜안고 시작한 통곡의 시간은 한참을 지나서야 잦아들었다.

"이제… 생각나는 거 같아… 모두… 어떡해…"

미숙은 얼굴을 두 손으로 감싼 채 다시 울기 시작 했지만 아까처럼 기절할 듯한 기세는 아니었다. 그러나 거짓말처럼 한 번의 울음으로 아버지가 남긴 죽음의 콤플렉스에서 벗어난 것처럼 홀가분한 기분을 느끼고 있었던 준기가 미숙을 자신의 품에 안고 말했다.

"그래, 울어… 너는 그동안 너무 울지 않아서 쌓인 것이 많을 거야. 인간만이 울 수 있는 거라잖아."

미숙은 준기의 가슴에 안겨서 입술을 지그시 깨물었다. 너무나도 황당하고 어처구니없는 그날의 사고가 어렴풋하면서도 또렷하게 떠올랐다. 아들 태준의 군 입대를 위해 대구에 있는 신병교육대로 향하는 고속도로에서, 미숙네 가족의 차와 중앙선을 넘은 반대 차선의 화물차가 정면으로 충돌하여, 뒷좌석에서 잠이 들었던 미숙만 목숨을 건지고 남편과 아들, 상대편 운전사까지 현장에서 모두 즉사해버린 그날의 사건. 며칠을 혼수상태에 있다가 깨어난 미숙은 휴게소에 들러서 아침을 먹고 차 안에서 잠이 든 기억밖에는 없는데, 깨어보니 미라처럼 사지에 붕대를 하고 병상에 누워 있었다. 너무 무서워서 아들과 남편의 생사를 물어볼 수도 없었고, 누구도 그들의 소식을 이야기해 주지도 않았다. 심지어 지금까지도. 아들 태준은 계획대로 군대에 간 것이고, 남편은 장기출장 중이라고, 당연히 그런 거라고 믿으면서 살아온 지난 세월이었다.

"과거의 일은 그저 있었던 일에 지나지 않는 거야. 지난 일은 젖은 휴지와 같은 거라고, 그렇게 생각하면 안 되겠니?"

준기가 불쑥 말했다. 미숙은 울분과 슬픔, 고통의 응어리들이 가슴 깊은 곳에서부터 복받치는 것이 느껴지면서도, 준기의 가슴에 안겨있는 순간만큼은 어떤 에너지가 생겨나는 것 같았다. 옥시토신의 영향일까? 조금 전 환청 때문에 기절할 때와는 확실히 달랐다. 미숙은 견딜 수 없을 것처럼 슬픈 와중에도 천천히 이성을 찾아가고 있었다.

"그동안 내가 나한테 하던 말이었는데, 이제 너한테도 하게 되네."

준기가 미숙의 머리를 만지며 다시 말했다.

"그래… 그 대신 내 옆에 있어줘…"

미숙은 대답을 하면서 자신을 너무 억누르고 산 것을 후회한다는 빈센트 고흐의 말이 떠올랐다. 환청이었지만 생생했다.

"미숙아. 너 뭉크라는 화가 아니?"

준기가 뜬금없이 물었다.

"절규라는 그림 그린 사람? 하늘이 빨갛고…"

"그래. 아는구나. 그 사람도 안 좋은 과거 때문에 생긴 불안한 심리를 그림으로 표현했잖아. 고흐도 그렇고. 모두 어떤 압박감에 시달렸던 사람들인데,

자신의 솔직한 마음을 그림으로 표현하면서 위안 받지 않았을까. 물론 그림이 팔리지 않아서 가난하게 살았지만 말이야."

이런 상황에서 화가 이야기를 꺼내는 준기와 눈물이 멈추지 않고 계속 흐르는 미숙이 시계의 초침소리만 울리는 공간 속에 덩그러니 놓여 있었는데, 관객 없는 연극 무대 위의 주인공처럼 묘한 분위기였다.

"뭉크가 나중에 정신과 치료를 받고 그린 그림들은 오히려 작품성이 떨어져서 좋은 평가를 받지 못했다고 하더라."

"맞아. 나도 그 얘기 들었어. 작가들에겐 평범하지 않은 과거나 경험들이 많은 것 같아. 그리고 그런 감정들을 표현하기 위해서 약간의 광기가 필요한 순간도 있고."

"똑같은 경험이라도 작가에게는 특별하게 각인되어 지는 것은 아닐까?"

작품 이야기를 하면서 둘은 점점 마음이 진정되어 갔는데, 특히 미숙은 힘든 짐을 벗어놓은 것 같은 묘한 감정을 느끼면서 준기가 말한 뭉크의 작품이 가슴으로 이해되고 있었다. 희한한 경험이었다.

"난 뭉크의 자화상도 좋더라. 다른 화가들도 자화상을 많이 그렸는데, 그가 그린 그림에서는 완벽한 독립을 꿈꾸는 자신을 발견할 수 있어. 현재의 자신을 재현했다기보다는 과거의 자신과 이별하려고 그린 것 같은 느낌."

"와. 준기, 너 말하는 폼이 꼭 그림 전문가처럼 말하네. 멋지다."

준기는 미숙의 말처럼, 올여름 상엽과 진성을 만난 술자리에서 클림트의 작품 세계를 듣고 조금씩 관심을 두었던 미술공부가 점점 재미있어진 것이 사실이었다. 과거를 들춰냄으로써 오히려 과거와의 결별을 염두에 두었던 뭉크의 이야기도 괜히 꺼낸 것이 아니었다.

"넌 뭉크가 생각났구나. 난 프리다 칼로가 생각나던데."

"아. 그 멕시코 여류화가 말이지?"

지옥과도 같은 역경을 딛고 자신만의 삶을 개척해갔던 그녀의 일대기는 준기도 이미 알고 있는 터였기에 미숙을 품에 안은 채 그녀를 잠깐 생각했다. 미숙 또한 준기의 어깨에 기대어 프리다 칼로의 그림을 떠올렸다. 역사상 가장 외로운 화가 중의 한 명이었을 것이라는 표현이, 오늘 이 순간만큼은 상투적으로 들리지 않았다. 마치 미숙의 처지를 이해라도 하는 것처럼 짙은 눈썹을 한 그녀의 얼굴은 온화하면서도 차갑게 웃고 있었고, 그 위에 미숙의 얼굴이 오버랩 되고 있었다. 어느 누구보다도 자신의 자화상을 많이 그렸던 프리다 칼로. 6살에 소아마비에 걸려 장애를 얻고, 열여덟 살 때 참담한 교통사고를 당해 30번이 넘는 수술을 받을 만큼 평생 심한 육체적 고통에 시달려야 했으며, 사랑하고 존경하는 남편과의 불화와 이혼의 역경을 딛고 자신만의 화풍으로 세상과 맞선 그녀는, 말년에 회저병으로 발가락까지 절단하는 수술을 받고 폐렴의 재발로 1954년 사망한 후에는 페미니즘의 선구자로 평가를 받았다. 둘은 화가의 이야기를 하면서 확실히 심각한 상황에서 조금씩 벗어나고 있었다.

"남편 리베라에게 벗어나고 싶어서 그렸던 〈머리카락을 자른 자화상〉이라고 있잖아."

"아 그런 그림이 있었구나. 이건가?"

준기는 어느새 스마트 폰으로 그림을 찾아보고 있었다. 다른 화가에 비해 특히 자화상이 많은, 아니 그 정도가 아니라 모든 작품의 주제가 오로지 자기 자신이었다고 해도 과언이 아닐 정도로 많은 자화상 중에서 하필 미숙은 〈머리카락을 자른 자화상〉이라는 작품이 생각난 것일까?

"오! 여자가 방금 머리를 짧게 깎은 것처럼 보이는데. 손에 가위를 잡고 있고 게다가 몸에는 어울리지 않는 양복을 입고 있어. 꼭 여자가 남자가 되고 싶어 하는 마음을 담은 것 같아."

"맞아. 남편 디에고 리베라와 이혼 직후에 그린 거야. 위쪽 악보에는 '내가 당신을 사랑했다면 그것은 당신의 머리 때문이에요. 이제 긴 머리가 없으니 난 당신을 더 이상 사랑하지 않아요.'라는 가사가 적혀있어. 결별 후의 처절한 상태를 표현한 것 같아."

미숙은 자기 부정을 통하여 새로운 자아로 도약하려는 프리다 칼로의 심정을 충분히 이해한다는 눈빛으로 준기 핸드폰 속의 그림을 바라보았고, 준기는 과거의 환영에서 벗어나서 한층 더 솔직해지는 미숙을 느끼고 있었다. 뿐만 아니라 자신도 미술을 통해 거듭나고 있다는 느낌을 받고 있었다. 그것은 정확히 말로는 표현할 수 없는 희망이나 희열 같은 것이었는데, 분명히 새 차를 처음 시승했을 때의 기쁨과는 확실히 다른 것이었다. 뭔가 제대로 된 미래의 세계에 발을 딛는 것 같은 알 수 없는 설렘. 이것은 무엇인가? 동굴 끝에서 퍼져 나오는 미약한 빛줄기를 따라 어둠의 긴 터널을 빠져나가는 탐험가라면 이런 기분을 이해 할 수 있을 것 같았다.

"나도 프리다 칼로처럼 자신을 열정적으로 사랑하고 표현하고 살래. 이렇게 튼튼한 몸이 있는데 못할 게 뭐가 있겠어."

미숙은 스스로에게 위로 하는 말투로 묻지도 않은 말을 불쑥 꺼냈다. 그러자 기다렸다는 듯이 준기가 말했다.

"그래? 나는 네가 예전에는 뭉크의 〈절규〉 속에 나오는 주인공 같았는데, 지금은 클림트의 〈키스〉 속에 나오는 여인같이 느껴져."

"뭐야. 너무 고상한 척하는 것 아냐! 예술가 같잖아."

준기를 향해 눈을 흘겼지만, 입가엔 미소를 띠며 미숙이 말하자 준기가 크게 웃으면서 대답했다.

"예술이 별거냐. 이렇게 변하고 거듭나는 것이 예술이지."

둘은 작품 속의 남녀 주인공처럼 서로를 꼭 안았다.

맺음말

몇 년 전 〈미술작품 감상법〉이라는 교양강의를 시작한 다음부터, 학생들에게 좀 더 쉬운 학습 방법에 대한 고민을 시작하다가 생각해낸 수단이 소설이었다. 일단 학습 부담 없이 읽혀야 했기에 주변에 있을 법한 이야기들로 살을 붙였지만 아무래도 학생들이 공감하기에는 다소 세대차이가 있는 것 같아 수업교재로 사용을 못한 채 시간만 흘렀다. 그러다 20대의 눈높이보다는 점차 삶의 공허를 느껴가는 중년들에게 어울릴 듯하여 덜컥 출판부터 하게 되었다.

소설의 목적에 어울리지 않은 학습효과에 치중한 나머지 글의 전개와 상황이 다소 자극적인 면이 있었다는 것도 인정한다. 작품은 그 자체보다는 작품이 속한 사회적 배경을 이해할 때, 더 깊은 감동이 전해지기 때문에 무리한 설정도 많았다. 그러나 그럼에도 불구하고 이 책을 통하여, 진정한 현대예술의 뿌리라고 할 수 있는 르네상스에서 뒤샹이 등장하는 20세기 초까지, 소설에 등장하는 화가와 작품들에 담긴 의미를 이해한 독자들은 교양인이 되는 첫 관문을 무난히 통과했다고 자부해도 될 것이다. 비로소 문맹(文盲)뿐 아니라 이미지 맹(盲)에서도 벗어났기 때문이다. 5백 년간의 미술세계를 단 몇 시간 만에 파악할 수 있는 행운은 덤이라고 생각하면 되겠다.

모쪼록 소설 속에 나오는 시대사조와 화가, 작품들이 정말 글 속의 상황처럼 생활 속에서 발견되면서, 미술 작품을 감상하는 일이 즐거워졌으면 좋겠다.